CW01523379

Les théories de
l'économie politique
internationale

Gérard Kébabdjian

Les théories de l'économie politique internationale

La pensée économique contemporaine (5)

Éditions du Seuil

OUVRAGE PUBLIÉ SOUS LA DIRECTION
ÉDITORIALE DE JACQUES GÉNÉREUX

ISBN 2-02-036055-1

Introduction

Pourquoi l'Allemagne a-t-elle choisi de sacrifier le deutsche Mark, qui a fait la force de son économie, et s'est-elle dessaisie de son pouvoir monétaire au profit de l'euro ? Pourquoi les États-Unis ont-ils décidé de créer une zone de libre-échange avec le Mexique malgré les risques graves de délocalisation de la production ? Pourquoi les pays du sud et de l'est de la Méditerranée non membres de l'Union Européenne et qui bénéficiaient d'un traitement discriminatoire préférentiel en matière commerciale (entrée libre sur le marché européen pour leurs produits manufacturés mais protection de leur économie) ont-ils accepté de s'ouvrir, sans contrepartie économique tangible, au libre-échange avec l'Europe, ce qui va entraîner la disparition de pans entiers de leur appareil productif ? Pourquoi les réformes nécessaires du système financier international, réformes qu'appellent l'instabilité et les crises monétaires récurrentes, et sur le principe desquelles règne un accord à peu près général, même parmi les opérateurs financiers, ne se réalisent-elles pas ?

À ce genre de questions, qui pourraient être multipliées presque à l'infini, l'économiste a tendance à répondre par un haussement d'épaules en soupirant, résigné : « Tout cela, c'est de la politique », comme si ces questions sortaient du domaine scientifique. C'est exactement le parti inverse qu'adopte l'« économie politique internationale ». En prenant au sérieux les facteurs politiques et en les plaçant au centre des interrogations d'économie internationale, elle arrive à traiter d'un ensemble de problèmes laissés en suspens par les économistes.

I. LES OBJECTIFS DE L'ÉCONOMIE POLITIQUE INTERNATIONALE

L'économie politique internationale est une discipline récente qui cherche à analyser la sphère des relations économiques internationales, centrée sur les phénomènes de *richesse* (production et circulation de la « richesse des nations »), en prenant en compte les articulations avec la sphère du politique, centrée sur les phénomènes de *pouvoir*. Les deux définitions suivantes, souvent reprises, d'un des fondateurs de la discipline, Robert Gilpin, résument assez bien le contenu généralement donné à l'expression « économie politique » dans cette approche : « Économie politique signifie l'interaction réciproque et dynamique dans les relations internationales entre la poursuite de la richesse et la recherche de la puissance » (Gilpin [1975], p. 40) ; « Dans le monde moderne, l'existence parallèle et l'interaction mutuelle de l'"État" et du "Marché" créent l'"économie politique" » (Gilpin [1987], p. 8).

Pour l'économie politique internationale, les phénomènes économiques internationaux résultent autant de facteurs économiques que de facteurs politiques. Ils sont même prédéterminés par les *relations de pouvoir* à l'échelle internationale, des relations ordonnées par les États-nations et les grands opérateurs privés et, pour une part, cristallisées dans des « institutions » de l'économie internationale. On peut définir le politique comme l'ensemble des relations hors marché qui concourent à la réalisation de buts collectifs en faisant intervenir l'usage (considéré ou non comme légitime) de la force, de la violence ou de la contrainte (physiques, réglementaires ou symboliques ; individuelles, collectives ou institutionnelles). Comment interfèrent internationalement l'économique et le politique, la logique des relations marchandes et celle des relations de pouvoir ? Y a-t-il conflit entre les deux logiques ? Si oui, comment se règlent les conflits ? Y a-t-il possibilité de complémentarité ? Quand ? Y a-t-il place pour une théorie d'ensemble ? Pourquoi et comment naissent des « institutions » ? Ces institutions sont-elles nécessaires à la stabilité de l'économie mondiale ? Telles sont quelques-unes des questions dont l'étude importe pour une meilleure connaissance de la réalité économique internationale.

L'économie internationale standard se contente d'étudier les relations économiques comme si l'espace international n'était pas structuré politiquement et se présentait sous la forme d'un emboîtement de marchés. Comment expliquer alors que les entreprises investissent de façon politiquement sélective à l'échelle internationale ou cherchent à développer leur influence sur les gouvernements et les organismes internationaux ? Comment expliquer qu'il existe une logique des États (logique des « grandes puissances » et, durant certaines périodes historiques particulières, logique de l'*hegemon*) commandée par des finalités qui ne sont pas celles du « bien-être » des populations nationales ? Comment expliquer les difficultés à créer des normes et des règles acceptables à l'échelle internationale dans des domaines aussi divers que la protection de l'environnement, le contrôle des mouvements de capitaux spéculatifs ou la non-prolifération nucléaire ?

C'est autour du milieu des années soixante-dix que l'économie politique internationale s'est définitivement institutionnalisée aux États-Unis, bénéficiant dès lors d'une légitimité académique au sein de la corporation des économistes. Quelque vingt-cinq ans séparent donc la naissance de la discipline et la publication du présent ouvrage, ce qui au fond n'est guère supérieur au décalage habituel observé entre la France et les États-Unis dans le domaine des publications en sciences sociales. Curieusement, alors que les économistes français avaient été des précurseurs en mettant l'accent sur les phénomènes de pouvoir, de « structures » et d'organisation à l'échelle internationale (une dette généralement admise par les auteurs américains eux-mêmes), c'est en France que le retard est le plus grand[1].

Le retard est dommageable pour de multiples raisons, dont la moindre n'est pas de délaisser aux politistes, ou aux économistes américains, le monopole des questions d'économie politique, car les questions internationales, spécialement aujourd'hui à l'ère de la mondialisation, exigent d'explorer les liens entre politique et économique. Le paradoxe est à son

---

1. En Europe, la situation est différente. L'économie politique internationale est enseigné dans différents pays. On notera la création en 1994 d'une revue d'économie politique internationale « à comité de lecture » en Grande-Bretagne (université du Sussex), visant à concurrencer les grandes revues américaines (dont *International Organization*, la grande publication de référence).

comble quand, sur des questions concernant au premier chef les Européens (par exemple la monnaie unique), les seuls chercheurs susceptibles d'une approche non technique (susceptibles donc de développer une « économie politique » de la monnaie unique) se trouvent être des auteurs américains ! Est-il réaliste d'espérer qu'un jour l'économie politique puisse avoir droit de cité dans l'université française comme elle a droit de cité dans les universités américaines ?

Cet ouvrage correspond à une tentative, à notre connaissance la première en langue française, pour présenter cette discipline. Il se fixe plus précisément trois objectifs :

a) présenter de façon synthétique le courant de l'économie politique internationale ;

b) analyser le cœur conceptuel de ce courant qui porte sur la représentation des structures d'ordre, et donc sur les institutions, fixant les contraintes et règles de l'économie internationale (ce que nous avons choisi d'appeler les *théories* de l'économie politique internationale) ;

c) évaluer ces théories, mettre en évidence certaines limites, et esquisser une approche complémentaire.

II. L'OBJET DES THÉORIES DE L'ÉCONOMIE POLITIQUE INTERNATIONALE

L'ouvrage ne couvre pas toute la littérature, extrêmement abondante, qui relève de l'économie politique internationale, mais seulement les théories. L'économie politique internationale est à la fois un système d'interprétation et un système de théorisation. En tant que système d'interprétation, l'économie politique internationale vise à analyser les problèmes d'économie internationale en articulant quatre dimensions (l'économique, le politique, le national et l'international) grâce à la mobilisation d'instruments d'analyse provenant de la « science économique », de la « science politique » et de sa propre discipline (théories de l'économie politique internationale). La matière est extrêmement vaste et les thèmes de recherche innombrables (économie politique des firmes multinationales, économie politique des relations pétrolières internationales, économie politique des relations Nord-Sud, etc.).

L'intérêt du croisement économie-politique étant davantage reconnu, une précision est utile dès cette introduction à propos de la nécessité de croiser les dimensions nationale et internationale. L'économie politique internationale ne doit pas être considérée comme relevant de ce que l'on appelle communément les « relations internationales », à savoir des relations *entre* économies nationales, car les phénomènes dits « internationaux » sont inévitablement une réalité « intra-nationale » et ont toujours une inscription nationale. La distinction économie nationale-économie internationale est en partie artificielle et commandée par les besoins de l'analyse : il n'y a pas de phénomènes internationaux purs sans contreparties nationales et inversement. La distinction international-national, comme toute distinction, est utile mais a ses limites. Même si l'exigence est trop souvent perdue de vue, l'économie politique internationale doit opérer une jonction entre une « approche par le haut » (par l'international) et une « approche par le bas » (par le national).

L'économie internationale standard, celle des économistes, peut légitimement faire abstraction de la dimension nationale (donc supposer que les entités nationales sont sans épaisseur) dans la mesure où elle cherche à élaborer une *théorisation* des phénomènes internationaux. Cette hypothèse n'est plus tenable dès que l'on envisage les phénomènes internationaux dans leur réalité, c'est-à-dire dès que l'on cherche à développer une *interprétation*. On doit alors traiter le rapport national-international comme un rapport de dualité et non plus comme un rapport d'extériorité et établir les correspondances entre les approches des relations économiques internationales « par le haut » et « par le bas ». L'exigence est complémentaire de celle du croisement des approches par l'économique et par le politique (exigence qui se fonde sur une autre dualité, la dualité économie et politique). Le croisement des approches fait l'originalité de la problématique d'économie politique appliquée à l'échelle internationale. Il constitue, comme on le verra par la suite, le moyen de comprendre comment arrive à se construire un « ordre international » et une « stabilité internationale ».

L'économie politique internationale n'est pas seulement un système d'interprétation. Elle présente un second versant : c'est aussi un ensemble de théories portant sur un objet abstrait concernant le « système économique international » et les structures d'ordre à cette échelle. Quelles que soient les problématiques envisagées en économie politique internationale, c'est-à-dire les manières de croiser les quatre entrées précédentes, toutes sont confrontées à la même nécessité de conceptualiser l'entrée « international », c'est-à-dire l'entrée « par le système international ». L'économie internationale standard fournit certains instruments mais ne répond pas à tous les besoins. Les théories de l'économie politique internationale cherchent à rendre compte des raisons de l'existence et des modalités de fonctionnement d'une « organisation » des relations économiques internationales. La théorie des régimes internationaux se donne par exemple pour objet d'expliquer pourquoi il existe dans certains domaines des relations internationales, et pas dans d'autres, des normes, des principes, des règles ou des procédures coordonnées de prise de décision ; elle cherche à expliciter quels sont les effets stabilisateurs d'une telle organisation, comment évolue cette dernière et comment elle peut disparaître. Les analyses font intervenir le rôle des intérêts politiques et des intérêts économiques (notamment des grandes puissances, et ceux de l'*hegemon* quand il existe).

En général, les économistes ou les politistes qui s'intéressent aux questions internationales sans être familiers de l'économie politique internationale procèdent en considérant que le système international et ses institutions sont des données, c'est-à-dire ne s'interrogent pas sur les exogènes de leurs analyses. Ces exogènes forment la matière même des *théories* de l'économie politique internationale. Ces dernières visent donc à compléter l'arsenal de l'économie internationale.

Les interrogations soulevées à cette occasion rejoignent celles de l'« institutionnalisme », ce courant de pensée (ancien, mais qui connaît aujourd'hui un renouveau) concernant l'étude des processus par lesquels se constituent les structures dans lesquelles s'inscrivent les actions politiques et économiques. À l'échelle internationale, la « question institutionnelle » fonde un objet distinct de celui habituellement mis en œuvre par les programmes de recherches institutionnalistes (qui concernent en général le niveau national), car il n'existe aucun équivalent à un « État mondial » ou à un *homo economicus mundialis*. L'analyse, tout au moins l'analyse traditionnelle qui repose sur ces vecteurs d'opération que sont l'État et l'individu, se trouve donc confrontée à une difficulté particulière. Les problèmes sont multiples : par quels mécanismes spécifiques transite la logique des institutions (en prenant cette dénomination dans un sens large) sur le plan international ? comment construire la relation entre institution et formation d'un ordre international ? comment expliquer le processus par lequel les institutions de l'économie naissent, se modifient ou meurent ? comment identifier les processus par lesquels on peut espérer construire la stabilité de l'économie internationale ? À la suite de Keohane, un des grands théoriciens des régimes internationaux, qui qualifie sa théorie d'« institutionnalisme néolibéral », on peut soutenir que c'est en fait tous les courants de pensée traversant l'économie politique internationale qui relèvent, d'une manière ou d'une autre, de l'institutionnalisme.

III. BUTS VISÉS PAR CET OUVRAGE

Ce livre s'adresse en premier lieu aux étudiants et aux enseignants (c'est d'abord un manuel) et concerne une discipline qui est inévitablement appelée à se développer en France. On soulignera que le public concerné ne se limite pas aux étudiants et enseignants-chercheurs en économie car il intéresse aussi la discipline « relations internationales » au sens classique du terme. Mais son intérêt déborde le cadre universitaire.

L'ouvrage concerne en effet le débat d'idées contemporain sur la « mondialisation » et lui apporte un éclairage neuf. Il traite d'abord d'un problème qui se situe au cœur de cette mondialisation, à savoir les relations États-marchés, et enrichit les analyses habituelles selon lesquelles ce seraient tantôt les marchés (l'économique et la « concurrence des entreprises »), tantôt les États (le politique et les « conflits de puissance ») qui commanderaient les choix collectifs. L'économie politique internationale cherche précisément à montrer qu'il existe des interactions et à expliciter comment le pouvoir politique organise les relations économiques et comment les forces économiques contraignent l'action politique.

L'ouvrage explore ensuite des voies susceptibles d'apporter des réponses aux interrogations et déstabilisations provoquées par la mondialisation. Le livre part de la conjecture, largement confortée par les observations et appuyée par la théorie, qu'un

ordre mondial seulement fondé sur la mondialisation économique et la marchandisation capitaliste, sans formes d'organisation publique d'aucune sorte, serait un cadre pour l'instabilité,
des crises récurrentes et des états sous-optimaux. En fait, tous
le constatent, les développements de la mondialisation et de la
marchandisation sont à l'origine d'une montée formidable de
besoins que le marché ne peut directement prendre en charge.
Un thème a d'ailleurs fait son irruption sur la scène média-
tique : celui de la *global governance*, de la « gouvernance mondiale » (la « bonne gouvernance »). Ce thème désigne les processus à mettre en œuvre par les gouvernements et autres
acteurs majeurs pour gérer leurs intérêts communs. Les théories
de l'économie politique internationale offrent de ce point du vue
une autre approche possible, vraisemblablement plus intéres-
sante, car fondée non sur le « gouvernement » mais sur les institutions, notamment sous la forme de régimes internationaux.

La théorie des régimes montre qu'une fois fixé un système
de principes, de règles et de normes commun à un ensemble de
pays et susceptible de « stabiliser » les relations internationales,
il est possible de faire confiance aux forces du marché et aux
instances nationales pour *internaliser* ces contraintes nouvelles.
Un régime international est donc un réseau d'appartenance
collective qui se matérialise, pour les acteurs privés, par des
contraintes et des repères communs, pour les États, par l'acceptation commune d'un ensemble de limitations de souveraineté. C'est donc un ordre politique, même lorsqu'il s'agit d'un
régime économique ; son instauration fait passer d'un principe
absolutiste d'exercice du pouvoir à l'échelle internationale,
hérité de l'ordre politique antérieur, à un système de pouvoir et
de souveraineté limités.

Il est évident que, comme toute institution, les régimes internationaux ne sont pas interprétables comme de pures média-
tions fonctionnelles destinées à promouvoir le bien commun :
les règles et principes qui président à leur existence sont toujours des structures de pouvoir et de domination. Même s'ils
expriment des « rapports hiérarchisés » entre acteurs inégaux
qui s'affrontent à l'échelle mondiale (États-nations et grands
acteurs privés), les régimes internationaux sont, en même
temps et inévitablement, des types d'ordre cristallisant un
« compromis », plus précisément un « compromis institutionnalisé », permettant de trouver un mode de gestion plus satis-

faisant des conflits. Les théories de l'économie politique inter-nationale sont des tentatives pour mieux comprendre ce fonctionnement, c'est-à-dire les effets positifs des institutions internationales dans un contexte de distribution de pouvoir asymétrique et leurs implications du point de vue de la stabilité du système international.

IV. PLAN DE L'OUVRAGE

Le premier chapitre présente les grands courants de pensée qui traversent l'économie politique internationale et vise à four-nir un tableau synthétique des problématiques théoriques en présence (les « grands paradigmes », comme on dit). Les trois chapitres suivants sont thématiques et visent à illustrer concrè-tement l'intérêt pour les économistes de mener une approche en termes d'économie politique internationale dans deux domaines fondamentaux des relations internationales : le com-merce et la monnaie.

La méthode suivie dans ces trois chapitres est de partir de la science économique telle que les économistes la conçoivent et la pratiquent, donc des résultats considérés comme des acquis (résultats succinctement rappelés à l'intention de ceux qui ne sont pas des économistes de formation), pour montrer la néces-sité de faire intervenir les déterminations politiques dans l'ana-lyse des phénomènes internationaux. Affirmer qu'une grande part des enjeux de l'économie mondiale relève aujourd'hui du politique et non de l'économique (qu'il s'agisse des pro-blèmes de coordination des politiques économiques à l'échelle internationale, des problèmes liés au système monétaire inter-national, etc.) est *à la limite* une banalité. Il ne suffit pas de proclamer, *de l'extérieur de la discipline*, que l'économie n'ex-plique pas tout et de convaincre un auditoire acquis d'avance. La connaissance exige d'établir de façon précise la ligne de démarcation entre ce que l'on peut tenir pour acquis et ce que l'on ignore, entre le règne de l'économique et celui du politique, bref d'expliciter de quels enjeux politiques précis il s'agit quand on a affaire à l'économie. La théorie économique (notamment la théorie néoclassique) peut être utilisée à cet effet. Le terrain de l'économicité apparaît toujours comme une surface extrêmement mince cachant des couches sédimentaires inférieures de teneur politique : la structuration de la société en groupes sociaux, le type de compromis sur lequel repose la cohésion sociale, la place dévolue à l'État, les institutions de l'économie… En choisissant d'étudier deux domaines d'illustration qui correspondent aux fondements mêmes de l'activité économique (le commerce et la monnaie), on vise à montrer que l'économie standard offre une possibilité d'identifier la nécessité d'une approche *politique* liant les dimensions *nationale* et *internationale*.

Le chapitre II porte sur l'« économie politique du protectionnisme ». Le contenu de ce chapitre ne relève pas à proprement parler de ce que l'on appelle habituellement l'économie politique internationale car son cadre d'analyse est entièrement national, mais c'est une entrée en matière utile pour aborder les problèmes d'économie politique, d'autant que l'on traite en termes d'économie politique de questions d'économie internationale familières aux économistes. L'étude montre que l'analyse économique est condamnée à prendre en compte la dimension politique. Le chapitre suivant explicite pourquoi, même après avoir intégré la dimension politique dans l'analyse du commerce extérieur, le système d'interprétation n'est pas complet car reste manquante la dimension *internationale*. Cette dimension est en général négligée par les économistes, qui se limitent, dans le meilleur des cas, à mobiliser seulement trois entrées : l'économie, le politique et le national. Le chapitre III expose comment les théoriciens de l'économie politique internationale analysent l'action de la dimension internationale dans la constitution d'un ordre commercial mondial.

Le chapitre IV envisage l'autre domaine retenu pour illustrer l'intérêt d'une problématique d'économie politique internationale, celui de la monnaie. Il explicite le fait que le côté manquant des analyses habituelles des économistes est, cette fois, le côté *national* : en effet, le système monétaire international est en général vu comme un système organisant seulement les relations monétaires *externes* entre économies nationales, et les analyses se placent, dans le meilleur des cas, à l'intérieur du triangle économie-politique-international.

Les chapitres suivants, plus théoriques, abordent des questions beaucoup moins familières pour les économistes. Même si l'on s'est efforcé d'utiliser un maximum d'exemples, l'approche reste déductive. Sont d'abord présentés la notion et les fondements des régimes internationaux (chapitre V), puis les théories cherchant à expliquer la formation et l'évolution des régimes, à savoir les théories de la stabilité hégémonique (chapitre VI), la théorie néolibérale (chapitre VII) et la théorie néoréaliste contemporaine (chapitre VIII). Le chapitre VIII présente, en même temps, le débat sur la coopération internationale que cette théorie a contribué à soulever : il explicite donc les lignes principales des controverses qui opposent aujourd'hui les courants de pensée conventionnels sur le problème de la production d'ordre à l'échelle internationale. Certaines parties des chapitres VII et VIII ont un niveau de technicité qui peut rebuter les lecteurs non intéressés par les aspects analytiques. On préviendra le lecteur de façon qu'il puisse, s'il le désire, en omettre la lecture sans compromettre la compréhension d'ensemble.

Le dernier chapitre (chapitre IX) s'efforce de remettre en perspective les théories conventionnelles pour montrer que leur objet et leurs analyses, aussi utiles soient-ils, se limitent à la question des déterminants de la création de régimes et n'abordent que partiellement les modalités de fonctionnement et d'évolution. Le chapitre présente donc les théories qui cherchent à traiter ces questions et qui sont plus ou moins hétérodoxes par rapport au corps central de l'économie politique internationale, comme les théories dites « cognitivistes » et « constructivistes ».

Toute ma reconnaissance va à mes collègues et amis qui, ayant pris la peine de lire une première version de cet ouvrage, m'ont permis, par leurs remarques avisées et savantes, de corriger une partie des innombrables défauts que comportait la première ébauche. Merci donc à Jean-Yves Caro, Mario Dehove, Jacques Léonard et Pierre Salama.

1. Les courants de pensée

INTRODUCTION

Il faut remonter au début des années soixante-dix pour trouver les prémices de l'économie politique internationale (on désignera par la suite « ÉPI » l'économie politique internationale entendue en tant que discipline) comme courant théorique ayant pour ambition de renouveler l'ensemble de la discipline « relations internationales »[1]. Le programme de recherches exprime une volonté d'« intégration » de l'économique (la dimension de la richesse) dans les approches traditionnelles de la « théorie des relations internationales » (dont le paradigme central s'ordonne autour d'une logique de la puissance)[2].

Aucune discipline, même la plus exacte, n'est construite sur des concepts clairs et nettement définis. C'est particulièrement vrai pour une discipline jeune et divisée comme l'ÉPI. En toute logique, il faudrait donner des définitions, au moins approximatives, sur ce que l'on doit entendre par « économie », « politique » et « international », mais l'exercice serait largement

---

1. Concernant cette discipline, le lecteur français non informé peut se reporter au petit ouvrage d'initiation de Roche [1994].

2. Un moment fort de cette gestation a été la parution de deux numéros spéciaux de la revue *International Organization* (1975, vol. 29, n° 1 et n° 2), publication qui a marqué l'institutionnalisation du champ aux États-Unis et la transformation de cette publication en véritable revue de référence dans le domaine. Les objectifs assignés au projet apparaissent clairement dès la préface du premier numéro : « Seule une *approche intégrée* [c'est nous qui soulignons] peut expliquer de façon adéquate les fondements d'arrangements économiques internationaux et fournir ainsi des propositions politiques solides. » Les articles sont signés des noms qui vont devenir célèbres dans la discipline : R. Baldwin, C. F. Bergsten, R. C. Cooper, R. Gilpin, R. Keohane, J. Nye.

factice en raison des désaccords entre les écoles de pensée. Dans un chapitre introductif, il vaut mieux se contenter de ce que le sens commun entend par ces termes.

La définition de l'ÉPI pose problème (Keohane [1997], p. 150) car les lignes de démarcation entre économique et politique ainsi qu'entre international et national sont toujours floues. Comprendre les raisons des obscurités permet toutefois d'y voir un peu plus clair. Une grande partie des désaccords tient au fait que l'économique et le politique désignent en même temps des méthodes et des objets. En tant que méthodes, ils renvoient à des instruments d'analyse, donc à des disciplines (ce que, en anglais, on désigne sous les termes *economics* et *politics*). De ce point de vue, l'économie est ce que font les économistes et le politique ce que font les politistes. Puisqu'il s'agit d'une manière de traiter la réalité, l'économique et le politique s'appliquent à n'importe quel type d'activités sociales et ne sont pas limités dans leur objet. Mais l'économique et le politique renvoient aussi à des ensembles d'activités particulières, à des réalités sociales. Le français ne dispose pas de termes spécifiques pour désigner cette seconde dimension (on utilisera par la suite les termes « économie » et « politie » en réservant ceux d'« économique » et de « politique » pour la dimension disciplinaire). Dans le domaine de l'économie, la séparation entre « le sujet et l'objet », c'est-à-dire la séparation de la communauté scientifique et de ses objets d'investigation, est maximale, à l'opposé des mathématiques ou de la philosophie, qui sont des objets inséparables de la communauté scientifique. Alors que la mort de tous les philosophes ou de tous les mathématiciens signerait la mort de la philosophie ou des mathématiques, l'économie continuerait d'exister, et se porterait peut-être mieux, si tous les économistes disparaissaient.

Il n'existe pas de définition conventionnelle acceptable concernant l'« économie effective ». Qu'est-ce qu'une activité économique ? Une activité économique peut-elle être séparée d'une activité politique ? Existe-t-il des actions qui seraient par nature économiques et d'autres qui seraient par nature politiques ? Une activité est-elle économique seulement si elle prend une forme pécuniaire et transite par des relations de marché ? Les désaccords sur le contenu à donner à la distinction (substantive) entre économie et politie sont nombreux et expriment des oppositions sur *la manière même de concevoir la société.* Le constat est après tout réconfortant puisqu'il révèle l'absence de domination d'une pensée dogmatique en sciences sociales.

Il est donc compréhensible qu'il n'existe pas de consensus sur la définition de l'économie politique internationale, c'est-à-dire ni sur la manière d'entendre ce qu'est l'économie, le politique et l'international, ni sur la manière de combiner ces trois dimensions. L'absence de consensus en ce domaine, le flou des définitions et la possibilité de retenir diverses options expliquent la présence de différentes écoles de pensée. L'ÉPI est donc compatible avec des options idéologiques et théoriques significativement différentes non seulement parce que ses fondements ne sont pas stabilisés et qu'il s'agit d'une discipline jeune, mais également, et peut-être surtout, parce que son objet vise les *interactions sociales* entre différentes déterminations et concerne un objet complexe.

Une manière de lever l'ambiguïté est de restreindre l'économie au marché et la politie à l'État. L'objet de l'ÉPI devient alors plus clair mais au prix d'une limitation qui, sans être satisfaisante, peut être acceptable pour les sociétés comme les nôtres dans lesquelles le système de marché a envahi la sphère économique et l'État la sphère politique : l'objet de l'ÉPI devient alors, à l'instar des présentations usuelles, l'étude des relations États-marchés. Le lecteur se contentera donc, provisoirement, de la définition suivante : l'objet de l'ÉPI est d'expliquer comment, sur le plan international, le pouvoir étatique organise les relations de marché et comment ces forces économiques contraignent l'action politique.

L'économie politique internationale se divise en trois grands courants : le libéralisme, le marxisme et le courant, peu familier aux économistes, qu'il est convenu d'appeler le « réalisme ». À ces courants bien identifiés on ajoutera des approches récentes, ouvrant des pistes qui n'ont pas encore eu le temps de s'affirmer, et que l'on désigne sous les termes de « cognitivisme » ou de « constructivisme ». En raison de leur caractère encore problématique, on laissera de côté ces approches (qui seront présentées dans le dernier chapitre au titre de voies de recherche) pour nous en tenir aux modèles de référence. Après avoir exposé les grands systèmes théoriques, on envisagera leur version moderne.

I. LES GRANDS SYSTÈMES THÉORIQUES

Dans cette partie introductive, on fera provisoirement comme si chacun des grands courants (libéralisme, marxisme, réalisme) se caractérisait par un modèle rigide et exclusif des deux autres, un modèle qui n'existe jamais sous cette forme extrême dans la réalité. En ÉPI, les écoles de pensée sont des entités plus intellectuelles que sociologiques, et il n'est pas rare qu'un même auteur se distingue par des contributions faites à plus d'une école. L'éclectisme est la marque distinctive de la discipline : un théoricien qui préconise certaines prescriptions peut très bien reconnaître simultanément la validité d'arguments d'inspiration opposée. L'intérêt d'associer des « modèles idéaux types » à des approches qui restent relativement ouvertes, même chez les auteurs considérés comme représentatifs d'une école, est d'expliciter complètement les trois systèmes de forces qui, à des degrés divers, sont appelés à intervenir dans une analyse en termes d'économie politique internationale.

A. Le modèle libéral

Le corpus d'idées du libéralisme remonte (bien que le terme « libéralisme » soit récent) à Smith et à Ricardo, voire à des auteurs encore plus anciens comme les physiocrates ou Bois-guillebert. Il s'agissait, sous sa première forme, d'une doctrine préconisant de lever tous les obstacles intérieurs à la fluidité des marchés afin de maximiser la richesse des nations et, en rupture avec les préceptes mercantilistes, de mettre en place la liberté des échanges avec l'extérieur. Sous sa forme primitive, le libéralisme apparaît donc comme une théorie normative. Dans sa version contemporaine, la théorie libérale va plus loin en proposant un modèle pour l'analyse de l'économie politique internationale *positive*. Ce modèle peut être caractérisé par trois « hypothèses » centrales.

1. *Les hypothèses axiomatiques :*
individualisme méthodologique et rationalité

La première est relative au fait que les individus sont supposés constituer les acteurs fondamentaux de l'économie politique internationale. C'est surtout le corollaire de cette proposition qui mérite d'être souligné : le modèle libéral considère que, contrairement aux apparences, les États *ne sont pas* les acteurs fondamentaux de l'économie politique internationale (l'hypothèse opposée est, comme on le verra, constitutive de l'approche dite « réaliste ») et que, contrairement à l'approche marxiste, les classes sociales ou les structures exprimant des rapports de classes (firmes multinationales par exemple) *ne sont pas*, non plus, les vrais points de départ de l'analyse. L'État-nation, qui constitue à l'évidence l'un des acteurs de l'économie politique internationale, est en fait considéré comme une sorte d'agent « subrogé », une figure de style permettant d'économiser la représentation analytique. La première hypothèse est donc : l'État-nation ne représente rien par lui-même car il n'est que la somme des individus composant la nation. Il en résulte que l'« économie nationale » est une notion incertaine. Comme on le verra plus précisément à l'occasion des études thématiques, les idées de « compétitivité de l'économie nationale », de « concurrence internationale » ou de « système international » posent problème dans la vision libérale, voire pour certains théoriciens sont des notions tout simplement vides de sens.

La deuxième hypothèse postule que les individus sont des agents non seulement rationnels, mais également maximisateurs de leur bien-être matériel propre. En d'autres termes, les individus du modèle libéral sont des êtres asociaux et apolitiques. L'implication de cette hypothèse, qui pourrait sembler secondaire, est l'une des plus lourdes en économie politique internationale puisqu'elle consiste à poser que les individus, et donc ces acteurs subrogés que sont les États (ou les firmes multinationales), sont uniquement guidés par la recherche de leurs gains économiques. Cette spécification revient dans la plupart des cas (les jeux économiques étant presque toujours des jeux à somme positive) à postuler l'absence de conflits fondamentaux. Si la seule logique économique est la logique du bien-être matériel et si les marchés sont efficients, chaque échangiste gagne à l'échange en maximisant son utilité ou son profit, et il ne peut exister de conflits irréductibles entre les agents (sauf situation très exceptionnelle de jeu à somme nulle). Par exemple, le libre-échange permet à tous les pays d'augmenter leur bien-être et il n'y a dès lors aucune base économique pour l'existence de conflits, *a fortiori* pour le déclenchement de guerres commerciales entre nations. Du point de vue analytique, on associe au modèle libéral l'hypothèse que les fonctions-objectifs des États visent à maximiser des variables de *gains absolus*. Cette spécification s'oppose à celle associée au modèle réaliste, dans lequel les États ont des buts de pouvoir. Dans le paradigme réaliste, les États cherchent à maximiser leur position relative sur une échelle de puissance et sont donc essentiellement préoccupés par leurs *gains relatifs* : les conditions sont alors réunies pour qu'apparaisse la possibilité de conflits entre nations. Mais évidemment il faut supposer que les États ne sont pas de pures émanations des volontés individuelles, sont des acteurs autonomes et ont des finalités propres qui diffèrent de celles des agents individuels, des finalités de *puissance* (selon la terminologie en usage, le terme « puissance » est utilisé de préférence à celui de « pouvoir », généralement réservé pour désigner la nature de l'autorité exercée par l'État à l'intérieur de son territoire).

2. L'économisme

La troisième hypothèse concerne le politique et donc le statut de l'économie politique internationale. L'épistémologie du modèle libéral est en vérité très simple : elle consiste à analyser le politique en termes purement économiques (en termes « coûts-avantages »). Dans le modèle libéral, le politique n'est rien d'autre que le regroupement de problèmes que les sociétés ont à résoudre sans l'aide de marchés préexistants (donc sans l'aide de prix). De façon très naturelle, l'économie politique internationale libérale apparaît alors comme un prolongement de la théorie économique néoclassique. Dans l'approche libérale, l'économique domine donc le politique et la politie (si on désigne par « politie » le champ concret d'exercice de la politique).

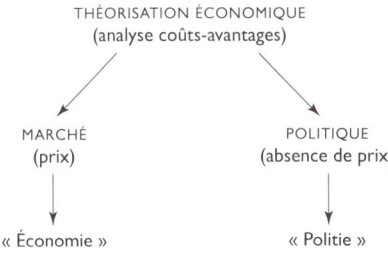

Figure 1

Le politique prend naissance dans les interstices que ne peut occuper la logique de marché (*market failures*). Par exemple, le modèle de marché devenant inefficient face aux biens collectifs et aux externalités, la théorie libérale cherche à montrer que les procédures institutionnelles qui sont mises en place par les États peuvent être interprétées comme des solutions (politiques) apportées à des problèmes que l'économique ne peut résoudre à l'aide des mécanismes de marché. C'est ainsi que sur le plan international, le modèle libéral va chercher à montrer que les États *ont intérêt* à établir des règles et des systèmes de régulation pour organiser les échanges entre les différents espaces monétaires, éviter les formes de concurrence « déloyale », protéger l'environnement et, de façon plus générale, mettre en place la fourniture de biens collectifs internationaux.

L'idée d'*intérêt* est ici centrale, même chez les « néolibéraux » qui se rattachent à une école de pensée ayant pourtant opéré une bifurcation théorique importante par rapport au libéralisme initial. Les phénomènes internationaux, notamment les constructions institutionnelles, sont principalement analysés à partir des logiques d'intérêt, très secondairement à partir des logiques de *pouvoir* comme dans le modèle réaliste. L'intérêt et le pouvoir définissent en effet deux champs de forces orthogonaux. Le champ de l'intérêt conduit à accorder une place privilégiée à la coopération dans l'analyse du politique. À la coordination traditionnelle par les prix (que met en mouvement la « main invisible » du marché) fait écho, dans la sphère du politique, une coordination possible par l'adaptation des comportements. Comme on le verra ultérieurement, c'est cette possibilité de coordinations qui, pour les néolibéraux, fonde la nécessité de régimes internationaux, une approche qui tend à faire du « principe de coopération » le facteur explicatif dominant au détriment des rapports de pouvoir.

B. Le modèle marxiste

Le modèle marxiste en économie politique internationale trouve incontestablement sa source dans l'œuvre du maître, mais il provient dans une large mesure de la réflexion d'auteurs postérieurs à Marx (théoriciens de l'« impérialisme » et de la « dépendance »). L'approche marxiste, en économie comme en économie politique internationale, ne joue qu'un rôle secondaire dans les débats théoriques de cette fin de siècle. Qu'on le déplore ou non, les controverses actuelles dans le champ de l'économie politique internationale opposent deux « programmes de recherche » : le programme de recherches libéral et le programme réaliste. Même si l'approche marxiste n'est pas appelée à intervenir dans la suite de cet ouvrage, il est nécessaire d'en donner ici une présentation rapide, ne serait-ce que pour mieux cerner par contraste les contours spécifiques des « modèles » libéral et réaliste.

1. Les hypothèses

Pour faciliter la mise en perspective analytique, on peut caractériser le « modèle » marxiste par rapport aux trois hypothèses du modèle libéral. Alors que le modèle libéral repose sur l'individualisme méthodologique, le modèle marxiste fait des classes sociales (et non des individus) les vrais acteurs de l'économie politique internationale. La deuxième hypothèse est que les classes sont fondamentalement guidées par leurs intérêts (et que les individus partagent fondamentalement les intérêts de la classe à laquelle ils appartiennent) ; ces intérêts se confondent pour l'essentiel avec des intérêts matériels ; acteurs sociaux conscients de leurs intérêts économiques, les classes, ou plutôt leurs *organisations*, agissent aussi rationnellement que possible dans le but d'améliorer leur situation. La résultante de cette hypothèse est l'idée, qui admet d'infinies nuances selon les auteurs, que l'économique « domine » et/ou « détermine » le politique. Une forme plus ou moins prononcée d'« économisme » reste la marque distinctive du marxisme en économie politique : il est vrai que, si l'économie politique se réduisait chez la plupart des marxistes historiques à un déterminisme économique souvent étroit, elle présente chez les auteurs contemporains des formes incontestablement plus ouvertes. Même si le contenu de l'économisme est très différent de la représentation libérale, le marxisme part d'une image première du rapport économie-politique qui n'est pas très éloignée de celle de son adversaire libéral.

En revanche, la troisième hypothèse s'en écarte radicalement. Le marxisme pose le conflit (l'« exploitation ») comme réalité fondamentale des sociétés de classes, dont le capitalisme est l'avatar contemporain (l'antagonisme capital-travail). La prétention à vouloir démontrer « scientifiquement » l'existence de cette exploitation (théorie de la valeur et de la plus-value) est sans doute ce qui a le plus vieilli dans la théorie marxiste. Que l'exploitation ne soit pas justiciable d'une « théorie scientifique » n'enlève rien, du reste, au fait qu'il existe des conflits entre « dominants et dominés » et que les conflits de classes constituent l'un des moteurs de l'histoire et du changement socio-économique. Les théories économiques contemporaines s'inspirant du marxisme (« théorie de la régulation » par exemple) montrent que la « lutte des classes » peut revêtir dans le capitalisme des formes plus subtiles que l'opposition frontale classe contre classe et que les modalités des conflits sont historiquement déterminées. Lorsque la croissance économique, comme dans le capitalisme contemporain, repose sur les progrès de productivité, le jeu économique n'est plus un jeu à somme nulle, et le salaire réel peut croître conjointement avec le profit. Dans ce cadre, l'antagonisme de classes et les conflits de *répartition* (partage salaires-profits) n'apparaissent plus comme la matrice de l'ordre social. La logique de la lutte des classes développe son action de façon plus souterraine mais plus profonde : la lutte des classes devient moins « chaude » et concerne des enjeux relatifs à la *production* et aux structures institutionnelles.

2. Les analyses

Les marxistes contemporains qui s'intéressent à l'ÉPI ne forment plus aujourd'hui une école de pensée homogène visant une théorie d'ensemble. Les recherches se concentrent en fait sur deux thèmes privilégiés. Le premier concerne les firmes multinationales. Leur étude (depuis Hilferding et Lénine, pour citer les premiers théoriciens de l'« internationalisation du capital ») est une spécialité dans laquelle les marxistes sont très présents, ce qui se comprend assez bien puisque l'objet d'études met en scène la figure du capital à l'échelle internationale. La bibliographie sur ce sujet est extrêmement abondante. Pour nous limiter à la France et aux ouvrages classiques, indiquons Palloix [1975a et 1975b], Destanne de Bernis [1988], Michalet [1985] et Chesnais [1994]. Derrière la question relativement spécialisée se dessine en filigrane une vision d'ensemble du système économique international contemporain, où les firmes multinationales seraient les acteurs principaux. La littérature marxiste contemporaine sur la mondialisation a même tendance à voir le monde actuel comme gouverné par la puissance des firmes multinationales : un monde capitaliste où les contrepoids étatique et social ne joueraient plus leur rôle traditionnel. La croissance des firmes multinationales, le développement de la globalisation (notamment de la globalisation financière), la mobilité internationale des capitaux, sont expressément désignés comme les responsables de l'affaiblissement des États et de la perte de pouvoir des travailleurs et de leurs organisations. Dans ce mouvement, le rôle déstructurant de la finance internationale sur la « base productive » est souvent considéré (ainsi Destanne de Bernis [1988]) comme un élément central de la dynamique de cette fin de siècle.

Le second thème de prédilection de l'approche marxiste concerne le *tiers-monde*. On se réfère ici aux analyses ayant pour ambition de produire une économie politique internationale du capitalisme à partir du sous-développement ; les études qui se limitent à étudier l'« économie politique du sous-développement » sur le plan domestique en utilisant l'appareillage théorique marxiste traditionnel ne nous concernent pas directement. Il existe une tradition marxiste (Baran [1967], Emmanuel [1969], Dos Santos [1970], Frank [1970], Amin [1972], Wallerstein [1979]), qui conserve aujourd'hui encore une certaine importance, cherchant à interpréter le sous-développement comme un produit de l'ordre capitaliste mondial, comme une composante de l'« internationalisation du capital » et de l'impérialisme. Les théories de la dépendance (Dos Santos

[1970] notamment) ont par exemple pour ambition de transposer sur le plan international l'approche en termes de domination que Marx avait utilisée pour l'analyse des phénomènes de classes sur le plan national. L'idée d'exploitation, constitutive du rapport capitaliste, a été ainsi transposée de l'échelon national à l'échelon mondial (rapport Nord-Sud et exploitation du tiers-monde par les pays capitalistes, notamment à travers le mécanisme de l'« échange inégal »).

Pour les théoriciens de la dépendance, le système mondial est stratifié par la logique du capital entre, d'un côté, les pays du « centre », qui bénéficient d'une croissance élevée du fait de l'échange inégal avec les pays sous-développés, et, de l'autre, le groupe des pays qui forment la « périphérie » du capitalisme mondial (tiers-monde ou « capitalisme périphérique ») et où le développement se trouve inhibé en raison du rapport de dépendance généré par la soumission au « marché mondial ». Dans le modèle marxiste tiers-mondiste, et pour des raisons qui sont d'ailleurs variables selon les auteurs, le capitalisme international a besoin d'une périphérie sous-développée. Une raison qui a longtemps occupé une place importante est l'argument du bas coût de la main-d'œuvre, donc la possibilité d'extraire de la plus-value de la périphérie et permettre une accumulation renforcée dans les pays du « centre ». Des travaux récents, se fondant sur des expériences proches ou passées, tant en Asie qu'en Amérique latine, ont montré qu'il n'existe du point de vue marxiste aucune relation entre industrialisation dans les pays du tiers-monde et nécessité d'une rupture avec le marché mondial (Salama et Tissier [1982]).

Dans le prolongement de la représentation bimodale du capitalisme mondial en centre-périphérie, Wallerstein ([1979] par exemple) a proposé un triptyque pour modéliser l'économie-monde capitaliste (cœur, périphérie et semi-périphérie), dans lequel la théorie de la dépendance apparaît comme un sous-ensemble d'une vaste perspective en termes de « système-monde ». La représentation peut s'analyser comme une combinaison entre la dialectique de la dépendance marxiste (conflit centre-périphérie) et la dialectique réaliste (qui s'ordonne autour des conflits entre puissances : dialectique des rapports entre puissance hégémonique, le cœur, et puissances de second rang, la semi-périphérie). La réflexion sur les structures de l'économie mondiale a trouvé au cours des années quatre-vingt un prolongement dans les analyses prenant en compte le caractère hiérarchisé du capitalisme mondial (Beaud [1987]) ou les relations entre entreprises et États (Strange [1988]).

C. Le modèle réaliste

Le réalisme a peut-être le « pedigree » le plus vénérable des trois modèles en ÉPI. Non seulement il se rattache directement à l'école réaliste en théorie des relations internationales (une école que l'on fait remonter à Thucydide, à Machiavel, à Hobbes et qui est devenue, dès la fin de la Seconde Guerre mondiale, la théorie orthodoxe de la *world politics* américaine), mais il forme la référence intellectuelle sous les auspices de laquelle s'est constituée, au cours des années soixante-dix, l'ÉPI comme objet et programme *nouveau* de recherches.

Au XIXe siècle et dans la première moitié du XXe, les précurseurs réalistes en ÉPI ont été rares et n'ont pas fait école, régulièrement balayés par l'alternance des marées libérale et marxiste. Il faut se référer aux « mercantilistes », donc à une pensée antérieure au XIXe siècle, pour trouver une doctrine réaliste instituée ; les noms de List et de quelques théoriciens allemands de l'économie nationale suffisent à compléter la courte liste des auteurs retenus par l'histoire de la pensée économique pour le XIXe siècle. Ajoutons, pour faire bonne mesure, le nom de Perroux au XXe siècle (Perroux [1961] par exemple) ; et peut-être aussi celui de Keynes, du moins le Keynes de certains écrits (ainsi Keynes [1920]), plus quelques auteurs restés isolés (comme Hirschman [1945]).

C'est en fait le clivage libéralisme-marxisme qui a balisé toute la réflexion en ÉPI : le tiers exclu était le réalisme. Aujourd'hui, comme on l'a déjà dit, c'est l'opposition libéralisme-réalisme qui constitue l'axe principal de la dynamique de la recherche en ÉPI. Le point de vue réaliste en ÉPI se structure fondamentalement autour de l'idée que les États-nations poursuivent des *buts de puissance* et constituent les *acteurs principaux* des relations économiques internationales. L'idée générale est constitutive de ce que l'on appelle le point de vue réaliste en relations internationales.

En économie politique, le point de vue réaliste s'intéresse à un aspect plus particulier de la logique des États-nations, à savoir les modalités selon lesquelles l'économie est utilisée pour atteindre les buts de puissance. La spécificité de l'économie politique internationale par rapport à la politique internationale est l'étude de la mobilisation de l'économique à des fins politiques, et non l'étude traditionnelle de la mobilisation du politique (le militaire principalement) à des fins politiques. On peut donc d'emblée annoncer l'idée qui établit la différence majeure avec les deux approches précédentes : les faits économiques internationaux sont entièrement déterminés par le politique, ce sont des faits construits par les structures de la puissance et les conflits entre États. Explicitons par contraste avec les modèles libéral et marxiste les trois hypothèses du modèle réaliste.

1. L'hypothèse de l'« anarchie »

La première hypothèse est que les États-nations sont les acteurs principaux de l'économie politique internationale et les unités de l'analyse (approche « stato-centrée »). Cette hypothèse plonge ses racines très profondément dans la philosophie politique réaliste ; elle fait corps avec la représentation réaliste de l'ordre international. Dans la pensée réaliste, le système international est fondamentalement « *anarchique* » en ce sens qu'il n'existe pas sur le plan international d'État mondial, donc de souveraineté supérieure à celle des États (des États-nations dans le monde moderne). L'idée d'anarchie, donc d'absence de « coopération systémique », est fondamentale dans la vision réaliste et revêt une signification analytique. Le terme « anarchie » a, dans le langage courant, deux acceptions. La première renvoie à l'étymologie (absence d'autorité) et implique que les conflits internationaux ne peuvent être régulés par une instance cosmopolitique. La seconde renvoie à l'idée de chaos ou de confusion, due à l'absence de règles ou d'ordres. Préciser l'importance de la notion d'anarchie dans le modèle réaliste revient à explorer ces deux acceptions.

L'acception étymologique (absence d'autorité) est essentielle. Elle constitue l'expression internationale de l'hypothèse du monopole national de la souveraineté politique dans le monde actuel. Cette hypothèse comporte deux implications pour une analyse d'ÉPI. Elle postule d'abord qu'aucune autorité n'est supérieure à celle des États-nations, donc que tous les acteurs des relations internationales doivent être considérés comme politiquement subordonnés à l'État-nation (les individus, les firmes multinationales ou les classes sociales). Elle postule ensuite que tous les États doivent être considérés comme étant de même niveau hiérarchique de légitimité, donc seuls juges du bien et du mal (faire ou ne pas faire la guerre par exemple) ou, dit autrement : les catégories du bien ou du mal *n'ont pas de sens* et ne s'appliquent pas concernant les relations d'État à État. À l'échelle internationale, la violence doit alors être posée comme un mode légitime de règlement des conflits et une composante inhérente de l'ordre international. En d'autres termes (en termes wébériens), tous les États disposant du « monopole de la violence légitime », il n'existe pas sur le plan international d'instance qui détienne le monopole de la violence légitime. L'ONU reconnaît d'ailleurs explicitement, dans sa charte, la « souveraine égalité » des États. Allons plus loin : puisque l'absence d'un gouvernement central signifie absence de garantie de survie des États comme élément indépendant du système international, chaque État est condamné à épouser un *comportement d'« autopréservation »* (Waltz [1979]). Les États ayant pour crainte permanente que les autres renforcent leur puissance et soient en mesure de les faire disparaître, leur principale préoccupation doit être d'éviter que les ressources des autres ne se renforcent de façon relative. Cette idée est à l'origine de l'importance accordée aux « gains relatifs » dans toutes les analyses réalistes, ou néoréalistes.

Le modèle anarchique (un monde sans État et donc régi par la violence) est en fait le référent fondamental de toute l'histoire de la philosophie politique. On ne peut s'empêcher d'établir un parallèle avec le modèle de l'état de nature (« guerre de tous contre tous ») imaginé par Hobbes pour décrire une figure antérieure à la création de l'État et à la constitution d'un état civil des relations entre les hommes, un parallèle naturel si l'on admet que l'absence d'« État cosmopolitique » est la face duale du monopole de la violence légitime détenue par les États-nations.

L'autre acception courante du terme « anarchie » (désordre) exige quelques précisions. On ne peut pas dire qu'elle signifie véritablement « chaos » pour les réalistes car, dans certaines circonstances, il peut se former un ordre et une stabilité internationale malgré le fait que la sphère internationale soit fondamentalement conflictuelle. La notion d'« équilibre de la puissance » (*balance of power*) est par exemple une configuration dans laquelle plusieurs puissances de taille comparable s'opposent mais sont « en équilibre » dans la mesure où aucune d'entre elles n'a intérêt à rompre l'état de repos lorsque l'espérance de gain est nulle ou négative. De même, la configuration « hégémonique » (un État surpasse tous les autres en puissance) est source de stabilité car l'*hegemon* a intérêt à imposer un ordre international, et les puissances de second rang n'ont pas la force suffisante pour s'y opposer. Cette configuration sous-tend la « théorie de la stabilité hégémonique », qui joue un rôle si important dans la théorie réaliste des régimes internationaux. L'idée cruciale reste néanmoins que cet ordre et cette stabilité sont *problématiques* : l'hypothèse anarchique ne signifie pas que le chaos est toujours certain, mais elle signifie assurément que le chaos est toujours possible. Au sens de la seconde acception du terme, l'hypothèse anarchique signifie donc que la stabilité n'est jamais un acquis sur le plan international.

2. La recherche de la puissance

La deuxième hypothèse du modèle réaliste est que les États-nations sont des agents rationnels ayant en vue la *puissance*. Il est nécessaire de noter, avec les auteurs néoréalistes eux-mêmes, que les fondements théoriques de l'idée de puissance ne sont pas clairs. Comme l'écrit Waltz ([1986], p. 333), l'un des plus grands théoriciens réalistes des relations internationales : « Bien que la puissance soit un concept clé dans la théorie réaliste, sa définition précise reste un sujet de controverse. » Un auteur réaliste important en ÉPI, Gilpin, écrit de son côté : « Le concept de puissance est l'un des plus incommodes dans le champ des relations internationales » (Gilpin [1981], p. 13). La puissance est traditionnellement définie par ses moyens, c'est-à-dire par les *ressources* qui permettent d'imposer sa volonté à autrui (ou d'empêcher les autres de s'opposer à sa volonté), en d'autres termes elle est définie comme moyen de contrainte sur les décisions des autres. Morgenthau, un des classiques de la théorie des relations internationales, a produit des inventaires bien connus des ressources de la puissance (démographie, ressources naturelles, importance du territoire, etc.). Mais il reste à savoir ce qu'est la puissance *indépendamment* de ses moyens. Traditionnellement, la puissance est envisagée comme une force *consciente* qui impose des *options non désirées* soit de façon positive (imposer sa volonté à autrui), soit de façon négative (empêcher les autres de s'opposer à sa volonté). Cette définition conduit à restreindre considérablement le champ d'exercice de la relation de pouvoir car se trouve exclu l'ensemble des processus de domination involontaires et inconscients. Cette question prend une acuité particulière à l'ère de la mondialisation, quand les inventaires classiques des ressources perdent de leur efficacité descriptive. Dans un cadre d'interdépendance, la puissance ne peut plus être considérée comme une relation seulement coercitive qui agit de l'extérieur, comme une force étrangère et clairement identifiable ; elle peut en effet s'exercer à travers la restructuration des *conditions* dans lesquelles se prennent des décisions apparemment libres. Qu'est-ce alors que la puissance indépendamment des instruments concrets ? Le réalisme doit composer avec une imprécision fondamentale, notamment pour l'analyse de la puissance en cette fin de siècle (Nye [1990]).

Une idée paraît néanmoins claire. La puissance est forcément un concept relatif. Si un État-nation (ou tout autre acteur) accroît sa puissance à l'égard d'un autre, c'est nécessairement aux dépens du second. Dans la pensée réaliste, l'objet de la science politique internationale s'analyse donc comme un jeu à somme nulle et, pour cette raison, inévitablement conflictuel. Si un État-nation gagne, un autre doit perdre. En ÉPI, comme on l'a déjà souligné, l'hypothèse se traduit par le fait que ce sont les gains relatifs, et non les gains absolus, qui sont pris comme variables de comportement des États-nations.

3. La hiérarchie des objectifs

La troisième hypothèse concerne la hiérarchie des objectifs. Le système international étant anarchique, et l'usage de la violence (ou de la coercition) étant une possibilité constamment présente, on doit supposer que les États accordent une place privilégiée à la question de la sécurité extérieure et de la préservation des *bases militaires* de la puissance. Cette approche fixe clairement une hiérarchie des objectifs dans le comportement (supposé rationnel) des États à propos de la *world politics* : la politique de défense et les questions militaires occupent le haut de l'échelle ; la « grande politique » – la *high politics* (questions de sécurité militaire) – domine la « petite politique » – la *low politics* (l'économie et les questions sociales). Comme les États-nations sont, dans un monde anarchique, entièrement dépendants de leurs propres ressources, et que celles-ci dépendent de l'économique, il serait inexact de considérer que les réalistes n'accordent aucune importance à l'économique. Tout au contraire, les réalistes considèrent que les questions économiques sont essentielles puisqu'elles commandent la politique de puissance : les États sont donc soucieux des questions économiques et cherchent à favoriser la croissance économique. Mais l'économique est un moyen, non un but en soi. Lorsque les intérêts économiques d'un État s'opposent à ses intérêts politiques (faire une guerre coûteuse sans contrepartie économique ou accepter de ne pas faire la guerre et enregistrer un recul politique), lorsque des arbitrages doivent être faits entre l'économique et le politique, l'hypothèse associée au réalisme est que le politique prime l'économique. Par exemple, à la question de savoir pourquoi l'administration américaine s'est longtemps opposée à la création de l'euro alors que l'économie mondiale (donc indirectement les États-Unis) aurait intérêt sur le plan économique à voir une nouvelle monnaie compléter le dollar dans ses fonctions de liquidité internationale, les réalistes ont tendance à apporter une réponse de nature politique : la crainte que l'euro consomme la perte du rôle hégémonique du dollar. Le même principe selon lequel les États-Unis choisiraient d'aller à l'encontre de leurs intérêts économiques pour préserver un rapport de force globalement favorable pourrait expliquer l'obstruction américaine interdisant toute discussion sur une éventuelle réforme du système monétaire international.

Chez les auteurs libéraux ou marxistes, on recherchera toujours des motivations économiques derrière les actions internationales, même quand ces motivations paraissent obscures (guerre du Vietnam par exemple). Les réalistes n'ont pas ce genre de problèmes car, pour eux, la principale motivation des acteurs internationaux n'est pas leur bien-être matériel. Le point de vue réaliste permet d'imaginer que, sous certaines circonstances, les États-nations puissent sacrifier leurs gains économiques afin d'affaiblir leurs rivaux, ou afin de se renforcer politiquement ou militairement, donc qu'ils puissent avoir des comportements apparemment irrationnels d'un point de vue économique. Comme on le verra par la suite, la protection com-

merciale ou le libre-échange seront analysés comme des stratégies adoptées pour des raisons principalement politiques (des
stratégies qui peuvent éventuellement diminuer le bien-être
économique). Dans la conception réaliste, l'économie est donc
subordonnée au politique, et l'économie politique internationale a tendance à être traitée comme une annexe de la politique
internationale ; on observera que les libéraux et les marxistes se
caractérisent par une dérive opposée puisque, comme on l'a vu,
la tendance spontanée est de traiter l'économie politique internationale comme une annexe de l'économie.

Concernant l'« organisation » (ou l'« absence d'organisation ») de l'économie mondiale, le modèle réaliste accorde par
conséquent une place privilégiée à la logique de puissance. La
« théorie de la stabilité hégémonique », qui est la principale
théorie dans ce domaine, soutient qu'une économie internationale ouverte et l'existence de régimes internationaux forts,
c'est-à-dire susceptibles de stabiliser efficacement l'économie
mondiale, se rencontrent seulement quand une seule puissance
hégémonique domine l'arène internationale.

D. Les trois systèmes et leurs conflits

Les trois « modèles idéaux types » adoptent donc des hypothèses différentes pour l'analyse de l'économie politique internationale. Concernant d'abord les *unités de l'analyse*, le libéralisme part des individus, tandis que le marxisme et le réalisme
partent respectivement des classes sociales et des États. Les
trois approches divergent également quant à la *démarche de
l'analyse* : le marxisme et le libéralisme ont tendance à envisager les phénomènes économiques internationaux comme mettant
en œuvre des déterminations économiques (les marxistes et les
libéraux n'ont évidemment pas une conception identique de « ce
qui est économique », mais partagent la même attitude face au
réalisme consistant à attribuer un fondement économique aux
phénomènes politiques). À l'opposé, le réalisme cherche à
remonter aux déterminations politiques pour rendre compte de
l'économie internationale. Une ligne différente de clivage
sépare les trois approches concernant les *principes d'analyse*.
Les réalistes et les marxistes se retrouvent du même côté pour
considérer que les conflits, effectifs ou potentiels, et les rapports

de force sont au cœur de l'économie politique internationale, même quand il s'agit de rendre compte des situations d'apparente accalmie (ces dernières seront par exemple traitées dans l'école réaliste comme des « équilibres de la puissance » ou des « équilibres hégémoniques », donc des résultantes de rapports de force). Le libéralisme tout au contraire cherche à interpréter les phénomènes internationaux à partir de la convergence des intérêts individuels et du jeu d'une coordination (visible ou invisible). Ainsi, les « arrangements internationaux » seront vus dans l'approche libérale non comme des institutions imposées par un rapport de force, mais comme les produits de choix rationnels. La figure 2 regroupe ces différences et ces similitudes.

Il n'est donc pas étonnant que les trois modèles diagnostiquent de façon radicalement différente les mêmes événements en économie internationale et s'opposent sur les interprétations historiques (comme la mondialisation). Cette diversité alimente les débats qui forment la matière de cet ouvrage. Quels que soient les conflits de paradigmes, le mérite de ces trois modèles est d'expliciter, chacun à sa façon, l'un des trois niveaux d'analyse à prendre en compte quand on s'intéresse à l'ÉPI : le marché (pour le libéralisme), le capitalisme (pour le marxisme) et l'État (pour le réalisme).

Modèles	Libéralisme	Marxisme	Réalisme
PROPRIÉTÉS DE L'ANALYSE			
Unité	Individus	Classes	États
Moteur	Convergence des intérêts	Conflits d'intérêts	Conflits de puissance
Méthode	Analyse coûts-avantages et individualisme méthodologique	Structure (holisme méthodologique)	Analyse coûts-avantages et individualisme méthodologique
Démarche : relation économie et politique	Détermination en dernière instance par l'économique	Détermination en dernière instance par l'économique	Détermination en dernière instance par le politique

Figure 2
Les trois modèles de l'économie politique internationale

Comme on l'a déjà dit, les débats contemporains opposent principalement les approches libérale et réaliste. Autrement dit, seul le conflit État-marché joue un rôle dans la dynamique actuelle de la recherche en ÉPI, laissant de côté le troisième terme, le capitalisme. Si les deux approches semblent avoir peu de choses en commun, elles partagent en fait l'essentiel pour qui veut dialoguer : un même langage. Ce langage se structure sur l'analyse coûts-avantages et l'individualisme méthodologique et utilise une grammaire commune que l'on peut appeler le « logicisme économique ». Durant les vingt dernières années, les débats ont permis de jeter de nombreuses passerelles entre les deux camps : la divergence n'est plus doctrinale et ne met plus en présence deux camps retranchés. En fait, les « modèles idéaux types » précédents définissent deux positions extrêmes entre lesquelles existe un continuum de modèles de mélange possibles.

II. CONTROVERSES ET PROBLÈMES ACTUELS

A. Néolibéralisme et néoréalisme

Les débats actuels font en réalité intervenir le « néolibéralisme » et le « néoréalisme », qui constituent deux voies moyennes, deux formes atténuées par rapport aux « modèles idéaux types » précédemment décrits. Le néolibéralisme en ÉPI n'a qu'une parenté lointaine avec ce que l'on appelle habituellement chez les économistes néolibéralisme et « politiques néolibérales ». Dans ce dernier cas, il s'agit de prescriptions de politique économique à usage interne aux économies nationales. Le néolibéralisme désigne tout autre chose en ÉPI. La nouvelle approche, apparue dans les années quatre-vingt, a développé une théorie institutionnaliste complète de l'économie politique internationale à partir de l'idée des « échecs du marché ». L'institutionnalisme néolibéral est au cœur de l'analyse des régimes internationaux qui seront étudiés dans cet ouvrage, et visant à montrer que des structures d'ordre peuvent naître spontanément à partir de la logique des États poursuivant rationnellement leurs intérêts. L'analyse veut ainsi établir que l'hégémonie, à la différence de ce que soutient l'approche réaliste, n'est pas nécessaire à la constitution de régimes.

Venues d'horizons différents, les approches libérale et réaliste se croisent aujourd'hui principalement sur la question de l'État. Voile sans épaisseur dans la version libérale primitive, l'État est maintenant traité comme ayant une consistance propre. Même si certains auteurs néolibéraux persistent à n'y voir qu'un « joueur subrogé », le néolibéralisme admet que les États doivent être considérés comme des acteurs de l'économie politique internationale, ce qui conduit à opérer une bifurcation par rapport au libéralisme pur. L'approche est néolibérale en ce sens qu'elle se réfère à l'école du *public choice* et essaie d'analyser les arrangements institutionnels internationaux dans le domaine économique comme des « choix rationnels » opérés par les États. Cette approche, étroitement associée aux théories des groupes d'intérêts, considère l'action des gouvernements comme le résultat d'une compétition entre les « politiciens » et les groupes d'intérêts qu'ils représentent. Elle peut donc être analysée comme un prolongement international de l'économie politique telle que celle-ci s'est développée ces dernières années (une discipline encore peu connue en France : voir Généreux [1996]).

L'évolution de la pensée réaliste a suivi un chemin inverse. D'acteur unique des relations internationales déterminant de façon souveraine son comportement (version réaliste primitive), l'État est maintenant traité comme un agent influencé par la structure des relations internationales, et donc comme un agent qui n'est plus omnipotent. Le néoréalisme met l'accent sur l'efficacité propre des structures internationales (distribution de la puissance ainsi que régimes internationaux) qui, bien que fondamentalement produites par l'action des États, une fois constituées, sont censées rétroagir sur le comportement de ces derniers, ce qui limite la portée du principe stato-centré de l'approche réaliste dans sa version première. Une variante néoréaliste va même jusqu'à admettre le fait que les États ne sont plus les acteurs uniques de l'économie politique internationale et doivent partager leur pouvoir avec les firmes multinationales. Dans le même ordre d'idées, des variantes néoréalistes reconsidèrent la place de l'économique par rapport au militaire dans la hiérarchie des objectifs des États depuis l'effondrement du communisme, la fin de la guerre froide et la phase historique nouvelle ouverte par la « globalisation ».

Une convergence s'est donc opérée. Tout s'est passé comme s'il s'était produit, d'un côté, un déplacement vers le haut dans l'échelle d'évaluation de la puissance étatique et, de l'autre, un déplacement vers le bas : ~~réévaluation relative de la puissance chez les néolibéraux~~ ; ~~dévaluation relative chez les néoréalistes~~. Le fossé reste néanmoins important (Baldwin [1993]), principalement en ce qui concerne l'analyse du système de motivations des États et donc, pour employer le terme technique des économistes, la spécification des fonctions-objectifs des gouvernants. Comme on aura l'occasion de le constater lors des analyses thématiques, ~~les approches néolibérale et néoréaliste, qui font intervenir dans les fonctions-objectifs des États soit des gains absolus (point de vue néolibéral), soit des gains relatifs (point de vue néoréaliste)~~, aboutissent à des interprétations presque toujours opposées sur un grand nombre de questions d'économie internationale. Il en va ainsi de l'analyse de la coopération internationale ou encore de l'intégration européenne, dont le traitement aboutit à des conclusions opposées selon que l'on raisonne en gains absolus ou en gains relatifs. Toutefois les deux approches ne sont pas radicalement antinomiques, et on assiste aujourd'hui à la formation d'un modèle de synthèse dans lequel les gains absolus et les gains relatifs interviennent simultanément dans les fonctions-objectifs des États. Les conflits entre les approches néolibérale et néoréaliste ne concernent donc plus vraiment les points de départ car, malgré des divergences importantes, elles partagent un large ensemble de présupposés communs.

B. Rationalité individuelle et rationalité collective

Le premier présupposé est que les États ne se préoccupent *que de leurs propres intérêts* et sont des *agents rationnels*. Soulignons qu'il s'agit bien là d'axiomes : on ne cherche pas à *montrer* que les acteurs sont rationnels mais on le *suppose* pour établir sur ce point de départ un système hypothético-déductif. Soulignons également que, si les États sont dans les deux approches des « égoïstes rationnels », ils sont « égoïstes » de manière très différente : dans un cas (néolibéralisme), l'« égoïsme » correspond à une fonction d'utilité *indépendante* de celle des autres (l'utilité de A n'est pas influencée par les variations de l'utilité de B) ; dans l'autre cas (néoréalisme), l'« égoïsme » correspond à des fonctions d'utilité *dépendantes* (car les États doivent se préoccuper de leurs gains relatifs, donc des gains des autres). L'idée d'« égoïsme » ne signifie donc pas que les États ne se préoccupent que de leurs propres gains car, dans le néoréalisme, l'intérêt d'un acteur dépend des gains des autres. Elle signifie que les États ne se préoccupent pas des intérêts *collectifs* en ce sens que les « intérêts de la société des nations » sont sans signification pour eux. C'est pourquoi la question de la genèse de l'action collective devient un problème théorique majeur dans les deux approches.

Le néolibéralisme cherche la réponse de principe en interprétant les comportements coopératifs comme le résultat de processus d'apprentissage. Les intérêts des acteurs restent égoïstes et ne prennent pas en compte la dimension collective ; mais comme la coopération améliore la situation individuelle de chacun, l'action collective doit être désirée pour des raisons égoïstes ; la création des institutions est donc impulsée par le bas, par la coopération.

Le néoréalisme part des mêmes présupposés sur l'égoïsme fondamental mais, faut-il le préciser, en faisant intervenir l'idée d'une *inégalité dans la distribution de la puissance* et la préoccupation des *gains relatifs*. Dans ce cadre d'analyse, des solutions collectives peuvent également être trouvées. Les puissances hégémoniques ont, par exemple, les ressources nécessaires pour imposer la coopération au monde, et elles doivent en avoir normalement la volonté quand la mise en place de structures collectives va dans le sens de leurs intérêts. La stratégie des gains relatifs peut également pousser les États à se coaliser et à promouvoir une coopération, cette fois sur une échelle partielle. Là aussi, comme dans l'approche néolibérale, mais pour d'autres raisons, il n'est pas nécessaire de supposer l'existence d'un système de motivations faisant intervenir des considérations d'intérêts collectifs. On a affaire dans les deux cas à des stratégies différentes pour résoudre le même problème ontologique. Ce problème est au cœur de l'épistémologie « orthodoxe » de la théorie des régimes.

C. L'attraction fonctionnaliste

Le deuxième présupposé commun aux approches néolibérale et néoréaliste est de considérer que l'individualisme méthodologique permet non seulement de fonder une analyse de l'économie internationale, mais également une analyse des institutions et de l'ordre international. L'économie institutionnaliste a été principalement développée à l'échelle nationale. Avec les approches néolibérale et néoréaliste, on est en présence de deux tentatives pour construire un institutionnalisme international fonctionnaliste (les problèmes d'action collective sont donnés et intangibles). On esquissera dans ce livre une autre approche, dans laquelle les régimes internationaux, une fois créés, ont une vie propre qui est de nature à modifier les comportements et les problèmes initiaux. L'institutionnalisme proposé par l'ÉPI conventionnelle (néolibéralisme et néoréalisme) se rattache au fonctionnalisme, c'est-à-dire à ce que l'on appelle le « nouvel institutionnalisme » (voir encadré).

Les courants de pensée institutionnalistes

La naissance de l'institutionnalisme remonte à la fin du siècle dernier et au début de ce siècle. Dans l'histoire de la pensée économique, on rattache habituellement ses origines à Marx et à certains marxistes, à l'école historique allemande, à certains membres de l'école autrichienne (comme Schumpeter ou, plus récemment, Hayek : Hayek [1973], par exemple) ou de l'école néoclassique anglaise (tel Marshall). Mais c'est aux États-Unis que l'institutionnalisme s'est affirmé comme école à la suite des travaux fondateurs de Veblen, de Mitchell, de Commons et de Ayres, avant de poursuivre sa route de façon ininterrompue comme tradition vivante.

La perspective ouverte est historico-culturelle et correspond à une volonté de sortir du paradigme néoclassique étroit pour fournir une explication des éléments généralement considérés comme des données par ce dernier (les « organisations » formelles comme la famille, l'entreprise, etc., ou les codes qui gouvernent les comportements et les relations entre individus comme le droit, le marché, les contrats…). En d'autres termes, l'institutionnalisme cherche a ouvrir les « boîtes noires » des paramètres considérés comme des données par les néoclassiques (voir par exemple Commons [1934]) et s'intéresse à des questions différentes de celles qui préoccupent le courant économique dominant. Cette approche a donc longtemps été une démarche parallèle au courant néoclassique. On distingue habituellement l'« ancien institutionnalisme » et le « nouvel institutionnalisme », même si ces deux branches n'épuisent pas à elles seules toutes les recherches en cours (l'école de la régulation, en France, revendique par exemple une forme particulière d'institutionnalisme ; voir Hollingsworth et Boyer [1997]).

L'institutionnalisme sous sa forme traditionnelle cherchait à montrer que :

– les institutions sont des constructions historiques qui ne procèdent pas de la logique économique individuelle mais ont des fondements macrosociaux non réductibles à l'économique (« culture », religion, « habitudes », etc.) ;

– les comportements individuels et les mécanismes de marché sont néanmoins commandés par ces institutions et donc les institutions, le niveau *macrosocial*, structurent les choix individuels et prédéterminent le niveau *microéconomique*. L'institutionnalisme traditionnel ne se fonde donc pas, comme chez les premiers néoclassiques, sur une conception individualiste ou « psychologique » postulant un universel humain (l'*homo economicus*). Il cherche au contraire à expliciter le rôle des facteurs collectifs dans le contrôle des actions individuelles et à montrer que les actions collectives suivent une logique différente de l'action individuelle. Le but est d'établir l'extrême plasticité des comportements individuels soumis à des déterminations historiques changeantes et l'absence d'universalité des attributs habituels de l'*homo economicus*, ce qui invaliderait la prétention de l'économie néoclassique à fonder une « théorie pure ».

Il est certain qu'entre les divers institutionnalismes on peut déceler des différences selon la place dévolue à la théorie néoclassique, l'importance accordée aux conflits entre groupes sociaux, ou l'analyse de la dynamique des institutions. De ce point de vue, l'institutionnalisme américain présente des spécificités fortes, notamment par rapport à l'institutionnalisme qui se rattache à l'aile autrichienne. Néanmoins, l'ancien institutionnalisme forme une certaine unité : il se veut plutôt descriptif qu'explicatif, plutôt antiformaliste que théoriciste, plutôt holistique qu'individualiste, plutôt comportementaliste qu'universaliste. En d'autres termes, il semble bien que tout ce qui passait pour des vertus dans l'ancien institutionnalisme va être traité comme des péchés dans le nouvel institutionnalisme.

Bien que présentant des points de convergence généralement négligés (Rutherford [1994]), le nouvel institutionnalisme apparaît, en effet, d'une inspiration différente : il est théoricien et se veut explicatif, il s'appuie sur l'individualisme méthodologique et raisonne en termes de choix rationnel universaliste. Le programme de recherches consiste à montrer que les institutions ont un *fondement économique*, analysable par la théorie économique générale, et, qui plus est, un *microfondement*. Le nouvel institutionnalisme se présente manifestement comme une tentative de réappropriation des institutions par la science économique et donc comme une tentative pour « endogénéiser » les institutions à l'économie.

Coase [1937] est le premier à avoir soulevé l'idée de l'endogénéisation des institutions et cherché à montrer que les institutions répondent à l'incomplétude des marchés (Farell [1987]). Sa question inaugurale est restée célèbre : si le mécanisme de marché est très efficace, pourquoi a-t-on besoin de la firme ? Coase répond en montrant que le recours au marché comporte des coûts : des coûts de transactions (coûts pour collecter l'information, établir des contrats, contrôler leur exécution, etc.). L'existence de ces coûts conduirait les agents économiques à devoir choisir entre deux types d'institutions : le marché ou la firme. Selon l'importance des coûts de transactions, l'arrangement institutionnel le plus efficace serait tantôt le marché, tantôt la firme (comme on l'observe avec l'internalisation ou l'externalisation de certaines activités par les firmes, la séparation firme-marché n'a pas de frontières stables). La firme n'aurait donc pas besoin d'être considérée comme le produit d'une processus historique, d'une « culture » ou d'un dispositif de contrôle social (ancien institutionnalisme). Elle pourrait beaucoup plus simplement être interprétée comme le résultat d'un arbitrage coûts-avantages.

L'idée de coûts de transactions a donné lieu à de nombreuses applications en vue d'endogénéiser les institutions à l'économie. La théorie de North et Thomas [1973] sur l'histoire économique développe cette logique pour rendre compte des institutions qui ont permis l'« essor de l'Occident » et offrir une autre solution que le marxisme sur le terrain même de l'économie. Ce seraient les institutions (la « superstructure » marxiste), et principalement les droits de propriété individuelle, qui auraient permis le développement du capitalisme grâce à la réduction massive des coûts de transactions. L'analyse transactionnelle de l'organisation industrielle de Williamson [1985] procède d'une logique similaire, notamment avec la place occupée par la « théorie de l'agence ».

Le nouvel institutionnalisme explicite donc les conditions de possibilité d'une « théorie dure » des institutions, à la différence de l'institutionnalisme traditionnel, beaucoup plus pragmatique pour des raisons épistémologiques. Comme l'écrit Langlois [1986], p. 5 : « Le problème avec beaucoup d'institutionnalistes précédents était qu'ils voulaient avoir une économie avec des institutions mais sans théorie ; le problème avec beaucoup de néoclassiques est qu'ils veulent avoir une théorie économique sans institutions : l'économie néo-institutionnelle consiste à fournir une économie avec en même temps et la théorie et les institutions. »

D. À la recherche d'une science

Le troisième présupposé commun aux approches néolibérale et néoréaliste est l'idée que l'économie politique internationale est *justiciable d'une science*. Les diverses variantes de l'ÉPI partagent toutes la même aporie : les rapports entre économie et politique relèvent d'une *théorie générale*. En parlant de « théorie générale », on a en vue la conception selon laquelle il existerait un canevas d'interprétation universel reposant sur des *règles logiques a priori* pour rendre compte des observations, c'est-à-dire une totalité intégrée allant d'un système de *théorisation* à un système d'*interprétation.*

On ne vise pas l'idée qu'il puisse exister une « théorie » et des « théorisations » (c'est-à-dire des systèmes hypothético-déductifs, et donc des « propositions théoriques » dans le sens où ces propositions ne prennent pas en compte toute la réalité). On vise le fait que le chemin qui mène de la théorisation à l'interprétation, la relation qui est supposée exister entre la théorie et l'empirie, seraient *déterminés rationnellement et a priori*. Les analyses proposées par l'ÉPI, au-delà de leurs différences, voire de toute interrogation sur leur pertinence explicative, ont un point commun qu'il importe de souligner dès maintenant : la croyance en la possibilité de construire une *théorie générale* de l'économie politique internationale, c'est-à-dire une théorie formée d'un *système intégré de théorisation et d'interprétation*. Les deux projets se fixent pour objectif de construire avec les méthodes de l'économie et des sciences politiques un appareillage unifié à partir duquel il serait possible d'analyser les phénomènes internationaux comme des processus déterministes régis par des relations de causalité. Ainsi qu'on l'a vu, les désaccords, quand ils existent, portent sur le sens des relations, mais le même projet anime les deux approches, celui de fonder un système d'interprétation du réel qui s'organiserait selon la même rigueur que la théorisation des objets abstraits. Le paradigme est celui d'un logicisme économique fondamental qui voit dans l'analyse coûts-avantages l'*ultima ratio* de la théorie.

C'est pourquoi l'« analogisme » économique y joue un tel rôle. Dans les deux approches, la référence aux modèles de l'économie est permanente. Chez Waltz, l'un des grands théoriciens réalistes des relations internationales, la théorie de l'équilibre de la puissance est entièrement fondée sur la théorie microéconomique des structures de marché : par exemple, la distinction entre systèmes unipolaire, bipolaire et multipolaire est tirée de la distinction entre marchés de monopole, de duopole et de concurrence parfaite. Symétriquement chez Keohane, qui peut être considéré comme un des représentants les moins dogmatiques du courant néolibéral, toute l'analyse repose sur la théorie des échecs du marché. Les méthodes de la science économique sont entièrement partagées entre les deux écoles. La théorie des jeux, qui est largement utilisée pour modéliser le comportement économique, est devenue la base d'étude des relations internationales en général et de la création de régimes en particulier.

Cette prétention de scientificité a été dénoncée, il y a déjà longtemps, dans un texte classique de Raymond Aron [1967], un texte qui reste, plus que jamais, d'actualité. Aron explicite six raisons pour lesquelles le domaine des relations internationales ne peut prétendre constituer une science. Il est inutile de les rappeler ici. Soulignons néanmoins la « première raison » parce qu'elle concerne directement une question appelée à jouer un rôle important dans ce livre : l'impossibilité de discriminer entre variables endogènes et variables exogènes et de définir un « système » de relations internationales. Le fait que l'on ne puisse distinguer entre ce qui est interne et ce qui est externe renvoie, pour nous, à une question déjà rencontrée, celle de la « non-exogénéité » des économies nationales lorsque l'on veut utiliser les théorisations de l'« international » comme système d'interprétation de l'économie politique internationale.

Waltz [1990] a tenté de développer une réponse, mais celle-ci passe à côté de l'essentiel. Il critique Aron comme si ce dernier cherchait à nier la possibilité d'une théorisation alors qu'Aron discute des limites de la théorisation comme *système d'interprétation*. L'argument d'Aron est que les relations internationales correspondent à un objet construit, non à un objet réel. Les relations internationales et l'ÉPI peuvent évidemment donner lieu à beaucoup de théories, à beaucoup de théorisations, à autant de théorisations que de systèmes d'hypothèses. Mais cette possibilité ne signifie pas que le domaine doive être conçu comme *objet de science*. Si les théories doivent être traitées comme formant une « boîte à outils » à la disposition de l'analyste et que seule son ingéniosité fait l'interprétation du réel, car ce dernier comporte peu de régularités et beaucoup de singularités, alors on peut dire que le domaine ne forme pas une « science ».

Il importe de comprendre que la voie « scientifique » (synthétique) n'est pas la seule praticable car on peut, et de façon fructueuse, adopter une *démarche analytique*. La réflexion consiste alors à « bricoler » (au sens où Lévi-Strauss emploie ce terme), à tenter de produire des *jugements de connaissance* dans lesquels les atomes de raison pure que l'on peut trouver au sein de l'économie standard ou de la science politique doivent être organisés en représentation et en interprétation sans l'aide de règles *a priori*, mais à partir de l'usage de sa capacité de jugement. Il est vrai que le « bricolage » à partir de théories locales, et sans l'aide d'une théorie générale, est un art difficile et un art risqué.

2. Une entrée en matière : l'économie politique du protectionnisme

L'économie politique du protectionnisme s'intéresse aux conditions sociopolitiques qui président au choix économique entre protection et ouverture commerciales. Elle constitue l'un des rares domaines où des chercheurs issus de la corporation des économistes ont développé une approche d'économie politique concernant des questions d'économie internationale.

L'économie politique du protectionnisme doit être traitée comme une introduction à une réelle ÉPI des échanges commerciaux. Tout en explicitant la dimension nationale et la dimension politique des questions de commerce international, elle s'arrête là où commencent véritablement les problèmes internationaux. Elle apparaît toutefois comme une excellente introduction dans la mesure où elle explicite les limites de la théorie pure du commerce extérieur et les réponses susceptibles d'être apportées en termes d'économie politique.

Nous commencerons par exposer la problématique et rappeler le point de départ économique dans une sous-partie (I, B) destinée aux lecteurs qui ne sont pas des économistes chevronnés et ne maîtrisent pas les finesses de la théorie pure. Nous présenterons ensuite l'explication factorielle, qui est sans doute l'explication la plus développée en termes d'économie politique, puis les apports complémentaires fournis par les explications sectorielle et institutionnelle. Nous chercherons enfin à montrer quels enseignements apporte l'économie politique de la protection pour l'analyse des problèmes contemporains.

I. POURQUOI UNE ÉCONOMIE POLITIQUE DE LA PROTECTION ?

A. L'objet d'une économie politique de la protection

Pour les économistes travaillant dans la tradition néoclassique, le thème du commerce extérieur a toujours été un objet de frustration. D'un côté ils disposent d'une théorie vénérable, issue de Smith et de Ricardo, qui égrène tous les bénéfices que les nations peuvent espérer tirer de l'ouverture économique et du jeu des « avantages comparatifs ». De l'autre, ils ne peuvent pas ne pas observer que le monde réel, commandé par les forces du mercantilisme et de la protection, est loin de se conformer à la logique supposée de la rationalité économique.

On rencontre rarement un divorce aussi grand entre ce que les économistes pensent en théorie et ce qu'ils observent en pratique. Ces dernières années, de nombreux travaux se sont accumulés pour étudier l'« économie politique de la protection », c'est-à-dire pour rendre compte du fait que les États ne conforment pas leur politique commerciale extérieure aux préceptes du libéralisme malgré l'accroissement de bien-être qui devrait en résulter selon les versions simples de la théorie pure du commerce extérieur. Les travaux ont été entrepris par des économistes. Depuis l'introduction de Krueger [1974] et de Corden [1974], la protection est analysée comme l'aboutissement d'une stratégie de « recherches de rente » par des groupes de pression. Des auteurs se rattachant au courant de l'ÉPI se sont ensuite intéressés à la question : voir par exemple le survey de Cohen [1990], et le recueil très complet de textes édité par Lake [1993].

En faisant référence à cette littérature, nous avons en vue le cas d'un « petit pays », c'est-à-dire un pays qui n'a pas la taille suffisante pour influencer l'économie internationale. En d'autres termes, le cadre d'analyse suppose que « l'environnement est fixé ». Dans ce cadre, les travaux cherchent à expliquer le choix entre libre-échange et protection à partir des conditions socio-économiques régnant *à l'intérieur du pays*. Cette littérature ne permet donc pas d'expliquer comment se forme un « système commercial international ». C'est donc une littérature à la lisière de ce qui relève de l'objet de l'ÉPI (voir le chapitre suivant). De façon plus précise, il faut faire l'hypothèse que l'environnement est « modérément protectionniste » (c'est-à-dire ni intégralement libre-échangiste ni entièrement « prohibitionniste »). En général, l'environnement n'est pas spécifié dans les analyses. Les arbitrages sont en fait très différents selon que ce dernier est protectionniste ou libre-échangiste (un élément qui sera repris comme un point crucial dans le dernier chapitre).

Bien qu'adoptant une optique entièrement nationale, l'esprit des recherches est typique d'une économie politique. L'approche cherche à articuler les déterminations économiques et les déterminations politiques à l'échelon national, c'est-à-dire à l'échelon où se nouent les compromis sociaux dans un système d'États-nations. Plus précisément, les études cherchent :

– à expliciter les *déterminants du comportement des décideurs étatiques* et de leurs préférences dans le domaine extérieur ;

– à analyser la formulation des *politiques commerciales* en faisant intervenir les « stratégies » des opérateurs étatiques et les *demandes des groupes de pression privés* (voire les administrations ou les entreprises publiques) qui s'exercent sur eux à l'intérieur des nations.

Ce genre de recherches est exemplaire et donne un modèle à suivre pour des démarches similaires dans le domaine monétaire, car les travaux d'ÉPI dans le domaine monétaire (voir chapitre IV) ne s'interrogent pas sur les préférences et les coalitions des groupes sociaux en matière de régime de change ainsi que sur les arbitrages effectués par des décideurs publics soucieux de leur réélection ou soumis à d'autres stratégies de pouvoir.

Le choix entre ouverture et fermeture commerciales, le choix entre protection et libre-échange, le choix entre différents niveaux et différentes formes de protection, sont pour les chercheurs en économie politique de la protection le résultat de compromis sociaux internes aux pays. Conformément au paradigme du logicisme économique qui guide ces chercheurs, les compromis en matière de politique commerciale répondent à des processus prédictibles pouvant être explicités par l'analyse économique. Pourquoi la protection ? Cette question se décline plus précisément sous la forme de trois questions analytiques. Pourquoi certains secteurs reçoivent-ils plus de protection à l'égard des importations que d'autres ? Pourquoi certains pays érigent-ils des barrières commerciales en moyenne plus élevées que celles d'autres pays ? Pourquoi l'économie internationale est-elle à certaines époques plus « ouverte » ou plus libre-échangiste qu'à d'autres ?

Les réponses à ces questions doivent s'appuyer sur des fondements théoriques qui rendent *a priori*, et c'est là un paradoxe au moins apparent, impraticable la voie du logicisme économique. La loi des avantages comparatifs contient en effet une proposition fondamentale qui dit que le bien-être mondial, défini en termes de consommation, est maximisé avec le libre-échange. Alors, pourquoi le libre-échange est-il dans le monde réel l'exception plutôt que la règle ? Les réponses à cette question se partagent en trois catégories d'explication : l'explication factorielle, l'explication sectorielle et l'explication institutionnelle (l'explication structurelle, par les « structures de l'économie mondiale », renvoie à l'environnement ; elle est traitée dans le chapitre III).

Les deux premières explications fournissent les raisons économiques à la protection, c'est-à-dire mettent l'accent sur le *côté de la demande* et les intérêts directs des groupes sociaux. Les analyses supposent donc implicitement que les décideurs politiques n'ont aucune autonomie et sont de simples jouets aux mains des lobbies. L'explication « institutionnelle » met au contraire l'accent sur le « côté de l'offre », c'est-à-dire sur les préférences des politiciens (motivés par le désir de leur réélection) et/ou des bureaucrates (motivés par leur maintien en fonction ou par la croissance de leur pouvoir). Il est évident que l'on peut imaginer une synthèse entre ces trois explications. Des essais en ce sens sont proposés (Baldwin [1996]). L'inachèvement des recherches nous conduit à nous limiter aux principes pris isolément.

B. Les fondements économiques
   de l'économie politique de la protection

1. Les effets de l'ouverture commerciale
   sur les structures productives

La théorie du commerce international repose sur un corpus théorique majestueux qui constitue le fondement direct ou indirect des explications factorielle et sectorielle. Ainsi, l'explication factorielle s'appuie entièrement sur le théorème de Stolper-Samuelson. Ce théorème dérive lui-même de la théorie d'Heckscher-Ohlin (ou encore Heckscher-Ohlin-Samuelson, HOS pour les initiés), qui prédit que les pays ont des avantages comparatifs dans la production des biens qui utilisent intensivement leurs facteurs abondants (les facteurs travail, capital ou terre). Ces théories, qui constituent l'armature de l'ensemble de la théorie du commerce extérieur construite par les économistes depuis plus d'un demi-siècle, fondent le savoir sur lequel ceux-ci s'appuient pour expliquer les relations d'échanges internationaux, les spécialisations internationales, et pour recommander le libre-échange. L'économie politique du protectionnisme offre toutefois une voie de sortie à l'économisme en démontrant la nécessité de prendre en compte le jeu de processus politiques.

Il est impossible d'exposer ici en détail le corpus théorique qui permet d'aboutir aux conclusions du théorème HOS et du théorème de Stolper-Samuelson. On se contentera d'une présentation intuitive en rappelant néanmoins qu'une abondante littérature formalisée accompagne l'ensemble des propositions. Nombreuses sont les hypothèses à admettre pour la démonstration. Indiquons les principales : concurrence parfaite sur les marchés des produits et des facteurs, parfaite mobilité des facteurs de production à l'intérieur d'une économie, parfaite immobilité des facteurs entre économies, plein emploi des facteurs à l'intérieur de chaque économie, mêmes conditions de production et de demande entre les pays, fonctions de production et de demande « bien faites », c'est-à-dire conformes à des hypothèses *a priori*. Sous ces hypothèses (que la sagacité des chercheurs essaie de relaxer : certaines peuvent en effet l'être), on montre que le passage de la protection à l'ouverture commerciale conduit les pays à se *spécialiser* (totalement ou partiellement) dans la production (et l'exportation) des biens qui *utilisent relativement le plus le facteur abondant*, et à importer les biens qui utilisent le plus les facteurs rares.

Ohlin prenait (en 1933) l'exemple de l'Australie qui vend de la laine et du blé, et achète des produits manufacturés. Il expliquait cette structure par le fait que la laine et le blé exigent beaucoup de terres fertiles, dont le pays dispose en grande quantité, tandis que les produits manufacturés exigent de la main-d'œuvre, des mines de fer et de charbon, ressources dont le pays est peu doté. L'intuition nous indique en effet qu'un facteur relativement abondant doit avoir un prix relativement bas (sous l'hypothèse de concurrence), et que le prix du produit qui utilise relativement le plus ce facteur doit lui-même être relativement bas, ce qui avantage, dans le commerce international, le pays par rapport à son concurrent (sous les hypothèses de similitude des conditions de production et de demande entre les pays). La démonstration initiale de ce théorème, dont les économistes sont très fiers, reposait sur le cas de deux pays, deux produits et deux facteurs (main-d'œuvre et terre), mais les études ultérieures ont généralisé la proposition à plus de deux pays, plus de deux produits et plus de deux facteurs. C'est ce que, chez les économistes, on appelle « faire de la recherche ».

Le théorème d'Heckscher-Ohlin énonce donc que le passage de l'autarcie (ou de la protection) à l'économie ouverte (ou au libre-échange) doit avoir pour effet une spécialisation dans les branches qui utilisent relativement le plus les facteurs relativement les plus abondants. Dans ces conditions, il doit se produire une modification du prix des facteurs de production et donc une modification de la répartition des revenus à l'intérieur de chaque pays.

2. Les effets de l'ouverture commerciale sur la répartition des revenus

Le théorème de Stolper-Samuelson se déduit logiquement de celui d'Heckscher-Ohlin. Comme on l'a vu, sous les hypothèses de mobilité parfaite des facteurs entre les branches et d'immobilité totale des facteurs entre pays, les facteurs de production doivent se diriger vers les branches qui se développent, c'est-à-dire celles qui utilisent relativement le plus le facteur abondant. Dans ces conditions, le prix des facteurs abondants s'accroît et le prix des facteurs relativement rares diminue. On doit donc constater une modification de la répartition en faveur des facteurs relativement abondants. Si on prend l'exemple de l'Australie ouvrant ses frontières commerciales, il doit se produire une augmentation de la part des revenus allant aux propriétaires de la terre (augmentation de la rente foncière) et une diminution de la part des salaires.

Le point essentiel est que la modification de la répartition des revenus n'est pas seulement relative : les facteurs abondants doivent voir leur rémunération *absolue* augmenter (augmentation de la rente en termes absolus) et les facteurs rares doivent voir leur rémunération diminuer *en termes absolus* (diminution du salaire réel). Le théorème de Stolper-Samuelson met donc en évidence des *oppositions d'intérêts* qui tiennent aux gains absolus : des groupes sociaux voient leur revenu s'accroître à la suite du libre-échange et d'autres voient leur revenu diminuer. Le libre-échange est donc par nature conflictuel. Pour résoudre le conflit, il faut imaginer une indemnisation des perdants par les gagnants. Cette indemnisation permet, en principe, d'éviter qu'aucun groupe social ne perde au libre-échange car, sous les hypothèses habituelles, le libre-échange augmente le revenu national *global*, offrant donc la possibilité théorique pour que les gagnants indemnisent les perdants tout en enregistrant un gain net (argument qui permet de considérer que le libre-échange est « optimal au sens de Pareto »). Si la compensation est théoriquement possible, elle pose néanmoins une question éminemment *politique*, celle des procédures par lesquelles vont se nouer des compromis sociaux et se mettre en place les mécanismes redistributifs permettant l'indemnisation.

La prise en compte des conditions sociopolitiques de la mise en place du libre-échange ou de la libéralisation commerciale doit donc conduire à relativiser les propositions doctrinales quelquefois dogmatiques de certains économistes qui, surtout en cette ère de glorification de la mondialisation, affirment de façon unilatérale que le libre-échange ou l'ouverture commerciale sont toujours de bonnes choses pour la société. Si les groupes sociaux qui sont les gagnants de la mondialisation s'accrochent à leurs gains et ont la force politique nécessaire pour s'opposer à des prélèvements, et si en même temps la légitimité des processus redistributifs au sein des nations est en crise, les affirmations des économistes s'affaiblissent grandement. Si les conditions sociopolitiques d'une redistribution des richesses ne sont pas réunies, vaut-il mieux la mondialisation ou la fermeture nationale ? La théorie économique ne dit rien, et d'ailleurs n'a rien à dire, car la question ne relève pas de son domaine de compétence. Le problème est celui des choix politiques en démocratie et de la formation d'une volonté collective autour d'un projet commun face à la mondialisation.

II. L'EXPLICATION FACTORIELLE

A. Le cadre d'analyse

On vient de voir qu'avec l'ouverture extérieure chaque pays doit se spécialiser dans les biens dont la production utilise le plus intensivement ses facteurs relativement abondants et doit importer plus de biens utilisant ses facteurs relativement rares. Plaçons-nous par exemple dans un modèle à deux facteurs (capital et travail) et deux secteurs. Selon la prédiction théorique, les pays où le travail est abondant doivent exporter les biens qui utilisent relativement beaucoup de travail et importer les biens qui utilisent relativement beaucoup de capital ; inversement, les pays où le capital est abondant doivent exporter les biens qui nécessitent relativement plus de capital. Le théorème de Stolper-Samuelson démontre sur cette base que le groupe social propriétaire du facteur qui, dans une nation, est abondant a intérêt que son pays pratique le libre-échange ; inversement, le groupe détenteur de la ressource rare a intérêt à la protection. Ainsi, dans les pays où le capital est abondant (les pays industrialisés), le « capital » doit être favorable au libre-échange tandis que le « travail » est favorable au protectionnisme. Le théorème prédit les préférences opposées dans les pays où le capital est rare et le travail abondant, par exemple les pays en développement.

Dans l'approche factorielle, la protection va être expliquée par un comportement de « préservation de revenus » par les groupes sociaux propriétaires des facteurs rares (ce que l'on peut appeler des « rentes » dans une acception large). Évidemment, sous sa forme élémentaire à deux facteurs, l'explication ne peut prétendre couvrir l'ensemble des cas de figure, très variés, que l'on trouve dans la réalité. Deux idées ont été mobilisées par les chercheurs : l'extension « politique » et la généralisation « économique ». La première idée est relative à la prise en compte des institutions politiques qui constituent le filtre au travers duquel les demandes sociétales transitent pour se traduire en politiques publiques. Ce filtre introduit un facteur susceptible d'exprimer la variété des situations. L'analyse du « biais institutionnel » implique une articulation avec le principe de l'« explication institutionnelle » (voir plus loin).

La généralisation économique est d'une autre nature puisqu'elle reste dans le cadre de la logique factorielle. Elle consiste à élargir le nombre de facteurs retenus. Le niveau de désagrégation n'est pas analytiquement fixé et il n'y a, *a priori*, pas de limite au nombre de facteurs retenus. Un modèle à deux facteurs se révèle extrêmement pauvre et ne permet pas de décrire la variété des situations. Mais d'un autre côté, la multiplication du nombre de facteurs conduit à diluer l'analyse et, si ce nombre devient très important, il finit par faire perdre toute force au modèle. En outre, pour des raisons logiques, le nombre de facteurs doit rester inférieur au nombre de secteurs pour la validité du théorème de Stolper-Samuelson. Comme on va le voir, un modèle à trois facteurs se révèle suffisant.

Pour mieux expliciter les résultats qu'il fait apparaître, nous ne tiendrons pas compte du biais institutionnel en nous donnant, à l'aide de trois hypothèses, un modèle ultrasimple des comportements politiques. On supposera d'abord que ceux qui gagnent (qui perdent) à un changement vont soutenir (vont s'opposer à) la politique correspondante ; on supposera ensuite que l'intensité des pressions pour faire politiquement prévaloir la politique commerciale libérale (ou s'opposer à cette politique) est proportionnelle aux intérêts ; on supposera enfin que l'État et la logique des choix publics n'ont pas d'autonomie propre.

B. Le modèle de Rogowski

les facteurs de production sont mobiles entre secteurs

La voie moyenne explorée par Rogowski [1989] s'avère efficace pour l'étude des situations historiques et éclairante pour l'analyse de la période actuelle. La maquette utilisée par Rogowski retient trois facteurs : capital, travail et terre. En conclusion, il suggère la possibilité d'utiliser une maquette transformée pour la période actuelle (capital, travail non qualifié, travail qualifié), une hypothèse qui est explorée dans la dernière partie de ce chapitre.

Rogowski essaie d'expliquer le choix de la protection ou du libre-échange par des « coalitions » entre groupes sociaux détenteurs des facteurs rares ou abondants (propriétaires terriens, capitalistes et travailleurs). Un grand nombre de configurations peut être généré à partir d'un modèle initial apparemment simple. Pour des raisons de commodité, il est possible de limiter l'étude à quatre configurations en faisant l'hypothèse, qui n'est pas irréaliste, qu'un pays ne peut être riche simultanément en terre et en travail[1]. En croisant la possibilité pour que le ratio terre/travail soit élevé ou faible avec la possibilité pour que le ratio capital/travail soit élevé ou faible (ce qui est respectivement repéré par les deux cas : économie avancée et économie retardée), on obtient quatre configurations.

Deux types dominants de conflits peuvent être définis dans le cadre de la figure 3. Il y a *conflit de classes* quand la terre et le capital sont simultanément abondants ou rares : les intérêts des capitalistes et des propriétaires terriens sont identiques et s'opposent à ceux des travailleurs (types I et IV). Il y a *conflit ville-campagne* quand le capital et le travail sont simultanément abondants ou rares, donc quand les capitalistes et les travailleurs partagent les mêmes intérêts face aux propriétaires terriens (types II et III). Les types I et IV correspondent aux sociétés dominées par des conflits de classes (conflit de classes dans une économie avancée [type I], conflit de classes dans une économie retardée [type IV]), et les types II et III aux sociétés dominées par les conflits ville-campagne (industrie-agriculture), conflits qui sont eux-mêmes de deux types selon que l'économie est avancée ou non.

1. La rareté ou l'abondance des trois facteurs en même temps est improbable ou transitoire (Leamer [1984]). Il reste que l'on peut avoir abondance ou rareté simultanées du travail et de la terre face au facteur capital. Concernant les illustrations historiques, Rogowski, cite le cas de la Suède et des pays nordiques, où s'est développée la social-démocratie. La base sociale de la social-démocratie reposerait ainsi pour Rogowski sur une rareté simultanée de la terre et du travail face au capital, et donc sur une coalition « anticapitaliste » (du type « rouge-vert »), une interprétation qu'il est difficile de suivre complètement puisqu'il s'agit de nations où la terre est apparemment abondante et qui sont traditionnellement des pays d'émigration.

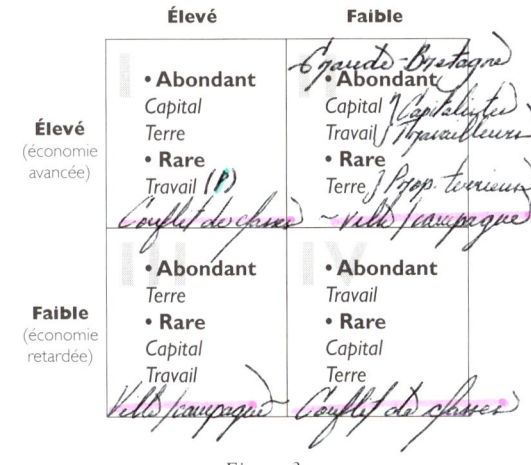

Figure 3
*Les quatre types principaux de dotations factorielles
dans le modèle capital-travail-terre*

Si l'on envisage maintenant le contexte international, on a pour chacun des quatre cas deux états possibles selon que le contexte international est à l'ouverture (et/ou à l'expansion du commerce) ou à la fermeture (et/ou au rétrécissement du commerce international). On a donc au total huit configurations possibles. Ainsi, dans un contexte d'ouverture internationale et d'expansion du commerce (suscitées par exemple par un abaissement des coûts de transport, une diminution du risque et simultanément par un démantèlement des barrières douanières), les pays répondant au type I vont être caractérisés par une coalition des propriétaires terriens et des capitalistes réclamant une libéralisation du commerce extérieur tandis que le groupe des salariés va réclamer le maintien des pratiques protectionnistes. Bien qu'il soit extrêmement difficile d'estimer les dotations relatives, on peut se référer à des données partielles (pays d'émigration ou d'immigration, nombre d'habitants par kilomètre carré, etc.). Prenons quelques exemples historiques très connus.

C. Les configurations historiques

Envisageons d'abord le cas de la Grande-Bretagne durant la première moitié du XIXᵉ siècle, c'est-à-dire avec un contexte à la fois protectionniste et d'expansion du commerce international (diminution des coûts de transport, diminution du risque). Les propriétaires terriens étaient détenteurs d'un facteur rare, les deux autres facteurs étant abondants (configuration du type II). Par conséquent, les détenteurs du facteur rare (propriétaires terriens) étaient les gagnants de la protection et bénéficiaient d'une rente (revenu de la terre) au détriment des revenus des autres groupes sociaux. À l'opposé, les capitalistes et les salariés étaient les perdants de la protection. Une coalition se noue entre les industriels et les salariés pour réclamer le libre-échange tandis que le groupe des propriétaires terriens s'accroche au maintien de la protection. Ce conflit est au centre du débat sur les Corn Laws. Comme on le sait, la Grande-Bretagne (l'État britannique) va se rallier à une conception libre-échangiste vers le milieu du XIXᵉ siècle. Ce ralliement est à interpréter dans le modèle de Rogowski comme le résultat de la victoire de la coalition du capital et du travail contre la terre. Dans le contexte de libre-échange qui va progressivement se mettre en place dans la seconde moitié du XIXᵉ siècle, la rente va diminuer (et, simultanément, va disparaître l'agriculture britannique au profit des produits importés du Commonwealth) tandis que les profits et les salaires vont augmenter.

Les États-Unis vont, au XIXᵉ siècle, être caractérisés par une configuration opposée (configuration du type III). Les propriétaires terriens sont détenteurs d'un facteur abondant (notamment les grands propriétaires du Sud), et les deux autres facteurs sont rares. Dans la première moitié du XIXᵉ siècle, et jusqu'à la guerre de Sécession, la politique commerciale extérieure américaine est hybride : les États du Sud sont ouverts sur l'extérieur et le Nord pratique la protection. Rappelons que la guerre de Sécession a opposé un Sud esclavagiste et libre-échangiste (au Sud règne une économie rentière d'exportation fondée sur le coton et l'esclavage) à un Nord abolitionniste et protectionniste (au Nord règne une économie industrielle tournée vers le marché intérieur et fondé sur le salariat). Le protectionnisme, qui va, à partir du dernier quart du XIXᵉ siècle, devenir la politique officielle de l'ensemble des États-Unis, n'est pas l'expression d'un arbitrage opéré par une hypothétique administration située au-dessus des intérêts catégoriels. Le protectionnisme a été imposé par la force : c'est la sanction de la victoire du Nord (des industriels du Nord) sur le Sud. À la différence de la Grande-Bretagne, c'est donc la politique protectionniste qui l'emporte du fait de la coalition du capital et du travail et de la victoire du Nord sur les États du Sud. Il en résulte l'effet attendu par la théorie : la protection diminue le revenu des facteurs abondants (donc se traduit par une diminution de la rente) et augmente le revenu des facteurs rares (augmentation des profits et des salaires). La modification de la répartition du revenu national est similaire à celle de la Grande-Bretagne parce que les raretés et les abondances relatives sont inversées ainsi que les politiques commerciales extérieures.

Le troisième cas intéressant est celui de l'Allemagne de la fin du XIXᵉ siècle et du début du XXᵉ (configuration du type IV). En Allemagne, le facteur travail est abondant ; les facteurs rares sont le capital et la terre. Le contexte historique mondial est celui d'un niveau élevé des échanges internationaux et de barrières commerciales relativement faibles. Dans ce contexte, les détenteurs de facteurs rares vont préconiser des politiques protectionnistes. Les propriétaires terriens vont donc nouer une coalition avec les capitalistes pour maintenir ou élever des barrières douanières et préserver leur revenu (rente et profit), alors que les travailleurs sont libre-échangistes (socialisme libre-échangiste). Le choix de la protection est le résultat de la coalition de la terre et du capital (des junkers et des capitalistes) contre la classe ouvrière, à la différence des États-Unis, où le choix de la protection résulte de la coalition du capital et du travail. On notera qu'*à la différence* des deux configurations précédentes, ce sont maintenant *les conflits de classes* qui dominent. Un mouvement socialiste, libre-échangiste, opposé au « mariage du seigle et de l'acier » est, pour Rogowski, la matrice d'une configuration fasciste : on la retrouverait en Italie, en Espagne et en Autriche-Hongrie.

L'idée générale qui ressort du travail de Rogowski est celle d'une division du monde industrialisé entre pays où ont dominé les *conflits de classes* (en gros, l'Europe centrale) et ceux où a dominé la *collaboration de classes* (en gros, les pays anglo-saxons : Grande-Bretagne et États-Unis). Le cas de la France est difficile à situer dans ce schéma : le travail y a toujours été un facteur rare (la France est un pays qui accueille traditionnellement de la main-d'œuvre), le capital et la terre étant plutôt abondants. Les expressions politiques des groupes sociaux à l'égard de la politique commerciale ne semblent pas refléter les prédictions du modèle car la paysannerie française a toujours été plutôt protectionniste. La prise en compte des conditions de propriété et les différences régionales pourraient expliquer ce qui n'est peut-être qu'un paradoxe apparent. Rogowski considère que certaines parties de la France répondent au schéma de l'Europe continentale (système de petites exploitations du centre et du sud de la France) et que d'autres répondent au schéma « anglo-saxon » (système de grandes exploitations du nord de la France).

On retiendra donc l'idée que la protection (le libre-échange) est le résultat d'un choix collectif commandé par la coalition des groupes détenteurs de facteurs rares (de facteurs abondants). Concernant la période actuelle, la terre et le groupe social des propriétaires terriens ne semblent pas devoir jouer un rôle central dans l'analyse. Rogowski suggère que, le « capital humain » étant devenu un facteur de production important dans la période actuelle, il faudrait utiliser un modèle comportant les trois groupes sociaux suivants : capitalistes, travailleurs non qualifiés et travailleurs qualifiés. L'hypothèse est explorée en fin de chapitre.

III. LES EXPLICATIONS COMPLÉMENTAIRES

L'explication factorielle se situe sous les hypothèses habituelles de l'économie internationale. Les explications que nous allons maintenant envisager cherchent à justifier le choix de la protection en sortant du cadre des hypothèses standards.

A. L'explication sectorielle

L'explication factorielle ne rend pas compte du fait que certains secteurs sont plus protégés que d'autres. Elle suppose, d'autre part, que le capital et le travail sont parfaitement mobiles entre secteurs, ce qui est rarement observé dans la réalité. À l'opposé de l'explication factorielle, l'explication sectorielle de la protection part de l'hypothèse que les facteurs de production sont immobiles et spécifiques dans chaque secteur, ou qu'ils ne peuvent se déplacer d'un secteur à l'autre qu'à des coûts élevés. Sur cette base, elle cherche à montrer que la protection est le résultat de l'efficacité de groupes de pression qui agissent à partir des secteurs d'activité. Pour des raisons évidentes, les analyses qui se rattachent à l'explication sectorielle de la protection sont également connues comme analyses par les facteurs spécifiques ou par la théorie du lobbying.

Elles trouvent toutes leur source d'inspiration dans la théorie de l'action collective d'Olson, théorie qu'elles cherchent à appliquer au domaine que l'on pourrait appeler l'« économie industrielle en économie ouverte ». Les articles classiques sont ceux de Caves [1976] et de Ray [1981]. On trouvera un survey récent dans Baldwin [1996]. Les analyses articulent deux séries de variables : la première est relative aux caractéristiques de l'industrie (déterminants de l'immobilité des facteurs, avantages comparatifs, élasticité de l'offre et de la demande, etc.) ; la seconde porte sur la propension, et sur la capacité, des groupes de pression à influencer les choix politiques. Les problèmes d'action collective opposent deux groupes : les « producteurs » (capitalistes et travailleurs) et les « consommateurs ».

Les *producteurs* sont toujours les *bénéficiaires* de la protection, soit que celle-ci permette d'augmenter les revenus (profits ou salaires), soit qu'elle permette de préserver des emplois. Dans la théorie du lobbying, les groupes des capitalistes et des travailleurs adoptent donc par définition une *position commune* (ils sont en général tous deux protectionnistes) alors que, dans l'explication factorielle, les capitalistes et les travailleurs ont en général des positions antithétiques, du moins dans un modèle à deux facteurs-deux secteurs. L'explication sectorielle se trouve confortée par l'observation que le groupe des industriels est toujours, comme les syndicats, favorable à la protection. Conybeare [1996] montre par exemple, à partir d'une investigation empirique, que l'hostilité qui s'est exprimée aux États-Unis contre la signature de l'ALÉNA (Accord de libre-échange nord-américain entre le Canada, les États-Unis et le Mexique) dans les instances *politiques* (notamment au Sénat et à la Chambre des représentants) exprime les intérêts *économiques* catégoriels protectionnistes des syndicats américains et d'une partie des industriels des secteurs en déclin.

Si les industriels et les travailleurs peuvent être les perdants de l'ouverture commerciale, les *consommateurs* sont, de l'autre côté, toujours les *perdants* de la protection, car celle-ci augmente le prix des biens, donc institue une sorte de taxe qu'ils doivent acquitter au profit des activités protégées. Or, le groupe des consommateurs est très grand et chacun a une faible incitation à entrer dans un groupe de pression : les consommateurs restent rationnellement passifs car le coût du lobbying excède le bénéfice (la baisse du prix) du fait de la *dilution* des avantages entre un grand nombre de bénéficiaires. Les groupes de pression des consommateurs, qui auraient intérêt au libre-échange, n'arrivent pas à se former, ce qui laisse le champ libre aux groupes de pression des producteurs réclamant la protection.

La propension à organiser un groupe de pression croît quand le nombre de producteurs diminue, puisque la répartition des gains à la protection donne plus à chaque partenaire. Pour un coût donné d'organisation d'un groupe de pression, la théorie prédit donc que les industries concentrées doivent (toutes choses égales par ailleurs) être plus protégées que les industries moins concentrées.

L'interprétation sectorielle (ou théorie du lobbying) donne une assez bonne explication des faits. On notera cependant qu'elle paraît difficilement compatible avec l'explication factorielle. En effet, soit on admet que les facteurs de production sont mobiles entre secteurs (condition de la validité du théorème de Stolper-Samuelson), soit on admet que les facteurs sont immobiles (condition de la validité de la théorie sectorielle et des groupes de pression). Les facteurs ne peuvent, du moins en première analyse, être mobiles et immobiles à la fois. Il faut imaginer un *cadre plus large* pour espérer opérer une synthèse. Une voie possible est celle d'un modèle à mobilité partielle : certains facteurs sont fixes tandis que d'autres sont mobiles entre secteurs. Dans une représentation de ce type, deux demandes sociales s'exprimeraient : des demandes factorielles et des demandes sectorielles. Les travailleurs pourraient ainsi avoir des demandes convergentes ou contradictoires selon leur positionnement sectoriel. Une autre voie possible de synthèse concerne la prise en compte de *l'horizon temporel de l'analyse*. En effet, on peut estimer que, même si les facteurs sont immobiles *à court terme*, ils peuvent être considérés comme mobiles *à long terme* car les différentes barrières qui s'opposent à la mobilité des facteurs de production perdent leur efficacité à mesure que l'échelle de temps devient plus longue. Dans ces conditions, l'explication sectorielle pourrait s'appliquer au court ou au moyen terme, et être compatible avec l'explication factorielle, dont le domaine d'application serait le long terme. Si les deux explications « économiques » peuvent ne pas être contradictoires, elles posent, l'une et l'autre, un même problème, celui de l'articulation avec la dimension proprement politique. Cette dimension est explorée par l'explication dite « institutionnelle » de la protection.

B. L'explication institutionnelle

L'approche institutionnelle vise à expliquer pourquoi il y a protection en s'appuyant sur les mécanismes de la prise de décision des législateurs et des gouvernants. La littérature du choix public part de l'observation que les marchés politiques ne sont pas parfaits ; l'analyse cherche sur cette base à expliquer pourquoi les *policy makers* (« faiseurs de politiques ») ont intérêt à « offrir » aux électeurs un produit plutôt protectionniste que libre-échangiste. Les *policy makers* sont perçus comme des sortes d'« entrepreneurs » qui, sur le marché politique, créent une entreprise (un parti par exemple) pour minimiser les coûts de transactions des électeurs et leur vendre une politique. La ligne de travaux explore donc l'idée que les partis politiques font des « offres » concurrentes de politiques commerciales en partant de l'hypothèse que le comportement des politiciens et des preneurs de décision politique repose sur les mêmes stipulations que celles adoptées dans les explications factorielle et sectorielle (les agents sont égoïstes et rationnels).

Les résultats permettent de comprendre un certain nombre de faits difficilement interprétables dans le cadre des deux premières approches. Par exemple, le fait que ce soit les industries en déclin qui reçoivent le plus de protection peut s'expliquer par le profit électoral que présente une offre politique de protection adressée à des populations dont le niveau de vie est fortement sensible au choix en matière de politique commerciale extérieure. L'approche institutionnelle explique également mieux pourquoi la protection a plutôt tendance à s'organiser par le biais de barrières non tarifaires (subventions par exemple) alors que la protection par les barrières tarifaires est généralement considérée comme plus efficace : la protection non tarifaire présente en effet une plus grande lisibilité sociale pour les populations et est donc plus payante politiquement. L'explication institutionnelle définit toutefois le seul « côté de l'offre » et exige d'être combinée avec le « côté de la demande ».

L'approche ne peut se limiter à prendre en compte l'« offre de protection » de la part des politiciens car cette offre n'a pas de sens indépendamment de la « demande de protection ». Il faut donc analyser comment s'articule l'explication politique (le côté de l'offre) avec l'explication économique (le côté de la demande) envisagée précédemment. Les questions sont encore à l'état de recherches. Par exemple Finger, Hall et Nelson [1982], Goldstein [1988], Hansen [1990], cherchent à articuler l'explication institutionnelle avec l'explication factorielle et à expliciter les raisons qui, selon le système politique (démocratie par exemple), établissent ou non les « courroies de transmission » des demandes sociétales. La difficulté pour construire un modèle complet explique que les tentatives se sont, jusqu'à présent, limitées à retenir des spécifications simples pour le côté de la demande. Ainsi, Mayer [1984] montre que, si les choix de politique commerciale sont décidés à l'issue d'un vote majoritaire et si les préférences sont uniformément réparties, la politique commerciale sera décidée par l'« électeur médian ».

L'analyse est compliquée par la présence d'une administration et l'application des *modèles de bureaucratie*. Le modèle de Hillman [1982, 1989] étudie le comportement du fonctionnaire dans le cas où ce dernier recherche le « soutien politique » et est soumis à l'influence de lobbies. Magee, Brock et Young [1989] construisent un modèle complet d'explication de la protection en démocratie représentative où deux partis s'affrontent électoralement (dans un modèle Heckscher-Ohlin à deux facteurs : capital et travail), avec des électeurs rationnellement ignorants (le coût de l'information excède le bénéfice du fait de la dilution des avantages entre un grand nombre d'électeurs). On trouvera un survey récent des recherches en cours dans de Melo et Grether ([1997], chapitre XVI).

Les trois explications qui viennent d'être présentées partagent l'idée que le libre-échange ou la protection sont le résultat de choix internes aux pays. À ces explications s'ajoute une *explication structurelle* dont la logique est radicalement différente. L'explication structurelle de la politique commerciale concerne l'analyse des déterminants extérieurs qui proviennent du cadre international. L'analyse fait notamment intervenir l'existence d'un système international, et notamment le rôle de l'hégémonie dans la constitution d'un régime du commerce international. L'explication structurelle est au cœur du programme que se fixe l'ÉPI ; elle sera traitée dans le chapitre suivant. La dimension *économie politique nationale* reste toutefois très importante même dans le cadre de l'explication structurelle. Pour souligner cette importance, on peut prendre l'exemple de la période actuelle.

IV. ENSEIGNEMENTS POUR L'ANALYSE DE LA PÉRIODE ACTUELLE

C'est un fait d'observation indéniable que les inégalités, face au revenu comme face à l'emploi, ont connu dans les vingt dernières années une montée considérable tant dans les pays pauvres que dans les pays riches. Sur ce constat, s'est construite une interrogation sur la responsabilité de la mondialisation et de la libéralisation du commerce extérieur. La corrélation empirique entre la rupture de la tendance des inégalités et le coup d'accélérateur de la mondialisation vers la fin des années soixante-dix et le début des années quatre-vingt traduit-elle une relation de causalité ? Concernant les pays développés, le phénomène qui apparaît central est celui de la baisse de la demande de travail de salariés non qualifiés et de la diminution (absolue ou relative) des rémunérations des catégories à bas salaires. La recrudescence de la concurrence internationale en est-elle la cause ?

Du point de vue analytique, beaucoup de travaux ont cherché à tester la pertinence de deux hypothèses expliquant la diminution de la demande de travail non qualifié : la responsabilité du progrès technique et la percée des pays à bas salaires. Les résultats économétriques ne sont nullement probants pour étayer l'une ou l'autre thèse.

Pour la plupart des auteurs d'inspiration néolibérale, la libéralisation du commerce extérieur ne serait pas responsable. La croissance des inégalités tiendrait au progrès technique et à une révolution technologique reposant sur le besoin de travailleurs qualifiés et l'élimination du travail non qualifié. Deux auteurs ont cherché à médiatiser cette thèse : Krugman [1998] aux États-Unis, et Cohen [1997] en France. La démonstration reste, malgré les arguments d'autorité, assez faible. Au-delà des problèmes d'estimation des contenus en emplois gagnés et perdus du fait de la spécialisation (Driver, Kilpatrick et Naisbitt [1988], Wood [1995] ; on trouvera une présentation de ces problèmes dans Cortes et Jean [1995 et 1997]), au-delà des problèmes posés par l'interprétation des résultats, du traitement discutable de la concurrence internationale (généralement limitée à une division Nord-Sud alors que l'essentiel de cette concurrence est une concurrence Nord-Nord) et du progrès technique (Wood [1994]), nous voudrions souligner une limite en liaison avec le thème de ce chapitre.

Les études de l'impact du commerce extérieur sur la répartition des revenus se limitent en effet à considérer des inégalités de revenu individuel et non la *répartition factorielle* (c'est-à-dire la répartition selon les facteurs de production et les groupes sociaux détenteurs de ces facteurs). De façon concomitante, elles ne permettent pas de caractériser les évolutions différenciées selon les pays et les groupes sociaux qui gagnent ou qui perdent à la libéralisation commerciale.

Dans le prolongement de l'analyse de Rogowski, il est possible de construire une maquette susceptible d'éclairer la période actuelle. Pour cela, on peut adopter une représentation qui retient trois facteurs de production : capital, travail non qualifié et travail qualifié. Les effets de la libéralisation du commerce extérieur sur la répartition factorielle des revenus peuvent alors être décrits dans un tableau comparable à celui utilisé par Rogowski (figure 3). Quatre configurations peuvent être distinguées (figure 4). L'intérêt de cette maquette est de permettre d'envisager des possibilités de *positionnement différent des pays* à l'égard de la mondialisation. Au lieu de se focaliser sur l'existence d'une relation générale liant l'accroissement des inégalités à la mondialisation, l'approche prend en compte l'hétérogénéité des pays et met en évidence le fait que les inégalités de revenus (voire de salaires) peuvent aussi bien augmenter que *diminuer* à la suite de l'ouverture commerciale.

Dans les pays riches (« économie avancée », c'est-à-dire les pays dans lesquels le capital est abondant), les capitalistes, qui sont propriétaires d'un facteur de production relativement abondant, sont favorables au libre-échange. Deux cas peuvent se produire. Si le travail qualifié est lui-même abondant, il peut se créer une coalition favorable à la libéralisation. La libéralisation du commerce extérieur se ferait alors au détriment des travailleurs non qualifiés (type II : ce cas pourrait correspondre à la France ou aux États-Unis). Les salaires des travailleurs non qualifiés diminueraient à la suite de la libéralisation, et les salaires des travailleurs qualifiés augmenteraient, ce qui signifie un accroissement de la dispersion des salaires. Si, en revanche, le travail qualifié est rare et le travail non qualifié abondant, il peut se créer une coalition favorable à la libéralisation d'un type différent, une coalition qui se ferait au détriment des travailleurs qualifiés (type I : ce cas pourrait, par exemple, correspondre aux nouveaux pays industrialisés et pays émergents).

Dans les pays retardés (au sens où le capital est un facteur rare), il faut distinguer deux groupes de nations selon que le travail qualifié est un facteur relativement rare ou relativement

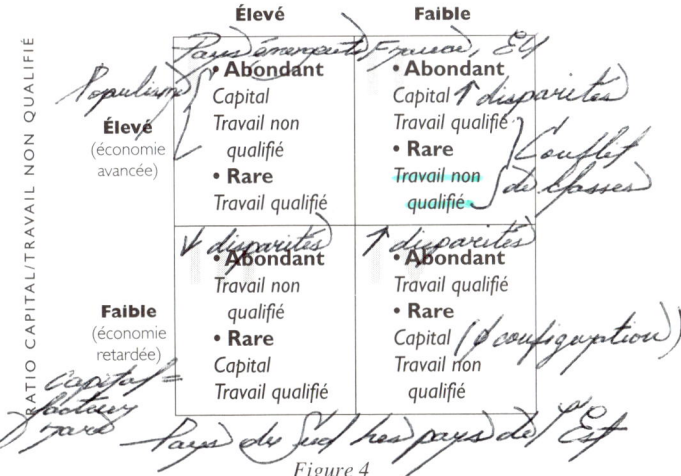

Figure 4

*Les quatre types principaux de dotations factorielles
dans le modèle capital-travail non qualifié-travail qualifié*

abondant. Dans le premier groupe (type III), le travail qualifié est un facteur rare mais le travail simple est abondant. On peut considérer que ce cas est représentatif des *pays en développement du Sud*. La libéralisation doit alors se traduire par une amélioration des salaires de base et simultanément par une baisse des salaires des travailleurs qualifiés, donc par une *diminution des disparités de salaires*. Dans le second groupe (type IV), le travail qualifié est un facteur abondant et le travail simple un facteur rare. On peut associer à ce cas de figure, par exemple, les *pays de l'Est* après l'effondrement du système socialiste, pays qui disposent d'un travail qualifié abondant du fait de l'inflation de diplômés générée par le système de formation socialiste. La libéralisation devrait alors se traduire par une baisse des salaires des travailleurs non qualifiés et une hausse des salaires des travailleurs qualifiés, donc par un accroissement des disparités de salaires. Les perdants dans les ex-pays communistes devraient également être les « capitalistes » (capital relativement rare), mais ce dernier groupe n'a aucun sens en raison de la nature de la propriété avant l'effondrement du communisme ; en revanche la perte a un sens en termes « industriels » : il doit se produire une dévalorisation massive du capital.

La maquette permettrait de comprendre pourquoi les conflits de classe traditionnels ne sont plus structurants dans la période actuelle. Dans les pays anciennement industrialisés (type II), les conflits entre groupes sociaux concernant l'ouverture commerciale serait un facteur de division au sein de la « classe des travailleurs », une classe qui ne partagerait plus les mêmes intérêts car divisée du fait de l'asymétrie dans la propriété du « capital savoir ». Un conflit nouveau apparaîtrait, opposant les travailleurs qualifiés disposant du capital humain, favorables à l'ouverture économique et partageant les mêmes intérêts que les capitalistes, et les travailleurs non qualifiés ne disposant que de leur « force de travail ». La séparation du travail manuel et du travail intellectuel se métamorphoserait ainsi en un réel conflit de classes. Dans les pays du type I au contraire (type qui correspondrait au cas des pays émergents), les gagnants seraient les capitalistes et les travailleurs non qualifiés (les perdants seraient les travailleurs qualifiés), offrant ainsi une base pour des coalitions de caractère populiste entre les groupes sociaux situés en haut et au bas de l'échelle sociale.

3. Économie politique du système commercial international

L'échelle internationale introduit une interrogation nouvelle par rapport au cadre d'analyse précédent, le cadre « national-centré », car il faut expliquer pourquoi plusieurs gouvernements adoptent *en même temps* des orientations stratégiques similaires. Comment concevoir la formation d'un *système commercial international* à partir de dynamiques nationales indépendantes ? Quelles sont les raisons pour lesquelles les gagnants du libre-échange ou les gagnants du protectionnisme arrivent à occuper, en même temps, des positions dominantes dans plusieurs pays ? Quel rôle jouent la hiérarchie des pays et les grandes puissances, notamment la puissance « hégémonique » quand celle-ci existe ?

Les économistes présentent une théorie du commerce international qui répond mal à ces questions, et donc qui explicite mal les raisons de la constitution progressive d'un « système international ». L'analyse du niveau international, qui est l'objet propre de l'ÉPI, forme par conséquent une explication complémentaire de celles du chapitre précédent : elle est susceptible de produire une « explication structurelle » qui vient s'ajouter aux explications factorielle, sectorielle et institutionnelle.

L'ÉPI apporte deux éclairages précieux. Elle démontre d'abord que les relations commerciales internationales forment, sous certaines conditions, un système. Elle présente ensuite une série d'analyses cherchant à rendre compte du fait historique que l'émergence d'un système commercial international ouvert a toujours été associée à une hégémonie. Nous commencerons par rappeler les données historiques. Nous les utiliserons ensuite pour construire une typologie des systèmes commerciaux internationaux puis pour discuter le rôle de l'hégémonie dans la formation d'un système commercial ouvert.

I. LES ENSEIGNEMENTS DE L'HISTOIRE

A. La constitution du premier système commercial international

Un ensemble d'économies fermées ne peut former un système. La constitution d'un *système commercial* est étroitement associée à l'*ouverture* des économies et à la libéralisation du commerce extérieur, car il n'y a interdépendance (et donc système) que là où il y a ouverture. La libéralisation du commerce extérieur comme idée et comme politique est née au XIXᵉ siècle. Son invention et sa première institutionnalisation sont historiquement associées à la Grande-Bretagne, la puissance qui sort victorieuse des guerres révolutionnaires et napoléoniennes. La concentration de la puissance dans les mains britanniques, au début du XIXᵉ siècle, met provisoirement fin à la lutte pour la suprématie mondiale entre la France et la Grande-Bretagne qui marqua la seconde moitié du XVIIIᵉ siècle. L'hégémonie acquise par la Grande-Bretagne lui permet d'impulser une « organisation » à l'échelle du commerce mondial.

La création d'un système commercial ouvert ne va toutefois pas de soi et ne résulte pas mécaniquement de l'hégémonie. Les théoriciens de l'ÉPI ont eu le mérite de mettre l'accent sur les conditions de cette formation, à savoir le rôle de la puissance hégémonique pour prendre l'initiative d'une ouverture commerciale unilatérale, puis le rôle d'autres pays qui, en coopérant, viennent après coup rendre effective une organisation de l'économie mondiale qui n'était, jusque-là, que virtuelle. Ces deux dynamiques partiellement indépendantes seront envisagées successivement.

1. L'ouverture de l'économie britannique

Même si une tendance timide à l'ouverture se dessine, la première moitié du XIXᵉ siècle est marquée par la fermeture commerciale. Cette période voit en fait s'installer le protectionnisme dans la plupart des pays européens en lieu et place de la pratique jusqu'alors dominante : le *mercantilisme*. La Grande-Bretagne, après les guerres napoléoniennes, était, comme les autres nations à cette époque, un État mercantiliste, c'est-à-dire un État qui cherchait à interdire les importations. Elle avait conservé les droits de douane très élevés (prohibitifs) de la période de guerre et pratiquait des contingentements.

Elle prend toutefois, de façon unilatérale, l'initiative de libéraliser son commerce extérieur et de diminuer ses tarifs en effectuant une transition progressive vers l'ouverture commerciale complète. Ce retournement a un caractère révolutionnaire : il opère la transition du mercantilisme au protectionnisme puis du protectionnisme à l'état d'économie ouverte. La politique britannique d'abaissement unilatéral des tarifs douaniers s'explique par trois raisons :

– diminuer le prix des biens importés et améliorer la compétitivité de l'économie (diminuer les coûts de production et le coût du travail), notamment par le biais de la diminution du prix des « biens de subsistance » pour les ouvriers de l'industrie ;

– diminuer l'importance de la rente dans la répartition des revenus intérieurs et précipiter l'euthanasie des grands propriétaires terriens vivant uniquement de la rente foncière (voir le chapitre précédent) et donc indirectement la liquidation de l'agriculture anglaise[1] ;

– légitimer une modification de la base d'extraction fiscale.

Ce dernier point mérite d'être souligné car il passe généralement inaperçu. Dans un article qui remonte à une quinzaine d'années, Stein [1984] distinguait trois régimes du commerce extérieur : le système prohibitionniste (que l'on peut faire correspondre au mercantilisme), le système protectionniste, le système de libre-échange. Un État prohibitionniste doit être non seulement autosuffisant mais aussi, et c'est le point essentiel, capable de survivre sans droits de douane. Sa puissance intérieure doit être d'une certaine manière assez « forte » pour lui permettre de se passer d'importations et renoncer aux recettes qu'elles sont susceptibles de lui procurer. De façon similaire, un État qui pratique le libre-échange doit s'attendre à ne percevoir aucun droit de douane, donc s'interdit une source impor-

---

1. Le mouvement de libéralisation commerciale était conçu comme une pièce maîtresse d'un assaut plus large contre les pouvoirs de l'aristocratie afin de mettre fin à la domination de l'aristocratie foncière ; celle-ci était la principale bénéficiaire des tarifs élevés imposés sur les grains, réglementation instaurée en 1815 (et connue sous le nom de Corn Laws) pour permettre de maintenir le cours élevé des céréales.

tante de recettes pour son budget. Comme l'écrit Stein : « *Thus, free trade and no trade are the luxuries of strong states* » (« Aussi, libre-échange et autarcie sont les luxes des États forts »). En effet, dans les deux cas, il n'y a aucune recette budgétaire provenant des droits de douane, ce qui suppose que la *base fiscale* de l'État est *domestique*.

La condition n'est remplie que si la richesse intérieure est suffisamment importante et si l'État est parvenu à construire non seulement l'*efficacité*, mais également la *légitimité* du prélèvement fiscal, donc un « État fort ». C'est, effectivement, un moyen de prélèvement apparemment indolore pour la communauté nationale que de taxer les importations. Le prélèvement n'a pas besoin de construire ni son efficacité technique (quelques fonctionnaires postés aux frontières suffisent à la besogne) ni sa légitimité politique. Le fait qu'il existe un lien profond entre puissance intérieure de l'État, base fiscale de l'État et degré d'ouverture de l'économie nationale illustre la dimension éminemment politique de l'économie. L'observation n'est pas sans conséquence quant à l'analyse des politiques de libéralisation du commerce extérieur mises en œuvre aujourd'hui par beaucoup de pays en développement dans un contexte où souvent les conditions d'un basculement de la base d'extraction fiscale ne se trouvent pas réunies.

En 1840, juste avant les premières réformes tendant à libéraliser le commerce extérieur et à créer une nouvelle fiscalité, les droits de douane représentaient en Grande-Bretagne plus de 44 % des ressources budgétaires. Les premiers abaissements de tarifs douaniers ont lieu en 1842, l'année même où le Parlement institue l'impôt sur le revenu (impôt mis en place de façon exceptionnelle durant la guerre et qui avait été aboli à la fin des hostilités). Les années suivantes vont être marquées par un formidable basculement qui va consister à *déplacer la base d'extraction fiscale de la richesse extérieure vers la richesse intérieure*. Les principales barrières tarifaires sont supprimées dès le milieu du siècle (les Corn Laws sont abolies en 1846, à la suite des famines en Irlande)[2] et les recettes douanières vont s'effon-

2. Contrairement à des affirmations courantes, les Corn Laws n'étaient pas « protectionnistes » mais « mercantilistes », c'est-à-dire qu'elles relevaient d'un système de prohibition et non de protection. La Corn Law de 1815, par exemple, *interdisait* l'importation de blé (tant que le prix du quarter n'atteignait pas quatre-vingts shillings).

drer. L'ouverture commerciale a joué un rôle moteur dans la légitimation du processus d'institutionnalisation de l'impôt sur le revenu et, dès le milieu du XIXe siècle, la Grande-Bretagne était devenue une économie complètement ouverte, un « État fort ».

Mais l'ouverture de l'économie britannique ne signifie pas le libre-échange. On ne peut pratiquer seul le libre-échange. Il faut être *au moins deux partenaires*. La Grande-Bretagne étant seule à pratiquer la non-protection avant 1860, le libre-échange n'existait pas.

2. Une entente cordiale avant l'heure

Le régime commercial de libre-échange n'est pas né des actions d'une seule puissance, voire d'une puissance hégémonique (la Grande-Bretagne), mais des interactions au sein du *groupe des grandes puissances*. Même si la participation des différents États se révèle inégale, ce qui importe en définitive, c'est l'interaction stratégique entre des acteurs majeurs.

Se met en œuvre une *tendance* au libre-échange à partir du moment où la France accepte d'entrer dans un traité commercial avec la Grande-Bretagne, c'est-à-dire à partir de la signature de ce traité commercial majeur qu'est l'accord Cobden-Chevalier de 1860. La question théorique et historique posée par l'instauration du libre-échange n'est donc pas tant de savoir pourquoi une puissance hégémonique a intérêt à diminuer unilatéralement ses tarifs ou à pratiquer le libre-échange, mais plutôt de savoir pourquoi des États non hégémoniques acceptent de se lier par un traité de libre-échange avec une puissance hégémonique. Pourquoi la France a-t-elle accepté de signer un traité commercial qui ne lui rapportait que très peu d'avantages en termes économiques directs puisque la Grande-Bretagne était déjà un marché presque complètement ouvert ? La question n'est pas simple. Les grandes ruptures historiques ne s'expliquent jamais par une seule cause mais par un faisceau de facteurs. Dans le cas présent, on doit faire entrer en ligne de compte un ensemble d'éléments hétéroclites : des raisons de politique extérieure (volonté de gagner la neutralité anglaise dans le conflit avec l'Autriche et le soutien à l'unité italienne : Stein [1984]) ; l'action du lobby des vins de Bordeaux, dont les exportations en direction de la Grande-Bretagne restaient les seules à être réellement taxées ; la recherche de marchés d'exportation par certains industriels français (marchés que l'on pouvait espérer ouvrir une fois la libéralisation réalisée avec la Grande-Bretagne).

À ces raisons, on ajoutera une raison « interne », sans doute la plus décisive : la volonté de faire jouer à la concurrence étrangère un rôle régulateur intérieur et stimuler la modernisation de l'appareil industriel français, modernisation considérée comme nécessaire par le second Empire sous l'influence des idées du saint-simonisme (Chevalier était saint-simonien). La visée interne prend acte de la dualité international-national : on la retrouve comme un objectif majeur des projets libre-échangistes qui verront ensuite le jour (qu'il s'agisse des projets multilatéraux ou, comme aujourd'hui, des projets régionaux de libre-échange).

La période qui s'ouvre à partir de 1861 a un caractère asymétrique[3]. La France abaisse unilatéralement ses frontières douanières alors que la Grande-Bretagne n'a pas grand-chose à concéder pour parvenir à la réciprocité (hormis quelques abaissements tarifaires, comme les droits de douane sur les vins). Pour la France, cette nouvelle ère marque le basculement d'un système mercantiliste à un système modérément protectionniste. Si l'on se place d'un point de vue tarifaire, le basculement n'est pas apparent. En effet, le traité Cobden-Chevalier s'inscrit

---

3. On soulignera que la question de l'asymétrie n'a pas seulement un intérêt historique ; en effet, l'abaissement tarifaire est une contrainte qui s'impose aujourd'hui à la plupart des pays à la suite des accords de l'Uruguay Round ou de la création de zones préférentielles de libre-échange, ces zones mettant en présence un « hegemon régional » et des pays qui n'ont souvent pas un intérêt économique direct à pratiquer l'ouverture généralisée. Prenons le cas de la création d'une zone de libre-échange en Méditerranée entre les pays tiers méditerranéens et l'Union Européenne (accord de Barcelone de 1995). Ce projet se présente sous des traits fort semblables à ceux qui viennent d'être décrits, car l'Union Européenne pratiquait une politique discriminatoire préférentielle à l'égard de ces pays : accès sans droits de douane au marché européen pour les produits manufacturés, sauf quelques exceptions. Tout se passe comme si les pays tiers méditerranéens étaient dans la même position que la France vis-à-vis de la Grande-Bretagne au XIX⁰ siècle : c'est l'Europe, puissance hégémonique, qui instaure le libre-échange ; les positions sont asymétriques de la même manière qu'au XIXᵉ siècle (la puissance hégémonique propose le libre-échange alors qu'elle n'a rien à concéder, ayant déjà abaissé ses barrières douanières ; les pays invités à pratiquer le libre-échange sont des pays mercantilistes ou très fortement protectionnistes appelés à supporter l'essentiel du coût de la libéralisation du commerce extérieur). Une dimension importante de ce coût concerne la question fiscale.

dans le prolongement des réductions tarifaires amorcées dès la monarchie de Juillet (Messerlin [1985]). Le problème est que la plupart des barrières qui interdisaient les importations étaient de nature *non tarifaire* (quotas d'importation, prohibitions diverses...). Le traité Cobden-Chevalier va marquer pour la France une rupture majeure car il met fin aux barrières non tarifaires caractéristiques du mercantilisme (c'est-à-dire que le traité abolit les prohibitions), et donc opère la transition vers le protectionnisme.

L'accord franco-anglais instaure, du point de vue international, le début d'une tendance nouvelle non seulement pour les deux signataires, mais aussi pour l'économie-monde tout entière, et cela pour deux raisons. Parce qu'il associe les deux puissances les plus importantes du monde capitaliste de l'époque. Parce que, *via* la France, il inaugure une vague de traités bilatéraux redéfinissant les relations commerciales et favorise autour du pôle central la création d'un système international.

3. La dynamique bilatérale

La France prend, sur la base du traité commercial avec la Grande-Bretagne, plusieurs initiatives avec d'autres pays européens et notamment avec le Zollverein, l'Union douanière allemande. Les traités commerciaux qui furent signés eurent deux effets à l'échelon international : ils se traduisirent par de nouveaux abaissements tarifaires ; ils généralisèrent les abaissements acquis par l'intermédiaire de la clause de la nation la plus favorisée, disposition clé de tous les traités commerciaux[4]. En vertu de cette clause, la France accordait au Zollverein les mêmes concessions que celles consenties à la Grande-Bretagne. Le Zollverein n'était pas obligé d'accorder la réciprocité mais avait à faire bénéficier la France de toutes les concessions qu'il avait lui-même accordées à d'autres pays. Une dynamique de libéralisation se met ainsi en place. Par ailleurs, les nouvelles républiques indépendantes d'Amérique latine se rallient à une politique d'ouverture (tout en ne s'interdisant pas d'élever quelques barrières douanières).

---

4. Cette clause engage les parties à s'accorder toutes les concessions qu'elles ont déjà consenties ou qu'elles seront amenées à consentir à un autre pays. La clause est à la base du régime du GATT, discuté plus loin.

La période allant de 1861 à la Première Guerre mondiale est généralement considérée comme l'âge d'or du libre-échange dans le monde. La référence mythique au libre-échange du XIXᵉ siècle et du début du XXᵉ demande toutefois à être relativisée. Elle doit d'abord l'être par la prise en compte de la dimension géographiquement limitée de la libéralisation : l'espace européen, auquel il faut ajouter une partie de l'Amérique latine. La guerre de Sécession avait en effet tranché aux États-Unis, pour une longue période, en faveur du protectionnisme (voir le chapitre précédent). Dans le reste du monde, régnaient des « régimes coloniaux » ou des politiques franchement prohibitionnistes (Japon par exemple). En fait, et c'est là un élément qui vient conforter la thèse hégémonique, l'ouverture n'a été établie que dans l'aire géographique où la puissance hégémonique montante était capable d'exercer son influence « capitaliste », à savoir une partie de l'Europe et l'Amérique latine.

Ajoutons que le mouvement de libéralisation va être freiné à partir du milieu des années 1870 en raison du développement de l'impérialisme (partition de l'Afrique, crise de l'Empire ottoman et apparition de nouvelles rivalités pour le partage des dépouilles…) et de la percée sur les marchés européens de nouveaux concurrents dans le domaine agricole (États-Unis, Argentine, Russie). L'Allemagne relève ses tarifs[5], une politique rapidement imitée par la France (tarifs Méline de 1892).

Il serait néanmoins excessif de considérer que la fin du XIXᵉ siècle se caractérise par une montée du protectionnisme. En effet, tout en relevant les barrières tarifaires applicables entre eux, les grands pays signent des traités commerciaux avec des nations moyennes ou petites qui n'avaient jusque-là aucun accord commercial avec eux. Par le jeu mécanique de la clause de la nation la plus favorisée, ce mouvement fait entrer de nou-

---

5. Cette politique est inséparable du courant de pensée favorable au protectionnisme qui trouve à se développer en Allemagne sous l'influence de F. List. Les origines intellectuelles du protectionnisme sont à chercher dans le *Rapport sur les manufactures* d'Alexandre d'Hamilton, à la fin du XVIIIᵉ siècle (Hamilton, 1791 [1928]). Hamilton cherchait à moderniser la thèse mercantiliste. Ses recommandations reposaient sur l'indépendance, les idées de sécurité et d'autosuffisance. Il exposait pour la première fois l'argument de l'« industrie naissante ». Elles ont eu un impact profond aux États-Unis et également en Europe. List, après avoir vécu aux États-Unis, était imprégné des idées d'Hamilton ; il était parvenu à la conviction que le protectionnisme pratiqué par les États-Unis était la clé d'explication de la réussite industrielle de ce pays.

veaux partenaires dans le cercle des abaissements tarifaires déjà consentis. Il est difficile de dire si, en moyenne, il s'est produit un abaissement ou un relèvement des tarifs dans le monde. Le point fondamental, toutefois, n'est pas le niveau de protection tarifaire moyen. Il tient d'abord au fait que, pour la première fois, se met en place dans le monde un système commercial international dans lequel un ensemble de pays souverains se lient mutuellement par des accords commerciaux et s'engagent à « prohiber les prohibitions », ce qui signifie un changement de système. Il tient ensuite au maintien d'un système ouvert, ce qui approfondit les interdépendances et facilite la transmission internationale des conjonctures.

Le régime commercial d'ouverture et de libre-échange va vaciller et, pour certains auteurs sombrer, durant la période de l'entre-deux-guerres, en même temps que disparaît l'hégémonie britannique et que les États-Unis poursuivent leur politique protectionniste traditionnelle, voire la renforcent sévèrement (tarifs Smoot-Hawley de 1930). Notons toutefois que, contrairement à un mythe persistant, la protection commerciale n'a pas provoqué la crise de 1929 mais a été le résultat de cette crise. En effet, les années vingt se caractérisent par une poursuite des tendances antérieures, et ce n'est qu'après 1929 que l'on observe un retournement (Bairoch [1994]). Il n'est pas question de chercher à expliquer ici cet effondrement, ce point étant abordé ultérieurement.

L'effondrement du système fait que l'ordre international retourne à son « état naturel », c'est-à-dire au type de régulation associé à la logique d'un système anarchique, dans lequel les « guerres de tarifs » et les prohibitions opposent les pays. La dislocation du régime commercial et des accords internationaux explique le très fort ralentissement des échanges internationaux. De fait, la période 1913-1950 est la seule période depuis le XVIIIe siècle durant laquelle le taux de croissance des exportations a été inférieur au taux de croissance du produit intérieur brut (PIB), donc la seule période durant laquelle les taux d'ouverture ont diminué.

B. La constitution du second système commercial international

La reconstruction d'un « régime commercial » s'effectuera après la Seconde Guerre mondiale, qui installe les États-Unis dans le rôle de nouvel hegemon. Le GATT (General Agreement on Tariffs and Trade, Accord général sur les tarifs douaniers et le commerce), signé à Genève en 1947, institue le nouvel ordre commercial. À défaut de ratification par le Congrès américain de la charte instituant une Organisation internationale du commerce[6], une charte qui était beaucoup plus libre-échangiste que ne l'était le GATT (davantage conforme aux vues d'une administration américaine soucieuse d'intérêts de grande puissance), l'accord a tenu lieu d'organisation avec une portée moins ambitieuse. Les limitations (notamment l'exclusion des échanges agricoles) sont aujourd'hui au cœur de l'OMC (l'Organisation mondiale du commerce, accord signé à Marrakech en 1994), qui prend la suite du GATT depuis 1995. Même si elle étend le champ d'application et introduit des modalités inédites, la nouvelle OMC n'apporte aucune modification de fond dans les règles et les principes antérieurs, qui continuent à régir l'ordre commercial.

De même qu'il faut chercher aux États-Unis (ou plus précisément au sein des gouvernements américains, qu'ils soient républicains ou démocrates) l'origine des forces politiques qui ont abouti en cette fin de siècle à l'adoption de l'OMC, de même l'ordre commercial d'après-guerre a été inspiré par l'administration américaine. Toutefois, comme pour le régime commercial du XIXe siècle, le « régime du GATT » ne s'explique pas seulement par le rôle de l'hegemon, mais aussi par un large consensus entre pays industrialisés sur les formes du *capitalisme administré* et de la *régulation étatique*.

Le GATT n'est pas libre-échangiste. Le GATT autorise des accords régionaux de protection, des unions douanières, des

---

6. Adoptée en mars 1948 lors de la conférence de La Havane tenue sous l'égide de l'ONU, cette charte heurtait de front les intérêts économiques de certains groupes sociaux américains (agriculteurs notamment), qui ont eu la capacité politique de peser sur le vote des congressistes et de bloquer la ratification de l'Organisation internationale du commerce.

politiques industrielles nationales, et place résolument « hors régime » un certain nombre d'activités jugées stratégiques (agriculture, secteurs énergétiques, etc.). Si l'on étudie un peu en détail le régime commercial du GATT, on s'aperçoit que, loin d'être inspiré par une logique libre-échangiste à l'instar des accords commerciaux de la seconde moitié du XIXᵉ siècle, il est d'inspiration protectionniste. Le GATT, en liaison avec le plan Marshall, a eu pour but d'éviter un retour aux pratiques prohibitionnistes de l'entre-deux-guerres et de stabiliser l'ordre international sur une *logique protectionniste mutuellement acceptable*. C'est cette orientation qui a été dominante, même si elle a été accompagnée d'une tendance visant à abaisser de façon concertée les barrières tarifaires et contribuer à la transition d'un régime protectionniste dur à un régime protectionniste mou.

En fait, avant le Kennedy Round (années soixante), les réductions tarifaires négociées sous l'égide du GATT n'ont pas été importantes. Durant presque deux décennies après la signature du GATT, beaucoup de pays adhéraient encore à des politiques commerciales qui n'étaient pas significativement différentes de celles instaurées dans les années trente. C'est seulement la reconstruction achevée (fin des années cinquante) que le monde est passé d'un système mercantiliste, complété d'un système d'aide internationale (plan Marshall), à un régime cherchant à promouvoir l'ouverture[7]. Dans ce cadre, l'objectif du GATT n'était pas de réaliser le libre-échange mais de coordonner internationalement la libéralisation du commerce extérieur dans les limites tolérées par les forces du protectionnisme et de l'interventionnisme économique.

---

7. Il faudra attendre les années soixante (et le Kennedy Round) pour que se produisent des baisses significatives dans les barrières commerciales. Le Kennedy Round (qui s'étale de mai 1963 à juin 1967) doit être regardé comme le premier exercice de libéralisation de grande ampleur de l'histoire du GATT. Il a une importance comparable au traité Cobden-Chevalier. On doit l'interpréter comme une initiative américaine destinée à *répondre à la création de la CEE* et la constitution d'un espace commercial perçu par les États-Unis comme l'édification d'une « forteresse ». La motivation du Kennedy Round est de parvenir à une réduction significative des droits de douane de la CEE contre des concessions américaines. De fait, les barrières tarifaires sont considérablement abaissées, une diminution qui a sans doute joué un rôle décisif dans l'accélération des échanges commerciaux et le passage aux stratégies de croissance en économie ouverte observé à partir de la fin des années soixante.

L'adhésion d'un nombre croissant de pays (vingt-trois pays au départ ; cent vingt-huit « parties contractantes » recensées au moment de la transformation du GATT en OMC), les « rounds » de négociation (huit au total) qui se sont succédés en quarante ans, ont contribué non seulement à abaisser les barrières douanières, mais à institutionnaliser un nouvel ordre commercial (différent de l'ordre commercial bilatéral du XIXe siècle : voir l'encadré ci-contre). Sur l'ensemble de la période 1950-1980, l'objectif de libre-échange n'a à aucun moment, sinon dans le discours des théoriciens, joué un rôle quelconque dans l'orientation effective du régime international. C'est seulement depuis les années quatre-vingt-dix, à la suite de l'Uruguay Round et la création de l'OMC, que l'on peut s'interroger pour savoir si le régime commercial international s'oriente vers le libre-échange.

Après un demi-siècle de négociations, les tarifs ont été virtuellement éliminés comme barrières majeures du commerce international pour les produits manufacturés, et ils ne sont plus aujourd'hui un enjeu commercial que pour les produits agricoles et les services. Même si les obstacles non tarifaires restent importants pour tous les produits, la tendance au libre-échangisme qui s'affirme aujourd'hui prend un caractère beaucoup plus profond qu'au XIXe siècle. Le libre-échange était en fait, durant cette période, très faiblement *institutionnalisé*. Le système a d'ailleurs mal supporté les chocs du retournement économique des années 1870 et 1880 et l'adoption de politiques protectionnistes. Il n'en va pas de même avec le GATT ou l'OMC, qui introduisent des mécanismes délibératifs institutionnalisés et multilatéraux. Ruggie [1993] considère que le concept de « multilatéralisme » est le concept central du GATT, car il permet de passer d'une logique contractuelle à une logique fondée sur la soumission à des règles internationales installant une coopération organique entre un groupe de pays déclarant partager un même ensemble de valeurs (voir encadré).

Les principes du GATT

Bien que le préambule du GATT se réfère aux réductions tarifaires comme un moyen de promouvoir la croissance, les signataires de l'accord reconnaissent solennellement la *prééminence de la politique macroéconomique domestique sur la libéralisation* (article XII). Le contexte est fortement marqué par la volonté de mener des politiques de plein emploi et des politiques industrielles volontaristes. En d'autres termes, le GATT cherche à aménager internationalement un ordre acceptable sur la base d'une donnée qui est le protectionnisme.

Les deux premiers articles du GATT (clauses de la *nation la plus favorisée* et de la *libéralisation du commerce extérieur*) établissent deux principes directeurs. Mais ceux-ci restaient peu contraignants pour les nations contractantes car ils comportaient de nombreuses exceptions, la plus importante discrimination permise étant les zones régionales de libre-échange, les unions douanières, certains arrangements préférentiels. De même, le système de préférence généralisé (SPG), créé en 1971, et qui devient une disposition multilatérale avec le Tokyo Round, permet d'accorder aux pays en développement des conditions préférentielles.

Le troisième principe est celui de la *non-discrimination* entre les producteurs nationaux et les exportateurs vendant sur le marché national (article III). On a dit que ce principe était la pierre angulaire du GATT. À la différence du deuxième principe (libéralisation), le principe de non-discrimination permet de promouvoir, dans un contexte protectionniste, le développement des échanges commerciaux. Ce troisième principe a pour corollaire toute une série de normes comme l'interdiction ou la limitation des subventions (article XVI), la prohibition des mesures de restriction quantitative aux échanges (article XI), l'interdiction du dumping (article VI).

Le quatrième principe est celui de la *réciprocité*. L'idée est qu'un pays bénéficiant d'un abaissement tarifaire concédé par un autre pays doit accorder à ce même pays la réciprocité d'un montant équivalent. L'application mécanique de cette norme a eu un impact profond même si son application s'est rapidement heurtée à des problèmes opérationnels. Avant 1962, les négociateurs américains étaient tenus de conduire leurs négociations sur la base « item par item » (« produit par produit »), donc d'atteindre à la réciprocité dans les concessions par produit. Depuis le Trade Expansion Act (1962), le principe de réciprocité a été reformulé comme un « package » : un dollar de plus sur les exportations (tous produits confondus) est compensé par une réciprocité d'un dollar de plus de concessions sur les importations (tous produits confondus).

La logique des négociations pour les abaissements tarifaires veut qu'à une « concession » on réponde par une « compensation ». Ces deux termes, tout autant que celui de « réciprocité », renforcent l'idée que la normalité est bien la protection et que le GATT n'est pas libre-échangiste. La même valeur sémantique doit être accordée au vocable « *round* » (un terme utilisé dans les combats de boxe) pour désigner les phases de négociations, dans lesquelles on arrache des concessions et on est contraint d'accorder des compensations au sein d'un affrontement où tout abaissement tarifaire est conçu comme un renoncement et une perte.

Le cinquième principe est celui des *clauses de sauvegarde* accordées pour des « circonstances exceptionnelles » (mais qui peuvent devenir permanentes comme avec la CEE). Un élément de souplesse fondamental du régime a d'ailleurs été la possibilité d'un ajustement temporaire par le recours à des modifications de tarifs (article XXVIII) ou de sauvegarde (au sens de l'article XIX). En réalité ces possibilités n'ont pas fait déraper le processus de réduction cumulative des tarifs douaniers qui s'est produit depuis la création du GATT. Enfin, on ajoutera un dernier principe, celui du *développement*, qui reconnaît une aide spéciale aux pays en développement.

Concernant les procédures relatives au règlement des différends et aux cycles de négociations, les conditions ont varié avec le temps. Même si, durant les vingt premières années du GATT, les négociations furent bilatérales, on soulignera l'importance de la solution multilatérale finalement retenue pour les négociations : celle des cycles de négociations commerciales multilatérales (NCM).

II. TYPOLOGIE DES SYSTÈMES ET RÉGIMES INTERNATIONAUX

Nous venons de voir que l'histoire des relations commerciales internationales se présente sous la forme d'un mouvement tendant à *organiser* un ensemble de règles et de principes collectivement acceptés. Cela conduit à s'interroger sur la notion de *système international* dans le domaine commercial.

L'idée de système international est bien connue des économistes à propos des relations monétaires internationales. Elle est moins évidente pour le commerce international. À la différence de l'idée de « système monétaire international », qui s'impose du fait du caractère national des monnaies, de la fragmentation du monde en espaces monétaires distincts, mais en même temps de l'interdépendance entre ces espaces monétaires quand ils sont ouverts les uns sur les autres, l'idée de « système commercial international » demande à être explicitée.

De façon très générale, on peut dire que se met en place un système international quand disparaît l'autosuffisance des économies nationales qui échangent entre elles. La perte de l'autosuffisance (autosuffisance alimentaire par exemple) veut dire que les économies deviennent interdépendantes, et qu'elles perdent, peu ou prou, leur « indépendance nationale » (l'indépendance énergétique par exemple). L'approvisionnement extérieur devient alors une contrainte. De ce fait, un régime apparaît comme une « organisation » particulière du système ainsi défini. L'organisation en régimes ne tient pas seulement à la mise en place d'un ensemble de principes et de normes concernant les relations commerciales *entre* pays, mais également à l'internalisation de ces principes et normes *à l'intérieur* des pays.

Le clivage qui se contente d'opposer le libre-échange à la protection est pauvre du point de vue de la notion de système et *a fortiori* de régime, car il ne permet pas de saisir les différences fondamentales qui existent entre les fonctionnalités assurées par les systèmes ayant existé et donc de caractériser la nature des phases historiques. Les données historiques présentées dans la partie précédente ne se laissent pas couler dans le moule simpliste libre-échange/protection. Il est instructif de distinguer trois grands systèmes : le mercantilisme, le protectionnisme et le libre-échangisme. On peut en effet négliger un quatrième type, le prohibitionnisme, une situation qui se rencontre quand la protection est maximale (quand toutes les politiques commerciales sont prohibitionnistes)[8], car alors il n'y a

---

8. Comme cela a été historiquement le cas avec les dispositifs du type « autorisations d'importation » ou droits de douane « prohibitifs » (de l'ordre de la centaine ou du millier de pour cent) et contrôle sévère des exportations (autorisations d'exportation et taxes à l'exportation). La Chine ou le Japon de la première moitié du XIXᵉ siècle répondaient à ce modèle.

pas place pour un système international, toutes les économies étant autarciques et donc indépendantes.

A. Le système mercantiliste

Le mercantilisme – apparu au XVIe siècle en Europe, il a connu néanmoins sa plus forte expansion au XVIIe et au XVIIIe siècle – présente trois caractéristiques.

La première est relative au fait que la fonction d'approvisionnement extérieur est réduite à son minimum grâce à une politique économique qui cherche à brider les importations : l'économie nationale se procure par conséquent les biens dont elle a besoin à un coût supérieur, du moins à court terme, à celui associé aux importations.

La deuxième caractéristique est qu'il existe une *logique d'ouverture* qui consiste à « promouvoir les exportations » (conquête de marchés extérieurs). Le but visé par le commerce extérieur est de dégager un excédent de la balance des opérations de base parce que cet excédent est supposé bon, soit pour la richesse (accumulation d'or et d'argent dans les versions historiquement caduques du mercantilisme), soit pour le revenu et l'emploi intérieurs.

La troisième caractéristique du mercantilisme tient au rôle de l'État « entrepreneur ». Le but de l'État est de développer une spécialisation de l'économie nationale : il y a mercantilisme quand les structures économiques nationales sont le produit d'une spécialisation voulue et ne sont pas commandées par l'extérieur, donc par la loi des avantages comparatifs naturels. Le mercantilisme est, en fait, une politique d'État à laquelle on doit associer une « politique industrielle » *interne* où prédomine un choix de spécialisation par rapport aux marchés mondiaux se traduisant par une politique d'avantages comparatifs construits. Le mercantilisme suppose une politique industrielle intérieure volontariste (colbertisme en France), déconnectée, provisoirement ou non, des conditions de la concurrence internationale. Pour donner une illustration contemporaine, on peut dire qu'une politique de « croissance par promotion des exportations » (une telle politique a été suivie par certains nouveaux pays industriels du Sud-Est asiatique) est une politique mercantiliste.

On aurait tort de confondre le modèle qui vient d'être décrit avec le protectionnisme. D'une certaine manière, les deux modèles sont opposés. Le mercantilisme recherche les recettes d'exportations et est tourné vers les *marchés extérieurs* ; le protectionnisme, tout au contraire, vise la protection de l'industrie nationale et est tourné vers les *marchés intérieurs*. Le mercantilisme craint toute forme d'importation assimilée à une sortie de revenu ; le protectionnisme se désintéresse de l'aspect revenu et peut s'ouvrir aux importations si celles-ci sont une aide à l'industrialisation de l'économie nationale. Le mercantilisme est une politique commerciale extérieure commandée par une optique marchande ; le protectionnisme est une politique commerciale extérieure commandée par une optique productiviste. La période de l'entre-deux-guerres est par exemple beaucoup mieux décrite par la notion de mercantilisme commercial que par celle de protectionnisme. Il n'est d'ailleurs pas étonnant que Keynes se soit reconnu dans les politiques mercantilistes car ce sont les aspects de revenu et de demande qui prédominent sur les aspects de production.

Le mercantilisme ne peut définir un *régime international* car aucun pays ne renonce à sa souveraineté commerciale. La dissymétrie entre la volonté de promouvoir les exportations et la peur de s'ouvrir aux importations fait la contradiction du mercantilisme du point de vue du système international. Sachant que les importations des uns sont les exportations des autres, il est difficile d'imaginer qu'un régime international puisse s'organiser sur cette base, c'est-à-dire sur un principe commun selon lequel les importations sont toujours un mal et les exportations toujours un bien. Par conséquent les barrières commerciales ne sont pas harmonisées.

B. Le régime protectionniste

Le régime protectionniste est, comme le mercantilisme, un système d'ouverture, mais c'est un système d'ouverture incomparablement plus développé. En général les économistes ne font pas la distinction entre mercantilisme et protectionnisme, et ils rangent dans une même catégorie tous les systèmes qui ne sont pas libre-échangistes. Or il existe des différences qualitatives essentielles entre un système mercantiliste et un système protectionniste.

Concernant les importations et la fonction d'approvisionnement, le système protectionniste ne recherche pas l'autosuffisance et ne désire pas prohiber toute forme d'importation. Au contraire, c'est un système qui, jusqu'à un certain point, *fait largement appel aux importations* car il intègre celles-ci dans sa stratégie de développement : il s'agit d'importations jugées nécessaires au développement intérieur et que le pays *choisit* de se procurer avec des droits de douane faibles ou modérés pour accélérer l'industrialisation nationale (par exemple des biens d'équipement pour un pays en retard de développement). La politique d'« industrialisation par substitutions d'importations » qui, jusqu'à une date récente, avait été suivie par beaucoup de pays d'Amérique latine est un processus de spécialisation typique du protectionnisme. La notion de « protectionnisme ouvert », qui peut paraître une contradiction dans les termes, est en fait un pléonasme car il n'y a protection que parce qu'il y a ouverture et appel aux importations. Le type d'ouverture pratiqué par le protectionnisme est non seulement un moyen pour se procurer les biens que l'économie nationale ne produit pas, mais c'est également une stratégie qui a une dimension de *politique industrielle* (orienter la spécialisation) et une dimension de *politique macroéconomique* (à travers la manipulation des recettes budgétaires)[9].

Le protectionnisme est donc un système de *distorsion de concurrence* tandis que le mercantilisme est un système de *refus de concurrence*. La fonction de spécialisation ne résulte pas mécaniquement des effets de l'extérieur comme avec le libre-échange (le libre-échange impose, du point de vue intérieur, une absence de politique industrielle, du moins au sens classique du terme). Le pays pratiquant une politique protectionniste a la

9. Le protectionnisme suppose donc des importations non nulles mais plus ou moins fortement taxées. Les taxes doivent être suffisamment faibles pour rendre possibles les importations et en même temps suffisamment élevées pour assurer des rentrées fiscales significatives. C'est d'ailleurs historiquement le but qui était visé par le protectionnisme (par rapport au mercantilisme) : favoriser les importations pour permettre à l'État de se procurer des recettes. Le système mercantiliste, qui cherche à interdire les importations par des prohibitions quantitatives, ne se caractérise pas par des rentrées douanières importantes, ce qui a des implications notables sur la politique macroéconomique.

possibilité de choisir sa spécialisation par l'intermédiaire des taux de protection, ce qui définit une *forme d'internalisation* particulière des relations internationales dans les structures intérieures. Avec le protectionnisme, la spécialisation de l'économie nationale provient partiellement du système commercial international. Il existe donc une « division internationale du travail » caractéristique d'un système protectionniste.

Insistons de nouveau sur la dualité profonde qui existe entre la dimension nationale et ce que l'on appelle « international ». Le protectionnisme, comme le mercantilisme, n'est pas seulement une politique vis-à-vis du commerce extérieur : c'est également une politique interne. La dualité s'exprime dans le processus de spécialisation des structures productives et dans beaucoup d'autres aspects, comme la répartition des revenus (dont le partage salaires-profits), la base fiscale de l'État et la politique macroéconomique (au travers des recettes douanières).

Cette double face est au cœur de toute protection comme de toute déprotection. Prenons un exemple actuel concernant la politique de concurrence mise en œuvre dans un cadre régional comme l'Europe. La politique de la Commission européenne pour éviter les « distorsions de concurrence » dans l'espace européen (interdiction de principe des subventions, par exemple) n'est pas seulement une organisation de la « concurrence intra-européenne ». Elle constitue en même temps une action très puissante dans le sens de la libéralisation à l'égard du reste du monde, par exemple à l'égard des États-Unis, car, en vertu du principe de non-discrimination, elle détruit indirectement des protections « externes », à savoir *les barrières non tarifaires* qui protégeaient l'espace européen vis-à-vis de l'extérieur.

C. Le régime de libre-échange

Qu'est-ce qu'un régime libre-échangiste ? Un régime de libre-échange pur n'a encore jamais existé. Un tel modèle se caractériserait par une disparition complète de toutes les barrières aux échanges et signifierait par conséquent une absence totale de politique industrielle – en effet, les barrières non tarifaires (subventions, par exemple) ne sont pas seulement l'expression de politiques du commerce extérieur, mais également, et peut-être principalement, l'expression de politiques publiques nationales. Les structures industrielles seraient donc déterminées par la concurrence internationale, donc par le monde tout entier. La spécialisation des pays résulterait de la seule influence des avantages (ou désavantages) comparatifs hérités. En d'autres termes, les conditions d'internalisation du régime international seraient maximales. De ce point de vue, le libre-échange suppose beaucoup plus que la simple disparition des barrières tarifaires : il suppose le démantèlement de tout le dispositif sur lequel s'est appuyée l'intervention de l'État dans l'économie, donc un changement complet de philosophie économique.

Si le libre-échange n'a jamais existé comme régime international, il est au centre des interrogations actuelles. Avec l'OMC et les différents projets en discussion (ainsi, l'Accord multilatéral sur les investissements – AMI –, projet abandonné par l'Organisation de coopération et de développement économiques – OCDE – mais instruit maintenant par l'OMC), l'enjeu n'est pas la simple pérennité du régime commercial ancien (et un changement à l'intérieur du régime), mais d'un début de changement radical de régime. Le nouveau régime commercial (pour le moment, il est dans la continuité du régime antérieur) est susceptible de s'accompagner d'une modification fondamentale des principes et des normes si les projets en discussion devaient aboutir. Comme on l'a dit, les abaissements tarifaires sur les produits manufacturés ont été considérables sous l'égide du GATT et l'essentiel de la protection aujourd'hui concerne le non-tarifaire. Par conséquent, la logique de l'ancien régime du GATT (la logique de la protection) perdurera tant que perdureront les *barrières non tarifaires* sur les produits manufacturés et les protections dont bénéficient l'agriculture et les services. Le jour où ces dernières auront cédé, le monde sera en régime libre-échangiste, c'est-à-dire organisé selon un régime international qui correspond, à l'intérieur des économies nationales, à une *disparition* des fonctions d'intervention économique publique. Outre la question de la libéralisation des investissements directs (le projet d'AMI est actuellement en panne), trois questions seront au cœur des débats concernant la circulation des produits et décideront de l'avenir, c'est-à-dire de la transition effective vers un régime libre-échangiste.

La première est relative aux modalités de contrôle (et de sanction) sur les mécanismes des barrières non tarifaires, nombreuses et difficiles à identifier [10]. L'instauration de procédures juridictionnelles et de véritables tribunaux a pour but de contribuer à lutter contre les discriminations provenant de ce type d'obstacles (création d'un Organe de règlement des différends, d'un Organe d'appel et possibilité de mesures temporaires de rétorsion). Il est encore trop tôt pour dégager une jurisprudence (une vingtaine de différends ont été portés devant l'OMC, plusieurs ont trouvé des solutions amiables avant que l'Organe de règlement des différends n'adopte un rapport rappelant à l'ordre le pays récalcitrant). L'avenir de la nouvelle procédure n'est même pas garanti [11].

La deuxième question est relative aux droits de propriété intellectuelle. Du fait de l'absence d'un « droit de propriété international » (qui renvoie à l'absence d'un État mondial, donc d'un Droit de propriété indépendant des États nationaux), il est possible en matière intellectuelle de s'approprier, sans coûts élevés, les résultats des investissements opérés dans un autre pays (dont les investissements immatériels correspondant aux marques). Les difficultés et les conflits d'intérêts sont ici redoutables.

La troisième question est relative aux « normes » (norme sociale et norme environnementale). La logique libre-échangiste rencontre la réalité des États et de l'hétérogénéité des systèmes de protection sociale. Du point de vue de cette logique, il est effectivement incohérent de chercher à libéraliser les conditions tarifaires de la concurrence si en même temps les couvertures sociales devaient rester différenciées (Siroën [1997]), car elles seraient à l'origine d'une « concurrence déloyale » (« protectionnisme social »). Le libre-échange devrait donc s'accompagner d'une harmonisation par la mise en place de « normes sociales ». Le même argument peut être développé pour l'environnement. Si les projets en ce domaine aboutissaient, cela

---

10. Curieusement, beaucoup de mécanismes ne violaient explicitement aucun principe du GATT. Par exemple, les restrictions volontaires d'exportations sont des dispositions discriminatoires qui n'entrent pas sous le coup du GATT car ce dernier visait essentiellement les discriminations sur les importations.

11. Les États-Unis ont fait savoir, dès l'accord de Marrakech, que sur la base d'un bilan des cinq premières années ils se réservaient la possibilité de se retirer de l'OMC en cas de décisions jugées injustifiées.

signifierait l'accomplissement plein et entier du libre-échangisme, donc une révolution impliquant une modification profonde des règles du jeu encore en vigueur à l'échelon interne des économies nationales, un bouleversement non seulement international mais aussi national, non seulement économique mais aussi politique.

III. HÉGÉMONIE ET SYSTÈME COMMERCIAL

Les données historiques font ressortir l'existence d'un lien entre hégémonie et constitution d'un système commercial ouvert. Nous commencerons par une évaluation de cette corrélation empirique. Nous montrerons ensuite pourquoi cette corrélation paraît difficile à interpréter si l'on demeure dans le cadre de la théorie standard de l'économie internationale, voire des théories non standards. Enfin nous envisagerons comment une interprétation peut être construite à partir de l'articulation entre économie et politique.

A. Les études économétriques

La corrélation entre hégémonie et libéralisation du commerce extérieur a donné lieu à des études économétriques de caractère chronologique qui confirment en général l'intuition historique. Les points délicats concernent évidemment l'identification des variables significatives (la variable à expliquer est-elle le taux d'ouverture ou le niveau des tarifs : comment identifier la variable explicative « pouvoir hégémonique » ?) et la périodisation retenue pour fixer les césures des périodes. Selon les indicateurs, les estimations sont plus ou moins satisfaisantes. Conybeare [1983] parvient à des résultats de très bonne qualité, il en va de même de Thompson et de Vescera [1992] ; Mansfield [1992] arrive à la conclusion que l'hégémonie est positivement reliée à l'ouverture si l'on adopte la périodisation de Gilpin concernant les cycles de l'hégémonie et du déclin (mais non dans le cas de la périodisation de Wallerstein) ; seul McKnown [1991] obtient des résultats plus ambigus même si les tests corroborent globalement l'hypothèse (on soulignera, au passage, l'intérêt du travail de McKnown concernant la mise en perspective historique des données quantitatives).

Les résultats de ces estimations économétriques (économétrie sans théorie) doivent être interprétés avec prudence car le lien entre libre-échange et hégémonie ne peut, comme on l'a vu dans la partie historique, relever d'une relation de caractère mécanique (en effet, il faut tenir compte du rôle des puissances non hégémoniques). Il est vrai qu'il existe des périodes pour lesquelles la thèse de la stabilité hégémonique suffit à expliquer le comportement des échanges. La validation du principe hégémonique est fortement confirmée par l'observation du rôle économique international joué par la Grande-Bretagne au XIXe siècle (1820-1900) et par les États-Unis au XXe siècle (1945-1970), rôle hégémonique qui indique clairement qu'un hegemon a été nécessaire pour créer un monde ouvert. La thèse peut également s'appuyer sur le fait que le déclin tend à apporter la fermeture (1919-1939). Cependant les problèmes empiriques de cet exercice sont nombreux et il faut les examiner avec attention.

L'âge d'or du libre-échange au XIXe siècle commence des dizaines d'années après l'émergence de la Grande-Bretagne comme puissance hégémonique. Un retour du protectionnisme se dessine à la fin du XIXe siècle quand la Grande-Bretagne, malgré le déclin relatif de sa puissance, est encore un hegemon. La thèse explique mal la phase 1900-1913 (augmentation formidable de l'ouverture commerciale alors que la puissance hégémonique est censée décliner), de même que la période 1919-1929 (pour des raisons similaires), et la période récente. En fait, comme on l'a suggéré, les régimes commerciaux n'émergent pas et ne se développent pas sous l'influence d'une seule puissance, même hégémonique, mais sous l'influence conjointe de cette puissance et de la coopération avec d'autres puissances dominantes. L'interaction stratégique entre grandes puissances, même fortement inégales en pouvoir, est aussi importante pour la création et la reproduction d'un régime que la présence d'un hegemon. Reste à expliquer pourquoi l'hegemon semble avoir intérêt à promouvoir le libre-échange dans le monde.

B. Les paradoxes des explications économiques conventionnelles

La première tentative d'explication de la relation hégémonie-ouverture commerciale en termes d'économie politique a été avancée dans l'article pionnier de Krasner [1976] qui a inauguré une renaissance de l'approche par le « pouvoir d'État » dans les études d'ÉPI (Keohane [1997]). Krasner s'appuie sur l'absence de raisons économiques pour montrer la nécessité de faire intervenir des raisons politiques, dans le prolongement de l'idée d'Hirschman [1945] selon laquelle les structures internationales du commerce et de l'investissement ont des implications en termes de pouvoir. L'argumentation est plus intuitive qu'analytique mais on peut utilement mobiliser les résultats des recherches en économie menées depuis la publication de l'article.

Pour un « grand pays », il est assez facile de montrer qu'il existe, au moins, trois raisons de *préférer la protection* plutôt que l'ouverture. La première raison provient d'un résultat bien établi de l'analyse économique. La théorie a montré (Johnson [1954]) qu'un grand pays a intérêt à pratiquer la protection et à améliorer son bien-être en levant des droits de douane car il peut bénéficier d'un effet favorable sur ses prix d'importation du fait de la possibilité d'exploiter sa position oligopolistique [12]. Les pays de grande taille auront donc vraisemblablement tendance à pratiquer des tarifs extérieurs optimaux positifs (Conybeare, 1984). Le gain en bien-être dépend évidemment du taux de protection (taux de protection optimal) et de la passivité du reste du monde, qui doit s'abstenir de pratiquer des « représailles ». Dans le cas contraire, on peut définir un processus dynamique qui, sous certaines conditions, aboutit à un taux stable de protection dans l'ensemble des grands pays (équilibre de Nash), ce qui renforce l'argument.

La deuxième raison peut être dérivée de ce qu'il est convenu d'appeler la « nouvelle théorie de l'économie internationale » (Krugman [1986], Helpman et Krugman [1986, 1989], Richardson [1990]). En partant de l'idée que l'économie nationale d'une

---

12. Il s'agit de la théorie du droit de douane optimal. Voir un manuel d'économie internationale : on peut par exemple se reporter à Guillochon [1993], p. 120 *et sq.* Pour suggérer d'un mot l'effet visé, on peut dire qu'un grand pays, à la suite de la protection, importe moins en quantité, ce qui diminue la demande mondiale pour les produits concernés et donc le niveau des prix.

grande puissance est par définition différente des économies de petite taille qui composent l'économie internationale, on peut montrer que le choix entre libre-échange et protection s'y pose de manière spécifique même si l'on adopte la fonction-objectif habituelle des économistes. La nouvelle théorie du commerce extérieur établit que la protection est préférable au libre-échange quand les rendements sont croissants, et donc quand les structures de marché sont oligopolistiques. Dans le cas contraire (rendements non croissants et structures de concurrence parfaite), le libre-échange reste préférable à la protection. Les secteurs à rendements croissants seront plus nombreux dans les pays de grande taille car ils bénéficient d'économies d'échelle et d'externalités positives plus importantes que les petits pays. Par conséquent, on doit en déduire que les pays de grande taille ont intérêt à pratiquer un niveau de protection plus élevé que les petits pays. Ils vont choisir de pratiquer le libre-échange seulement sur les produits à rendements non croissants correspondant aux structures de marché concurrentielles et s'entourer de tarifs optimaux partout ailleurs, c'est-à-dire dans la plupart des secteurs.

La troisième raison tient à la considération des gains relatifs plutôt que des gains absolus dans les motivations des États de grande taille. Selon la théorie du commerce extérieur, le libre-échange profite à tous les échangistes mais de manière différenciée. Un paramètre discriminant est le critère de taille. Sous les hypothèses habituelles (rendements non croissants, mobilité des facteurs de production, etc.), entre deux pays de taille inégale, le petit pays gagne inévitablement plus que le grand pays dans le libre-échange bilatéral ; la proposition est généralisable à n pays. Par conséquent les gains relatifs du libre-échange sont appelés à être inégalement répartis dans les structures marquées par des inégalités de taille. Le grand pays guidé par une logique de puissance doit donc hésiter à s'ouvrir et à offrir à ses concurrents de taille plus réduite l'accès au marché de grande taille qu'il contrôle en contrepartie d'un accès à des marchés plus réduits. Cet élément peut inhiber l'ouverture, voire pousser à la fermeture, dans les structures où quelques grandes puissances sont en lutte commerciale (durant l'entre-deux-guerres, par exemple).

L'analyse économique nous conduit donc à la prédiction qu'un système hégémonique devrait normalement se caractériser par la fermeture commerciale, ce qui est contradictoire avec les observations. Cette difficulté est à l'origine de ce que l'▒▒ appelle le « dilemme de l'hegemon » (Stein [1984]), qui c▒▒erne le problème de savoir pourquoi la puissance hégé▒▒ ▒▒ adopte un comportement quasi suicidaire consistan▒ ▒ pro▒▒ouvoir le libre-échange dans le monde, un libre-échange qui doit conduire les pays non hégémoniques à s'enrichir plus rapidement qu'elle et à finir par saper sa position prédominante. Le dilemme de l'hegemon apparaît donc comme un paradoxe logique pour la théorie de la stabilité hégémonique si l'on se limite à envisager les considérations directement ou indirectement *économiques* du comportement des États (gains absolus ou même relatifs). Deux axes de réponse peuvent être explorés : les explications économiques non conventionnelles ; les explications politiques.

C. Les explications économiques non conventionnelles

On peut opposer à l'analyse précédente deux contre-analyses. Elles consistent à montrer que le dilemme de l'hegemon est un faux problème et que l'hegemon a un *intérêt économique* au libre-échange. Pour établir cette proposition, il faut évidemment sortir du paradigme de l'économie traditionnelle ; en d'autres termes, il faut montrer que l'hegemon est poussé à promouvoir le libre-échange pour des raisons économiques non identifiées par l'économie internationale conventionnelle.

1. La domination technologique

La première voie consiste à s'appuyer sur l'idée d'une avance technologique de l'hegemon. On peut se placer dans les hypothèses de la nouvelle théorie de l'économie internationale. Comme le pays hégémonique dispose de nombreux secteurs à rendements croissants, il a en principe, c'est-à-dire si l'on ne différencie pas l'hegemon d'une grande puissance quelconque, intérêt à la protection. Mais on doit admettre qu'un hegemon n'est pas seulement une grande puissance : il bénéficie d'une *hégémonie industrielle* car un « gap technologique » le sépare en général des autres grandes puissances. Si cette proposition est admise, il en résulte que l'hegemon *n'a pas à craindre la concurrence* des autres grandes puissances *dans les secteurs à rendements croissants*. Le libre-échange est alors une solution qui redevient optimale (même si la puissance hégémonique continue d'avoir intérêt à la protection dans les secteurs à rendements croissants et sans gap technologique). Le libre-échange, voire l'abaissement unilatéral des tarifs, présente alors l'intérêt de diminuer les prix dans les secteurs concurrentiels domestiques et dans les secteurs « rentiers » (c'est-à-dire les secteurs utilisant intensivement les facteurs relativement rares), ce qui améliore la compétitivité des secteurs à rendements croissants.

C'est la raison pour laquelle la Grande-Bretagne aurait eu intérêt dans la première moitié du XIXe siècle à abaisser unilatéralement ses barrières douanières : l'économie britannique était à l'époque une économie industrielle hégémonique n'ayant à craindre aucune concurrence internationale sérieuse sur un « noyau industriel » qu'elle était seule à maîtriser, tandis que le démantèlement tarifaire permettait de diminuer les prix des intrants de la production et les prix des biens de subsistance (donc indirectement du salaire). La finalité, comme on le voit, est alors purement interne. Mais la structure tarifaire de la puissance hégémonique va être essentielle pour créer indirectement l'ouverture internationale et imposer au monde la division internationale du travail qui correspond à ses intérêts économiques : l'effet de taille induit mécaniquement cette dernière car les autres pays, petits ou moyens, sont condamnés à se spécialiser dans les produits abandonnés au libre-échange par la puissance hégémonique (Lake [1988]). L'analyse apparaît comme une sorte de « mise en théorie » de la notion déjà ancienne de « libre-échange impérialiste » (Gallagher et Robinson [1953]).

2. La coalition d'intérêts

La deuxième explication économique met l'accent sur les coalitions et les institutions domestiques pour rendre compte des politiques commerciales de la puissance hégémonique. Dans cette explication, la puissance hégémonique est censée avoir une préférence pour le libre-échange non parce qu'elle serait soucieuse de ses intérêts politiques ou de sa politique commerciale stratégique, mais simplement parce qu'elle se trouve manipulée par des coalitions d'intérêts domestiques et des institutions spécifiques favorables au libre-échange. En d'autres termes, l'idée est d'appliquer la théorie de Rogowski pour montrer qu'une puissance hégémonique doit se trouver caractérisée par une coalition d'intérêts de groupes dominants détenteurs de facteurs de production abondants, donc favorables au libre-échange. Rogowski n'a pas explicitement traité la question de savoir si une puissance hégémonique doit se caractériser par un type de coalition spécifique, mais deux approches ont été ultérieurement proposées.

La première cherche à expliquer le biais au libre-échange par l'existence de groupes de pression « capitalistes ». Brawley [1993] part d'un modèle dans lequel les facteurs de production ont deux affectations possibles. Ils peuvent être alloués soit aux secteurs manufacturiers visant le profit et reposant sur des avantages de compétitivité, donc à des entreprises ayant intérêt à s'ouvrir au marché international, soit aux activités rentières liées à l'exploitation d'avantages naturels, donc à des activités tournées vers le marché intérieur et ayant intérêt à se protéger derrière des barrières à l'entrée (dont des barrières tarifaires). Dans le prolongement du théorème de Stolper-Samuelson, il suggère alors que les facteurs de production abondants doivent normalement se diriger vers les activités de profit et les facteurs rares vers les activités de rente. La pression politique en faveur du libre-échange serait donc forte dans les pays où le capital est abondant et où le système politique est sensible aux groupes de pression. Aussi conclut-il à l'existence d'une connexion entre le fait qu'un pays soit une puissance hégémonique favorable à l'ouverture, une démocratie politique et une économie où le capital est abondant. Les fondements de la construction posent néanmoins quelques problèmes, ne serait-ce que pour démontrer pourquoi les activités rentières devraient être faibles en démocratie.

La seconde approche explique le biais au libre-échange au sein de la puissance hégémonique par le fait qu'il s'agit d'un pays créditeur net à l'égard du reste du monde (Frieden [1988], Rosecrance et Taw [1990], par exemple). Il existe donc un lobby dans la nation hégémonique ayant intérêt à ce que les pays débiteurs soient en mesure de rembourser leurs dettes, un lobby qui va œuvrer pour que la nation hégémonique ouvre ses marchés aux exportations de ces pays. En d'autres termes, l'idée consiste à se référer à la vieille opposition entre « capital industriel » et « capital financier » pour montrer que la puissance hégémonique est plus sensible à ses intérêts financiers qu'à ses intérêts industriels. Cela crée une base pour la constitution de groupes de pression en faveur de l'adoption de politiques libre-échangistes par la puissance hégémonique et, donc indirectement, par l'ensemble du monde. Cependant, l'argument n'explicite pas pourquoi la communauté financière devrait constituer le groupe de pression dominant au sein de la puissance hégémonique (notamment pourquoi les financiers devraient dominer les capitalistes).

Une place à part doit être faite à l'œuvre d'Olson, qui a développé, à partir de sa théorie de l'action collective (Olson [1965]), sa propre conception de la montée en puissance et du déclin des grandes nations (Olson [1982]). Cette analyse a manifestement inspiré l'ensemble de l'ÉPI. Les thèses d'Olson ne sont néanmoins pas présentées ici car elles ont été construites sans rapport direct avec les théories de l'ÉPI[13].

D. Les explications politiques

1. Le principe d'analyse

Comme on l'a dit, Krasner [1976] est le premier auteur à avoir cherché à montrer que les propriétés de libre-échange et d'ouverture commerciale sont désirées par une puissance hégémonique pour des raisons essentiellement politiques. L'étude de Krasner ne cherche pas à remettre en cause la théorie traditionnelle du commerce international et les bienfaits du libre-échange d'un point de vue économique ; elle se développe sur l'idée que les États possèdent des *fonctions d'utilité complexes* incluant à la fois des buts économiques et des buts politiques.

Le pays le plus puissant doit être favorable au libre-échange parce que cette organisation des échanges *fragilise politiquement* les petits États et assoit la suprématie de l'hegemon sur l'ensemble du monde en intégrant les autres pays à sa zone d'influence. Le but visé est de tirer parti des *implications politiques* du libre-échange, c'est-à-dire de la *perte de souveraineté* qui, pour les États non hégémoniques, résulte d'une plus grande soumission au marché mondial. L'organisation libre-échangiste voulue par la puissance hégémonique doit finir par s'imposer aux

---

13. On trouvera une discussion des thèses d'Olson par divers auteurs dans la revue *International Studies Quarterly*, numéro 1 de 1983 (27). Cette analyse est susceptible de venir consolider l'approche hégémonique du libre-échange en termes de groupes de pression.

petits États du fait de leur faiblesse relative et de leur incapacité à résister à l'influence exercée par la puissance hégémonique. Krasner souligne fortement l'usage de la force militaire pour imposer au XIXᵉ siècle le libre-échange à des pays en autarcie, qui échappaient donc à la zone d'influence hégémonique.

Le rôle des facteurs politiques peut être subtil. Une interprétation d'inspiration néoréaliste marquée, sans d'ailleurs que la référence à Krasner soit explicite, a été récemment avancée par Krugman [1992] pour expliquer la création de l'ALÉNA. Cet accord régional de libre-échange est appelé à profiter plus au Mexique qu'aux États-Unis selon les termes de la théorie standard du commerce extérieur. Dans certaines simulations économétriques, il apparaît même que les États-Unis sont perdants en termes absolus. Krugman considère de façon prudente que les effets sont quasi nuls. La question reste dans tous les cas la même : pourquoi les États-Unis ont-ils été amenés à faire une offre libre-échangiste au Mexique (une offre appelée à s'étendre à d'autres pays en développement de la région) alors que celle-ci se traduit inévitablement par une perte (absolue ou, au mieux, relative) de nature à ébranler leur position hégémonique dans cette zone ? La réponse avancée par Krugman est « politique » : les États-Unis soutiennent un processus politique entamé par le président Salinas pour provoquer l'ouverture commerciale du Mexique, faire basculer son économie dans le libéralisme et, doit-on ajouter, accroître les *contraintes extérieures* de ce pays en contribuant à soumettre plus étroitement la formulation de ses politiques gouvernementales aux impératifs de l'économie internationale. D'autres éléments d'analyse, en liaison avec les mouvements migratoires, doivent être pris en compte. Ces questions sont intensément discutées dans les recherches actuelles en ÉPI (voir, par exemple, Ros [1994]).

L'explication qui vient d'être discutée procède donc d'une analyse d'économie politique qui se rattache au courant néoréaliste en relations internationales, car il met l'accent sur les déterminants politiques du comportement des États. L'hegemon est soumis à deux tentations. D'un côté, la puissance hégémonique est un pays de grande taille et donc plutôt tentée par le protectionnisme (déterminants économiques). Mais d'un autre côté, du point de vue de l'objectif de stabilité politique, l'ouverture présente pour elle l'avantage de mettre en place un système dans lequel le pouvoir des autres États nationaux est plus étroitement soumis aux contraintes extérieures, un facteur qui est *d'autant plus important* que le pays est petit et faiblement développé, car le taux d'ouverture aura alors tendance à être important. Par conséquent la puissance hégémonique a moins à craindre les contraintes extérieures que les autres. L'effet joue donc dans le sens voulu par les observations.

2. Discussion de l'analyse

On notera évidemment que l'analyse précédente dépend d'hypothèses implicites sur les *pondérations* des effets dans les fonctions d'utilité des États (intérêts divergents ou non au sein de la puissance hégémonique, poids des considérations de sécurité tant extérieures qu'intérieures) ; en l'absence d'un modèle complètement spécifié, le comportement envisagé par Krasner apparaît dès lors comme le résultat d'hypothèses *ad hoc* (Lake [1993]) : on doit supposer que les objectifs politiques l'emportent relativement aux objectifs économiques, c'est-à-dire que la puissance hégémonique est peu sensible aux contraintes économiques et fortement sensible à ses objectifs politiques de grande puissance. Cette conclusion tranche le « dilemme de l'hegemon » de façon abrupte par une pétition de principe. L'analyse doit de ce fait être interprétée comme une hypothèse théorique qui reste à tester empiriquement. L'hypothèse néoréaliste est donc : ce sont des considérations *politiques* qui poussent l'hegemon à vouloir le libre-échange et par là même à négliger la préservation des fondements économiques de sa puissance [14].

14. On citera l'existence d'une seconde approche néoréaliste (Gowa [1989], par exemple). À partir d'une complète inversion des hypothèses de départ, on parvient curieusement au même résultat que Krasner, ce qui ne manque pas de poser problème sur la robustesse de la représentation néoréaliste. L'analyse se développe sur l'idée que les variables politiques sont des freins à la libéralisation commerciale car *les États s'interdisent d'avoir des relations commerciales avec leurs ennemis*. Dans un monde de petits États, c'est-à-dire un monde régi par la loi de la lutte de tous contre tous, le libre-échange n'a donc aucune chance d'apparaître. En revanche les variables économiques sont des stimulants. Seule une nation ayant une grande dimension et surpassant toutes les autres est en mesure de disposer de la force suffisante pour imposer le libre-échange, car elle est en position de *n'avoir à craindre aucun ennemi potentiel*. L'hégémonie devient alors nécessaire et elle est susceptible de développer une action bénéfique pour imposer à la communauté des nations une ouverture économique impossible autrement. Les signes des facteurs « économique » et « politique » se trouvent donc inversés.

Le facteur politique apporte ainsi une réponse à la question de savoir pourquoi aujourd'hui des « hegemons régionaux » (dans le cadre de la « triadisation » de l'économie mondiale contemporaine) sont amenés à mettre en place des zones de libre-échange avec les pays moins développés qui les entourent. L'Europe a suivi l'exemple de l'ALÉNA en ce domaine. Elle a mis en place avec les pays d'Europe centrale et orientale (PECO) ou avec les pays méditerranéens des accords qui accroissent la vulnérabilité politique des petits pays et donc consolident la sécurité de la puissance hégémonique. L'Europe, puissance hégémonique régionale, aurait imaginé de développer une stratégie d'économie politique pour répondre à des périls éventuels sur ses flancs est et sud : la construction d'un système de contraintes économiques suffisamment fortes et invisibles pour « discipliner en douceur » les politiques dans la région.

3. Nécessité d'une vision plus large

Les analyses précédentes, qu'elles soient économiques ou politiques, jettent quelques lumières sur les liens entre hégémonie et ouverture économique. Aucune ne se révèle cependant en mesure de fournir une théorie complète établissant sans ambiguïté le fait que l'hégémonie est une condition nécessaire et/ou suffisante pour construire ou maintenir une économie internationale ouverte. Si l'on revient à la question initiale de savoir pourquoi une puissance hégémonique devrait avoir une préférence de structure la conduisant à désirer le libre-échange et comment elle se trouve en mesure de parvenir à imposer cette organisation à l'économie mondiale, la réponse est : aucune raison théorique majeure n'a été exhibée. Toutefois il existe un réseau dense d'arguments qui autorisent à prendre au sérieux la conjecture. Une voie complémentaire, non explorée et peut-être plus prometteuse, est celle des « externalités » positives produites par l'existence d'une puissance hégémonique dans le domaine des coûts de transactions et des risques. Cette explication passe par une chaîne de déterminations autre que les tarifs douaniers ou les barrières non tarifaires et concerne une application internationale de la théorie des coûts de transactions (voir le chapitre I).

On peut définir les « *coûts de transactions* » *du commerce international* comme formés de deux types de coûts, des coûts que l'on pourrait appeler *publics* (droits de douane et barrières non tarifaires) et des coûts *privés*. Ces derniers sont souvent négligés. Ils concernent les *coûts de transport* et les *risques* (risque de transport, risque-client, risque de change) qui se traduisent en coûts (coûts d'assurances, couverture du risque-client ou du risque de change), variables qui ont joué un rôle décisif tant au XIXe siècle qu'au XXe siècle. Durant les périodes de stabilité et de paix, les risques sont faibles et la baisse des coûts de transport peut stimuler les échanges internationaux, même si les barrières douanières ne diminuent pas, voire s'élèvent légèrement (comme cela a été le cas à la fin du XIXe siècle). C'est pourquoi le protectionnisme ne s'oppose pas à l'ouverture commerciale (voir Bairoch [1994]).

Ces considérations amènent à réexaminer l'objet du principe politique d'explication hégémonique : l'hégémonie favorise-t-elle l'ouverture économique et le développement des échanges internationaux par l'abaissement des tarifs douaniers et la promotion du libre-échange ou par l'amélioration des conditions de circulation des marchandises (diminution des coûts de transport et des risques du commerce international grâce à l'amélioration de la « sécurité ») ? En d'autres termes, l'hégémonie favorise-t-elle l'ouverture économique par la diminution des coûts de transactions privés ou par celle des coûts de transactions publics ? En général, les auteurs analysent le second canal, ce qui, comme on l'a vu, affaiblit la thèse de la « stabilité hégémonique » puisqu'il faut alors établir que, à la différence des autres pays, la puissance hégémonique a des intérêts spécifiques au libre-échange. Seul Kindleberger [1973] a mis l'accent sur le premier canal en montrant qu'une puissance hégémonique diminue à la fois *les risques et les coûts de transport* alors que le déclin de l'hégémonie s'accompagne du mouvement inverse. Rogowski [1989] montre également, s'appuyant sur des travaux historiques, que le commerce en Méditerranée (sous l'Empire romain ou durant la période hellénistique) a reposé sur l'existence d'une puissance hégémonique permettant d'assurer la *sécurité des échanges*. Le principe d'explication politique de la relation entre hégémonie et ouverture commerciale passe alors, non par l'action *directe* de l'hegemon sur les barrières tarifaires, mais par les externalités produites par la domination militaire et la *pax hegemonica*.

4. Économie politique du système monétaire international

Les relations monétaires internationales forment sans doute le domaine qui se prête le mieux à l'application d'une problématique en termes d'ÉPI. C'est le domaine où les besoins d'une organisation sont les plus manifestes et où les effets de « pouvoir » ont été soulignés depuis longtemps (Aubrey [1966] et Strange [1971]). Le besoin d'organisation et les effets d'asymétrie proviennent du fait que, dans un système d'États-nations souverains, les unités monétaires, qui sont légales dans un pays, n'ont pas de pouvoir libératoire partout ailleurs. De cette donnée fondamentale résulte le besoin, dans une économie-monde ouverte, de l'émergence de monnaies communément acceptées et d'arrangements pour faciliter les transactions et la communication entre espaces monétaires séparés. Les monnaies internationales et les normes monétaires auront tendance à être celles des pays dominants et le système monétaire international à être soumis à un principe d'organisation hégémonique.

Nous présenterons d'abord les systèmes et régimes ayant existé historiquement. À partir de là, nous chercherons à construire une grille d'analyse analytique. Nous envisagerons enfin la portée du principe hégémonique dans la constitution des régimes monétaires internationaux.

I. LES ENSEIGNEMENTS DE L'HISTOIRE

A. La constitution du premier système monétaire international

1. Les principes de l'étalon-or

La création d'un « système international » dans le domaine monétaire est récente, presque aussi récente que celle d'un système commercial (la seconde moitié du XIXᵉ siècle) ; le régime de l'étalon-or qui lui est associé a fonctionné approximativement du début des années 1870 à la Première Guerre mondiale [1]. Dans l'imaginaire monétaire des économistes, le régime de l'étalon-or a été élevé au rang d'un véritable âge d'or en raison de ses propriétés de stabilité supposées (mais, comme on va le voir, les raisons profondes de cette apparente stabilité sont en général méconnues).

Dès lors que la liberté de conversion des billets en or et celle des mouvements de capitaux sont simultanément respectées dans plusieurs pays, le régime permet de garantir automatiquement la stabilité des taux de change entre ces pays sans interventions des banques centrales sur les marchés des changes : les mouvements d'or déclenchés par les différences de parité sur les marchés des changes (arbitrage) conduisent à diminuer les différentiels de parité (la spéculation est « stabilisante). La souplesse des ajustements de change est assurée par deux éléments

---

1. Il est difficile de parler avant cette date de « système monétaire international » (au sens d'un système d'interdépendances). La Grande-Bretagne était jusque-là le seul pays à pratiquer le Gold Standard. Les autres pays utilisaient divers systèmes bimétalliques. Le basculement se produisit entre 1871 et 1874 quand l'Allemagne, les pays scandinaves et l'Union monétaire latine (dont la France) décidèrent d'abandonner le bimétallisme or-argent pour se rallier au monométallisme or. En 1897, l'étalon-or est adopté en Russie et au Japon ; c'est également le cas pour les États-Unis en 1900. Le fait essentiel ne tient pas cependant au *principe* du monométallisme or : il tient à la libéralisation des mouvements de capitaux, à l'accélération des échanges commerciaux et au contenu des politiques monétaires, des données qui vont fonder une *interdépendance* entre les systèmes monétaires nationaux du point de vue des paiements extérieurs et des taux de change, donc qui vont réellement *structurer* les propriétés de ce que l'on appelle le « régime de l'étalon-or », propriétés qui ne se limitent pas à une question d'« étalon ».

Mouvements de capitaux
et stabilisation en régime d'étalon-or

D'un point de vue national, le principe théorique est le suivant : la banque d'émission est toujours prête à échanger (acheter ou vendre) n'importe quelle quantité de monnaie-papier (dite monnaie fiduciaire, c'est-à-dire qui repose sur la « confiance » dans la garantie de valeur du papier émis) selon un « poids d'or » officiel de l'unité monétaire (libre convertibilité-or). Quand *plusieurs* pays pratiquent le système de l'étalon-or, les taux de change sur les marchés des changes sont en principe indirectement fixés par les rapports des poids d'or. Supposons qu'une unité de la monnaie A soit convertible contre un gramme d'or et une unité de la monnaie B contre deux grammes. Imaginons que, sur le marché des changes, le taux de change soit d'une unité de monnaie B contre une unité de la monnaie A. Ce taux, qui ne respecte pas le rapport des poids d'or officiels, ouvre la possibilité de gains en passant par les deux banques d'émission. En effet, une unité de monnaie B peut être échangée, en s'adressant à la banque d'émission B, contre deux grammes d'or qui peuvent être échangés, en s'adressant à la banque d'émission A, contre deux unités de monnaie A ; ces unités monétaires permettent d'obtenir, sur le marché des changes, deux unités de monnaie B, soit deux fois plus de monnaie qu'au début du cycle, ce qui définit un gain de 100 %. La demande de monnaie B doit donc croître (c'est-à-dire que la monnaie B doit s'apprécier). Le mouvement se poursuit tant qu'il est intéressant de faire des « arbitrages » (on appelle arbitrages les mouvements croisés précédemment décrits), c'est-à-dire tant que le taux de change du marché diffère du rapport des poids d'or. Dans l'exemple précédent, les opérations d'arbitrage deviennent sans objet à partir du moment où le taux de change du marché est de deux unités de monnaie B pour une unité du monnaie A. On notera que les opérations d'arbitrage correspondent à une spéculation stabilisante. En effet, les opérations conduisent à rapprocher le taux de change du rapport des poids d'or et donc détruisent progressivement les raisons d'être de la spéculation.

Il en résulte des ajustements spontanés dans les balances des paiements. Soit une monnaie surappréciée (par rapport à son poids d'or), donc un déficit de la balance des opérations de base et une entrée nette positive de capitaux dans le pays (l'excès de dépenses sur les recettes courantes est financé par un endettement de même montant, donc par une entrée nette de capitaux).

Si la monnaie est surappréciée, les opérations d'arbitrage se déclenchent, ce qui doit conduire à déprécier cette monnaie jusqu'à sa parité-or. Tout se passe comme pour la monnaie A dans l'exemple précédemment décrit. Donc il se produit une *augmentation de la masse monétaire A* et une *diminution de la masse monétaire B* (dans l'exemple précédent, la banque d'émission A crée de la monnaie et voit ses réserves d'or s'accroître ; la banque d'émission B au contraire détruit de la monnaie nationale et vend de l'or). Ces variations vont jouer dans le sens d'un ajustement de la balance des opérations courantes. En vertu de la « théorie quantitative de la monnaie », on doit en effet s'attendre à voir les prix augmenter dans le pays A (où la masse monétaire s'accroît) et diminuer dans le pays B (où la masse monétaire diminue), ce qui améliore la compétitivité-prix du pays A et détériore celle du pays B. Comme les compétitivités-change évoluent dans le même sens, les éléments sont réunis pour qu'il se produise un ajustement vers l'équilibre des balances commerciales des pays A et B.

clés du régime : le *principe de l'étalon-or*, qui engage la banque d'émission à acheter et à vendre l'or à un prix fixe ; la *norme de liberté* des opérateurs privés à importer ou à exporter l'or. En réalité, le système était un peu plus complexe car les transferts d'or d'un pays à l'autre étaient coûteux, et les arbitrages ne devenaient intéressants qu'au-delà de la couverture des coûts de transactions (pour la sortie ou l'entrée de l'or : coûts de transport, commissions et couverture des risques)[2]. Les mouvements d'or ne se produisaient donc qu'à l'extérieur des « points d'entrée et de sortie de l'or », les points qui déclenchent l'intérêt des importations ou d'exportations d'or (la parité-or officielle majorée des coûts de transactions).

Les défenseurs du régime de l'étalon-or mettent l'accent sur ses propriétés de stabilité intrinsèque et sur le fait que les ajustements de balances des paiements doivent s'opérer spontanément sous l'influence des mouvements de prix (voir l'encadré).

---

2. Le régime est donc un régime de taux de change pivot avec une zone de flottement comprise entre les « points d'entrée et de sortie de l'or » ; mais la flexibilité du système n'est ni le produit d'un choix conscient ni l'objet d'une politique. La bande de fluctuation autour des poids d'or est en effet arbitrairement donnée par les coûts de transport et les commissions, donc non choisie par les autorités monétaires.

2. Le contenu du régime monétaire

Le système historique ne s'est jamais conformé entièrement au modèle théorique précédemment décrit, car il n'a jamais fonctionné de façon automatique ou impersonnelle ni de façon politiquement symétrique. L'étalon-or classique était manipulé par la Grande-Bretagne à travers le jeu des taux d'intérêt. L'étroite intégration des marchés donnait au système un caractère centralisé qui permettait aux taux d'intérêt de jouer un rôle régulateur tout aussi important, sinon plus important, que les mouvements d'or (Gilpin [1987], chapitre IV). En augmentant ou en diminuant le taux d'intérêt, la Banque d'Angleterre pouvait attirer ou faire refluer les capitaux, donc faire varier le taux de change de la livre sterling indépendamment des variations suscitées par les opérations d'arbitrage. Par conséquent, la fonction d'ajustement n'était pas seulement assurée par les mouvements de prix mais également par les mouvements des taux d'intérêt. De plus, la monnaie de facturation dans les échanges internationaux était essentiellement la livre sterling. L'or, unité de compte, n'a pas constitué une monnaie de facturation et de réserve unique, et le régime monétaire a historiquement correspondu à une période considérée par la plupart des théoriciens des relations internationales comme étant sous domination sterling (hégémonie britannique).

Ajoutons un point souvent négligé. Pour comprendre comment fonctionnait le régime, on ne peut se limiter à considérer les arrangements *internationaux*. Il faut prendre en compte une donnée fondamentale qui est relative aux politiques monétaires *internes*. La logique du régime voulait en effet que les politiques monétaires soient *passives*. Derrière les aspects techniques, se profile une réalité essentielle tenant au rôle dévolu à l'État. Le régime de l'étalon-or se rattache à une ère de non-interventionnisme, à un capitalisme sans État providence ni fonction de régulation étatique. Le régime n'aurait eu qu'une faible cohérence, et aurait donc été instable, si, simultanément à la mobilité du capital et aux taux de changes fixes, les politiques monétaires avaient été actives (le « théorème d'impossibilité » donnera plus loin une forme plus précise à cette proposition). Il faut néanmoins noter que la condition d'absence d'autonomie de la politique monétaire ne concernait pas la

Grande-Bretagne, qui était une économie dominante et pouvait abandonner aux autres pays le soin de laisser leur masse monétaire s'ajuster passivement.

Le régime qui a historiquement fonctionné reposait sur des caractéristiques structurelles essentielles : liberté des mouvements de capitaux, hégémonie britannique, neutralité des politiques monétaires. Le principe de l'étalon-or et la norme de la liberté des mouvements de capitaux conduisaient à établir en théorie des taux de change fixes et stables tout en pourvoyant parallèlement aux besoins d'ajustement des balances de paiements parce que les politiques monétaires étaient passives. Il s'agissait bien d'un régime en ce sens que les États pratiquaient la même « loi commune » non seulement dans leurs relations avec l'extérieur mais dans leur ordre monétaire intérieur. C'est cette convergence qui explique la remarquable stabilité des taux de change (nominaux).

On soulignera de plus, concernant les relations entre les dimensions externe et interne, que le régime de l'étalon-or a constitué un levier monétaire important dans la transformation intérieure des capitalismes. Le système de l'étalon-or se distingue moins par l'importance donnée à un type de métal (l'or) que par la mise en place d'institutions capables de garantir la valeur (en « métaux précieux ») des *monnaies immatérielles* et servir d'assise pour la constitution d'espaces monétaires nationaux. Le régime de l'étalon-or constitue un des socles sur lesquels s'est appuyé, à l'intérieur des économies nationales, le développement des systèmes monétaires modernes reposant sur la monnaie fiduciaire et la monnaie de crédit (la monnaie émise par les banques de second rang à l'occasion des crédits consentis). Il a permis la diffusion de la forme immatérielle de détention de la richesse monétaire, une diffusion inhibée par l'absence de confiance dans des monnaies-papier[3]. Ultérieurement (avec le Gold Exchange Standard) le détachement de l'étage billets-or et l'émancipation de la valeur de la monnaie de son ancrage

---

3. Comme toujours, les transformations macroéconomiques ne sont pas le produit d'une nécessité abstraite mais le résultat de stratégies d'acteurs. Par exemple, en France, le régime de l'étalon-or et la tendance à la dématérialisation sont inséparables de la stratégie de la Banque de France (Flandreau [1996]). La Banque de France, institution privée sous tutelle gouvernementale, n'avait reçu le monopole de l'émission qu'en 1848 et cherchait à s'assurer une émancipation qu'elle a cru trouver dans l'étalon-or.

métallique n'ont été rendus possibles que par la confiance qu'accordaient les détenteurs de billets à leur banque centrale. En fait, le système, extrêmement rigide, a eu essentiellement pour but d'*imposer le pouvoir* libératoire des billets sans que ceux-ci ne soient strictement couverts par une quantité équivalente d'or. Le système international du Gold Exchange trouve donc son sens dans le développement de systèmes monétaires nationaux à trois étages (dépôts, billets, or). L'étalon-or, en renforçant la « crédibilité » dans le papier-monnaie, a permis à la banque d'émission de se soustraire, dans une certaine mesure, des contraintes imposées par les risques de conversion en or (le « cours forcé » permettra plus tard de faire entièrement disparaître cette contrainte barbare).

B. Le « non-système » de l'entre-deux-guerres

L'éclatement de la Première Guerre mondiale a précipité la fin du régime de l'étalon-or. La logique du système reposait, on l'a dit, sur la convertibilité-or des monnaies, elle-même fondée sur une absence de politiques monétaires actives. La suspension de cette convertibilité pendant le conflit a permis la création de monnaie-papier pour financer l'effort de guerre par le biais d'un processus d'épargne forcée inflationniste. Au lendemain des hostilités, le maintien de l'« inconvertibilité » (en or) a été imposé par les besoins de la reconstruction et la volonté de poursuivre des politiques monétaires actives (avec les hyperinflations que le monde a connues, notamment en Allemagne). Le retour à la convertibilité n'a pas pu durer très longtemps : la Grande-Bretagne ne rétablit la convertibilité-or qu'en 1925 et est contrainte quelques années plus tard, à la suite de la crise de 1929, de la suspendre à nouveau en 1931. En fait l'étalon-or n'était plus praticable car le monde avait changé : les États *voulaient* mettre en œuvre des politiques monétaires actives, et le *pouvaient* grâce à la crédibilité donnée par l'étalon-or aux monnaies fiduciaire et de crédit.

Le moment de l'entre-deux-guerres apparaît incontestablement comme une période d'instabilité monétaire majeure, et pour les années qui suivent la grande crise de 1929 comme une phase d'effondrement du système monétaire international tel qu'il prévalait jusque-là (suspension par la Grande-Bretagne de la convertibilité-or de la livre sterling en 1931, flottement des grandes monnaies, généralisation du contrôle des changes qui fractionne le monde en blocs monétaires) ; en même temps il s'agit d'une période où l'économie internationale redevient une organisation « anarchique » (sans gouvernement central et sans hégémonie). La donnée majeure, dans le domaine monétaire comme dans les autres domaines, est celle du *déclin hégémonique* et du *repli nationaliste*. La période de l'entre-deux-guerres fournit ainsi pour les théoriciens de l'hégémonie et des régimes internationaux l'image paradigmatique du mode de fonctionnement du « modèle anarchique », c'est-à-dire du mode de fonctionnement en cas d'« absence de régime » : le système monétaire international devient instable et générateur de turbulences.

Concernant l'entre-deux-guerres, le fait majeur est le développement des politiques monétaires interventionnistes (un développement qui précède les politiques budgétaires), ce qui était contradictoire avec le régime de l'étalon-or. C'est cette donnée qui sonne le glas du régime monétaire international. Mais elle ne l'explique pas entièrement car on aurait pu imaginer la construction d'un nouveau régime international. Il est vrai que la période de l'entre-deux-guerres expérimente des principes nouveaux qui trouveront à s'appliquer après la Seconde Guerre mondiale, mais le *manque de coopération* rend impossible la construction d'un nouveau système monétaire international. Ainsi, le principe du Gold Exchange Standard (usage conjoint de l'or et de devises comme étalons), qui sera au centre du régime de Bretton Woods, est reconnu à la conférence de Gênes de 1922, mais son existence sera brève car la Grande-Bretagne, qui avait institué le cours forcé (non-convertibilité en or) durant la guerre et l'immédiat après-guerre, finit par revenir à l'étalon-or en 1925. Par ailleurs, l'émergence de buts socio-économiques nationaux hétérogènes et l'exacerbation des rivalités extérieures prennent le pas sur les normes et les principes internationaux. Les idéologies fascistes, le nazisme, la révolution soviétique, le New Deal, impriment des trajectoires nationalistes ou isolationnistes divergentes.

Le résultat est la fragmentation des relations monétaires internationales en différents blocs monétaires rivaux. À la conférence d'Ottawa de 1932, la Grande-Bretagne annonce l'établissement d'un « bloc sterling ». Peu de temps après se forment un « bloc dollar » autour des États-Unis et un « bloc or » autour de la France. De l'autre côté, l'Allemagne, l'Italie et le Japon s'efforcent de constituer des empires autarciques tandis que la nouvelle Union soviétique se referme sur elle-même. C'est donc *à la fois* l'absence d'hégémonie et le manque de coopération qui expliquent l'effondrement du régime.

On peut caractériser la période consécutive à la crise de 1929 par un triplet : immobilité du capital, flottement des changes et autonomie forte des politiques monétaires. La configuration est en principe viable, comme on le verra. Mais le système est, d'une certaine façon, insuffisamment contraint, et *il n'y a pas de régime* dans le sens où le système n'est plus régi par des règles communes. Il devient surdéterminé car l'autonomie des politiques monétaires avec flottement des monnaies et immobilité des capitaux ouvre une infinité de trajectoires possibles.

C. Le régime de Bretton Woods

Le troisième moment est comme le négatif de la période de l'entre-deux-guerres : affirmation de l'hégémonie américaine sur l'ensemble du monde capitaliste et restauration d'un système monétaire stable. Ce régime va du lendemain de la Seconde Guerre mondiale au début des années soixante-dix. Il était fondé sur le Gold Exchange Standard (étalon-or et devises), un système de parités fixes (mais révisables) et un ensemble de règles complémentaires piloté par le Fonds monétaire international (FMI) : interdiction de restrictions de paiements sur les biens et services ; système de crédits et de financement international pour faire face aux « déséquilibres temporaires », etc.

En formulant le système de Bretton Woods, ses principaux architectes, les Américains et les Britanniques (le nouvel hegemon et l'ancien), avaient cherché à déterminer des mécanismes permettant de concilier deux objectifs partiellement contradictoires : la liberté de poursuivre des objectifs de politique économique nationale (notamment celles favorables au plein emploi) ; l'organisation d'une gestion internationale des déficits de balance des paiements, soumise à un financement externe contraint en quantité. Deux projets s'étaient affrontés, le plan White, du nom du négociateur américain, et le plan Keynes, le négociateur anglais. On retient souvent du plan Keynes la proposition de création d'une « monnaie internationale » (il vaudrait mieux dire d'une « monnaie mondiale »), le « bancor », qui aurait été émise, pour la première fois, par une banque centrale indépendante des banques centrales nationales, donc mieux à même de prendre en charge les besoins internationaux. On oublie de préciser que cette création était assortie d'un système de contrôles et de règles prudentielles sans lequel la proposition n'aurait pas été viable. Le plan White reposait, au contraire, sur le refus d'une monnaie internationale gérée par une banque d'émission mondiale et sur une volonté correspondante de limiter au maximum les contraintes imposées aux pays.

On peut interpréter l'accord final de Bretton Woods comme un compromis insatisfaisant entre le plan américain, qui impliquait un contrôle léger et une convergence forte des politiques nationales, et le plan britannique, qui autorisait des déséquilibres plus importants et des possibilités d'emprunt à plus grande échelle mais qui se traduisait par un système de pénalités plus lourdes. Le résultat du compromis fut un FMI ayant insuffisamment d'autorité pour conduire la première mission et insuffisamment de capacité de prêt pour assurer la seconde. C'est pourquoi le régime de Bretton Woods était frappé d'une tare originelle et impliquait une « réforme », une question qui a constitué un thème récurrent des problèmes monétaires internationaux des années soixante.

La logique profonde du régime monétaire institué à Bretton Woods a été de permettre à chaque État de mener des politiques interventionnistes (pour éviter une nouvelle grande dépression comme celle de l'entre-deux-guerres) tout en contraignant chacun de ces pays à demeurer dans le cadre du respect de ses responsabilités à l'égard de la communauté des nations, un souci dicté par le risque du retour aux comportements irresponsables des années trente[4].

---

4. Une soupape de sûreté était prévue pour franchir les situations de crise de liquidités : les déséquilibres *transitoires* de la balance des paiements étaient couverts par des apports de capitaux officiels. Le FMI était chargé de vérifier le caractère transitoire et de fournir les liquidités nécessaires. En revanche, les déséquilibres *fondamentaux* (en cas notamment de « crise de solvabilité ») devaient être corrigés par un ajustement de la parité officielle, et/ou l'apport financier qui pouvait être fourni par une autre institution centrale du système de Bretton Woods : la Banque mondiale. La distinction entre déséquilibre temporaire et déséquilibre fondamental, qui pouvait avoir une certaine validité d'un

Le régime qui a fonctionné durant les années cinquante et soixante s'est révélé assez différent de celui qui était prévu initialement. Tout d'abord aucune disposition dans les accords de Bretton Woods n'obligeait les banques centrales à utiliser principalement le dollar comme actif de réserve ; mais le dollar était la monnaie de la puissance dominante et la seule à être convertible en or (le taux de convertibilité est resté remarquablement stable à travers le temps : trente-cinq dollars l'once d'or). La monnaie américaine est ainsi devenue selon la formule consacrée « *as good as gold* » et a fini par supplanter les autres devises comme monnaie internationale. Le problème de la création de liquidités fut donc « résolu » à travers un processus selon lequel les pays acceptaient d'utiliser comme moyens de réserve les dollars gagnés à l'occasion de leur surplus de balance des paiements à l'égard des États-Unis, une innovation qui n'était pas prévue dans les accords. L'utilisation du dollar comme moyen de réserve a eu deux conséquences : elle a permis aux États-Unis de s'offrir des déficits à l'égard des autres pays dans la mesure où ces pays ne demandaient pas la conversion de ces dollars en or et acceptaient de les utiliser comme moyens de réserve ; elle a miné progressivement la place prééminente du dollar et la conviction qu'il était aussi bon que l'or. Dès la fin des années cinquante, le monde était passé d'une situation de pénurie de dollars à une situation de surabondance.

Quand les sorties de dollars devinrent très importantes après la longue phase d'investissements américains à l'étranger et s'accélérèrent à la suite de la guerre du Vietnam, le *statu quo ante* n'était plus tenable. Le régime était en fait viable tant que la mobilité du capital restait faible et que les modalités de la création de dollars demeuraient contrôlables par les autorités, ce qui devenait de plus en plus difficile avec le développement du marché des eurodollars (les dollars qui circulaient en dehors des États-Unis, en l'espèce en Europe, et qui permettaient aux banques de créer des devises américaines par la voie des crédits accordés – monnaie de crédit).

---

point de vue théorique, allait rapidement apparaître en pratique comme ayant peu de portée opératoire. En permettant de repousser la nécessité des ajustements, le flou de la norme ouvrait des opportunités de gains spéculatifs au moment des ajustements de parités.

En fait, le régime de Bretton Woods, tel qu'il a fonctionné et non pas tel qu'il avait été conçu, est indissociable des caractéristiques structurelles de la période. Il correspond d'une part à une époque de faible mobilité internationale du capital privé, une faiblesse qui tenait aux politiques de contrôle des changes et aux multiples entraves structurelles à la liberté des mouvements de capitaux, et d'autre part, à une phase de développement de l'interventionnisme keynésien, à une place nouvelle dévolue aux politiques monétaires et à une redéfinition du rôle de l'État dans le capitalisme. Le régime entre en crise à partir du moment où les caractéristiques internationales du capitalisme se mettent à changer.

D. Le système actuel

La période actuelle (les vingt-cinq dernières années) peut être caractérisée par un changement complet du paysage monétaire. Le basculement s'amorce avec la décision du président Nixon de rendre le dollar inconvertible en or (15 août 1971), une décision qui, si elle était restée isolée, aurait été sans grande importance : insuffisante à provoquer un écroulement du régime, elle aurait tout au plus entraîné un changement à l'intérieur de ce régime. Ce sont les engagements et choix ultérieurs qui furent décisifs. Le premier d'entre eux est l'abandon des parités fixes et le passage au flottement, qui devient effectif à partir de 1973. Les accords de la Jamaïque (1976) entérinent le flottement des monnaies et officialisent la démonétisation de l'or. En même temps disparaît le rôle stabilisateur du FMI, qui n'est plus chargé d'assurer une fonction d'ajustement monétaire. Parallèlement le monde va connaître son premier choc pétrolier, et l'accumulation de pétrodollars en quête de placements offrira grâce à leur « recyclage » le moyen inattendu d'effectuer une transition apparemment sans douleur.

Si l'on voulait donner actuellement une vue synthétique du système, il faudrait distinguer deux groupes de monnaies : le groupe des grandes monnaies internationales (dollar, mark, yen, livre sterling, franc), groupe qui réunit les pays dits du G5, et celui des autres monnaies. Les grandes monnaies internationales définissent entre elles un système de *changes flottants dirigés*, régime intermédiaire entre les changes fixes et les changes flexibles. On estime en général que le régime représentatif est celui des zones cibles. On appelle « zone cible » un système dans lequel il existe un taux pivot du taux de change (non officiel, c'est-à-dire restant inconnu des opérateurs privés) et une bande large de fluctuation de part et d'autre de ce taux. Le système monétaire européen (SME) qui a fonctionné de la fin 1993 jusqu'à la création de l'euro (bande large de fluctuations, 15 % au-dessus et en dessous du taux pivot) serait une bonne illustration si le taux pivot n'était officiel. Le second groupe de monnaies concerne celles qui ne jouent pas de rôle international. La plupart se caractérisent par un *régime d'ancrage ou de raccordement* à une (ou à plusieurs) monnaie(s) internationale(s), et principalement au dollar, selon des architectures très variables. Le système monétaire international (SMI) est donc fragmenté en sous-systèmes hétérogènes[5].

Par conséquent, contrairement à une idée reçue, on peut dire que le système actuel *n'est pas* un régime de changes flexibles (dont l'existence suppose le respect d'une « loi commune », à savoir la « loi du marché » et celle de la non-intervention sur les marchés des changes). Le système actuel est en fait une sorte de système de « liberté des changes » où chaque pays est *libre* de faire ce qu'il veut et d'avoir ou non des objectifs de change. La liberté des changes couplée avec la liberté des mouvements de capitaux constitue la matrice génératrice de l'« instabilité monétaire » inhérente au système actuel. Les politiques d'intervention sur le marché des changes doivent normalement être contradictoires car il n'existe aucun mécanisme de coordination de ces politiques. Les variations de change dépendent des comportements (plus ou moins imprévisibles) des autorités monétaires. Ce système définit un mode d'ajustement des déséquilibres externes (et donc des déséquilibres internes puisque les uns sont la face opposée des autres) qui repose sur les adaptations du change, les anticipations et les *mouvements de capitaux*.

Le système financier international a connu dans les quinze dernières années une explosion considérable. La caractéristique majeure du système monétaire international actuel est

---

5. À la fin de septembre 1997, sur 181 pays membres du FMI, 66 déclaraient pratiquer un accrochage à une devise ou à un panier de devises (dont 24 au dollar), 4 une flexibilité limitée par rapport à une monnaie, 12 un mécanisme de coopération monétaire (SME), 48 un régime de flottement dirigé et 51 un régime de flottement pur (*Statistiques financières internationales*, janvier 1998, FMI).

son étroite imbrication avec le système financier international, imbrication qui permet aux déséquilibres de la balance des opérations courantes de s'ajuster par les mouvements de capitaux. Cette possibilité est une source d'instabilité dans la mesure où aucune réglementation internationale ne fixe les balises et les repères susceptibles de faire converger les anticipations. Il est trop facile d'accuser les opérateurs privés d'être à l'origine des troubles monétaires, des mouvements spéculatifs ou des contraintes qui limitent les marges de manœuvre des politiques macroéconomiques. Dans une économie capitaliste, on n'attend pas des opérateurs privés sur les marchés financiers qu'ils se comportent autrement que comme des agents à la recherche de gains. En revanche, il y a une responsabilité spécifique des États car ce sont eux, et non les opérateurs financiers, qui doivent assurer les conditions de la cohérence et de la stabilité collectives. L'observation conduit à faire intervenir la dimension politique dans l'analyse économique. Elle souligne également la nécessité d'articuler la dimension internationale avec la dimension nationale, cette dernière constituant le terrain principal de la formulation du politique dans nos sociétés.

Une grande partie de l'instabilité monétaire actuelle n'a pas une origine intrinsèquement monétaire mais tient à l'absence d'une organisation satisfaisante du *régime financier international*, concernant notamment la gestion du risque. L'expression « globalisation financière » est trompeuse dans la mesure où l'on est amené à confondre deux phénomènes très différents : les opérations financières proprement dites et les opérations de couverture ou de non-couverture (ce que l'on appelle habituellement la « spéculation ») sur les risques. La finance internationale n'a pas permis une meilleure circulation de l'épargne mondiale des pays à capacité de financement vers les pays à besoins de financement. Elle s'est principalement développée sous l'influence de la montée des risques produits par le système monétaire international et le système financier international. Du point de vue monétaire, les opérateurs internationaux sont contraints de se couvrir contre les risques de changements imprévisibles des taux de change dans un système dépourvu de règles, en même temps que d'autres sont tentés de spéculer sur ces risques. La mise en place d'un *régime financier international* serait un « réducteur de risques » et un facteur de stabilisation formidables. Il existe en ce domaine beaucoup de projets, même si l'on ne retient généralement que la proposition de la taxe Tobin[6] (voir Kébabdjian et Léonard [1998]).

II. TYPOLOGIE DES SYSTÈMES ET RÉGIMES MONÉTAIRES

Peut-on concevoir une nomenclature des systèmes monétaires permettant de repérer les systèmes viables et non viables ainsi que les systèmes historiques qui viennent d'être décrits ? Nous présenterons d'abord les classifications conventionnelles puis une tentative mieux en accord avec les besoins d'une analyse en termes d'ÉPI.

A. Classifications des systèmes monétaires internationaux

Dans un article précurseur, Cooper [1975], l'un des premiers théoriciens des régimes monétaires internationaux, avait cherché à définir ce qu'il fallait entendre par « régime monétaire international » et à construire le tableau des éléments qui entrent dans sa composition. Pour Cooper, un régime particulier (imaginaire ou ayant existé) est une combinaison d'éléments se rapportant à trois dimensions : le rôle des taux de change dans l'ajustement des balances des paiements ; la nature des actifs de réserves ; le degré de contrôle des mouvements internationaux de capitaux. En considérant cinq modalités pour la première

6. Tobin [1978] avait proposé un système de taxation légère (entre 0,1 % à 1 %) de façon à mettre des « grains de sable » dans la machine trop huilée des mouvements internationaux de capitaux. Le but visé est d'enrayer les effets pervers de l'hyperflexibilité des marchés financiers, qui, en réagissant trop brutalement et trop rapidement aux déséquilibres, sont source d'instabilité. Une telle taxe aurait le mérite de l'efficacité à condition que *tous* les pays décident en même temps de s'imposer la même règle. Beaucoup d'observateurs conviennent de son bien-fondé (par exemple : Eichengreen et Wyplosz [1993] ; Grieve Smith [1997] ; Arestis et Sawyer [1997] ; Bensaïd et Jeanne [1996] ; Jeanne [1998]) ; d'après les études faites, la taxe serait en mesure de faire disparaître une grande partie des mouvements de capitaux « flottants », des capitaux qui jouent sur de petits différentiels de change et qui deviendraient sans intérêt avec une taxe de l'ordre de 1 %.

dimension et trois pour les deux autres, Cooper établit le tableau ci-dessous (figure 5).

Une autre représentation a été proposée par Cohen [1977], lui aussi théoricien des questions monétaires internationales. Il préconise de voir un système monétaire comme un ensemble d'arrangements internationaux destiné à résoudre trois problèmes fondamentaux : le problème de la liquidité (fournir à l'économie mondiale la monnaie internationale nécessaire), le problème de l'ajustement (établir un mécanisme d'équilibrage acceptable des balances des paiements) et le problème de la confiance (confiance dans la monnaie).

On peut également se référer à la présentation de Krugman [1984] qui énumère les fonctions que doit assurer une monnaie internationale en partant des trois « fonctions classiques » de la monnaie (la fonction d'étalon ou d'unité de compte, la fonction d'intermédiaire des échanges et la fonction de réserve de valeur). En distinguant l'usage privé et l'usage public (par les banques centrales), on parvient à six fonctions.

Notons qu'il existe une forte interdépendance entre ces fonctions. La caractéristique de la monnaie de la puissance hégémonique est de tendre à devenir une monnaie internationale complète. Une monnaie qui est monnaie de facturation et monnaie d'ancrage aura fortement tendance à devenir une monnaie de

Rôle des taux de change dans l'ajustement des balances des paiements	Actif de réserves	Degré de convertibilité pour les mouvements de capitaux
I. Taux de change fixes	A. Or	1. Liberté totale
II. Parités fixes ajustables	B. DTS	2. Double marché
III. Parités glissantes	C. Dollar et autres devises nationales	3. Contrôle
IV. Flottement administré		
V. Libre flexibilité		

Les DTS (droits de tirage spéciaux) ont été créés en 1970 au sein du FMI et correspondent à une forme de monnaie « mondiale » (distincte des monnaies nationales) : ils n'ont pas connu le développement que l'on aurait pu espérer.

Figure 5
Typologie des régimes monétaires internationaux selon Cooper

	Usage privé	Usage public
Unité de compte	Monnaie de facturation	Monnaie d'ancrage
Moyen de paiement	Monnaie de règlement	Monnaie d'intervention
Réserve de valeur	Instrument de placement international	Monnaie de réserve

Figure 6
Les fonctions de la monnaie internationale

règlement international, d'intervention ou de réserve. Une monnaie internationale remplit en général ces fonctions en même temps[7]. Par exemple le dollar est actuellement à la fois monnaie de facturation et de règlement dans les échanges commerciaux, monnaie d'ancrage et d'intervention pour beaucoup de pays (donc inévitablement monnaie de réserve) ; il constitue également l'instrument de placement massivement utilisé. Il en va de même pour l'euro : la monnaie européenne ne pourra acquérir un statut de monnaie internationale et concurrencer le dollar que si elle s'affirme comme moyen de paiements, unité de compte et réserve de valeur hors de ses frontières d'émission (l'« euroland »), une internationalisation probable mais non certaine.

Les représentations précédentes sont essentiellement descriptives et ne permettent pas de qualifier les propriétés du système monétaire. La viabilité d'un régime monétaire dépend de la compatibilité de ses règles constitutives avec les caractéristiques de la monnaie internationale, telles qu'elles ressortent par exemple du tableau de Krugman, ou avec les fonctions que le système remplit pour les économies ne créant pas de monnaie internationale, telles qu'elles ressortent notamment de la présentation de Cooper ou de Cohen.

Un régime suppose, en effet, que des *propriétés de compatibilité* soient vérifiées entre trois données fondamentales : le régime de fixation du change, la mobilité internationale du

7. On doit distinguer deux types de monnaies internationales : les monnaies complètes (qui réunissent toutes les fonctions) et les monnaies incomplètes. De ce point de vue, on peut dire que le deutsche Mark était une monnaie internationale incomplète (usage public développé mais usage privé atrophié) car le dollar restait en Europe la principale monnaie internationale en circulation.

capital et le degré d'autonomie des politiques monétaires. Par exemple, il ne peut exister un régime viable si la mobilité du capital privé est très élevée, si les taux de change sont fixes et si les politiques monétaires sont toutes indépendantes.

B. Une approche analytique

Pour classer les différents systèmes et régimes possibles et repérer ceux qui sont viables, nous envisagerons afin de simplifier deux modalités pour chacun des trois termes : mobilité du capital très élevée ou très faible ; taux de change fixes ou flexibles ; politiques monétaires souveraines ou non. Dans la réalité, les choses sont plus complexes puisque les changes peuvent être plus ou moins administrés, les politiques monétaires plus ou moins autonomes et le degré de mobilité international du capital plus ou moins important. Cette prise en compte compliquerait le schéma sans le changer fondamentalement. Nous envisagerons successivement l'échelle nationale et l'échelle internationale.

	Taux de change fixes	Taux de change flexibles
Immobilité du capital	*Régime de Bretton Woods*	*Entre-deux-guerres* **NON-SYSTÈME** surdétermination
Mobilité du capital	**IMPOSSIBILITÉ** sous-détermination	*Système actuel*

Figure 7
Configurations avec des politiques monétaires souveraines

1. L'échelle nationale

Le « théorème d'impossibilité », qui remonte à Mundell [1968], dit qu'il est impossible d'avoir *pour un pays* simultanément une mobilité élevée du capital, des taux de change fixes et une souveraineté (une autonomie) des politiques monétaires. Un « régime monétaire » est donc nécessairement un système caractérisé par l'abandon d'*au moins un* des termes précédents. Les économistes ont l'habitude de restreindre la portée de ce théorème en considérant uniquement les configurations dans lesquelles aurait été levée une seule des trois contraintes précédentes, c'est-à-dire en considérant seulement trois configurations viables. En réalité, il est possible que plus d'une contrainte soit levée, ce qui donne *huit possibilités* : un système impossible (taux de change fixes, souveraineté des politiques monétaires et mobilité élevée du capital) et sept configurations viables. À titre d'illustration, envisageons les configurations quand les politiques monétaires sont supposées toutes souveraines. Les quatre configurations concevables sont représentées dans la figure 7.

Quand les politiques monétaires sont souveraines, les changes flexibles et le capital immobile à l'échelle internationale, les possibilités d'ajustement sont plus importantes que celles exigées par le respect du théorème d'impossibilité. Les changes pourraient être fixes ou la mobilité du capital plus importante sans compromettre la viabilité du système. Les contraintes qui pèsent sur le système sont donc faibles et il existe une *infinité de solutions d'équilibre*. La configuration est « instable » dans le sens où le système peut passer trop facilement d'une trajectoire à une autre. On peut dire qu'il s'agit d'un « non-système ». La période de l'entre-deux-guerres réunit les conditions pour entrer dans cette catégorie. Deux « systèmes » (au sens d'un système juste déterminé) sont seulement possibles avec autonomie des politiques monétaires. Ils ont historiquement correspondu au régime de Bretton Woods et au système actuel. Dans les deux cas, la condition nécessaire de la stabilité est vérifiée[8].

---

8. Mais cette condition n'est pas une condition suffisante. Des propriétés complémentaires doivent être vérifiées. Ainsi, malgré le fait que le régime de Bretton Woods ne soit pas nécessairement instable, il contient des possibilités

On pourrait établir un tableau similaire à la figure 7 dans le cas de politiques monétaires non souveraines et obtenir quatre autres configurations ; une avec « zéro contrainte » (absence d'autonomie des politiques monétaires, immobilité du capital et changes flexibles : un système qui n'a jamais existé) ; une, avec changes fixes, forte mobilité du capital et absence de souveraineté des politiques monétaires (qui caractérise le régime de l'étalon-or ou le SME depuis le milieu des années quatre-vingt jusqu'à l'instauration en 1993 de la bande large de fluctuations) ; une, avec faible mobilité du capital, changes fixes et absence de souveraineté des politiques monétaires (une configuration qui pourrait décrire le SME avant le milieu des années quatre-vingt)[9].

2. *L'échelle internationale*

Un régime monétaire international stable se constitue à partir du moment où les pays émetteurs des principales devises se placent *dans la même configuration*, c'est-à-dire l'une des sept possibilités précédemment décrites. Une situation d'instabilité

---

d'instabilité, celles par exemple mises en évidence par Triffin [1960]. La thèse principale de Triffin est restée résumée dans le « dilemme de Triffin », le dilemme entre « liquidité et crédibilité ». Ce dilemme se présente de la façon suivante. Si les États-Unis acceptent un déficit de leur balance des paiements pour alimenter le monde en dollars, l'objectif de liquidités est satisfait mais au détriment de l'obligation de convertibilité, car les réserves américaines d'or ne peuvent croître au même rythme que la quantité de dollars en circulation : par conséquent la crédibilité dans la valeur du dollar doit décroître. Si au contraire les États-Unis mènent une politique qui réduit leur déficit extérieur, ils renforcent la crédibilité du dollar mais au détriment de la liquidité. On peut également faire mention de possibilités d'instabilité dans le système actuel (par exemple « surréaction du change », étudiée par Dornbusch, anticipations autoréalisatrices, etc.), facteurs d'instabilité qui sont liés au rôle des anticipations et aux déterminants « spéculatifs » des mouvements internationaux de capitaux.

9. Les considérations de la note précédente restent valables. Le point de vue traditionnel est que les systèmes de changes fixes sont naturellement stables à partir du moment où les politiques monétaires ne sont pas souveraines. Eichengreen et Wyplosz [1993] ont soutenu la thèse inverse, à savoir que, même avec des politiques monétaires ayant perdu leur autonomie, les systèmes de changes fixes avec parités ajustables sont intrinsèquement instables en l'absence de contrôles des mouvements de capitaux car ils sont vulnérables à la spéculation autoréalisatrice. La crise de 1992-1993 et l'éclatement du SME à bandes étroites seraient dus dans cette analyse au démantèlement des contrôles de capitaux en 1990 (une analyse similaire pourrait être faite pour l'éclatement du régime de Bretton Woods).

structurelle est créée par l'*incompatibilité* des choix effectués par les pays. L'idée de compatibilité des choix nationaux est, comme on le verra, au centre de la théorie des régimes internationaux. Un régime international rend possible une différenciation des comportements (par exemple une hétérogénéité des politiques monétaires suivies par les pays) tout en préservant la compatibilité mutuelle de ces comportements.

Évidemment l'analyse de la compatibilité doit être menée de manière plus fine qu'elle ne peut l'être dans le cadre des hypothèses simplificatrices que nous nous sommes données et où les trois critères n'admettent que deux modalités. Si l'on envisage la variabilité du degré de fixité des changes, du degré de mobilité du capital et du degré d'autonomie des politiques monétaires, on peut définir des combinaisons viables et des combinaisons impossibles. On raisonne en général à l'intérieur d'un « triangle » de possibilités, dans lequel le pays a le loisir de se positionner en choisissant son régime de changes (le degré de fixité des changes), l'importance du contrôle des mouvements de capitaux qu'il entend se donner et le degré d'autonomie de sa politique monétaire (comme on l'a dit, cette analyse conduit à restreindre le nombre théorique de possibilités). Un « point » à l'intérieur du triangle définit une combinaison viable. Un *régime monétaire international* stable peut alors être défini comme un système dans lequel plusieurs pays se placent dans la même région à l'intérieur du triangle. Le recensement des différents positionnements envisageables est susceptible de définir une typologie des régimes monétaires (voir, à titre d'illustration, Aglietta [1991], p. 316, 317).

À chaque configuration monétaire internationale correspond un mode de régulation dominant dans l'économie nationale. Ainsi, en admettant qu'un régime monétaire international repose sur une compatibilité entre pays concernant les configurations choisies par chacun dans le triangle de possibilités entre les trois critères précédemment utilisés, cela signifie que les mêmes types d'ajustements sont appelés à prévaloir à l'intérieur de chacun des pays. La constitution d'un régime monétaire international ne peut plus alors être conçue comme le produit de choix externes, comme un « arrangement » purement international, mais devient l'autre face d'une convergence des choix concernant les modes de régulation économique et sociale *à l'intérieur* des économies et des sociétés nationales.

III. HÉGÉMONIE ET SYSTÈMES MONÉTAIRES

Le pouvoir de séduction du principe hégémonique appliqué au système monétaire international est évident. Historiquement la monnaie internationale a toujours été celle de la puissance dominante. De plus, le regard rétrospectif fait apparaître une corrélation grossière entre les phases de stabilité dans l'histoire des relations monétaires internationales (respectivement instabilité) et les périodes durant lesquelles l'économie-monde semble partager le même ensemble de principes et de normes sous la direction d'une hégémonie (respectivement absence d'hégémonie). L'étude historique plus précise fait toutefois ressortir une absence de corrélation parfaite et des anomalies (Eichengreen [1988]).

Quoi qu'il en soit, il existe une relation au moins partielle. Il faut donc s'interroger sur l'analyse de ce phénomène, c'est-à-dire sur le point de savoir s'il existe un lien de dépendance *logique* entre l'hégémonie et la constitution d'un régime monétaire international. Nous envisagerons successivement les besoins liés à l'existence d'une monnaie internationale, puis ceux liés à la nécessité d'une régulation internationale de la fonction d'ajustement des balances des paiements, enfin ceux liés à l'éventuelle nécessité d'un « prêteur en dernier ressort » dans l'ajustement des balances d'opérations courantes.

A. Hégémonie et monnaie internationale

Internationalement, les opérateurs internationaux ne sont pas forcés d'accepter des contreparties libellées en monnaies non désirées. Cohen fait remarquer ([1971], p. 25) qu'une économie internationale ne disposant que de monnaies nationales est comparable à une économie de troc, c'est-à-dire génératrice de coûts de transactions spécifiques (en raison du problème de la non-coïncidence des besoins). L'utilisation d'une monnaie dominante présente donc des avantages consistant à minimiser ces coûts (une idée ancienne que l'on retrouve sous différentes versions dans la littérature économique récente : voir par exemple Matsuyama, Kiyotali et Matsui [1993]).

La théorie dite de la substitution des monnaies cherche à expliciter ces déterminants. Toutefois, il n'existe pas chez les économistes de théorie complète et rigoureuse permettant de prédire avec précision comment et pourquoi une monnaie nationale devient une monnaie internationale. Cette lacune est à l'origine de la question, intensément débattue aujourd'hui chez les chercheurs, concernant les possibilités d'internationalisation de l'euro, de la substitution euro-dollar et du fonctionnement d'un système monétaire international à deux monnaies dominantes (Bénassy-Quéré [1996], Bergsten [1997], Alogoskoufis et Portes [1997]).

Le principe de sélection (« la bonne monnaie chasse la mauvaise ») est évidemment inverse de celui de la loi de Gresham[10]. L'inversion est significative du renversement qui s'opère quand on passe de l'échelle nationale à l'échelle internationale. Contrairement aux hypothèses implicites de la loi de Gresham, les monnaies nationales n'ont aucune valeur libératoire à l'échelle internationale car nulle contrainte étatique n'oblige les acteurs à accepter les « mauvaises monnaies ». Ces dernières sont donc éliminées par sélection naturelle du cercle des monnaies pouvant jouer un rôle international et les « meilleures monnaies » ont tendance à s'imposer comme devises véhiculaires des échanges.

Reste à définir ce qu'est une bonne monnaie à l'échelle internationale. Bien que l'usage d'une monnaie internationale soit le fait d'une convention qui ne repose pas sur autre chose que la croyance des agents, certaines caractéristiques doivent être remplies par la monnaie candidate pour jouer ce rôle. De nombreux arguments convergent pour élire la devise du pays hégémonique.

La première raison tient aux effets d'échelle et d'envergure. Les monnaies de pays de grande taille auront tendance à

---

10. Cette loi, énoncée dès le Moyen Âge, postule que « la mauvaise monnaie chasse la bonne », c'est-à-dire que la mauvaise monnaie a tendance à s'imposer comme moyen de paiement. Entre une « mauvaise monnaie » (il s'agissait à l'époque d'une monnaie dont le poids en métal précieux avait été « altéré ») et une « bonne » monnaie, les achats auront tendance à être réglés en mauvaise monnaie, les opérateurs conservent par-devers eux la bonne monnaie, qui est un meilleur instrument de réserve de valeur. En d'autres termes, les fonctions de la monnaie se scindent : la mauvaise monnaie remplit la fonction de moyen de paiement et la bonne monnaie la fonction de réserve de valeur.

s'imposer du fait des effets d'externalités qu'elles procurent (chaque opérateur a d'autant plus de raisons d'employer une monnaie qu'elle est déjà utilisée par les autres). Ce phénomène a largement joué en faveur de l'internationalisation du dollar dans le système de Bretton Woods (Aglietta et Deusy-Fournier [1995]). Les opérateurs ont donc intérêt à se servir de la monnaie la plus utilisée, donc celle qui existe en quantité importante, c'est-à-dire celle du pays de grande taille.

Pour qu'une monnaie puisse jouer un rôle international, il ne suffit pas toutefois qu'elle existe en grande quantité, il faut encore qu'elle existe en grande quantité *à l'extérieur* de son territoire national de rattachement. Pour cela, il faut supposer que l'État concerné ait produit plus de monnaie que son économie nationale n'en nécessitait, donc un comportement d'excès d'offre de monnaie et une stratégie de puissance hégémonique. Par exemple, dans le système de Bretton Woods, la Federal Reserve (Fed) américaine était émettrice d'un excès de dollars. Seule une puissance hégémonique est en mesure de s'offrir le luxe d'une politique monétaire résolument inflationniste sans risque majeur, à court ou à moyen terme, pour son économie nationale. La dimension implicitement inflationniste du processus de création de liquidités internationales a été très tôt soulignée par Rueff et Triffin ; elle était en partie nécessaire au bon fonctionnement du régime de Bretton Woods [11].

À l'opposé, on sait que la Bundesbank a toujours formulé une politique monétaire résolument restrictive allant dans le sens d'un deutsche Mark rare et cher. De ce fait, la monnaie véhiculaire dominante en Europe est le dollar, et le système monétaire européen n'a jamais pu définir une zone mark. Cette donnée exprime, contrairement aux idées reçues, le choix d'une option monétaire non hégémonique de la part des autorités allemandes, c'est-à-dire un comportement monétaire dicté par l'absence de volonté d'avoir à supporter les contraintes attachées à l'existence d'une zone mark.

---

11. Une objection classique au régime de l'étalon-or est que la production d'or est soumise aux caprices des découvertes ou de l'exploitation de nouvelles mines et à d'autres facteurs arbitraires par rapport aux besoins du développement de l'économie mondiale. Dans ces conditions, le fait que la Grande-Bretagne n'a pas adhéré de façon stricte aux règles de l'étalon-or et fait jouer à la livre sterling un rôle international doit être considéré comme une des bases qui ont permis de rendre praticable le régime de l'étalon-or.

Pour l'Europe, il s'agissait d'ailleurs là d'une contrainte politique majeure qui avait quelque chose de paradoxal. Le mark n'était pas une monnaie internationale sur le plan régional, alors que la politique monétaire restrictive de la Bundesbank était, dans le même temps, cause de récession dans l'espace européen, les politiques monétaires européennes étant assujetties à la politique monétaire allemande par le biais de la gestion des parités du régime monétaire européen. L'institution d'une monnaie unique en Europe est précisément une tentative pour mettre en adéquation la zone monétaire et la souveraineté monétaire qui peut s'y exercer.

La puissance hégémonique qui voit sa monnaie devenir une monnaie internationale bénéficie de deux privilèges : le *seigneuriage*[12] et le privilège de payer ses dettes à l'aide de sa propre monnaie (on peut l'appeler le « privilège d'emprunt »[13]). Le privilège de seigneuriage reste modéré face au *risque de change* que supporte le pays du fait des volumes des monnaies internationales qui circulent dans le monde et qui peuvent à tout

---

12. On appelle traditionnellement « seigneuriage » le gain qui résulte de la différence entre la valeur marchande des métaux précieux entrant dans la fabrication d'une monnaie métallique et sa valeur nominale. Dans un régime de concurrence avec entrée libre sur le marché de la fabrication de la monnaie, le seigneuriage devrait être égal à zéro. Il s'agit donc d'une rente. Par analogie, on peut parler de seigneuriage sur le plan international en considérant le gain qui résulte de l'utilisation d'un actif de réserves national dans les systèmes monétaires internationaux (Johnson [1969]). On estime en général que le seigneuriage international n'est pas d'un montant très élevé (Grubel [1969]).

13. Ce privilège est au centre de la critique développée en France par Jacques Rueff à l'encontre du régime de Bretton Woods et de l'argument selon lequel le régime était foncièrement inflationniste. Les dollars diffusés par les États-Unis devaient s'accumuler à l'actif des banques centrales et commerciales dans le reste du monde, et principalement en Europe. Dans le cas de la non-conversion du stock d'or en dollars, deux conséquences devaient survenir : le mécanisme permettait aux États-Unis de s'endetter gratuitement (dans le cas d'une création de monnaie non libellée en titres soumis à un taux d'intérêt), c'est-à-dire sans contrainte extérieure ; l'accumulation de dollars à l'extérieur constituait un stimulant pour la conduite d'une politique monétaire inflationniste. C'est pour ces raisons que Rueff conseillait un retour à l'étalon-or. Triffin [1960] avait analysé les faiblesses du système de manière tout aussi sévère mais en ouvrant une perspective de réforme moins passéiste. Pour Triffin, le régime de Bretton Woods ne souffrait pas d'une insuffisance d'étalon-or mais au contraire de la trop grande importance accordée à l'or. La solution préconisée par Triffin est alors de substituer aux instruments de réserves (dollar et or) une monnaie émise par un banquier mondial (une monnaie de crédit comme l'avait proposée en son temps Keynes à la conférence de Bretton Woods).

moment porter atteinte à la valeur du change (problème de crédibilité), donc avoir des effets sur la compétitivité. Ce risque est
limité pour une puissance hégémonique qui est une économie
de grande taille, donc qui se caractérise par un taux d'ouverture
commerciale relativement faible (les pays ou les ensembles de
grande taille ont des taux d'ouverture plus faibles que les pays
ou les ensembles de petite taille). Le privilège d'emprunt est, de
son côté, considérable car il permet au pays hégémonique de
s'endetter dans sa propre devise sans se soucier de l'objectif
extérieur ; d'où l'importance des déficits de balance courante de
la Grande-Bretagne à l'époque de son hégémonie et des États-
Unis aujourd'hui.

B. Hégémonie et fonction d'ajustement

La nécessité d'un hegemon pour assurer la convergence des
ajustements de balances des paiements est liée au problème dit
de la *n-ième monnaie*. Entre deux monnaies, il n'existe qu'un
seul taux de change ; entre trois monnaies, seulement deux taux
de change (il faudrait ajouter « après arbitrage », c'est-à-dire
pour des taux de change croisés respectant des règles d'équi-
valence), etc. Entre « n » monnaies, il n'existe que « n – 1 »
taux de change : le taux de change de la n-ième monnaie est
défini implicitement par les « n – 1 » premiers. Il résulte de
cette évidence arithmétique une série de conséquences en
matière de conduite des politiques monétaires.

Prenons d'abord le cas d'un régime de changes fixes. Dans
un tel régime, il suffit que les politiques monétaires de « n – 1 »
pays se chargent de respecter les parités officielles. Il est toujours possible de mobiliser « n » politiques monétaires, mais le
risque existe alors de conduire des *politiques incohérentes*. Ce
serait donc non seulement inutile mais dangereux, sauf à imaginer des procédures de coordination entre banques centrales et
à alourdir le système des coûts qui y sont afférents.

Le principe hégémonique apporte une solution simple au
problème de l'incohérence potentielle. L'existence d'un joueur
dominant offre à l'ensemble du système un signal pour
connaître la forme d'ajustement la plus probable. L'efficacité
des mécanismes d'ajustement sous les régimes à hégémonie
britannique ou américaine tenait non pas tant à la puissance

intrinsèque des hegemons qu'à l'existence d'un *point fixe* et au *consensus* sur les politiques permettant de réaliser les ajustements nécessaires. Dans un régime monétaire, c'est fondamentalement le fait que toutes les politiques jouent dans le même sens qui explique la relative souplesse des ajustements. Le rôle leader de la Grande-Bretagne avant 1914 et des États-Unis après 1944 ne consistait pas à forcer les autres pays à adopter des politiques d'ajustement (leadership coercitif), mais à fournir *un point fixe* pour l'harmonisation de ces politiques.

Ce point fixe peut consister à soustraire le pays hégémonique du besoin de mettre en œuvre une politique d'ajustement. Le pays bénéficie dès lors d'un privilège : la possibilité de libérer un instrument de politique économique et d'utiliser sa politique monétaire à un autre objectif que l'objectif de change. S'il existe une puissance hégémonique, elle parviendra inévitablement à *s'imposer comme n-ième pays.* Pour cela il lui suffit d'adopter la stratégie relativement simple consistant à ne rien faire (politique dite de « *benign neglect* »). On le sait, c'est ce qui s'est produit au lendemain de la Seconde Guerre mondiale : le pays hégémonique, les États-Unis, définissait sa politique monétaire sans se préoccuper de la parité officielle de sa monnaie, c'est-à-dire en laissant aux autres le soin d'intervenir sur les marchés pour faire respecter les parités officielles. Les autres pays sont contraints d'agir à partir du moment où la puissance hégémonique n'intervient pas. Le risque de conduire des politiques monétaires incohérentes est donc évité. La cohérence de l'ensemble du fonctionnement est assurée par le fait qu'il existe *une puissance hégémonique ayant le pouvoir de s'abstenir d'intervenir,* ce qui au fond n'est rien d'autre que la définition même de la puissance (voir Agamben [1995]). La politique de *benign neglect* est d'autant plus aisée à mettre en œuvre pour la puissance hégémonique qu'elle se caractérise par un taux d'ouverture généralement faible de son économie.

On notera toutefois que, si la monnaie de la puissance hégémonique peut se placer en position de n-ième monnaie, c'est également en raison d'une sorte de délégation de pouvoir de la part de l'ensemble des puissances non hégémoniques faisant partie du « régime » et qui acceptent de voir ce rôle rempli par l'hegemon, c'est-à-dire par l'État producteur de la monnaie internationale et bénéficiant déjà des privilèges de seigneuriage et d'emprunt.

Le problème de la n-ième monnaie ne disparaît pas en régime de changes flottants : le système monétaire international reste toujours potentiellement surdéterminé ; la conduite séparée de n politiques monétaires destinées à stabiliser le cours du change de n monnaies rend possibles des dynamiques « instables ». Cette possibilité a même toutes les chances d'être à l'origine de dysfonctionnements graves quand se produisent des chocs importants dans l'économie mondiale et que des politiques monétaires de stabilisation sont mises en œuvre de façon non coordonnée par les pays. Si les nations n'avaient pas de politiques monétaires actives, conformément au souhait libéral, les marchés des changes pourraient éventuellement s'ajuster d'eux-mêmes et l'incohérence potentielle serait sans conséquence pratique ; mais ce souhait est théorique et ne correspond pas à l'économie politique du monde réel dont la logique ne se conforme pas à un régime de changes flexibles.

C. La question du « prêteur en dernier ressort »

La nécessité d'un hegemon dans la fonction de financement est plus problématique. Le « financement », qui doit conceptuellement être distingué de la « monnaie », présente une interface avec la monnaie sur le plan international dans la mesure où la balance des opérations courantes peut rester plus ou moins durablement en déséquilibre à cause des mouvements de capitaux, ce qui a des implications sur l'orientation des politiques monétaires et la valeur du change.

En quoi un hegemon est-il nécessaire pour assurer la « stabilité » de la fonction de financement ? L'argument sur lequel on se fonde habituellement est celui du « prêteur en dernier ressort ». Cet argument a été avancé pour la première fois par Kindleberger (voir Kindleberger [1994], chapitre IX, pour une présentation récente). Un système monétaire international reposant sur la convertibilité est, tout comme les systèmes bancaires nationaux, vulnérable aux accidents de la confiance et aux assauts spéculatifs. De même que les résidents peuvent à tout moment se précipiter ensemble pour réclamer leurs dépôts bancaires et consommer une faillite bancaire généralisée, de même les opérateurs sur les marchés des changes peuvent être saisis par un comportement mimétique de panique les conduisant à se débarrasser tous en même temps de leurs avoirs libellés en une monnaie donnée. L'analogie conduit Kindleberger à utiliser la notion (issue de la théorie monétaire) de « prêteur en dernier ressort » pour qualifier la fonction dévolue à l'hegemon. Pour Kindleberger la fonction consiste à fournir trois types de soutien aux marchés : être capable de proposer des liquidités (par l'escompte ou autrement) ; offrir des prêts internationaux contracycliques ; parvenir à maintenir un marché relativement ouvert pour les produits en situation difficile. C'est en temps de crise que la fonction de prêteur en dernier ressort devient cruciale pour enrayer les cercles vicieux, contrecarrer les mouvements spéculatifs qu'ils suscitent et prévenir les crises monétaires.

La thèse de Kindleberger est que la crise de 1929 aurait pu être évitée si la fonction de prêteur en dernier ressort avait été correctement assurée par la Grande-Bretagne, ancienne puissance hégémonique, ou par les États-Unis, nouvelle hégémonie montante. Un régime monétaire se caractérise donc, pour Kindleberger, par le fait que la puissance hégémonique assure une fonction de financement. L'hegemon doit remplir le rôle de banquier central, comme cela a été le cas avec la Grande-Bretagne durant le système de l'étalon-or ou avec les États-Unis durant le système de Bretton Woods. Minsky [1979] établit la nécessité d'une fonction de financement assumée par une puissance hégémonique en se fondant sur la nécessité d'un système de crédit pour promouvoir la croissance mondiale. Il interprète cette nécessité dans une perspective néokeynésienne : la puissance hégémonique doit être le « centre de la demande effective » à l'échelle internationale.

Que peut-on conclure ? Un régime monétaire suppose sans doute un prêteur en dernier ressort ou un centre d'impulsion financier de la demande effective ; mais l'analyse ne conduit pas à admettre que c'est la puissance hégémonique qui doit nécessairement prendre en charge cette fonction : la fonction peut être plus diffuse ou assumée par un groupe de pays dominants.

Les éléments présentés dans ce chapitre, comme dans le précédent, ont mis en place, concernant ces deux domaines essentiels que sont le commerce et la monnaie, une série de faits et d'arguments justifiant la nécessité d'une organisation internationale de l'économie. Ces faits et arguments, s'ils peuvent aider à mieux comprendre les modalités d'organisation du commerce international et des relations monétaires internationales, ne permettent pas de fonder une explication unifiée des raisons de l'émergence d'organisations internationales. C'est précisément l'objet de la problématique des régimes internationaux d'offrir un cadre d'analyse général pour étudier ces raisons. Les éléments descriptifs accumulés jusqu'à présent ayant suffisamment illustré la nature des interrogations que soulèvent l'interprétation des faits et la nécessité d'une réflexion analytique, nous pouvons bifurquer maintenant vers une trajectoire d'exposition plus théorique.

5. Les régimes internationaux comme cadre d'analyse

Une analyse en termes de régime a pour objet d'expliquer *pourquoi* naît à un moment donné une organisation dans un domaine des relations internationales et *comment* fonctionne cet ensemble (quel changement apporte-t-il par rapport à une situation sans organisation ? quel bénéficie en attendre ? comment évolue-t-il ?).

En traitant du commerce et de la monnaie, ces questions ont été incidemment abordées. Il s'agit maintenant de les considérer de front non seulement pour mieux comprendre ces régimes particuliers que sont les régimes commerciaux et monétaires, mais également pour fixer un cadre d'analyse général susceptible d'aider à la compréhension d'autres domaines des relations internationales.

On peut pronostiquer que la mondialisation va conduire à un intérêt croissant pour les régimes internationaux. Qu'il s'agisse de la protection de l'environnement, des règles commerciales, du droit prudentiel (en matière financière et bancaire), des divers codes de « bonne conduite », des droits de propriétés intellectuelles, du système financier international, etc., le marché mondial ne peut correctement fonctionner que si une organisation institutionnelle a doté les acteurs de repères et de garanties. L'analyse de régimes offre un cadre susceptible d'aider à cette construction.

Nous commencerons par présenter le concept de régime international ; nous exposerons ensuite les fondements généraux de la demande de régimes tels qu'ils sont explicités par le courant dominant de l'ÉPI, puis la typologie des régimes qui en découle.

I. LE CONCEPT DE RÉGIME INTERNATIONAL

La théorie des régimes internationaux s'est développée dans les années quatre-vingt en même temps que l'approche néolibérale en économie politique internationale et en opposition à l'approche réaliste qui était dominante durant la décennie précédente. Elle a cherché pour la première fois à conceptualiser des interrogations sur la « coopération internationale », tout en se présentant comme une critique de la théorie de la stabilité hégémonique. C'est donc une théorie postérieure aux premières formulations de la théorie de la stabilité hégémonique, mais la notion de régime est devenue aujourd'hui le cadre d'analyse commun pour traiter les problèmes d'« organisation » de l'économie mondiale, un cadre dans lequel sont formulées les versions contemporaines de la théorie de la stabilité hégémonique. D'où le choix, contraire à l'ordre chronologique, de traiter la problématique des régimes internationaux avant la théorie de la stabilité hégémonique.

Après examen de la conception descriptive en usage dans le courant de l'ÉPI, nous chercherons à montrer qu'il est nécessaire de définir les régimes internationaux de façon plus analytique.

A. La définition usuelle des régimes

Ruggie [1975] est le premier à avoir introduit le concept de régime, qu'il définit comme « un ensemble d'anticipations communes, de règles et de régulations, de plans, d'accords organisationnels qui sont acceptés par un groupe de pays ». Dans des travaux ultérieurs, ce précurseur a développé une analyse originale des régimes internationaux, qui se démarque de la tendance dominante consistant à voir un régime comme un système a-historique ayant pour but de résoudre les dilemmes logiques liés à la formation des choix collectifs à partir de décisions individuelles. Ruggie met au contraire l'accent sur les liens entre la nature des régimes internationaux et les structures internes des capitalismes nationaux. On présentera plus loin son interprétation. Malgré l'existence d'autres précurseurs hétérodoxes dans la seconde moitié des années soixante-dix, le corps central de la théorie des régimes est dû à des auteurs néo-libéraux et néoréalistes. C'est à Krasner [1983], de sensibilité plutôt néoréaliste aujourd'hui, et à Keohane [1984], de sensibilité plutôt néolibérale, que l'on rattache les premières formulations complètes de la théorie orthodoxe des régimes.

La définition suivante (présentée dans l'ouvrage collectif dirigé par Krasner [1983]) a désormais un caractère canonique tant elle est devenue consubstantielle avec les approches en termes de régimes, qu'elles soient d'inspiration néoréaliste, néolibérale, voire qu'elles soient hétérodoxes. Les régimes internationaux sont définis comme :

> « des ensembles explicites ou implicites de principes, de normes, de règles et de procédures de prise de décision autour desquelles les anticipations des acteurs convergent dans un domaine donné des relations internationales ».

On établit généralement une hiérarchie entre les deux premiers termes (principes et normes) et les deux derniers (règles et procédures de décision). Les *principes et normes* constituent les éléments permanents d'un régime : ils se réfèrent au système de valeurs fondamentales partagées par un groupe de pays, c'est-à-dire aux *finalités* du régime : les buts fondamentaux (principes) et les droits et obligations (normes). Les *règles et procédures de décision* se réfèrent, de leur côté, aux *instruments* du régime, donc à des éléments qui peuvent être variables dans un régime. Les règles sont des prescriptions pour l'action. Les procédures de décision concernent les pratiques en vigueur pour la formation des choix collectifs. Par exemple, concernant le GATT, les « rounds » de négociation sont relatifs aux procédures de prise de décision concernant les modifications des barrières tarifaires ou non tarifaires. Par opposition, le principe de non-discrimination ou les autres principes constitutifs du GATT (voit encart du chapitre III) relèveraient du groupe des principes et normes du régime commercial. Si les règles et les procédures se modifient alors que les principes et les normes restent les mêmes, on est fondé à soutenir que le régime n'a pas changé car sa philosophie fondamentale demeure identique.

La définition précédente est complexe parce qu'elle comporte quatre éléments distincts : les principes, les normes, les règles et les procédures de décision. Il est tentant de retenir un ou deux de ces niveaux de spécificité (par exemple soit les principes et les normes, soit les règles et les procédures) comme dans les définitions simples (Krasner [1983], Ruggie [1983]). Une telle approche crée cependant une fausse dichotomie entre les principes, d'un côté, et les procédures, de l'autre. À la limite, les normes et les règles ne peuvent être distinguées. Il est difficile sinon impossible de dire la différence entre une « règle implicite » (une norme) de signification large et bien comprise et un principe d'opération spécifique. Les normes tout à la fois contiennent des injonctions claires concernant ce qui est légitime ou illégitime et fixent des responsabilités et des obligations en termes généraux. C'est la raison pour laquelle il paraît toujours difficile de savoir, face à un processus de mutation historique, si l'on a affaire à un changement *à l'intérieur* d'un régime ou à un changement *du régime* lui-même.

Ces difficultés expliquent que la définition de Krasner ait donné lieu à des discussions. Le caractère flou et vague de la définition a été dénoncé par Strange [1983] dès son origine. Young [1986] souligne que la définition de Krasner n'est rien d'autre qu'une liste d'éléments, par ailleurs difficiles à différencier conceptuellement. C'est pourquoi Keohane ([1989], p. 4) est amené à abandonner l'appareillage complexe des principes, normes, règles et procédures au profit d'une notion unique de « règles », une unification que nous conserverons provisoirement (sous réserve des distinctions qui seront établies plus loin dans le cadre d'une approche analytique). L'imprécision n'est toutefois pas un handicap rédhibitoire car il serait illusoire de penser qu'il faut toujours partir de « bonnes définitions ». Deux ambiguïtés doivent néanmoins être levées :

– la première concerne le point de savoir si l'idée de régime se réfère à des formes uniquement interétatiques et internationales ou si elle se rapporte également aux acteurs privés et a vocation à organiser les espaces nationaux ;

– la seconde concerne la distinction entre « arrangements institutionnels » et « régimes »[1].

---

1. Comme l'écrit Keohane ([1983], p. 153) : « Il est crucial de distinguer clairement les régimes internationaux des arrangements [*agreements*] *ad hoc*. Les régimes [...] facilitent la conclusion d'arrangements en fournissant une structure de règles, de normes, de principes et de procédures de négociation. Une théorie des régimes internationaux doit expliquer pourquoi ces arrangements intermédiaires sont nécessaires. »

Comme on le verra, les implications du choix sur ces deux points sont décisives *pour l'analyse*, et ce sont ces choix qui demandent à être explicités, non les significations exactes de la terminologie utilisée. Le caractère discutable de la définition précédente tient justement à l'absence de précision sur ces deux points. Le courant central de la théorie des régimes a toutefois tendance à considérer *implicitement* qu'un régime est un arrangement *interétatique* à vocation internationale et à *assimiler* régime et arrangement institutionnel, deux restrictions qui seront discutées dans la suite de cet ouvrage.

Le concept de régime doit être défini de façon *analytique*, c'est-à-dire en considérant la logique qui se met en place à travers les *quatre éléments* de la définition de Krasner, ou d'une « mise en règles » si l'on se rallie à une définition unifiée (comme chez Keohane ou Young). On s'intéresse alors aux effets de l'« ensemble explicite ou implicite » sur le « domaine » concerné. Cette présentation, qui n'est pas usuelle, à la fois rend plus clairs les enjeux des débats et permet de construire un concept de régime plus précis, notamment en ce qui concerne la convergence des « anticipations », qui reste une référence vague dans la définition de Krasner.

B. Approche analytique

On présentera successivement trois déterminations essentielles du concept de régime international, puis on précisera l'objet d'une problématique des régimes.

1. L'étendue de l'ordre

Le fait remarquable est qu'il n'existe pas de régime dans tous les domaines internationaux. Seuls certains d'entre eux sont, ou ont été historiquement, organisés en régimes ; et cela alors que d'autres, et non des moindres, continuent de répondre soit au modèle anarchique, soit à un type d'aménagement comportant des arrangements institutionnels mineurs. Même si l'on décidait de définir un régime de façon très lâche, des pans entiers des relations économiques internationales resteraient « hors régimes ». Par exemple, il n'existe manifestement pas de régime concernant les investissements directs étrangers (un projet, objet de fortes oppositions, est en discussion avec l'AMI) ; il n'existe pas de régime concernant les mouvements de main-d'œuvre à l'échelle internationale, et cela même en Europe jusqu'à une date récente (on ne souligne pas assez le fait que dans l'Union Européenne les politiques d'immigration sont restées du ressort exclusif des États souverains alors que, concernant la monnaie ou les mouvements de marchandises, les transferts de souveraineté ont été considérables). On peut même considérer qu'il n'existe pas à l'heure actuelle, ou plutôt qu'il n'existe plus, depuis l'effondrement du système de Bretton Woods, de régime monétaire international. Si les relations monétaires internationales définissent bien aujourd'hui un *système* international du fait des relations d'interdépendance produites par la convertibilité généralisée des grandes monnaies et les réseaux de paiements internationaux, on a vu qu'il n'en résultait pas automatiquement une organisation selon un ensemble de références communes.

La propriété de non-universalité s'applique également aux participants : non seulement tous les États (de même que les acteurs privés qui sont concernés par l'appartenance étatique à un régime) ne font pas nécessairement partie des accords créant un régime, mais un nombre plus ou moins important d'États (et d'acteurs privés) se trouvent simultanément exclus de certains régimes et membres d'autres régimes (par exemple, tous les pays de l'Union Européenne ne faisaient pas partie du système monétaire européen ou ne font pas actuellement partie du noyau euro) ; de plus, à l'intérieur du régime considéré il existe une hiérarchie entre les pays et une distribution plus ou moins inégalitaire du pouvoir. Un régime international comporte donc des frontières, un intérieur, un extérieur et une périphérie, des exclus et des inclus, une structure interne et une hiérarchie des positions. Keohane [1984], par exemple, distingue *trois régimes économiques internationaux* depuis la Seconde Guerre mondiale, trois champs qui forment d'ailleurs l'essentiel de la littérature économique empirique : le « régime commercial », le « régime monétaire » et le « régime pétrolier ».

L'intérêt de la notion de régime est de rompre avec les approches « globalisantes », et partant assez stériles, en termes d'« ordre » et de « désordre » en introduisant l'idée d'un « ordre limité » à un champ. Les termes « ordre international » ou « système mondial », en honneur dans les années soixante-dix, sont maintenant abandonnés dans la littérature théorique au profit de celui de « régime », qui est non seulement plus neutre, mais également moins « holistique ». Un régime international désigne une échelle d'« ordre local », donc se place à un niveau qui permet de *penser simultanément l'ordre et le désordre*. À la différence des approches antérieures dans lesquelles il n'y avait place que pour deux états du système, ordre ou désordre, la théorie des régimes autorise d'analyser, avec une grande économie de moyens, la possibilité d'ordres locaux (existence d'un régime commercial bien ajusté, par exemple) qui coexistent avec des désordres dans d'autres domaines, soit du fait de l'absence de régimes (comme l'absence d'un régime de prise en compte des problèmes d'environnement), soit du fait d'une inadaptation ou du relâchement d'un régime.

2. La forme de l'ordre

Un régime international construit un « ordre taxinomique ». La condition nécessaire pour qu'existe un régime est que plusieurs États décident de traiter un ensemble donné de relations internationales (par exemple les relations commerciales privées) *indépendamment* des autres relations économiques (mouvements de capitaux ou relations monétaires, par exemple). Alors que toutes les relations sont *a priori* liées, un régime impose une contrainte de classement. Le GATT, et aujourd'hui l'OMC, reposent sur un principe de séparation fondamental : ils ont pour fonction d'*autonomiser* le traitement des relations commerciales. Un régime interdit donc, du moins en principe, ce que les théoriciens des relations internationales appellent le « linkage », c'est-à-dire la possibilité de trouver un compromis dans un domaine en liant ce compromis à un compromis dans un autre domaine[2]. Ce principe de séparation permet d'intensi-

---

2. Nous nous référons ici aux propriétés des régimes une fois ceux-ci créés. Curieusement, concernant la naissance des régimes, on peut à l'inverse identifier presque toujours l'existence d'un « grand linkage » fondateur. Qu'il s'agisse de la décision de créer une monnaie unique en Europe après l'écroulement du mur de Berlin, de l'émergence du libre-échange à la suite du traité commercial Cobden-Chevalier de 1860, ou des institutions de Bretton Woods, l'acte fondateur procède d'un compromis dans lequel des concessions (ou des avantages) de caractère *économique* sont octroyées contre des concessions (ou des avantages) de caractère *politique*.

fier les linkages *à l'intérieur* du domaine et fonde la logique des négociations économiques internationales. Comme le rappelait le secrétaire général du GATT à propos des plaintes concernant la pratique de la sous-appréciation de certaines monnaies : « Je ne nie pas le problème du lien entre commerce et monnaie, mais ce n'est pas le rôle du GATT de s'en occuper, c'est celui du FMI » (Dunkel [1993], p. 7).

Un régime fixe donc un « agenda » (au sens américain), c'est-à-dire un mode de résolution spécifique des différends. Ainsi, un régime commercial est-il un mode de résolution par des moyens commerciaux de conflits commerciaux. Le taux de change est une variable cruciale des importations et des exportations, mais l'existence d'un régime commercial signifie un consensus international pour traiter à part les questions commerciales, un consensus fondateur de l'institutionnalisation de son champ légitime d'organisation.

Par conséquent, en séparant et en classant ce qui n'était jusque-là ni séparé ni classé, les régimes construisent une « organisation ». Les régimes sont donc plus que des arrangements institutionnels car ils façonnent les relations internationales, c'est-à-dire construisent les appartenances et les ensembles de « principes, de normes, de règles et de procédures de prise de décision » qui organisent l'ensemble du champ concerné. On peut donc dire qu'il y a création d'un ordre taxinomique.

3. Le contenu de l'ordre

Un régime est, en troisième lieu, un « ordre institutionnel », un ordre qui s'oppose à l'« ordre spontané » du système. Pour qu'il y ait régime, il faut que le système considéré (partiel et à ordre taxinomique) soit organisé selon une « Constitution », une « charte fondamentale ». Cette dernière doit vérifier trois propriétés :

– elle doit définir une « loi commune » permettant de *mettre en compatibilité* des comportements individuels hétérogènes (condition qui contribue à établir une stabilité collective en faisant « converger les anticipations ») ;

– elle implique une *limitation de souveraineté* des États participants ; en d'autres termes, un régime doit modifier peu ou prou le modèle anarchique sans quoi un régime ne se distinguerait pas d'un système ;

– elle doit conduire à « améliorer » les *performances* du système concerné en ce sens qu'elle doit permettre d'atteindre des états inaccessibles au système laissé à lui-même, des états considérés à un titre ou à un autre comme préférables, en général pour les centres bénéficiaires de ces régimes[3].

Nous avons montré précédemment que l'on pouvait établir une distinction entre un système monétaire international et un régime monétaire international. Ce n'est pas parce qu'il existe un système monétaire international qu'il s'ensuit l'existence d'un régime monétaire international, car ce dernier suppose la mise en place d'un ordre institutionnel, c'est-à-dire une *loi commune* impliquant des *limitations de souveraineté* et susceptible de *stabiliser* les relations monétaires au sein du système international. La distinction entre système et régime permet d'éviter le faux débat sur le point de savoir si les relations monétaires internationales contemporaines doivent être caractérisées par l'idée de « système » ou de « non-système ».

Il est vrai que les situations de non-système sont possibles. Le système monétaire international peut sombrer, comme durant l'entre-deux-guerres, quand la convertibilité est suspendue et que les relations monétaires internationales ne forment plus un système de paiements international. La constitution d'un système monétaire international permet de restreindre le domaine des possibilités et de créer des régularités. Un régime monétaire international a précisément pour but d'agir sur les régularités du système, donc d'ouvrir sur d'autres trajectoires d'évolution que celles du système monétaire quand ce dernier est laissé à lui-même.

On notera comme un point important le fait que chaque régime définit un principe d'ordre qui lui est *spécifique* en raison de la propriété qui veut qu'un régime soit un système local. Deux régimes qui coexistent dans le temps peuvent donc se caractériser par des principes d'ordre dissemblables, voire contradictoires. Par exemple le régime pétrolier de l'après-guerre est complètement dérogatoire par rapport aux principes et normes du régime commercial de Bretton Woods : le régime pétrolier n'a pas pour philosophie la libéralisation des

---

3. Par exemple un « régime colonial » est défini par rapport au critère d'évaluation du pays colonisateur, qui voit certains avantages dans l'instauration d'un ensemble de règles concernant ses relations avec les pays colonisés.

échanges, pas plus qu'il ne se fonde sur le principe de réciprocité ou sur la clause de la nation la plus favorisée. La caractéristique des régimes est donc d'être organisée selon leur principe d'ordre spécifique : ce sont des ensembles coordonnés
d'institutions ayant une cohérence au moins relative par rapport
à leur fonctionnalité propre. Cette caractéristique provient du fait
qu'il n'existe pas d'État mondial et donc d'instance susceptible
de « mettre en cohérence » les différents régimes alors que, du
point de vue des formations nationales, il existe des États qui
sont les agents de la mise en compatibilité des régimes nationaux
(comme le « régime salarial » ou le « régime monétaire »).

4. Implications pour une problématique des régimes internationaux

La notion de régime international ayant été définie, reste à
expliciter l'objet de ce que l'on pourrait appeler une « problématique des régimes ». Une telle problématique a pour objet
d'expliquer pourquoi dans un domaine des relations internationales naît à un moment donné un ensemble de « principes, de
normes, de règles et de procédures de prise de décision » et
comment, ensuite, fonctionne et évolue cet ensemble. Quatre
grands problèmes peuvent être distingués :

1) Le premier problème est de savoir pourquoi certains
domaines des relations internationales ne sont pas organisés en
régimes alors que d'autres le sont. Cette question pose le problème de la *création* des régimes.

2) Le deuxième problème est de savoir pourquoi l'organisation en régimes offre la possibilité de stabiliser (ou réciproquement l'absence de régimes a la propriété de déstabiliser) le
domaine concerné. On peut parler de problème de la *stabilité
externe* du régime.

3) Le troisième problème est celui de la dynamique et de la
mort des régimes, donc celui de la *stabilité interne* du régime.
Bien que ce problème ne soit pas totalement indépendant du
précédent, il ne s'y réduit pas (sauf à adopter une approche
fonctionnaliste étroite) car il existe une « autonomie relative »
des institutions.

4) Le quatrième problème concerne le lien entre les deux
stabilités précédentes et la production d'une *régulation globale*
de l'économie internationale. Cette question soulève un pro-

blème théorique différent des précédents. D'un point de vue économique international, le problème se décline de la façon suivante : comment expliquer que l'existence de régimes en matières monétaire, commerciale et pétrolière a été suffisante pour organiser l'ensemble des relations économiques internationales dans l'après-guerre jusqu'au début des années soixante-dix, et comment expliquer que la déstabilisation à peu près simultanée de ces trois régimes (effondrement du système de Bretton Woods, montée du protectionnisme, crises pétrolières) a entraîné (ou a amplifié ?) un retournement complet de tendances dans l'ensemble de l'économie mondiale ? Se trouve donc posé un très vaste problème qui concerne la théorie des implications globales des ordres (ou des désordres) locaux. Notons toutefois que le problème de l'ancrage de la stabilisation globale sur des régimes internationaux locaux a été très peu étudié par les théoriciens.

En fait, on peut dire que c'est principalement le premier problème qui a monopolisé l'attention des chercheurs, du moins dans le courant orthodoxe (néoréaliste et néolibéral). Les deuxième et troisième problèmes ont été négligés, sauf à quelques exceptions notables. Ce n'est qu'avec les approches hétérodoxes (étudiées dans le chapitre IX) que ces problèmes commencent d'acquérir une réelle place dans l'analyse. Quant au dernier, il est pratiquement ignoré dans toutes les approches.

Le premier problème, celui des déterminants de la création de régimes, va donc occuper l'essentiel de notre attention car il offre un corps d'analyse achevé et donc des points d'appui pour l'interprétation. Ce problème fait l'objet principal des développements qui vont suivre, même si quelques études partielles sur les deuxième et troisième problèmes seront indiquées chemin faisant. Ces derniers seront abordés de façon plus directe dans le dernier chapitre, qui concerne les aspects dynamiques sur lesquels porte principalement l'attention des approches hétérodoxes.

II. FONDEMENTS GÉNÉRAUX
DE LA DEMANDE DE RÉGIMES

Nous nous intéressons maintenant aux fondements des régimes dans le courant de pensée orthodoxe, c'est-à-dire aux déterminants de l'existence des régimes. Comme on l'a dit, le courant de pensée orthodoxe se partage en deux familles : la famille néolibérale et la famille néoréaliste. L'ensemble du courant se caractérise par le « logicisme économique » et cherche à apporter une réponse économique à la raison d'être des régimes. Les causes sont analysées différemment mais elles partagent un noyau commun concernant la *demande de régimes*, c'est-à-dire le *besoin de régimes*. Comme on le verra dans les chapitres suivants qui leur sont consacrés, les deux familles se divisent sur l'analyse des conditions de la prise en charge de ce besoin, c'est-à-dire sur l'analyse du *côté de l'offre de régimes*. C'est le côté de la demande qui nous intéresse pour le moment.

La demande de régimes résulte d'un *problème d'action collective*. L'approche apparaît donc fonctionnaliste : un régime s'explique *par la fonction* qu'il est appelé à remplir, à savoir le besoin de trouver une solution à un problème d'action collective. C'est ce travers qui explique les critiques virulentes développées, très tôt, par Strange [1983] et qu'elle a reprises ensuite [1987]. Ces critiques ne sont toutefois pas suffisantes pour condamner la problématique des régimes à n'être rien d'autre qu'un habillage idéologique, comme semble le penser cet auteur. Nous présenterons d'abord la démarche, puis les conditions nécessaires et ensuite les conditions suffisantes de l'existence d'un dilemme d'action collective à la source d'un régime.

A. La démarche

Les deux approches ont en commun de partir d'un monde imaginaire dans lequel n'existerait aucune règle, norme ou procédure de prise de décision (un modèle anarchique) et de montrer que les acteurs égoïstes auraient intérêt dans certaines configurations à se doter de tels instruments, sous la forme d'arrangements institutionnels ou de régimes, afin de faciliter l'expression d'une volonté collective. Une question est donc d'emblée évacuée, celle de savoir si les régimes *modifient* le monde initial (cette question sera reprise dans le dernier chapitre, consacré à des questions relatives à la dynamique des régimes).

La théorie des régimes internationaux se rattache au nouvel institutionnalisme et non à l'ancien (voir encart du chapitre I), c'est-à-dire à la volonté d'établir les fondements des régimes internationaux à partir de l'hypothèse d'« égoïsme rationnel » et, selon l'expression de Keohane, de la « coopération entre égoïstes ». C'est cette hypothèse qui est au centre de la révision proposée par l'approche cognitiviste (voir le dernier chapitre).

Comme l'écrit, avec sa précision habituelle, Keohane [1988], p. 380 :

> « La coopération internationale ne résulte pas nécessairement de l'altruisme, de l'idéalisme, de l'honneur personnel, de l'existence d'objectifs communs, de normes internationales, ou de croyances partagées dans un ensemble de valeurs constitutives d'une culture. Ces facteurs de la motivation humaine peuvent avoir joué un rôle à tel ou tel moment ou dans telle ou telle région du monde. Mais la coopération peut être comprise sans aucune référence à aucun de ces facteurs. »

Le besoin de régimes ne peut être établi qu'en sortant du paradigme des anciens modèles libéral ou réaliste. Le modèle libéral imaginait un monde d'intérêts harmoniques. De ce fait, l'interaction des intérêts individuels aboutissait naturellement à l'optimum et un *régime n'était pas nécessaire*. Le modèle réaliste imaginait un monde d'intérêts antagoniques. De ce fait, *un régime était impossible*. Les auteurs qui adhèrent au « credo néo » (néoréalistes et néolibéralistes) arrivent à rendre compte de l'existence des régimes parce qu'ils se placent dans un univers où les intérêts sont partiellement convergents et partiellement divergents, un univers complexe dans lequel coexistent des forces centrifuges et centripètes, et donc dans lequel se posent des « dilemmes d'action collective ». L'analyse se situe alors dans « l'entre-deux des intérêts », un univers plus conforme à la réalité des relations internationales, où coexistent des intérêts communs et des intérêts conflictuels. Dans un univers où les motivations sont à double face, les points de vue libéral classique (coopération invisible par les actions) et réa-

Quelques définitions
concernant la théorie des jeux

Une stratégie est une ligne de conduite tenant compte des réactions des autres joueurs. Une stratégie est dite « dominante » quand, quel que soit le choix stratégique des autres joueurs, son emploi est au moins aussi profitable que celui d'une autre stratégie. Une stratégie dominante n'existe pas toujours (cette existence est même rarement vérifiée). Quand tous les joueurs ont une stratégie dominante, on peut définir une issue du jeu correspondant à un équilibre (l'équilibre en stratégies dominantes). Un jeu est dit « non coopératif » quand les joueurs se comportent comme s'ils n'avaient pas conscience de leur interdépendance stratégique, donc en supposant que chaque joueur se comporte comme si les autres joueurs ne devaient pas réagir à son action, ce qui est la meilleure anticipation en l'absence d'information sur ce qu'ils vont faire (tout se passe comme si les joueurs ne ressentaient pas les « effets externes » de leur comportement). L'équilibre de Nash (quand il existe) est l'équilibre en stratégies dominantes dans un jeu non coopératif, c'est-à-dire qu'il correspond à l'issue du jeu quand chaque joueur se trouve doté d'une stratégie dominante et quand chacun considère les stratégies employées par les autres joueurs comme une donnée.

La stratégie optimale d'un joueur (quand elle existe) sera notée par *. L'issue du jeu (quand elle existe) sera notée par **. Un équilibre est pareto-optimal (ou optimal au sens de Pareto) quand un changement par rapport à cet état diminue le bien-être d'au moins un joueur. Cette issue peut exister sans être un équilibre en stratégies dominantes (comme un équilibre de Nash dans les jeux non coopératifs).

Joueur B

	B^*_1	B_2
A^*_1	R, R**	T, S
A_2	S, T	P, P

Joueur A

Nous classerons, par ordre croissant, les préférences des joueurs de 1 à 4. Le premier chiffre dans chaque case indique la satisfaction du joueur A et le second celle du joueur B. Dans un jeu 2 × 2, la matrice des gains (des préférences) est donc un tableau carré comportant quatre cases avec deux valeurs dans chacune d'elles. La configuration des inégalités caractérisant les huit valeurs définit la spécificité du jeu. Le dilemme du prisonnier est, par exemple, la configuration qui se caractérise (dans le cas de symétrie des joueurs) par la matrice $T > R > P > S$.

liste classique (pur conflit) apparaissent comme des situations limites sans grande portée pratique.

Pour présenter la littérature économique sur les fondements (le « côté de la demande »), nous procéderons de la façon usuelle à l'aide de la théorie des jeux (l'encadré précise les quelques définitions utiles pour mieux suivre l'exposé) en envisageant le cas simple d'un *jeu à un coup et à deux joueurs* (deux États) confrontés à un choix binaire (jeu dit 2 × 2). Cette représentation joue un rôle comparable aux « robinsonnades » dans les exposés d'économie politique du XIXᵉ siècle, soit un gain significatif, mais modeste, d'un individu en un siècle. Comme dans les anciennes robinsonnades, les deux joueurs sont supposés être des acteurs « souverains » et plongés dans un environnement « anarchique » (il n'y a pas d'instance de coercition, de régulation ou même de communication entre eux : le jeu est donc « non coopératif ») et ils sont présumés, évidemment, préoccupés par leur seul intérêt. En d'autres termes, on part d'un modèle initial qui se conforme en tout point aux hypothèses du modèle réaliste.

La conceptualisation des régimes prend racine dans l'idée qu'une construction institutionnelle présente un avantage collectif quand sont vérifiées certaines conditions particulières dans la matrice des gains du jeu, conditions définissant un *problème d'action collective*. L'existence ou l'absence de ce problème d'action collective expliquerait (en liaison avec les conditions de l'offre de régimes) l'apparition de régimes dans certains domaines et pas dans d'autres. On peut distinguer les conditions nécessaires et les conditions suffisantes.

B. Conditions nécessaires à l'existence
   d'un problème d'action collective

Les conditions nécessaires sont relatives à la configuration des préférences faisant apparaître un « problème d'interdépendance ». Il faut d'abord que les joueurs aient à opérer des choix dans une situation où les issues du jeu dépendent du comportement des autres. Dans un jeu 2 × 2, le résultat final pour un joueur doit dépendre non seulement du choix qu'il effectue, mais également du choix du joueur adverse : le gain associé à la décision de l'un doit être contingent à la décision de l'autre. La condition est facile à comprendre : il n'y a pas besoin de régime s'il n'existe pas une forme ou une autre d'interaction entre les joueurs. Si les résultats des choix n'étaient pas contraints pas les choix des autres en raison de l'existence d'un « système d'interdépendance », chacun pourrait atteindre ses objectifs sans avoir à tenir compte des autres : aucune sorte de régime ne serait nécessaire. Supposons maintenant que l'inter-dépendance soit vérifiée. Il existe une seconde condition nécessaire : il faut que la structure des préférences ne soit ni entièrement harmonique ni entièrement conflictuelle. Quand les préférences sont interdépendantes mais strictement harmoniques ou strictement conflictuelles, l'équilibre en stratégies

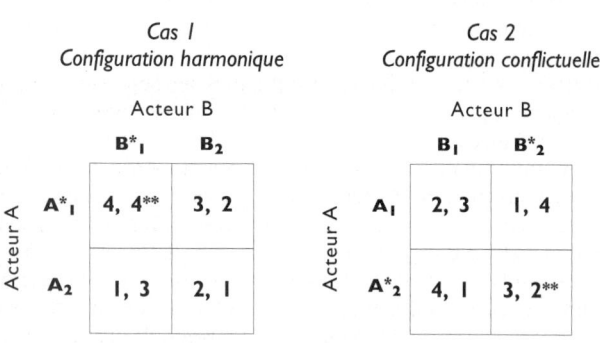

Figure 8
Configurations dans lesquelles un régime est sans objet

dominantes est unique et coïncide par définition avec l'optimum parétien. Par conséquent un régime ne répond à aucun besoin. La figure 8 illustre ces deux cas.

Dans les deux cas, chaque joueur a une stratégie dominante. En effet, dans la configuration harmonique (cas 1), le joueur A, quand il adopte la stratégie A_1, enregistre des gains supérieurs quoi que fasse l'acteur B, à savoir que ce dernier choisisse la stratégie B_1 (A gagne alors 4, contre seulement 1 s'il avait choisi la stratégie A_2) ou la stratégie B_2 (A gagne alors 3, contre seulement 2 s'il avait choisi la stratégie A_2). Dans ce même jeu, le joueur B a également une stratégie dominante qui est B_1 : B enregistre des gains supérieurs quoi que fasse l'acteur A, à savoir que ce dernier choisisse la stratégie A_1 (B gagne alors 4, contre seulement 2 s'il avait choisi la stratégie B_2) ou la stratégie A_2 (B gagne alors 3, contre seulement 1 s'il avait choisi la stratégie B_2). On laisse au lecteur le soin de constater que, dans la configuration conflictuelle (cas 2), le premier chiffre des deux cases de la ligne A_1 est toujours inférieur au premier chiffre de la ligne A_2 (ce qui établit que la stratégie A_2 est une stratégie dominante pour A) et que le second chiffre de la colonne B_1 est également inférieur au second chiffre de la colonne B_2 (ce qui établit que la stratégie B_2 est une stratégie dominante pour B).

La configuration du cas 1 est harmonique en ce sens que le gain d'un joueur est maximal quand et seulement quand le gain de l'autre est également maximal. Il existe alors une sorte de solidarité de fait, les sorts des deux joueurs sont liés et la recherche de la maximisation des gains de l'un ne porte pas atteinte aux gains de l'autre. L'équilibre de Nash est donc un optimum : dans le cas 1 de la figure 8, il existe un équilibre de Nash, ce dernier est pareto-optimal et, de plus, toutes les autres situations sont strictement inférieures en bien-être. La configuration est conflictuelle quand les gains d'un joueur sont maximaux pour des gains minimaux de l'autre. Une classe particulière de configuration (strictement) conflictuelle apparaît quand le jeu est à somme nulle (le cas 2 de la figure 8 est un jeu à somme constante car toutes les issues donnent la même somme, à savoir 5 : il est facile de transformer ce jeu en un jeu à somme nulle car il suffit d'effectuer une normalisation à 0). Alors, les gains de l'un sont toujours opposés aux gains de l'autre ; quand les gains de l'un croissent, ceux de l'autre baissent et *vice versa*. S'il existe un équilibre de Nash, cet équilibre est donc nécessairement pareto-optimal.

La classe des jeux conflictuels sera appelée à occuper un rôle important par la suite car l'approche réaliste et, dans une moindre mesure, l'approche néoréaliste considèrent que les « jeux internationaux » sont pour l'essentiel des jeux à somme nulle. L'exemple militaire en fournit l'illustration paradigmatique : le jeu est strictement conflictuel ; les gains de l'un sont les pertes de l'autre (Lipson [1993])[4].

C. Conditions suffisantes à l'existence d'un problème d'action collective

Les cas de la figure 8 sont assez particuliers en ce sens qu'ils correspondent à des configurations où l'issue du jeu est un équilibre de Nash pareto-optimal parce que la configuration des gains *n'est pas mixte*. Bien que les conditions nécessaires à l'existence de régimes soient vérifiées (interdépendance), les deux joueurs n'ont aucun besoin d'imaginer un quelconque arrangement institutionnel mutuellement avantageux. Aucun régime n'y est concevable, ni même aucun « problème de coopération ». C'est seulement quand la configuration est mixte, à savoir quand il y a simultanément conflit et complémentarité des intérêts, qu'un problème de coopération se pose, c'est-à-dire quand la rencontre entre des agents individuels laisse entrevoir une possibilité de gains mutuels sans qu'il paraisse acquis d'avance que cette opportunité va se concrétiser en raison d'intérêts opposés.

Ce « problème » s'exprime dans une matrice de gains particulière et définit les conditions suffisantes à l'existence d'un « dilemme ». Dans les jeux précédents, le problème ne se pose pas et donc avec lui la raison d'être d'arrangements institutionnels. Évidemment des considérations extérieures à la logique du jeu peuvent être introduites pour rendre compte d'un arrangement institutionnel. Lorsque les intérêts sont strictement conflictuels, on peut imaginer une distribution du pouvoir entre les deux acteurs tellement inégale que l'acteur le plus puissant

---

4. La proposition est néanmoins contestée par les néolibéraux, pour lesquels l'existence d'un « problème de sécurité collective » fonde l'existence de gains absolus. Voir : Kupchan et Kupchan [1995] et Keohane et Martin [1995].

a les moyens d'obliger l'autre à effectuer un choix qu'il n'aurait pas fait en l'absence de cette contrainte (mais alors le jeu est nécessairement non coopératif). Par exemple si le joueur A est très puissant face au joueur B, on peut imaginer qu'un régime ait le pouvoir de contraindre B à faire le choix B_1 quand A fait le choix A_2 (par exemple désarmement unilatéral de B face à A, qui choisit une politique d'armement). Les seuls régimes imaginables sont alors les régimes de prédateurs et de victimes. On qualifie de « coercitif » les régimes dans lesquels le bien-être d'un agent diminue par rapport à la situation d'absence de régime. Les régimes coercitifs, qui correspondent à des configurations de pur conflit, restent exceptionnels dans le domaine économique contemporain.

En économie, la configuration des intérêts est en général mixte : les intérêts sont à la fois conflictuels et complémentaires. Dès lors, les solutions du jeu ne correspondent pas à un équilibre de Nash à la fois pareto-optimal et unique. À la suite de Stein [1983], deux groupes sont en général distingués ; d'un côté, les jeux correspondant au dilemme du prisonnier, jeux dits « de la collaboration », qui se rencontrent lorsqu'il existe des *intérêts communs* ; de l'autre, les jeux « de la coopération » (ou encore « de la coordination »), lorsqu'il existe des *aversions communes* (pour reprendre l'expression de Stein [1983]), jeux qui ont pour figure canonique le jeu dit « de la bataille des sexes ». Dans le premier cas, la solution du jeu ne permet pas de *réaliser* l'optimum (supposé unique). Dans le second cas, la solution du jeu ne permet pas de *choisir* entre plusieurs optimums. La nature des régimes associés à ces deux classes de dilemmes est radicalement différente.

III. LES TYPES DE RÉGIMES

A. Les régimes de la collaboration

1. Résoudre le dilemme du prisonnier

Dans la première classe de régimes, les joueurs se trouvent dotés de stratégies dominantes et il existe un équilibre de Nash. Mais cet équilibre a la propriété de ne pas être pareto-optimal (figure 9) : l'issue A_1B_1 est collectivement préférable à l'équilibre qui se réalise (A_2B_2). On appelle dilemme du prisonnier le jeu qui correspond à cette configuration.

La dénomination provient de la parabole initiale inventée par Tucker. Deux voleurs présumés complices d'un vol sont arrêtés par la police. Le juge n'a pas de preuves suffisantes pour les condamner. Sans leur permettre de communiquer entre eux pour se concerter, il les met séparément devant le choix suivant. Si vous avouez le vol (ce qui vaut preuve et dénonciation du complice), vous êtes gracié dans le cas où votre présumé complice n'avouerait pas, mais vous seriez condamné à deux ans de prison si, de son côté, il avouait. Si vous n'avouez pas, la peine encourue est de six mois de prison dans le cas où le complice adopterait la même attitude mais se monterait à cinq ans de prison si l'autre avouait et donc vous accusait. Face à ce dilemme, chaque prisonnier, s'il est rationnel, doit avouer car c'est la stratégie dominante. Les deux prisonniers sont donc condamnés à deux ans de prison alors que leur peine pourrait n'être que de six mois.

Le dilemme du prisonnier est généralement considéré, à tort, comme l'archétype de tous les problèmes d'action collective et de la disjonction entre la rationalité individuelle et la rationalité collective. Il a donné lieu à de nombreuses applications en théorie des relations internationales, notamment dans le domaine militaire (Stein [1983], Conybeare [1984], parmi beaucoup d'autres). Dans le cas du dilemme du prisonnier, la poursuite des intérêts individuels (des États dans le domaine international) a pour conséquence que l'issue ne coïncide pas avec l'optimum collectif et qu'elle est « pareto-déficiente » (pour reprendre l'expression de Stein [1983], p. 120). Les joueurs ont donc des intérêts communs à promouvoir une solution commune et à ne pas suivre leur stratégie dominante.

Prenons tout de suite un exemple qui formalise un problème déjà rencontré dans les chapitres relatifs au commerce international. Si l'on en croit la théorie du commerce international, deux pays ont toujours intérêt à ouvrir mutuellement leurs marchés, donc à pratiquer entre eux le libre-échange : le libre-échange n'apparaît que si les deux pays ouvrent simultanément leurs marchés. Si l'on envisage deux options pour chaque pays (ouverture, option 1 ; ou protection, option 2), quatre issues sont possibles. L'option « ouverture » est choisie par les deux pays

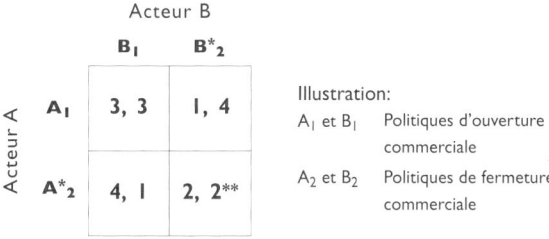

Figure 9
Le dilemme du prisonnier

et l'économie internationale est en libre-échange. L'option 2 est choisie simultanément par les deux pays et l'économie internationale est entièrement protectionniste. La théorie économique standard compare ces deux configurations et assure que le « libre-échange intégral » est préférable à la « protection intégrale ». Mais si un pays applique seul des droits de douane et protège son marché intérieur tandis que l'autre pratique l'ouverture commerciale, l'issue est différente. Selon la théorie du commerce international, les gains seront plus importants pour le pays qui se protège (plus importants qu'en libre-échange intégral) tandis que les gains seront moins importants qu'en protection pour les pays qui restent ouverts. En d'autres termes, le pays qui reste ouvert est « trompé » : il ouvre ses marchés dans l'espoir de bénéficier de la réciprocité, mais l'autre « triche » et n'ouvre pas son économie. On peut admettre que, « globalement », l'issue mixte ouverture-protection (soit la somme 5 dans la figure 9) présente un gain total inférieur à celui de la double ouverture (soit 6) mais un gain supérieur à celui de la double protection (soit 4) – cette hypothèse ne joue du reste aucun rôle dans l'analyse. Dans la figure 9, A_1 et B_1 sont les stratégies d'ouverture des joueurs A et B, et réciproquement A_2 et B_2 sont les stratégies de fermeture. L'équilibre en stratégies dominantes conduit alors à considérer que l'économie doit normalement être protectionniste.

Les conditions du jeu commercial international sont donc celles d'un dilemme du prisonnier. La conséquence est un équilibre de Nash sous-optimal : les deux pays ont une stratégie dominante à la protection, et le système international ne peut atteindre l'équilibre de libre-échange, pourtant optimal pour les deux pays. Un régime commercial peut donc être interprété comme un ensemble d'institutions destinées à imposer l'issue A_1B_1, qui est optimale pour la collectivité, alors que l'équilibre de Nash A_2B_2 (l'équilibre « anarchique ») est sous-optimal

Si l'institutionnalisation du libre-échange est un régime destiné à « résoudre » le dilemme de l'action collective à l'échelon international, il reste à savoir *comment* les pays vont y parvenir. Les deux pays peuvent se mettre d'accord par voie coopérative (approche néolibérale) ou bien un des deux pays peut contraindre l'autre (option néoréaliste), ce qui pose la question de la faisabilité des trajectoires. Cette question concerne le côté de l'offre (elle sera traitée ultérieurement) ; ce qu'il faut souligner ici, c'est le *besoin d'un système de contraintes* supplémentaires pour instituer un régime.

La première classe de régimes se définit donc comme un ensemble d'institutions ayant pour but de résoudre le dilemme des « intérêts communs » (pour employer la terminologie introduite par Stein), des intérêts qui ne peuvent aboutir à définir un optimum collectif. Le fondement des régimes du premier type est donc l'existence d'*un* optimum collectif inaccessible par la voie décentralisée. Par conséquent, il y a nécessité d'une limitation de souveraineté, par exemple un traité international engageant de manière plus ou moins solennelle la volonté des parties. En d'autres termes il s'agit d'un « contrat », proche dans sa nature du « contrat social » rousseauiste, mais qui concerne les acteurs internationaux, un « contrat interétatique ».

2. Les institutions associées à la résolution du dilemme du prisonnier

Face au problème du dilemme du prisonnier et des régimes du premier type, le genre d'institutions nécessaires repose sur l'idée de « contrat », c'est-à-dire d'un engagement de comportement mutuel extérieur aux données du jeu et qui introduit des *règles* nouvelles et des *sanctions* éventuelles. Cette notion de contrat extérieur au dilemme du prisonnier (par exemple un accord de libre-échange) ne s'accompagne pas toutefois de quelque chose d'équivalent à la souveraineté hobbesienne, qui a le pouvoir de faire respecter les accords. Sauf quand existe un hegemon, un tel souverain est rarement présent dans le domaine international, d'où le problème posé par les conditions du respect des contrats et des règles. Comme le savent les économistes, ce genre de problème se rencontre toujours dans la fourniture des biens collectifs. D'où l'idée, discutable, selon laquelle le libre-échange serait interprétable comme un bien collectif.

En effet, le contrat ne suffit pas à constituer un régime du premier type. Même après sa conclusion, un pays a toujours intérêt à pratiquer la défection et à faire cavalier seul. Par construction, la matrice des gains reste la même et, s'il existe un contrat conduisant à l'issue A_1-B_1, chaque État a toujours intérêt à « tricher » et à pratiquer la défection (la protection) puisque ses gains augmentent (dans la figure 9, ils augmentent de 3 à 4), en espérant que l'autre restera honnête et continuera de pratiquer l'ouverture. Quand un régime du premier type est en place, se pose de façon permanente un problème fondamental, le problème dit du « passager clandestin » (*free-rider*, en anglais). En d'autres termes, le dilemme de l'action collective n'est pas vraiment résolu ; il persiste même si la coopération est établie car les joueurs (les États) continuent d'avoir de forts penchants à la défection, et le système a clairement tendance à retourner à un équilibre stable non coopératif et sous-optimal. La solution contractuelle n'est pas « *self-enforcing* » : les joueurs ont *toujours intérêt à enfreindre* la règle, avant comme après la solution. On le verra, il s'agit là d'une différence fondamentale avec les régimes du deuxième type, qui sont « *self-enforcing* ».

Il est donc nécessaire d'envisager un *système de contrôle et de sanctions* pour faire respecter les engagements réciproques. Un régime du premier type doit se construire sur l'idée de contrat *accompagné* d'un système de contrôle-sanctions. Une fois la solution coopérative trouvée, il est nécessaire de doter le système d'institutions pour la faire respecter (dispositif coercitif), c'est-à-dire pour obliger les agents à renoncer à mettre en œuvre leur *stratégie dominante*.

Dans l'exemple original on peut imaginer que les deux prisonniers appartiennent à un gang organisé qui punit la défection (*omerta*), de sorte que le gain de la dénonciation est diminué, mais la parade peut toujours être trouvée : le pouvoir judiciaire peut offrir une protection aux « repentis ». Un régime assure donc une fonction de « réducteur de dilemme », mais il ne peut jamais entièrement le faire disparaître et doit se doter de mécanismes pour éviter le comportement de passager clandestin ; cela explique la création d'institutions coercitives dans la production des « biens collectifs » et donc des « biens collectifs internationaux ».

La difficulté est alors de déterminer les modalités de la pénalisation (qui fixe la réglementation ? est-elle équitable ?...). On attribue habituellement aux institutions associées à la résolution du dilemme du prisonnier deux fonctions : la fonction de *sanctioning* et la fonction de *monitoring*. La fonction de *sanctioning*, dont l'importance croît avec le nombre d'acteurs, concerne les principes à mettre en œuvre pour résoudre trois problèmes :

– l'identification de la défection et du fautif (y a-t-il ou non comportement déviant, défection ou tricherie ?) ;

– la fixation du montant de la punition ;

– la prise en charge des coûts du *sanctioning*.

Le problème du *monitoring* se réfère, de son côté, aux formes de la mise en pratique du contrôle (mécanismes institutionnels, juridictions et personnel adéquats) : compte tenu des conditions particulières de la défection, des sanctions doivent-elles être appliquées, doit-on être indulgent ou sévère... ?

Ces principes et ces mécanismes posent divers problèmes. Par exemple, le mécanisme de la fixation du montant de la punition pose la difficulté de la crédibilité des sanctions : des sanctions très lourdes ne sont pas crédibles et restent donc inopérantes ; des sanctions modérées sont crédibles mais peuvent ne pas être dissuasives. On doit manifestement envisager un arbitrage, la sanction optimale étant celle qui trouve son équilibre entre crédibilité et dissuasion.

Cette paire de problèmes (*sanctioning* et *monitoring*) est bien connue et conduit inévitablement à des formes institutionnelles impliquant la mise en place de *relations de pouvoir* ayant un caractère plus ou moins *coercitif*. Notons au passage que la nature des règles, des normes, etc., n'est pas neutre. Un très grand nombre de possibilités existent, et l'indétermination est en général levée dans un contexte de distribution inégale du pouvoir. L'État ou les États les plus puissants auront tendance à s'instituer les émetteurs de règles et les dépositaires de la fonction de contrôle.

3. Biens collectifs et dilemme du prisonnier
en économie internationale

Les régimes internationaux sont-ils des biens collectifs ? Cette question pose indirectement celle de savoir ce qu'il faut entendre exactement par « biens collectifs » d'un point de vue international. Kindleberger a proposé différentes nomenclatures mais il paraît en pratique difficile de fixer de façon claire la liste des biens qui seraient par nature des biens collectifs internationaux. En théorie, les biens collectifs sont caractérisés par deux propriétés : la *non-exclusion* (il n'existe aucun moyen d'éviter qu'un individu, ou un État, perçoive les bénéfices de la production du bien) et l'*indivisibilité* (la consommation du bien par un individu, ou un État, porte sur la totalité du bien et ne diminue ni la quantité ni la qualité disponibles pour les autres individus, ou les autres États). L'exemple classique est celui du phare. Non seulement ces hypothèses ne sont pas toujours intégralement vérifiées par les biens physiques concernés (« effets d'encombrement » qui font qu'une consommation accrue pour les uns diminue la quantité disponible pour les autres), mais la non-exclusion suppose que les droits de propriété soient bien identifiés, ce qui n'est pas le cas internationalement. De plus, des problèmes de définition se posent car les concepts de non-exclusion et d'indivisibilité ne sont pas analytiquement distincts sur le plan international, l'indivisibilité étant une condition nécessaire mais non suffisante pour la non-exclusion (Snidal, 1979). Plutôt que d'entrer dans des discussions théoriques subtiles, il est préférable de comprendre la nécessité d'une approche souple d'un point de vue empirique.

Prenons d'abord pour exemple le libre-échange. Doit-il être traité comme un bien collectif ? Conybeare [1984] et Snidal [1985a] ont fortement souligné le fait que les caractères d'indivisibilité et de non-exclusion n'étaient pas vérifiés dans le cas du libre-échange. Ainsi, chaque pays doit faire acte d'adhésion à des traités bilatéraux de libre-échange (ou aux accords du GATT ou, aujourd'hui, à l'OMC) et le problème du passager clandestin ne se pose pas : un pays ne peut bénéficier du libre-échange qu'à la condition de révéler ses préférences par un acte d'adhésion officiel et donc de s'engager individuellement à supporter les coûts afférents. Conybeare [1984] ajoute une seconde raison liée au fait qu'un hegemon, qui a intérêt à conserver un tarif douanier optimal positif, ne peut être favorable au libre-échange à la différence des petits pays (voir chapitre III), ce qui établit une divergence des intérêts invalidant l'idée que le libre-échange puisse être un bien collectif. La difficulté à définir le libre-échange comme bien collectif n'est pas propre à cette institution. Olson ([1965], p. 14) avait déjà noté la possibilité pour certains biens d'être à la fois collectifs pour certains et privés pour d'autres (exemple du spectacle payant).

Cela dit, bien que le libre-échange ne soit pas un bien collectif pur, il existe des problèmes de tricherie (et donc de passager clandestin) une fois que ce régime est institué, car chaque pays a intérêt à tromper le concurrent en cherchant à élever des barrières aux importations (par exemple des barrières non tarifaires difficiles à détecter par le concurrent). Le libre-échange est donc un bien collectif impur.

Il en va de même du système monétaire international. Celui-ci n'est pas un bien collectif pur dans la mesure où un pays ne peut bénéficier de la stabilité que procure l'institution d'un régime monétaire sans exprimer son appartenance officielle au système de contraintes qui y est attaché (ensemble de « principes, de normes, de règles… »). Toutefois, si un système monétaire international n'est pas un bien collectif, il peut *contenir* des biens collectifs. Par exemple une « monnaie internationale » peut être traitée comme un bien collectif. Des comportements de passager clandestin sont donc possibles. Un pays qui ne fait pas partie d'un régime monétaire, et qui échappe au système de contraintes correspondant, est à même de bénéficier de l'existence d'une monnaie de règlement ayant valeur libératoire à l'échelle internationale. Par exemple le phénomène dénommé « dollarisation », et qui consiste pour un pays latino-américain (ou d'un continent autre que les Amériques) à utiliser le dollar comme monnaie de compte ou de règlement, peut être interprété comme un comportement de passager clandestin. Évidemment, on envisage ici le cas de « dollarisation active », qui consiste pour un pays à mettre en œuvre une politique officielle de dollarisation (un cas différent de celui de la « dollarisation passive », quand les opérateurs privés choisissent de fuir la monnaie nationale et adoptent le dollar comme monnaie de règlement ou de réserve de valeur). Le pays ne s'impose pas les contraintes (et donc les coûts) afférents à la création d'une monnaie ayant les propriétés requises pour jouer le rôle de bonne monnaie mais tire des avantages d'une devise ayant un statut de bien collectif international. Un exemple extrême est fourni par le cas de Cuba, où le dollar, la monnaie de l'ennemi capitaliste, est devenue officiellement une monnaie interne (conjointement avec le peso). On peut imaginer, comme un cas d'école, une situation similaire avec l'euro. Un pays européen faisant partie de l'Union Européenne ne s'impose pas les contraintes liées à son adhésion à la monnaie unique (il peut ainsi s'offrir un déficit budgétaire supérieur aux normes ouvrant aux sanctions prévues par le traité d'Amsterdam), mais utilise l'euro comme monnaie domestique (« euroïsation »). Cette possibilité vide également en partie de son sens la portée pratique des « critères de convergence » du traité de Maastricht comme condition de l'accession à l'euro (Dehove [1997]).

Contrairement aux premières présentations de la théorie des régimes, il existe beaucoup d'autres situations à intérêts mixtes (dans lesquelles les intérêts des participants coïncident et s'opposent simultanément) posant des dilemmes d'action collective et appelant la création de régimes. Le dilemme du prisonnier se focalise sur un type de problèmes considéré, à tort, comme une représentation adéquate de tous les problèmes de l'action collective. Ce travers est largement dû à l'ouvrage de référence d'Olson [1965] qui traite en fait sous l'intitulé « le problème de l'action collective » de la seule question de la fourniture des biens collectifs (question qui soulève inévitablement le problème du dilemme du prisonnier).

B. Les régimes de la coopération

1. Nature des régimes de la coopération

Indépendamment de la question de savoir si le système monétaire international ou le libre-échange sont ou non des biens collectifs, il reste à déterminer si un régime monétaire ou un régime commercial (voire l'« intégration monétaire » ou la « coordination internationale des politiques ») peuvent être analysés comme des arrangements institutionnels destinés à résoudre un dilemme du prisonnier ou à éviter un problème de défection. Par exemple, il est difficile de comprendre en quoi consiste exactement le prétendu comportement de défection (ou de tricherie) dans le domaine monétaire et en quoi le système de Bretton Woods est une réponse adéquate à ce problème.

En fait, la plupart des régimes cherchent à instituer un ensemble de conventions destinées à fixer les « règles du jeu coopératif » dans le champ international. Les États ont souvent un désir profond de coordination. Dans le dilemme du prisonnier, les joueurs n'ont aucune envie de s'accorder dans leurs choix : la coopération est pour eux *un moyen, non une fin*. La réalisation du gain est indépendante du fait que les acteurs coopèrent ou non, et on peut imaginer d'autres moyens que la coopération pour atteindre cette fin. Or, il existe beaucoup de situations en économie internationale dans lesquelles la coopération est une fin en ce sens que, si *les acteurs ne coopèrent pas, il n'y a pas de gain.* Il faut donc que les acteurs coopèrent et il ne se pose pas de problème de tricherie dans la mesure où, si l'un triche, tous perdent, même celui qui triche. Si l'on traite la coopération internationale non comme un moyen (une technique de détermination des choix collectifs) mais comme une *finalité désirée pour elle-même*, les problèmes changent de nature. Concrètement, cette seconde classe de problèmes d'action collective concerne non les biens collectifs, comme précédemment, mais les *externalités*.

La théorie néoclassique, qui est le fondement commun de l'approche néoréaliste et néolibérale, a d'ailleurs depuis longtemps souligné l'existence de deux grandes raisons (économiques) justifiant l'intervention de l'État dans l'économie : les *biens collectifs* et les *externalités*. Dans les deux cas, la logique du marché se révèle soit impraticable, soit prise en défaut car conduisant à une solution sous-optimale. Les solutions à apporter dans les deux cas ne coïncident pas. On peut dire que le dilemme du prisonnier est une représentation qui permet de traiter les problèmes posés par la production des *biens collectifs*, tandis que les jeux de le coopération (la « bataille des sexes » comme on le verra dans un instant) concernent les problèmes relatifs aux *externalités* (par exemple la coordination des politiques macroéconomiques dans une économie internationale interdépendante).

Pour des raisons qui restent difficiles à comprendre, la réflexion analytique sur les fondements des régimes internationaux s'est jusqu'à présent limitée à la question des biens collectifs, les externalités ne faisant pas explicitement partie du débat. Or les problèmes posés par les externalités ne sont ni simples ni secondaires. Le désir ou l'intérêt de coopérer ne suffisent pas à fonder la coopération car il y a généralement divergence sur la *manière de se coordonner*, et ces divergences sont courantes en économie internationale. Un régime a alors pour fonction de fixer les modalités de cette coopération : à la différence du dilemme du prisonnier, il ne s'agit plus d'atteindre un état optimal mais de lever une indétermination et de choisir entre plusieurs états optimaux.

Stein [1990], Krasner [1993] et beaucoup d'autres auteurs (tout spécialement les auteurs néoréalistes) pensent que la plupart des problèmes qui se posent dans le champ international sont liés non pas à la *non-optimalité* de l'équilibre mais aux *désaccords sur le choix optimal*. Il y a « beaucoup de points le long de la frontière parétienne » (pour employer l'expression de Krasner), et un régime est un ensemble d'institutions ayant pour but de sélectionner un point sur cette frontière. À la suite de Krasner, on peut illustrer l'idée par un diagramme représentant la frontière des possibilités de gains pour deux agents ayant des intérêts liés, partiellement conflictuels et partiellement complémentaires (c'est-à-dire en se plaçant sous les hypothèses des conditions suffisantes d'apparition d'un problème d'action collective). Le jeu est un jeu à deux joueurs où le nombre d'options est supposé infini (jeu $2 \times \infty$). Les hypothèses sur les préférences (interdépendance et mixité) définissent une frontière des possibilités de gains (dans le plan des gains des agents 1 et 2), qui est une courbe tournant sa concavité vers le bas (figure 10),

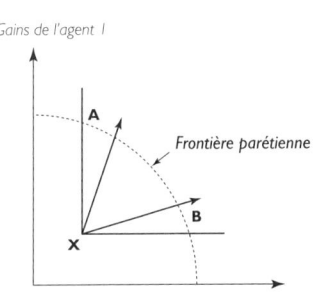

Figure 10

ce qui signifie que les gains de l'un ne peuvent augmenter que si les gains de l'autre diminuent quand on se situe au maximum des possibilités. En dessous de la courbe, tous les points sont réalisables mais il est possible d'augmenter les gains des deux joueurs en se déplaçant vers la frontière. Au-dessus de la courbe, les points sont inaccessibles.

Si la situation initiale est en X (à l'intérieur de la région des possibilités), les gains des deux agents peuvent augmenter simultanément. Un régime du premier type (un régime de la collaboration) permet d'améliorer simultanément les gains des joueurs et donc de se déplacer à l'intérieur de la région orthogonale ouverte vers le haut à partir du point X. Les joueurs ont intérêt à s'organiser pour se déplacer vers *la frontière des possibilités*, la frontière parétienne, car les gains des deux joueurs peuvent augmenter simultanément (à l'intérieur de la région définie par les deux droites orthogonales en X). Mais il y a une infinité de possibilités « le long de la frontière parétienne » (sur la portion de courbe AB). Si la solution choisie est plus proche du point A, c'est l'agent 1 qui est plutôt favorisé ; si la solution est plus proche du point B, c'est au contraire l'agent 2 qui est favorisé. Il existe une indétermination. En d'autres termes, les problèmes qui se trouvent posés par la création des régimes du deuxième type concernent la *répartition des gains de la coopération*. Ce type de problème apparaît dès que l'on est confronté aux questions d'interdépendance et d'externalités, comme c'est le cas avec la coordination internationale des politiques économiques, car il faut nécessairement fixer une *forme de coordination* et à toute forme de coopération se trouvent inévitablement associées des implications allocatives différentes.

La solution du dilemme du prisonnier peut être interprétée comme un dispositif permettant le *déplacement* de X vers la portion de courbe AB. La solution du dilemme de la coopération peut être interprétée comme *le choix d'un point* sur la portion de courbe AB.

2. Une illustration : la « bataille des sexes »

Une catégorie de jeux 2 × 2 permet, sous une forme très simple, d'illustrer le type de problème posé et de mieux voir les différences avec le jeu du dilemme du prisonnier. Pour beaucoup d'auteurs, la parabole pertinente pour la description des

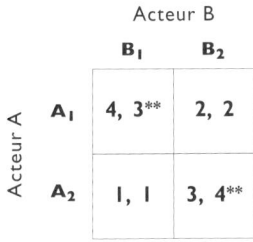

Figure 11
La bataille des sexes

jeux internationaux n'est pas le dilemme du prisonnier (Snidal [1985b]) mais la « bataille des sexes », ou « querelle de ménage » (Morrow [1994]) – voir la figure 11.

La parabole a été présentée pour la première fois par Luce et Raiffa [1957]. L'énoncé primitif est le suivant. Un homme, joueur A, et son épouse, joueur B, ont chacun deux possibilités pour une sortie le samedi soir : aller assister à un spectacle de combat de boxe ou à un ballet. Conformément aux stéréotypes culturels sexistes, on suppose que l'homme préfère le match de boxe et la femme le ballet. Cependant l'un et l'autre préfèrent passer la soirée en couple plutôt que d'assister séparément à leur spectacle favori. L'homme a le choix entre assister au match (A_1) ou voir le ballet (A_2). La femme a le choix entre le match (B_1) et le ballet (B_2). Dans les cases de la diagonale, les deux joueurs passent la soirée ensemble, et ces issues sont préférées aux deux autres à savoir A_1B_2 (chacun va voir seul son spectacle favori) et A_2B_1 (chacun va voir seul son spectacle détesté). Mais évidemment les issues de la diagonale ne sont pas équivalentes parce que l'un des deux est toujours avantagé par rapport à l'autre. Le même type de « problème de coopération » se pose quand deux amis ont décidé de déjeuner ensemble mais qu'il y a désaccord sur le lieu de la rencontre ou sur l'heure.

La parabole révèle des éléments importants du problème de la coopération internationale[5], ce que la parabole du dilemme

---

5. La parabole est, à certains égards, plus représentative des problèmes d'action collective que le dilemme du prisonnier car elle fait intervenir les deux motivations antagonistes de toute vie collective. La représentation renoue avec

du prisonnier ne fait pas, puisque des difficultés surgissent *du fait de la volonté de coopération* : le choix d'être ensemble (coopération) n'apparaît plus comme un moyen mais comme un objectif ; cela n'empêche pas qu'il y ait conflit.

Les jeux de la coopération présentent plusieurs caractéristiques importantes. La première est que les joueurs n'ont pas de stratégie dominante mais qu'il existe, en dépit de ce fait, des solutions d'équilibre du jeu (il y a des solutions qui procurent à chaque joueur des paiements plus importants). La deuxième caractéristique, liée à la première, est l'existence de plusieurs solutions d'équilibre ; de ce fait, *l'issue du jeu est indéterminée*. Le problème posé est précisément qu'il existe une indétermination de l'issue du jeu par suite de la pluralité des équilibres possibles (tous optimaux).

La nature du conflit entre les joueurs est donc particulière : les intérêts à la défection sont inexistants, les gains à la coopération sont très forts, mais un conflit et un dilemme existent en ce sens que la volonté de coopération ne suffit pas à promouvoir une solution coopérative. Il existe une « aversion commune » (Stein) pour rejeter des issues mais cela ne suffit pas à trouver une solution car il y a conflit sur l'issue préférée. Le conflit résulte de la pluralité des issues coopératives possibles et du fait que certaines d'entre elles favorisent un joueur tandis que d'autres favorisent un autre joueur. En ce sens, cette configuration des préférences est strictement l'inverse de celle du dilemme du prisonnier, où la coïncidence des préférences est relative aux intérêts et l'opposition est relative aux aversions.

C'est pourquoi la finalité des régimes est différente. Les régimes de la collaboration, qui répondent au dilemme du prisonnier, cherchent à résoudre un problème relatif aux *gains joints* ; dans les régimes de la coopération, au contraire, le problème à résoudre est relatif à la *répartition des gains* de la coopération. Par exemple, en économie internationale, les États

un courant de pensée qui, dans l'histoire de la philosophie politique, remonte (au moins) à Kant. Dans *Idée pour une histoire universelle du point de vue cosmopolitique*, Kant pose le concept de l'« insociable sociabilité » sur le modèle de deux forces élémentaires de même importance (centrifuge et centripète). Le jeu de la querelle de ménage est, d'une certaine manière, une parabole kantienne dans laquelle deux motivations antinomiques sont à l'œuvre. La coopération (sociabilité) est en conflit avec la non-coopération (l'insociabilité et la satisfaction des désirs égoïstes).

ont intérêt à coordonner leur politique monétaire mais il y a différentes manières de le faire ; à chaque modalité de coordination se trouve associée une répartition particulière des *gains de la coopération*. Les problèmes de *distribution des gains* de la coopération peuvent être suffisamment inhibants (surtout dans un contexte accordant beaucoup d'importance aux gains relatifs) pour bloquer l'« accessibilité » de l'issue coopérative. Une multitude d'exemples se présente en économie internationale (ainsi, la création de la monnaie unique en Europe). Le propre de ce type de configuration est justement de faire apparaître que l'émergence de la coopération est problématique *même lorsque les joueurs veulent coopérer*.

3. Les institutions associées à la résolution de la bataille des sexes

Pour répondre au genre de dilemme posé par la bataille des sexes, il faut envisager la mise en place de systèmes *d'information* et de *répartition*. Le problème d'*information* apparaît quand les acteurs sont incertains sur la valeur des solutions réalisables ou lorsque les équilibres sont multiples. Les joueurs ont donc besoin d'échanger leurs connaissances pour éclairer les choix collectifs. Les régimes aident, de ce point de vue, les acteurs à partager l'*information* de façon à améliorer la distribution des connaissances sur leurs positions respectives et à contribuer à la formation d'anticipations convergentes. Un problème de *distribution* apparaît quand les acteurs ont des appréciations différentes sur les solutions. Ils doivent alors choisir *comment* ils vont coopérer et de quel type de répartition des gains ils vont se doter. Évidemment, même si tous les acteurs gagnent à la coopération, la répartition de ces gains risque d'être inégale et les États les plus puissants auront tendance à imposer les solutions qui leur donnent les gains les plus importants.

La détermination du régime tend à devenir une affaire de rapports de force car le joueur le plus puissant sera tenté de fixer l'issue qui lui procure l'avantage le plus élevé. Par exemple, dans le cas de la bataille des sexes, on peut supposer que, dans une société machiste, ce sera la femme qui sera obligée d'assister au match de boxe et que, dans une société matriarcale, ce sera l'homme qui devra supporter le spectacle du ballet. De façon similaire, en Europe actuellement, on peut dire que les principaux différends (par exemple entre la France et l'Allemagne) concernant la création d'une monnaie unique ne proviennent pas d'un quelconque problème de passager clandestin mais d'un problème de coopération : il s'agit d'un différend sur la manière de concevoir la monnaie unique, autrement dit sur la répartition des gains de la coopération monétaire.

Dans tous les cas, la solution sera trouvée dans la mise en place d'une *convention* (Snidal [1985b]). Le cas classique est celui du jeu du croisement : les automobilistes ont des préférences pour la priorité à droite ou la priorité à gauche mais ont tous une préférence dominante pour l'existence d'une convention qui lèverait une fois pour toutes l'indétermination sur le point de savoir qui doit passer en premier à chaque croisement. La « convention » (la convention « priorité à droite » par exemple) n'est pas une « règle » dans la mesure où elle est parfaitement arbitraire (l'injonction contraire, en l'espèce « priorité à gauche », peut aussi bien faire l'affaire) et, en général, elle est informelle et implicite. L'exemple du jeu du croisement peut être trompeur car la convention semble ne créer que très peu d'effets de répartition (les gains des automobilistes ayant une préférence à la priorité à droite ou à la priorité à gauche sont psychologiquement négligeables et l'établissement d'une convention est quasiment neutre en termes de répartition). Il n'en va jamais ainsi en économie internationale : l'établissement d'une convention est *toujours le résultat d'un rapport de force* et provoque une distribution inégale des gains à la coopération. L'idée est toutefois qu'il vaut mieux une convention, même injuste, que pas de convention du tout.

La différence des solutions à apporter aux jeux du dilemme du prisonnier (contrat et règle) et de la bataille des sexes (convention) est à souligner. Dans le premier cas, une fois la solution coopérative trouvée, il est nécessaire de chercher à la faire respecter (dispositif coercitif) car la solution n'est pas *self-enforcing* : les joueurs ont toujours intérêt à enfreindre la règle, avant comme après la solution. Dans le second cas, une fois la solution trouvée, il n'est pas nécessaire de chercher à la faire respecter car elle est stable (*self-enforcing*), les joueurs n'ayant pas d'intérêt à enfreindre la convention. Cet « avantage » a son inconvénient. La stabilité donnée par la convention signifie que les régimes *seront moins flexibles* dans leurs réponses aux nouvelles conditions affectant le domaine concerné (il sera nécessaire de changer de convention, donc de changer de régime, ce qui est une entreprise relativement lourde) ; les régimes concernant les jeux du dilemme du prisonnier sont plus « flexibles » en ce sens qu'une adaptation peut toujours s'effectuer *à l'intérieur* du régime grâce à une modulation des règles ou à une reformulation des contrats. Par exemple, une fois l'euro créé et ses modalités de fonctionnement fixées, donc une fois déterminé le régime monétaire en Europe, il sera extrêmement difficile de revenir en arrière, comme s'il s'agissait d'un arrangement coopératif contractuel tel qu'un accord de change destiné à éviter les dévaluations compétitives et interprétable en termes de réponse à un dilemme du prisonnier.

IV. CONCLUSION

Nous avons illustré par deux familles de jeux la nécessité de conditions initiales pour l'existence de régimes : qu'il s'agisse du dilemme du prisonnier ou de la bataille des sexes, les préférences des agents sont à la fois complémentaires et conflictuelles. On pourrait présenter d'autres jeux à préférences mixtes et dans lesquels un régime serait nécessaire pour résoudre des problèmes posés par la coopération. Dans un jeu 2×2, il existe soixante-dix-huit arrangements possibles des gains (Rapoport et Guyer [1966]). La plupart d'entre eux portent un nom dans la littérature. Certains ne correspondent sans doute à aucune situation réelle en économie politique internationale.

Une implication à peu près certaine de la relaxation des hypothèses habituelles sur l'action décentralisée conduirait à une prolifération de dilemmes d'action collective. Cela ne ferait donc qu'élargir le champ travaillé habituellement par les chercheurs et qui se limite généralement à quelques « duels » comme le jeu du dilemme du prisonnier ou la bataille des sexes. Il serait par exemple possible de construire des jeux faisant apparaître des « théorèmes d'impossibilité » rendant nécessaire la création de régimes (comme ceux envisagés dans le chapitre iv entre indépendance des politiques monétaires, mobilité internationale du capital et changes fixes).

La nomenclature complète des jeux mixtes (intérêts à la fois complémentaires et conflictuels), donc des jeux susceptibles d'expliquer l'existence de régimes, est sujette à variation. Snidal [1991a] distingue cinq jeux posant des problèmes d'action collective ; en plus des deux jeux déjà présentés, il repère deux jeux dit « de la chasse au cerf » (« *Stag Hunt* », que l'on appelle également « jeux de l'assurance » : on en trouvera une étude récente dans Martin [1993]) et le jeu dit « de la poule mouillée » ; mais on trouvera des répertoires différents (par exemple, Stein [1990], p. 77). Peu importe d'ailleurs la taxinomie exacte.

On peut également imaginer des extensions avec la construction de *jeux hybrides*. Par exemple, les jeux du dilemme du prisonnier et de la bataille des sexes peuvent être combinés dans le cadre d'une matrice des gains 2×3. Powell [1991] construit un modèle qui se veut un « modèle de synthèse » entre les approches néolibérale et néoréaliste à partir d'une combinaison de ce type. Garett et Weingast [1993] cherchent à montrer que ce type de représentation est adapté à l'analyse de la construction du marché unique en Europe. En fait, la plupart des problèmes d'action collective à l'échelle internationale combinent *des aspects de biens collectifs et des aspects d'externalités*, appelant donc des institutions associées au traitement du dilemme du prisonnier (*sanctioning* et *monitoring*) et de la bataille des sexes (*information* et *répartition*). Un champ international candidat à une coopération internationale présente presque toujours un mélange de plusieurs dilemmes et implique la mise en place des quatre fonctionnalités qui leur sont associées (Morrow [1994]).

Les institutions relatives au traitement de ces quatre fonctionnalités doivent donc en général être *mises en compatibilité*. C'est là la vraie raison d'être d'un régime, c'est-à-dire d'un ensemble d'institutions mises en cohérence, et la justification de la distinction conceptuelle suggérée par Keohane entre « arrangements institutionnels » et « régime » (nous y reviendrons plus loin car cette distinction est centrale dans le cadre de l'analyse du *côté de l'offre* de régimes). La difficulté de la mise en compatibilité explique qu'un hegemon est un opérateur en général nécessaire lors de la création de régimes internationaux et qu'il en est en même temps le bénéficiaire privilégié. Il y a donc deux dimensions indissociables dans un régime : celui-ci améliore la situation de tous (gains absolus) mais procure des gains plus ou moins importants aux acteurs dominants (gains relatifs).

Le chapitre qui s'achève établit donc un ensemble de raisons qui expliquent le besoin de régimes, c'est-à-dire les déterminants de ce que l'on peut appeler la « demande de régimes » ou le « pourquoi » des régimes. Comme on l'a vu, cette analyse est largement commune aux approches néoréaliste et néolibérale. Reste à savoir « comment » peut se créer un régime. Cette question nous amène aux chapitres suivants, c'est-à-dire aux analyses relatives aux conditions de l'« offre de régimes ».

Deux approches principales s'opposent : l'approche néoréaliste explique l'offre de régimes par les relations de pouvoir tandis que l'approche néolibérale l'explique par les relations d'intérêts (plus précisément par les relations d'intérêts sous des conditions particulières concernant les coûts de transactions). Ces approches sont étudiées dans les trois chapitres suivants. On présentera dans le chapitre IX des approches susceptibles de rendre compte de l'offre, *mais aussi de la demande*, de façon originale par rapport au corpus central. Ces approches sont, pour cette raison, appelées « hétérodoxes ».

6. Les théories de la stabilité hégémonique

Le « principe hégémonique » plonge ses racines dans la logique du modèle de l'anarchie. Pour les réalistes comme pour les néoréalistes, un monde multipolaire d'acteurs nombreux ayant des poids uniformément répartis est un cadre pour l'instabilité, la crise et la catastrophe potentielle. La probabilité d'un ordre augmente avec la concentration du pouvoir, car les États les plus puissants peuvent créer des structures d'ordre, c'est-à-dire se substituer internationalement à l'absence d'un État mondial et être en mesure de prendre en charge le besoin de régimes.

Les théories de la stabilité hégémonique se sont développées durant les années soixante-dix et au début des années quatre-vingt. Elles ont cherché à expliquer la création de ces biens collectifs que l'on appellera plus tard des régimes internationaux par l'existence d'un hegemon ayant le pouvoir d'imposer un système de règles ou de conventions, puis de veiller à son respect. L'idée partagée par les théoriciens de la stabilité hégémonique est qu'un régime international ne peut exister que grâce au pouvoir exercé par une instance étatique centrale surpassant toutes les autres en puissance et seule capable d'assurer la prise en charge des coûts de l'offre de régimes. Inversement, l'évolution et la mort éventuelle des régimes s'expliqueront par le déclin de la puissance hégémonique. La dynamique de la vie et de la mort des régimes est en général imbriquée dans une vaste perspective historique sur la naissance et l'inévitable déclin des grandes puissances.

La théorie néoréaliste contemporaine des régimes internationaux ne se réduit pas aux propositions de la stabilité hégémonique. À la différence des théoriciens de la stabilité hégémonique qui ont tendance à restreindre l'étude des relations de pouvoir à la configuration hégémonique, les recherches récentes envisagent d'autres configurations et tendent à rendre compte de l'émergence de régimes internationaux en dehors du cas hégémonique (notamment pour l'interprétation des « régimes régionaux »). Ces analyses seront envisagées plus loin (chapitre VIII).

Les théories de la stabilité hégémonique admettent, malgré l'existence d'un noyau commun, de nombreuses variantes selon le type de « relations » établies entre hégémonie, régimes et stabilité. C'est en fait l'exégèse académique qui a fini par associer une « théorie » à un corps d'analyse qui n'est ni homogène ni composé d'affirmations catégoriques. Après la définition de ce que l'on doit entendre par « hégémonie » et par « stabilité hégémonique », puis la présentation des variantes théoriques, on cherchera à préciser le noyau commun de ces théories.

I. LE SENS DES MOTS « HÉGÉMONIE » ET « STABILITÉ »

A. La notion d'hégémonie

La notion d'hégémonie à l'œuvre dans les théories de la stabilité hégémonique est assez étroite. Bien qu'aucun auteur ne la définisse précisément, l'acception qui semble ressortir de ses usages analytiques est celle d'une *position dominante* occupée par un État dans un système international : un État est hégémonique quand non seulement il est plus puissant que les autres, mais quand sa puissance relative « surpasse » toutes les autres. La notion renvoie donc à une appréciation *quantitative* de la puissance, à une évaluation en termes de taille, à une sorte de « pouvoir de marché ». Après avoir cherché vainement une définition claire dans la littérature, Eichengreen [1988, p. 256], au début de son survey des théories de la stabilité hégémonique appliquées au système monétaire international, est amené à poser la définition suivante :

« J'emploie la définition de l'économiste concernant la puissance économique ou puissance de marché : une taille suffisante sur le marché pertinent pour influencer les prix et les quantités. Je définis un hegemon de façon analogue à une firme dominante : comme un pays dont le pouvoir de marché, entendu dans le sens précédent, excède significativement celui de tous les autres rivaux. »

Aucun théoricien de la stabilité hégémonique ne contesterait cette définition. On peut alors s'interroger sur la pertinence de la notion. Si l'hégémonie se trouve uniquement définie en termes « économiques » (taille, marché et ressources disponibles), l'approche élimine d'emblée les rapports de puissance « politique », ce qui conduit à passer à côté d'une dimension fondamentale du « commandement international » : l'étude des dispositifs matériels et immatériels permettant d'exercer une fonction politique *légitime* sur le plan international dans la définition des règles, des conventions et des institutions. Dans le courant de l'ÉPI, Gill et Law [1988] ont insisté, à la suite de Cox [1983] (voir Cox [1995] pour une présentation plus récente), sur l'intérêt de se référer à l'approche gramscienne de l'hégémonie.

Pour Gramsci, un théoricien marxiste célèbre, l'État n'est pas seulement caractérisé par un pouvoir de coercition (une vision « léniniste » de l'État), mais aussi par un pouvoir qui se présente « cuirassé de légitimité », par un pouvoir de contrainte considérée comme légitime par ceux qui la subissent. Le rétrécissement des relations de pouvoir à la seule coercition, qui est la trace de l'« économisme » pour Gramsci, passe à côté d'une dimension fondamentale des rapports de classes au XXe siècle : le caractère devenu déterminant de la question de la légitimité dans le capitalisme en raison d'un rapport de force plus favorable à la classe ouvrière.

Bien qu'aucun auteur réaliste ne conteste le rôle de la légitimité dans les modalités d'exercice de la puissance par l'hegemon, le réalisme met au centre de l'analyse les données matérielles de cette puissance et, au premier rang de celles-ci, la question de la coercition sous la forme de la puissance militaire. La puissance militaire est sans aucun doute la composante principale de l'hégémonie dans les relations internationales ; mais il ne s'ensuit pas que cette puissance doive constituer le vecteur d'opération dans les régimes économiques internationaux. Ce sont les processus de la légitimation internationale qui jouent un rôle crucial car, en général, les dominés peuvent échapper à la contrainte. Dans ses derniers travaux, Foucault [1997] avait engagé une réflexion sur la *relation de pouvoir*, cette relation s'exerçant sur des « sujets libres », c'est-à-dire sur des sujets qui ont devant eux un champ de possibilités où plusieurs conduites, plusieurs réactions et divers modes de comportement peuvent prendre place. Là où les déterminations sont saturées comme avec la coercition (colonialisme, impérialisme américain…), il n'y a pas relation de pouvoir.

Dans le monde moderne, l'hégémonie dans les relations internationales (et non simplement la « domination impériale ») se manifeste dans la capacité à influencer les échanges commerciaux, les échanges monétaires, les flux financiers, la connaissance technique, les règles du jeu, etc., une capacité d'influence qui fait que les choix effectués par des États non hégémoniques mais souverains, libres de s'échapper et de lutter, s'accordent avec ceux de l'hegemon. Nous pouvons donc définir l'hégémonie comme le système des relations de pouvoir exercées par un hegemon et qui lui permet de *structurer le champ d'action possible des autres acteurs.*

B. Un analyste hétérodoxe : Ruggie

Le seul auteur à avoir donné une vraie dimension théorique à la légitimation dans l'explication de l'émergence et de l'effondrement des régimes est Ruggie ([1983] notamment). Pour lui, l'analyse doit prendre en compte le fait que la puissance détermine la forme de l'ordre international mais non son contenu, qui dépend des *valeurs communes* partagées par les pays faisant partie du système international. Une hégémonie ne fixe donc pas mécaniquement le contenu du régime. Ruggie distingue ainsi les régimes associés à ce qu'il appelle le « libéralisme du laissez-faire », formant le contenu des régimes internationaux du XIXᵉ siècle sous domination britannique (l'hégémonie britannique n'impose ni le capitalisme ni le laissez-faire au monde, chaque pays ayant adhéré par une dynamique interne au même système de valeurs), et le « libéralisme enchâssé » (« *embedded liberalism* »), qui donne le contenu des régimes du XXᵉ siècle sous domination américaine. L'analyse de Ruggie est originale en ce sens qu'elle traite les régimes internationaux non comme des constructions atemporelles destinées à résoudre des dilemmes logiques, mais comme des constructions historiques fondées sur des normes et principes qui sont toujours radicalement différents d'une époque à l'autre.

En fait, l'implication fondamentale à laquelle conduit l'approche gramscienne de l'hégémonie est une conception de l'ordre international, et donc des régimes internationaux, dans laquelle s'articulent les dimensions « interne » et « externe ». Ruggie présente une analyse hétérodoxe des régimes internationaux dans la mesure où il cherche à rattacher les transformations « internationales » aux transformations internes des capitalismes nationaux. Ainsi en va-t-il de l'interprétation des régimes internationaux apparus à la suite de la Seconde Guerre mondiale et qui exprimeraient la « grande transformation » vers le « libéralisme enchâssé », qui s'est produite au sein des capitalismes.

La théorie du « libéralisme enchâssé » repose, à la suite de Polanyi [1944], sur une typologie des relations entre économie et politique. Dans les sociétés traditionnelles, l'économique est encastré dans les relations familiales et le reste de la société ; le développement du capitalisme se caractérise par un processus d'« autonomisation » de l'économique : il conduit au « capitalisme libéral » du XIXe siècle, où l'économique est devenu une sphère autonomisée de l'activité sociale. La crise de l'entre-deux-guerres est interprétée comme une crise du capitalisme libéral. La sortie de crise s'opère par le développement de l'intervention étatique et la « grande transformation » d'une désautonomisation de l'économique : à l'ère de l'État providence, le politique se réapproprie l'économique. Sur cette base, Ruggie cherche à montrer que la construction des régimes internationaux dans l'après-guerre ne procède pas, en tout cas pas seulement, de l'émergence de l'hégémonie américaine, mais de la convergence de tous les pays capitalistes vers un modèle à peu près commun, un modèle mélangeant économie de marché et intervention publique, et qui formerait la matrice des régimes internationaux. La *pax americana* ne serait donc pas égale à la *pax britannica* car elle ne serait pas productrice du même ordre. Les capitalismes nationaux ayant changé, le rôle de l'État dans l'économie étant radicalement différent (économie publique, d'un côté, « État keynésien » de l'autre), la nouvelle organisation des relations internationales ne pouvait plus se définir comme par le passé sur le libre-échangisme et appelait des arbitrages nouveaux. C'est ce que Ruggie appelle le « compromis du libéralisme enchâssé », forme intermédiaire entre le mercantilisme nationaliste de l'entre-deux-guerres et le libéralisme mondialiste du XIXe siècle : à la différence du nationalisme des années trente, le libéralisme devait être multilatéral ; à la différence du libéralisme de l'étalon-or et du libre-échange, le multilatéralisme devait s'articuler sur le fait des interventionnismes nationaux. L'ordre commercial de la période 1950-1980 ne serait pas celui du libre-échangisme mais du protectionnisme. C'est dans ce cadre que se définit la fonction hégémonique. Les États-Unis étaient porteurs du type de valeurs en adéquation avec les besoins de la période historique. Comme l'écrit Ruggie, ce qui avait été décisif après la Seconde Guerre mondiale, c'était le fait d'une « hégémonie *Américaine* » et non celui d'une « *Hégémonie* américaine » (Ruggie [1993], p. 31).

On pourrait prolonger l'analyse de Ruggie en soutenant que la période actuelle marque peut-être à son tour un nouveau changement. La création de l'OMC constitue manifestement une rupture, au moins apparente, avec le « libéralisme enchâssé » et une tentative pour réaliser le « libéralisme du laissez-faire ». L'adaptation des politiques aux préceptes du libéralisme dans la plupart des pays (aussi bien industrialisés qu'en voie de développement) et par la plupart des gouvernements (aussi bien de droite que de gauche) est manifestement la trace d'un basculement historique. Dans les termes de Ruggie, le basculement devrait être interprété comme le produit d'un changement exprimant une « nouvelle autonomisation » de l'économique et une nouvelle désappropriation du politique (une « grande transformation » à rebours).

C. La notion de stabilité

La définition de la « stabilité » retenue par les théoriciens de la stabilité hégémonique et plus généralement par les théoriciens de l'ÉPI est déroutante parce que, si le terme a en général un sens très précis pour les économistes, sa définition en théorie des relations internationales diffère des définitions usuelles : Richardson [1960], Rapoport [1957], Waltz [1964], Deutsch et Singer [1964] ; voir aussi Bueno de Mesquita [1978]. Elle exige quelques précisions également parce que deux notions coexistent dans la littérature économique.

La première est relative à une propriété interne aux régimes. Cette notion est précisée à la page 10 de Gilpin [1981] (puis longuement commentée dans tout le chapitre II de cet ouvrage) : « Un système international est stable (c'est-à-dire dans un état d'équilibre) si aucun État ne croit profitable d'essayer de changer le système » (en fait, au lieu de « système », il faudrait lire

« régime » si l'on se reporte à la signification que Gilpin donne à « système »). La stabilité renvoie donc au maintien des institutions propres aux régimes. Une hégémonie sera par exemple dite stable si tous les acteurs de l'économie mondiale ont intérêt à ce que le « gouvernement mondial » soit assuré par un *hegemon*, c'est-à-dire s'il n'est dominé en optimalité par aucun autre arrangement international. Cette notion de stabilité peut être utilement rapprochée de celle de « cœur d'un jeu » dans la théorie des jeux coopératifs. On appelle cœur d'un jeu l'ensemble des issues qui ne sont bloquées par aucune coalition. Un régime peut alors être vu comme une coalition, et un régime sera dit « stable » s'il aboutit à une issue appartenant au cœur. Un régime est donc stable dans le sens suivant : il n'est dans l'intérêt d'aucun pays ni d'aucun groupe de pays de refuser ce régime ou d'en substituer un autre.

La seconde notion se rapporte à une propriété externe des régimes. Beaucoup d'auteurs en se référant à la stabilité hégémonique ont en vue l'idée que l'existence d'un régime conduit à « stabiliser » le domaine des relations internationales concerné par ce régime. « Stabilité hégémonique » signifie alors que l'hégémonie est la condition de la stabilité internationale (paix politique et développement économique) et que l'absence d'hégémonie est génératrice de turbulences et d'instabilités (guerres dans le champ politique et crises dans le champ économique). Le terme « instabilité », notamment dans l'expression « instabilité de l'économie mondiale », demanderait à être défini de façon précise, ce qui est rarement le cas. On se contentera de l'acception vague généralement utilisée et qui s'apparente à celle de « volatilité » économique ou de conflits militaires. C'est en ce sens que l'on oppose habituellement dans la théorie réaliste l'instabilité des systèmes multipolaires à la stabilité supposée du système hégémonique, ou du système bipolaire de la guerre froide (une thèse qui, comme le montre Aron [1962] chapitre v, est hautement discutable puisque le système bipolaire Athènes/Sparte a conduit à la guerre du Péloponnèse).

Dans les théories les plus courantes de la stabilité hégémonique, la stabilité interne et la stabilité externe résultent de l'existence d'un hegemon. L'hégémonie, au sens « économiciste » d'un paramètre de « pouvoir », est une condition qui est nécessaire (et/ou suffisante) à la fois à la stabilité interne d'un régime (un régime hégémonique est stable parce qu'il est supposé satisfaire les intérêts des pays non hégémoniques) et à la stabilité internationale (stabilité externe). L'approche s'oppose donc aux implications de la théorie de Ruggie qui vient d'être évoquée. Bien que Ruggie ne raisonne pas en ces termes, sa théorie conduit à établir une disjonction entre stabilité interne et stabilité externe des régimes. Si un régime international est un modèle de référence partagé concernant l'ordre capitaliste/libéral, la stabilité externe n'est pas mécaniquement donnée par le principe hégémonique mais par la prévalence d'un ensemble commun de valeurs légitimantes.

Ruggie essaie par exemple de montrer que le régime monétaire de l'étalon-or reposait à la fois sur la position dominante de la Grande-Bretagne, mais également sur un *consensus* relatif au rôle que doivent avoir les États dans la conduite des politiques moné-taires, donc sur la cohérence entre le contenu de l'internationa-lisation du capitalisme et les formes d'organisation du régime monétaire. Dès lors, le point critique de la stabilité procurée par un régime (le régime monétaire international, par exemple) ne résulte pas tant du fait qu'il existe une suprématie de la part d'un pays (Grande-Bretagne ou États-Unis) acceptée par les autres pays (stabilité interne), mais du fait que les autorités monétaires nationales sont inclinées à « suivre le marché », et indirectement la puissance hégémonique, plutôt que de prétendre avoir des objectifs propres. En d'autres termes, la stabilité externe est assurée par le jeu d'un comportement commun stabilisateur, qui fonde en même temps la stabilité externe du régime.

II. LES VARIANTES THÉORIQUES

A. Le précurseur : Kindleberger

Sur le plan économique, la première théorie de la stabilité hégémonique remonte à Kindleberger [1973], qui est sans doute le premier à avoir cherché à fonder l'hégémonie[1] sur un ordre de nécessité économique et l'idée que la constitution de régimes

---

1. Kindleberger emploie le terme de leadership et non celui d'hégémonie, ou de « domination » (utilisé par Perroux et dont il critique l'usage). Il veut signifier par là que le rôle dévolu au leader n'est pas une fonction de contrainte. La notion est étroitement liée à l'idée que le leadership est « bienveillant » plu-tôt que « coercitif », une distinction sur laquelle nous reviendrons.

internationaux implique l'exercice d'un leadership. La force du principe hégémonique repose sur l'apparente concordance historique entre les phases de domination de l'économie mondiale par un État (Grande-Bretagne au XIXᵉ siècle et États-Unis au XXᵉ), l'émergence de règles internationales et la constitution de régimes internationaux en matière commerciale et monétaire, et les phases de stabilité internationale. S'appuyant sur la concordance historique, Kindleberger tranche résolument en faveur d'une relation de causalité allant dc l'hégémonie à la stabilité et passant par les régimes. Il ne présente toutefois pas ses arguments de façon toujours très serrée sur le plan analytique pour que l'on puisse prétendre y voir une théorie achevée. Deux arguments sont évoqués (qui seront par la suite largement discutés dans la littérature économique) : l'argument des « biens collectifs internationaux » ; l'argument de la « régulation centrale ».

Pour Kindleberger, la nécessité d'un hegemon résulte du fait que l'économie mondiale a besoin de biens collectifs internationaux et du fait que leur production pose le problème du passager clandestin. Comme on l'a vu dans le chapitre précédent, un régime est nécessaire dans tout jeu du type dilemme du prisonnier. Kindleberger cherche à montrer que seul un hegemon peut *imposer* aux agents, dont les États-nations composant le système international, et dans leur intérêt, des choix collectifs car ces derniers ne peuvent, la plupart du temps, se former à partir d'une pure logique d'expression individualiste. Aussi la stabilité hégémonique suppose-t-elle le *leadership bienveillant* d'un État prenant en charge les coûts internationaux de la fourniture des biens collectifs : le déclin d'une hégémonie est donc problématique pour la préservation d'un régime. À vrai dire, c'est par un abus de langage que l'on parle ici du jeu du dilemme du prisonnier (voir l'encadré, page suivante).

On associe une caractéristique importante à l'analyse de Kindleberger concernant le fait que les petits se comportent en passagers clandestins. L'implication inattendue est que les États faibles bénéficient de l'inégalité internationale, ce qui conduit à considérer que les États hégémoniques sont mieux caractérisés comme des bienfaiteurs charitables que comme des puissances impérialistes ou exploiteuses. L'hegemon accepte de prendre en charge, même seul, la fourniture du bien collectif parce que, compte tenu de sa taille, les avantages excèdent pour lui les coûts.

Le jeu implicite de l'analyse de Kindleberger

Le jeu sous-jacent à l'idée de Kindleberger (production d'un bien collectif international pris en charge par un leader bien-veillant) n'est pas le jeu du dilemme du prisonnier comme il est dit trop souvent. Le dilemme du prisonnier arrive à la conclusion que le bien collectif international *n'est pas produit* si les joueurs sont laissés libres de choisir entre coopérer à sa production ou faire défection (passager clandestin). Or la théorie de la stabilité hégémonique dit que, lorsqu'il existe un hegemon, ce dernier prendra en charge la production du bien collectif, que les pays non hégémoniques *décident ou non* de participer au finance-ment des coûts. Dans un jeu 2 × 2 où chaque joueur a la possi-bilité de coopérer (C) à la production du bien collectif ou de faire défection (D), l'équilibre associé au jeu de Kindleberger est donc CD, et non DD comme dans le dilemme du prisonnier. L'exemple suivant illustre la configuration des préférences cor-respondant à ce cas de figure (il s'agit en fait d'un jeu dit « Bully », soit « bravache »).

Joueur B

		C	D
Joueur A (leader)	C*	3, 3	2, 4**
	D	2, 3	1, 2

Le joueur A est leader : il veut toujours participer à la pro-duction du bien collectif, quoi que fasse l'autre. Il se trouve donc doté d'une stratégie dominante (coopération). Le joueur B a un autre comportement. Il désire par exemple que le bien collectif soit produit mais cherche à faire défection lorsque la produc-tion de ce bien est assurée. Il n'est pas nécessaire de supposer qu'il a une stratégie dominante (dans l'exemple choisi, il n'en a précisément pas). Le jeu a toujours une solution à partir du moment où le leader préfère produire, même seul, le bien col-lectif plutôt que le contraire. Le pays non hégémonique préfé-rant faire défection, l'issue du jeu est en CD.

Cette représentation explique pourquoi on n'a pas besoin d'un système de coercition comme dans le dilemme du prisonnier pour imposer une solution pareto-optimale. Le régime devient « bienveillant » car l'hegemon assure seul les coûts de production.

L'idée qu'il existe un pays hégémonique cherchant à imposer un ordre qui lui soit profitable est une idée triviale. La théorie de la stabilité hégémonique dit beaucoup plus que cela : elle soutient que la domination est bonne pour le monde entier, et spécialement pour les pays les plus faibles du point de vue de leurs intérêts économiques. On est ici au cœur du logicisme économique, partagé de façon égale par les frères ennemis du néoréalisme et du néolibéralisme. Le corollaire est de tenir l'analyse économique comme l'*ultima ratio* de la réflexion théorique.

L'analyse renverse donc la conception habituelle des rapports de force internationaux : de l'« exploitation du petit par le grand » on passe à une « exploitation du grand par le petit », un renversement complet de la dialectique classique du « mauvais maître » et des « bons serviteurs », représentation du champ politique qui remonte en France au moins à Rousseau, et dont on trouve un écho dans l'œuvre économique d'un auteur comme Perroux. À cette vision rassurante, Kindleberger oppose (mais l'idée n'est pas nouvelle)[2] une dialectique plus troublante, celle du « bon maître » et des « mauvais serviteurs ». Comme on le verra, le renversement n'est pas seulement anecdotique car il commande toute l'analyse de la dynamique des régimes (déclin de la puissance hégémonique et donc effondrement des régimes) développée par les théoriciens de la stabilité hégémonique.

Le second argument justifiant la nécessité d'un leadership est pour Kindleberger celui de la régulation centrale. Chez cet auteur, comme chez les premiers théoriciens de la stabilité hégémonique, la stabilité d'un système de leadership et l'instabilité des systèmes non hégémoniques ne sont pas entièrement fondées sur la théorie des biens collectifs, contrairement à ce que l'on prétend souvent. La position de Kindleberger est qu'il faut également un leadership (« un seul stabilisateur ») en raison des difficultés et des coûts de négociation quand deux États, ou plus, sont amenés à prendre en charge les responsabilités collectives face au problème des *externalités* macroéconomiques produites par les interdépendances entre les économies. Comme

---

2. Le fait que, dans les « alliances », les grands soient exploités par les petits est une proposition démontrée depuis longtemps (Olson et Zeckhauser [1966]). Ces deux auteurs ont testé la proposition sur le cas de la répartition des coûts au sein de l'OTAN et ont montré, à partir d'un modèle simple, que les petits supportaient une part moins que proportionnelle des coûts.

l'écrira plus tard Kindleberger ([1988], p. 304) : « Pour qu'une économie soit stabilisée, il doit y avoir un stabilisateur, *un seul* stabilisateur. » Cette deuxième fonction se rattache à un « jeu de la coopération » (par exemple, la bataille des sexes) et nullement au dilemme du prisonnier (et à la question des biens collectifs).

Pour l'auteur, le besoin d'un régulateur central repose sur la nécessité de disposer internationalement de mécanismes pour combattre l'apparition de dynamiques cumulatives perverses. Ainsi, l'absence de régulateur central expliquerait la transmission internationale des crises et la transformation d'une crise locale en crise mondiale. Il a notamment cherché à expliquer l'instabilité économique de la période de l'entre-deux-guerres et la crise de 1929 par l'incapacité de la Grande-Bretagne à assurer le leadership (déclin de l'hégémonie britannique) et le manque de volonté des États-Unis pour prendre le relais des responsabilités, un « isolationnisme » qui prendra fin seulement après la Seconde Guerre mondiale.

Cette tentative, engagée par un économiste et destinée à la communauté des économistes, serait restée sans lendemain (du fait de l'aversion bien connue de cette communauté pour tout ce qui touche à des interprétations historiques globales) si elle n'avait croisé le chemin de la tentative entreprise par un groupe de politologues des relations internationales cherchant à développer une problématique « institutionnaliste » : l'ÉPI. Cette rencontre a été à l'origine du véritable boom qui s'est produit dans les théories de la stabilité hégémonique dès la seconde moitié des années soixante-dix.

B. Les analyses ultérieures

1. Diversité des analyses

De nombreuses études ont élargi et approfondi le champ initial ouvert par Kindleberger (l'expérience de la crise de 1929 et une analyse qui s'appuie essentiellement sur les aspects monétaires et financiers) tout en essayant de donner une formulation théorique générale au principe hégémonique dans la constitution des régimes internationaux. Les thèmes qui ont fait l'objet des débats sur la stabilité hégémonique sont des spécialités éminemment américaines, qui n'ont pas vraiment atteint l'Europe :

en effet, les interrogations sont inséparables de la place des États-Unis dans le monde et sont en interférence avec les préoccupations stratégiques mondiales de l'administration américaine (le rêve « hégémonique » et son double, le cauchemar du « déclin »). Ces dimensions « idéologiques » et « politico-stratégiques » seront mises de côté. Le lecteur pourra se reporter aux excellentes études de Strange [1987], et surtout de Grunberg [1990], qui cherche à interpréter dans une perspective d'ethnologie religieuse la persistance du « mythe » de la stabilité hégémonique aux États-Unis.

En fait, à la charnière des années soixante-dix et quatre-vingt, les premiers théoriciens de la stabilité hégémonique cherchaient à maintenir au centre de leur théorie la dimension de la puissance, c'est-à-dire qu'ils s'inscrivaient dans la continuité de l'approche réaliste en relations internationales. Puis, par vagues successives durant les années quatre-vingt, sous l'influence de l'offensive néolibérale, le débat s'est progressivement déplacé vers des interrogations mettant l'accent sur la question des régimes puis s'est dilué dans une discussion générale sur la coopération internationale.

La thèse primitive de la stabilité hégémonique (l'expression « théorie de la stabilité hégémonique » provient de Keohane [1980], un auteur qui ne se rattache pas à la première formulation de cette théorie, et qui doit même en être considéré comme le principal critique) cherchait à *démontrer* que la domination d'un État (et d'un seul) est une condition à la fois *nécessaire et suffisante* non seulement pour la *création*, mais également pour le *maintien* des *régimes internationaux*. Les versions suivantes peuvent se lire comme des énoncés atténués de cette formulation forte. Le corollaire de la version forte est évidemment que la perte d'hégémonie doit inévitablement conduire à un effritement puis à un écroulement des régimes, donc à une « instabilité systémique ». Comme l'écrivait Keohane dans un texte destiné à stigmatiser les défauts de la théorie primitive : « Lorsque les ressources tangibles, notamment les ressources économiques, s'égalisent dans le monde, les régimes internationaux doivent s'affaiblir » (Keohane [1980], p. 136).

L'auteur le plus important de la version forte est sans doute Gilpin ([1981] et [1987]). Dans cette approche, comme dans celle de Kindleberger, la fourniture de biens publics à l'échelle internationale doit s'effectuer à partir de l'expression volonta-

riste d'un État car elle ne peut procéder de la logique des intérêts individuels. Quand l'hégémonie est en déclin, la stabilité
du monde vacille donc ; et elle vacille pour des raisons relevant, avant tout, de l'ordre du politique (les « crises économiques » sont supposées pouvoir toujours être jugulées par une
politique économique adéquate). L'analyse mobilisée est gran-
diose. Elle s'inscrit en fait, plus ou moins explicitement selon
les auteurs, dans une représentation de l'histoire mondiale commandée par la dynamique cyclique de l'hégémonie et du déclin
sous l'influence de l'ascension puis de l'inexorable chute des
grandes puissances (voir par exemple Kennedy [1989]).

On notera que le courant marxiste a développé de son côté
des idées similaires, mais sans rapport avec le paradigme du
logicisme économique (néoréalisme et néolibéralisme) qui préside à la formulation des théories discutées dans l'ensemble de
cet ouvrage. Un des auteurs parmi les plus importants est cer-
tainement Wallerstein, qui a construit une analyse complète de
l'hégémonie et du déclin dans un cadre d'analyse marxiste (voir
par exemple Wallerstein [1987]).

2. Les cycles de l'hégémonie et du déclin

Il existerait des « cycles » de la puissance d'une centaine
d'années (dans le monde moderne, c'est-à-dire depuis l'an
1500 à peu près). En général les données statistiques utilisées
par les auteurs réalistes prennent comme indicateur les forces
militaires en présence (quand on s'intéresse à l'hégémonie
mondiale, la puissance maritime constitue même l'indicateur le
plus approprié). L'explication de la création d'ordre est alors la
suivante : pour qu'un régime puisse apparaître et soit en mesure
d'imposer un ordre international, il faut une *très grande inégalité* de la distribution de la puissance à l'échelle internationale,
un très haut degré de concentration du pouvoir, ce qui ne peut
se produire qu'à la suite d'une *grande guerre* assurant la suprématie d'une puissance dominante. C'est pourquoi les guerres
fourniraient les principes de périodisation pertinents non seulement de l'histoire politique et militaire, mais également de
l'histoire économique.

Durant les longues phases d'instabilité, quand il y a lutte
entre plusieurs prétendants à l'hégémonie mondiale, la guerre
est permanente et il n'existe pas de régimes internationaux.

Par exemple, au XVIIIe siècle, le conflit entre la France et l'Angleterre pour l'hégémonie mondiale est incessant ; de même, l'entre-deux-guerres voit s'opposer au moins trois prétendants majeurs : les États-Unis, l'Allemagne nazie et l'Union soviétique. Ces phases sont inévitablement marquées par une instabilité persistante de l'économie internationale. L'issue des guerres est la victoire d'un État (hégémonie britannique après les guerres révolutionnaires et napoléoniennes, hégémonie américaine après la Seconde Guerre mondiale) et l'écrasement des autres prétendants à l'hégémonie mondiale. La fin de la « guerre d'hégémonie » met donc en place une asymétrie entre vainqueur et vaincus, donc une concentration unipolaire de la puissance à l'échelle internationale. Cette situation est propice à l'instauration d'un régime international, car seul un hegemon peut dicter à des États souverains un ordre international. L'hégémonie impose un ordre (différent de l'ordre purement anarchique du modèle réaliste) et donc la paix. Il s'ensuit une longue phase de prospérité sous l'hégémonie du vainqueur (*pax britannica*, *pax americana*). Mais la conjoncture de paix ne peut durer très longtemps.

Une fois un régime installé, et à l'abri de la stabilité hégémonique, un principe d'entropie se mettrait à jouer : il se produirait une tendance à l'égalisation de la puissance car les États de second rang bénéficient à plein de la stabilité que la nation hégémonique contribue à établir, c'est-à-dire qu'ils en bénéficient *relativement plus* que la nation hégémonique car ils arrivent à se soustraire aux coûts afférents à la production des biens collectifs internationaux. Comme on l'a vu, la domination hégémonique est bienveillante, du moins dans les premiers temps : sous la protection du régime institué par l'hegemon, les États non hégémoniques ont tous intérêt à se comporter en passager clandestin. De ce fait leur *situation relative* s'améliore et il se produit un mouvement progressif d'égalisation de la puissance. En d'autres termes, l'hégémonie *décline* puisque la puissance est une notion relative. La dynamique des régimes est donc commandée par le fait que les *gains relatifs des non-hégémoniques augmentent* tandis que ceux de la puissance hégémonique diminuent. Tout se passe comme si ce mouvement faisait revenir le système international à l'état initial de plus grande homogénéité dans la distribution de la puissance (principe d'entropie). La guerre redevient de plus en plus probable car il apparaît possible à des candidats de ravir l'hégémonie à la puissance déclinante. De plus, de bienveillante l'hégémonie tend progressivement à devenir plus « prédatrice » en fin de régime (Gilpin), car la puissance hégémonique essaie de faire partager par la force les coûts qui sont devenus pour elle un fardeau (le partage des coûts de la guerre du Golfe, pour prendre un exemple récent). Cette stratégie exacerbe les conflits. Une grande guerre tranche à nouveau le différend et la sortie du conflit inaugure un nouveau cycle de l'hégémonie.

La bibliographie sur tous ces thèmes est considérable. Concernant les aspects statistiques et la mise en évidence des cycles de la puissance, voir : Modelski et Thompson [1987] et Richards [1993]. Concernant le lien entre la probabilité de la guerre et le degré de concentration de la puissance à l'échelle internationale, voir notamment : Deutsch et Singer [1964], Waltz [1979], Bueno de Mesquita [1978], Gilpin [1981], Modelski et Morgan [1985], Modelski [1987], Modelski et Thompson [1987].

Un problème commun se rencontre dans toutes les périodisations et analyses : la difficulté à établir une correspondance biunivoque parfaite entre les phases de stabilité (ou d'instabilité) et les phases d'ascension (ou de déclin) des hégémonies. D'où le problème crucial de rendre compte des écarts à l'aide d'un principe compatible avec la construction théorique.

C. La question du retard historique : temporalité des régimes et temporalité des hégémonies

La possibilité pour les régimes de perdurer « après l'hégémonie » a été l'une des questions les plus travaillées dans les années quatre-vingt. Parmi les explications très connues de la persistance des régimes après l'hégémonie (effet d'inertie ou « *leadership lag* »), on trouve le principe dit des « plaques tectoniques » avancé par Krasner [1983]. Cet auteur oppose ce principe à celui du modèle archéoréaliste, qu'il appelle le modèle du « choc des boules de billard » où les conflits, et donc la régulation par les chocs, sont la norme. Dans un premier temps, un régime reflète bien pour Krasner le rapport des forces internationales et la puissance d'un hegemon. Cette configuration, imposant la paix, est propice à la création de régimes, c'est-à-dire à la mise en place de structures d'ordre favorisant le développement économique. Le rapport des forces est néanmoins, comme on vient de le voir, appelé à évoluer puisque la répartition des gains est inégale : l'hegemon voit ses gains relatifs diminuer à la différence des États non hégémoniques. Mais le régime est un ensemble d'institutions qui supposent la permanence, car fondées sur *l'idée d'invariance et de fixité des règles et conventions*. Le régime ne se modifie donc pas automatiquement. Le changement de la configuration internationale développe une pression souterraine mais les institutions se maintiennent de par leur inertie naturelle. On a manifestement affaire à ce que Ruggie a appelé une « autonomie relative » des régimes internationaux (Ruggie [1983], p. 200). C'est seulement de façon brutale et avec retard que le changement du rapport des forces va exercer ses effets. Il fera alors éclater la surface des institutions comme la tectonique des plaques se manifeste brutalement sous la forme de tremblements de terre. L'histoire internationale est donc à deux vitesses : il y a une vitesse de la modification de la puissance, qui est lente et continue ; et celle des régimes, qui est brutale et discrète.

Une autre interprétation de l'effet d'inertie pour expliquer la persistance de la coopération « après l'hégémonie » peut être tirée de l'analyse de Ruggie [1983]. On a vu que, pour cet auteur, un régime international est une internationalisation de l'autorité politique représentant une fusion du pouvoir avec des buts sociaux légitimes. De ce fait, il n'y a pas toujours coïncidence entre crise d'hégémonie et effacement des régimes car le pouvoir et les valeurs ne covarient pas nécessairement. Il existe donc deux sources potentielles de changement. Par exemple, une hégémonie peut s'effondrer sans modification du système commun de valeurs partagées par les États qui font partie d'un régime. Le régime perdure malgré le déclin de l'hégémonie car la congruence des buts sociaux des grandes puissances peut être suffisamment forte pour assurer son maintien, comme cela a été le cas durant les années soixante-dix. Inversement, le déclin de l'hégémonie peut sonner le glas des régimes si simultanément, et indépendamment, se produit un effritement des valeurs communes, comme cela a été le cas durant l'entre-deux-guerres. Les efforts pour reconstruire des régimes internationaux durant cette période n'ont pas échoué, explique Ruggie, à cause de l'absence d'un hegemon (ce que soutient Kindleberger) ; ils ont échoué parce que, même s'il y avait eu un hegemon, ils auraient été en contradiction avec les transformations du rôle de l'État et les recherches pour établir une nouvelle configuration État-marché-société. On trouvera chez Cox ([1986] par exemple) une position plus extrême. Pour Cox, les phases de stabilité s'expliquent fondamentalement par la capacité de la classe dominante à gérer les conflits sociaux, et c'est la stabilité ainsi obtenue (ce que Cox appelle « hégémonie » dans une acception gramscienne) qui crée les régimes internationaux et *non l'inverse*. La relative autonomie des régimes internationaux par rapport au principe hégémonique ne relèverait donc pas, comme chez Krasner, d'un phénomène d'« inertie institutionnelle » mais de l'existence d'une racine fondatrice des régimes, le consensus sur les valeurs du capitalisme ou sur le mode de gestion des conflits sociaux.

Ces explications de la « coopération posthégémonique » sont critiquées par Keohane sous le prétexte qu'elles reposeraient sur un argument, théoriquement faible, sans rapport avec les fondements de l'analyse de la coopération. Keohane va d'ailleurs chercher à expliquer la persistance des structures de coopération non comme un résidu historique, mais comme l'expression d'un renouvellement de leur finalité, donc comme le produit d'une innovation provenant des *intérêts communs* des États à organiser entre eux une coopération et donc à réinvestir les institutions existantes vidées de leur substance en cas de démission de la puissance hégémonique. L'analyse de Keohane sera discutée dans le chapitre suivant puisqu'elle est étroitement liée au principe coopératif et à la théorie néolibérale des régimes internationaux. Il est important de noter ici que les controverses qui ont suivi la publication de l'ouvrage de Keohane sont à l'origine des reformulations et des versions que l'on peut qualifier de « faibles » de la théorie de la stabilité hégémonique.

III. CLASSEMENT DES VARIANTES THÉORIQUES ET EXPLICITATION DU NOYAU COMMUN

Les analyses peuvent être classées selon l'importance accordée au principe hégémonique par rapport aux intérêts des agents à la coopération. Si l'on considère un régime international comme un couplage stable entre un principe hégémonique et un « principe coopératif », différentes combinaisons sont possibles. À un extrême, on a une analyse ne faisant intervenir que le principe hégémonique (la coopération n'est ni nécessaire ni suffisante à la constitution des régimes). À l'autre extrême, on a une analyse des régimes dont le principe essentiel est le principe coopératif au lieu et place du principe hégémonique : cette position fixe sans ambiguïté la frontière à partir de laquelle on sort du champ des théories de la stabilité hégémonique. Entre les deux, le principe hégémonique intervient conjointement avec le principe coopératif, et on peut parler de théories de la stabilité hégémonique au sens large.

De ce point de vue, la théorie de Kehoane est à traiter comme une variante des théories de la stabilité hégémonique. Keohane présente d'ailleurs quelquefois son analyse des régimes ([1983] et [1993]) comme une voie de synthèse[3].

A. Une grille de classement

On peut classer les théories de la stabilité hégémonique selon un double critère : leur domaine d'application ; le contenu du principe hégémonique. Le domaine d'application renvoie à la question de savoir si l'existence d'une puissance hégémonique est seulement nécessaire pour la *création* d'un régime ou si elle est également nécessaire pour sa *persistance* historique. Ces deux questions sont distinctes.

Beaucoup d'auteurs ont cherché à limiter la nécessité hégémonique à la seule création. Un hegemon serait nécessaire pour

---

3. Comme il l'écrit (Keohane [1984]) : « Si la théorie de la stabilité hégémonique était entièrement fausse, il n'y aurait aucune raison de s'attendre à ce que la fin de l'hégémonie américaine ait une quelconque importance du point de vue de la coopération, et de la "stabilité" internationale, ce qui semble difficilement soutenable au vu des difficultés rencontrées dans la mise en œuvre de la coopération et de la "régulation" globale du système international : si la théorie de la stabilité hégémonique était en revanche entièrement juste, il n'y aurait aucun espoir pour l'apparition de régimes internationaux posthégémoniques ; mais, là aussi, comme on peut facilement le constater, en dépit de l'érosion de l'hégémonie américaine, la discorde n'a pas triomphé sur la coopération : non seulement d'anciennes formes de coopération persistent, mais de nouvelles émergent, un phénomène qui semble difficilement explicable dans le cadre de la théorie primitive de la stabilité hégémonique. »

la création d'un régime, car seul il aurait la capacité de prendre en charge les *coûts de création* qui doivent s'analyser comme des dépenses d'investissement, donc des coûts importants et à rendement anticipé lointain et aléatoire (Keohane [1980]). Par exemple le plan Marshall (qui a représenté des sommes considérables dans l'immédiat après-guerre et au début des années cinquante) peut être interprété comme le plan financier de mise en place des institutions de Bretton Woods dans les domaines monétaire et commercial. Ce plan a été l'une des conditions de la reconquête de la convertibilité monétaire et du retour à l'ouverture commerciale en Europe. Il est, d'autre part, à l'origine directe de l'Union Européenne des paiements, une institution établie initialement pour la gestion des opérations monétaires liées au plan Marshall, mais qui a parallèlement permis de développer la coopération monétaire en Europe. La création d'institutions nouvelles est en général hors de portée d'acteurs de second rang, qui n'ont ni les ressources suffisantes pour assumer des coûts de création nécessaires (les investissements) ni la puissance suffisante pour intégrer dans leurs anticipations la possibilité d'imposer internationalement ces institutions. *A contrario*, la présence d'un grand nombre d'acteurs augmente les *coûts de transactions* et les *coûts d'information* face au risque, au point d'interdire l'émergence d'arrangements institutionnels (Sandler et Cauley [1977]). Une fois la phase d'installation franchie, la coopération et la prise en charge collective des coûts (coûts de fonctionnement) peuvent se révéler beaucoup plus aisées.

La plupart des théories de la stabilité hégémonique tendent donc à considérer que l'existence d'un *hegemon* est centrale (représente une condition nécessaire) pour la *création* de régimes. Il en va différemment pour la question du *maintien*, car les institutions existantes peuvent perdurer même en cas de déclin. Par exemple, le Fonds monétaire international, dont la création et les fonctions étaient liées au système de changes fixes de Bretton Woods entre pays riches, s'est trouvé vidé de sa substance après l'effondrement de ce système, mais l'institution n'a pas disparu : elle a été reconvertie en une agence de contrôle à destination des pays en développement. Cette « bifurcation fonctionnelle » a permis d'économiser l'ensemble des coûts (économiques, sociaux et politiques) qui auraient été nécessaires pour créer une institution entièrement nouvelle ayant pour mission de prendre en charge des *programmes d'ajustement structurel* et une normalisation des politiques économiques dans les pays en développement, ce à quoi s'est activement employé le FMI dans les années quatre-vingt et suivantes.

Le second critère de classement des théories de la stabilité hégémonique concerne le contenu donné au principe hégémonique. La théorie primitive (et en même temps la version la plus forte) peut être décrite comme une théorie complète réunissant six propositions. Celles-ci forment une grille de lecture permettant de classer les versions plus faibles comme des sous-ensembles. Les six propositions peuvent être partagées en trois propositions théoriques (pt) et trois propositions empiriques (pe).

Les trois propositions *théoriques* sont les suivantes :

pt_1 (proposition utilitariste) : les raisons de la *demande de régimes* sont explicitées par la théorie économique ; il ne s'agit pas de raisons circonstancielles mais de raisons « essentielles » liées à la nécessité d'organiser des régimes et de créer des institutions efficaces permettant d'accroître le *bien-être mondial* (voir le chapitre précédent).

pt_2 (proposition relative à l'offre de régimes) : l'existence d'un régime international a, *du point de vue de l'offre*, pour condition *l'hégémonie*. Trois versions peuvent être distinguées, une version forte et deux versions faibles :

pt_2' : version « nécessaire et suffisante » (Kindleberger et Gilpin par exemple) : un régime international ne peut se créer et/ou perdurer que sous l'influence d'une hégémonie, et *uniquement* dans cette hypothèse ;

pt_2'' : version « nécessaire mais non suffisante » (Ruggie et Krasner par exemple) ; un régime international ne peut se créer et/ou perdurer que sous l'influence d'une hégémonie, mais cette condition n'est pas suffisante ; il faut *également* que, par exemple, les acteurs non hégémoniques acceptent de coopérer ;

pt_2''' : version « suffisante mais non nécessaire » (Keohane par exemple) ; l'existence d'une hégémonie assure l'offre de régimes, mais un régime peut se constituer *en l'absence d'une hégémonie*.

pt$_3$ (proposition dynamique) : l'absence ou le déclin d'une hégémonie fait inévitablement évoluer le système économique international vers l'anarchie, à savoir une absence d'organisation préjudiciable au bien-être mondial car une hégémonie est une condition (nécessaire et/ou suffisante) à la stabilité (interne et externe).

Les propositions *empiriques* concernent l'analyse historique et l'interprétation de l'histoire comme une succession de phases d'ordre et de désordre dont le cycle se trouve commandé par l'inévitable naissance et mort des hégémonies. Par exemple, pour la période contemporaine nous sommes face à trois propositions dans la version forte :

pe$_1$: l'économie internationale était *sous hégémonie* américaine de la Seconde Guerre mondiale jusqu'au début des années soixante-dix.

pe$_2$: depuis les années soixante-dix, s'est produit un « *déclin de l'hégémonie américaine* ».

pe$_3$: le « déclin de l'hégémonie américaine » *explique l'instabilité* du système économique international actuel.

Alors que la formulation forte de la théorie de la stabilité hégémonique réunit les six propositions, les théories faibles n'en admettent que quelques-unes. La formulation minimale est celle qui comporterait pt$_1$, pt$_2$ (sous sa forme éventuellement la plus affaiblie, celle d'une condition suffisante, soit pt$_2'''$) et, sur le plan empirique, par exemple uniquement pe$_1$. On remarquera que ces six propositions ne sont pas toutes indépendantes les unes des autres. Certaines d'entre elles sont « détachables », d'autres ne le sont plus dès qu'un bloc de propositions se trouve constitué.

Par exemple, on peut parfaitement ne pas se rallier à pe$_2$ et à pe$_3$, c'est-à-dire refuser d'adhérer à l'idée qu'il s'est produit un déclin de l'hégémonie américaine depuis le milieu des années soixante-dix (donc considérer que l'instabilité de l'économie mondiale actuelle tient à d'autres causes que l'absence d'hégémonie), tout en considérant comme fondamentalement justes les trois propositions théoriques. La variante, qui admet entièrement la validité de la théorie de la stabilité hégémonique mais rejette les deux dernières propositions empiriques (qui sont logiquement liées à partir du moment où les propositions théoriques sont supposées toutes vraies), est peu répandue car, s'il est une idée reçue sur laquelle peu de chercheurs favorables à la théorie de la stabilité hégémonique se sont interrogés aux États-Unis jusqu'à une date récente, c'est bien la proposition qui veut que la puissance américaine ait « décliné » durant la dernière période. Quelques analyses vont à contre-courant et se signalent donc par leur originalité (Nye [1993] et Strange [1987] principalement).

B. La question du déclin de l'hégémonie américaine

Il existe de fortes présomptions pour douter de la réalité d'une « perte d'hégémonie » américaine. En vérité, on peut être fondé à soutenir exactement le contraire, à savoir que la « puissance structurelle » des États-Unis s'est accrue, si l'on considère la puissance définie non en termes « quantitatifs », comme c'est le cas dans les versions courantes de l'ÉPI, mais comme la capacité à structurer le champ d'action des autres acteurs.

On remarquera du reste qu'au regard des faits massifs intervenus depuis la fin des années quatre-vingt le degré de vraisemblance de la thèse du déclin américain a fortement chuté, ce qui explique peut-être la décrue de la production théorique dans les années quatre-vingt-dix par rapport à la décennie précédente, qui correspond à l'âge d'or des théories de la stabilité hégémonique. En considérant les faits stylisés sur lesquels s'appuyaient les théoriciens de la stabilité hégémonique dans les années quatre-vingt, le contraste est frappant. Revenaient de façon récurrente quatre séries de faits stylisés (c'est d'ailleurs sur ces derniers que Keohane appuyait l'ensemble de sa démonstration pour conclure qu'une « coopération non hégémonique » était possible, c'est-à-dire que la stabilité d'un régime ne suppose pas nécessairement une hégémonie). Le premier fait stylisé est relatif aux deux chocs pétroliers (1973-1975 et fin des années soixante-dix-début des années quatre-vingt), qui ont pu apparaître à certains observateurs pressés comme une remise en cause du contrôle américain sur le prix stratégique du pétrole et un effondrement du *régime pétrolier* sous domination américaine de l'après-guerre. Le deuxième fait stylisé est

relatif à la crise du libre-échange multilatéral et à la montée
du protectionnisme (ce que l'on a appelé le « nouveau protectionnisme » ; voir Baldwin [1991]), phénomènes qui pouvaient
être interprétés comme un début de démantèlement du *régime
commercial*. Le troisième fait stylisé est relatif à la crise du
système monétaire international, à l'effondrement du *régime
monétaire de Bretton Woods* et à la mise en cause du rôle pivot
du dollar. Le quatrième fait stylisé est relatif à la crise de la croissance américaine.

Les faits de la fin des années quatre-vingt et du début des
années quatre-vingt-dix ont apporté des démentis cinglants au
pronostic « décliniste » dans ces quatre domaines. Nous nous
limiterons à mentionner la guerre du Golfe et le retour manifeste d'un contrôle américain sur le prix du pétrole dans le
monde ; l'aboutissement heureux de l'Uruguay Round grâce à
l'action des États-Unis et l'accentuation de l'ouverture économique dans le monde ; la place renforcée du dollar dans le système des paiements internationaux ; le retour d'une forte croissance et d'une accumulation renouvelée du capital productif
aux États-Unis. Il est vrai que le maintien de l'hégémonie américaine s'est effectué dans le cadre d'un renouvellement des
fondements de la puissance des États-Unis et d'une redistribution du pouvoir permettant de parler de « nouvelle hégémonie
américaine » (Kébabdjian [1995b]).

Après la transition des années soixante-dix, l'économie-
monde n'est pas passée d'une phase d'hégémonie américaine à
une phase de non-hégémonie. Elle est passée d'une forme d'hégémonie absolue à une forme d'hégémonie relative donnant
plus d'importance au « principe de coopération » par rapport
au « principe d'hégémonie » (Kébabdjian [1994] et [1996b])
car, au sein de ce qu'il est convenu d'appeler la « Triade »,
une hiérarchie seconde mais centrale place les États-Unis en
position hégémonique par rapport aux deux autres puissances
économiques.

Comme on l'a vu, il existe une convergence pour admettre
l'existence de régimes dans au moins trois domaines économiques : le domaine monétaire, le domaine commercial et le
domaine pétrolier. Le fait remarquable est que dans *chacun de
ces trois domaines* règne la *même puissance* hégémonique (les
États-Unis) : domination monétaire (le dollar), domination
commerciale (« made in America »), domination pétrolière (les

« majors »). Les États-Unis sont aujourd'hui puissance hégémonique à la fois dans le régime monétaire, dans le régime pétrolier et dans le régime commercial, *en même temps* qu'ils sont aussi puissance hégémonique dans les régimes non économiques et les affaires militaires. Le rôle des États-Unis a été crucial pour la création des régimes internationaux. Il reste crucial non seulement dans le « fonctionnement ordinaire », mais également dans le « fonctionnement extraordinaire », comme on peut le constater avec des exemples récents (accords du Plaza et du Louvre concernant le régime monétaire ; forcing américain pour la conclusion des accords de Marrakech concernant le régime commercial ; guerre du Golfe concernant le régime pétrolier).

Alors qu'il serait possible d'imaginer *a priori* une division du travail de leadership si ce travail n'était qu'une fonction purement technique, on constate que c'est la même puissance qui se retrouve simultanément au cœur des différents régimes internationaux. De même que l'exercice de l'autorité politique de l'État suppose le monopole, de même *l'hégémonie ne se divise pas*. En fait, les États-Unis sont aujourd'hui la seule entité politique pouvant prétendre exercer le pouvoir exécutif d'un hypothétique gouvernement mondial. Ils peuvent d'autant plus facilement y prétendre que la plupart des gouvernements sont aujourd'hui beaucoup plus soucieux de convaincre les États-Unis d'accroître leur engagement sur le plan international (dernier exemple : la Bosnie) que de chercher à limiter l'influence américaine comme à l'époque, pas si lointaine, d'hégémonie absolue où l'« impérialisme américain » était régulièrement dénoncé.

7. La théorie néolibérale

L'approche néolibérale va chercher à démontrer que, du point de vue du logicisme économique, nul hegemon n'est en général nécessaire pour assurer l'offre de régimes internationaux et que la logique des intérêts individuels (étatiques) peut être suffisante pour créer les arrangements institutionnels adéquats à la solution des problèmes de coordination posés par l'« anarchie ». La théorie néolibérale s'est affirmée dans les années quatre-vingt grâce aux travaux de Keohane, de Stein, de Young, de Lake et de Snidal, pour nous en tenir à une liste limitative.

La question qui traverse toutes les analyses est en fait de savoir si le déclin de la puissance américaine (qui semblait jusqu'à une date récente un fait acquis dans le courant dominant de l'ÉPI) va s'accompagner de l'effondrement des régimes internationaux et du retour à l'instabilité que le monde avait connue durant l'entre-deux-guerres. L'approche néolibérale peut se lire comme délivrant un message d'espoir. Elle apporte la bonne nouvelle que la coopération internationale peut être, même dans un contexte de déclin hégémonique, une institution efficace pour assurer une « bonne gouvernance » du système international, car la convergence des intérêts individuels constitue un stimulant suffisant pour créer ou maintenir les institutions nécessaires, surtout dans un contexte où les interdépendances entre économies nationales sont devenues très importantes, comme c'est le cas depuis la fin des années soixante-dix.

C'était là l'objectif affiché du grand ouvrage de Keohane *After Hegemony. Cooperation and Discord in the World Political Economy* : expliquer la « création de régimes en l'absence d'hégémonie » (Keohane [1984], p. 100). Pour ce faire, l'auteur entendait partir des mêmes hypothèses théoriques que le réalisme (et donc celles de la stabilité hégémonique). Puisque chacun gagne à la coopération, l'hegemon n'est pas une condition nécessaire pour la création des régimes, et un régime peut émerger de façon endogène à la suite d'arrangements institutionnels entre agents guidés par la seule logique de leurs intérêts individuels dans des jeux répétés.

La publication de l'ouvrage de Keohane a marqué un tournant et suscité une longue controverse avec le courant néoréaliste aux États-Unis, une controverse qui n'a pas cessé depuis. Nous commencerons par présenter la « critique » du principe hégémonique développée par les auteurs néolibéraux. Nous envisagerons ensuite l'analyse de l'offre de régimes proposée par ces mêmes auteurs. Nous analyserons enfin comment les arrangements institutionnels peuvent spontanément « émerger » dans un monde d'États souverains préoccupés de leurs seuls intérêts.

I. LA RÉINTERPRÉTATION DE LA CONDITION HÉGÉMONIQUE

L'hégémonie constitue-t-elle une condition nécessaire à la fourniture des biens collectifs internationaux ? La coopération entre acteurs étatiques peut-elle être un substitut efficace à l'absence d'un hegemon ? Ce débat forme l'un des champs les plus labourés concernant les controverses théoriques sur la stabilité hégémonique. Bien que le dilemme du prisonnier n'épuise pas la thèse de la stabilité hégémonique (Kindleberger développe conjointement l'argument du « stabilisateur central »), la question du dilemme du prisonnier et des biens collectifs a constitué le centre du débat. Le premier à avoir complètement explicité la critique est Snidal [1985a]. Nous exposerons d'abord le cadre d'analyse utilisé avant d'envisager les développements.

A. Le cadre d'analyse

Le lecteur qui n'est pas intéressé par les aspects techniques peut se reporter directement au I.B.2. en sautant les points intermédiaires.

1. Les diagrammes de la coopération

Snidal utilise l'analyse de Shelling [1978] pour montrer qu'un leader n'est pas nécessaire à la production d'un bien collectif. L'analyse de Shelling est une représentation du dilemme du prisonnier à n joueurs permettant de définir un « k-groupe » : le nombre minimal de coopérateurs nécessaire pour rendre une coopération profitable, notion qui définit une sorte de « point mort » de la coopération. Un k-groupe est une notion équivalente à celle de « groupe privilégié » au sens d'Olson, c'est-à-dire une coalition d'agents pour lesquels les coûts de formation de cette coalition équilibrent les avantages attendus.

L'auteur illustre à l'aide d'un diagramme simple la notion de k-groupe appliqué à l'échelon international. On suppose qu'il existe n États ayant des intérêts similaires et qui peuvent choisir entre coopérer et ne pas coopérer. La coopération est coûteuse (les gains nets d'un État augmentent quand il choisit de *ne pas* coopérer, c'est-à-dire de se comporter comme un passager clandestin : la droite des gains en coopération [C] est donc en dessous de la droite des gains en non-coopération [NC] dans la figure 12. L'ordonnée à l'origine de la droite C mesure le coût de création de l'institution. Les gains augmentent pour un État au fur et à mesure que s'élève le nombre de pays qui choisissent de coopérer (les pentes des droites de gains en fonction du nombre des États qui coopèrent sont positives) car la production

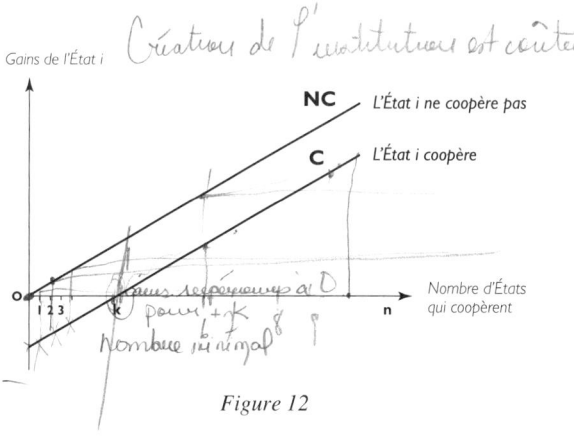

Figure 12

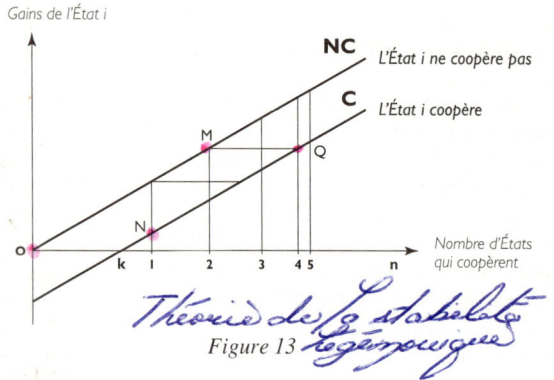

Figure 13

du bien collectif est mieux assurée. Ces données, qui sont constitutives du problème posé par Kindleberger, sont illustrées dans la figure 12.

Chaque État est donc incité à ne pas coopérer pour se soustraire au coût de production du bien collectif international (donc à se comporter comme un passager clandestin). Si tous les États suivent la logique de leurs propres intérêts, le nombre d'États qui coopèrent est égal à zéro et le système trouve son point d'équilibre au point origine, un point qui est manifestement (quand n > k) sous-optimal par rapport à la coopération, car les gains nets sont supérieurs à zéro sur la droite C pour n'importe quel n supérieur à k.

Si k ou plus d'États choisissent de coopérer, il existe un gain net pour la coalition ainsi formée. L'argument est au cœur de la théorie des k-groupes et de la critique de l'idée qu'un hegemon est nécessaire pour la fourniture de biens collectifs internationaux : il n'y a rien dans la théorie des biens collectifs qui limite le k-groupe (pour employer la terminologie de Shelling) ou le « groupe privilégié » (pour employer la terminologie d'Olson) à un seul État et donc justifie la thèse de la stabilité hégémonique. La critique repose entièrement sur la prise en compte des seuls intérêts individuels des acteurs en termes de gains absolus (gains « économiques ») sans considération pour les gains relatifs et les relations de puissance.

Pour expliciter la critique, il faut évidemment faire intervenir la *taille différentielle* des États, qui constitue le point crucial de l'analyse hégémonique. Il suffit pour cela de ranger les États sur l'axe horizontal par ordre décroissant (en définissant une unité de mesure adéquate qui tient compte des tailles). Deux cas sont à distinguer (figures 13 et 14).

Le premier cas (figure 13) est relatif à la configuration dans laquelle l'État doté de la taille la plus importante a une taille supérieure à k. Cette situation est apparemment celle visée par la théorie de la stabilité hégémonique. Le pays hégémonique a intérêt à prendre en charge, même seul, les coûts de production du bien collectif puisqu'il existe pour lui un gain net (le point N ayant une ordonnée positive, le pays 1 a toujours intérêt à se positionner sur la droite C même s'il est seul à le faire plutôt que de rester sur la droite NC, avec tous les autres, donc en O par définition). Dans ce cas, tous les pays sont des passagers clandestins, sauf le pays hégémonique, celui-ci apparaissant sous la figure d'un leader bienveillant. On retrouve le cas du jeu « Bully » envisagé dans l'encadré du chapitre précédent avec des hypothèses plus réalistes (n États au lieu de deux États).

Il est cependant clair qu'il est dans l'intérêt du pays hégémonique de chercher à promouvoir une coopération plus large car les gains sont croissants avec n. Par exemple, dans le cas de la figure 13, Q ayant une ordonnée supérieure à M, le pays hégémonique dispose d'arguments pour persuader les pays 2, 3, 4 et 5 de coopérer à la production du bien collectif sur une échelle plus large. En poursuivant le raisonnement, on peut imaginer que se mette progressivement en place une coopération intégrale de tous les pays. Cependant, cette coopération

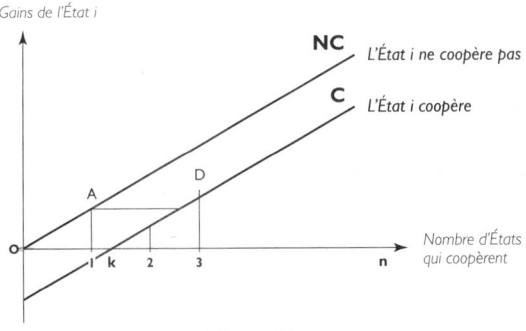

Figure 14

n'est pas nécessaire, et la seule existence d'un hegemon de taille supérieure à k est suffisante pour qu'il ait intérêt à produire, même seul, le bien collectif international.

2. *Critique de l'hypothèse hégémonique*

Pour juger de la validité de la proposition hégémonique, supposons maintenant que la puissance hégémonique décline. Cette nouvelle situation est représentée dans la figure 14, quand la taille du pays le plus important *devient inférieure à k.*

L'État 1 n'a alors plus intérêt à assurer seul la fourniture du bien collectif. Aucun autre État non plus. La théorie de la stabilité hégémonique prédit de ce fait l'écroulement du régime. Cette conclusion paraît hâtive. Snidal reprend l'analyse de l'action collective en se plaçant dans l'hypothèse de trois États (États-Unis, Japon, Allemagne) pour simuler la configuration « triadique posthégémonique » et réfuter l'argument de Kindleberger selon lequel les intérêts privés des deux derniers États doivent les pousser à choisir de ne pas coopérer laissant peu d'espoir pour la coopération après le déclin de l'hégémonie américaine. Les États 2 et 3 (qui sont supposés de taille équivalente dans la figure 14) peuvent préférer se joindre à l'État 1 pour coopérer avec lui et permettre le maintien d'une situation de gains nets positifs pour tous (car D a une ordonnée supérieure à A). Un « leadership coercitif » est même envisageable, une configuration dans laquelle les pays 2 et 3 sont forcés de coopérer, c'est-à-dire de contribuer au financement du bien collectif (on pense à la guerre du Golfe et aux contributions imposées par les États-Unis à ses partenaires), car il existe des gains nets positifs pour tous. À cause de cette incitation, la théorie de la stabilité hégémonique apparaît prise en défaut. Non seulement la coopération peut persister après le déclin de la puissance hégémonique, *mais le degré de coopération doit augmenter* car il est maintenant nécessaire de regrouper un nombre d'États *plus important* pour atteindre le seuil à partir duquel les gains nets deviennent positifs.

L'idée centrale est finalement que la taille relative du pays le plus important n'est pas le critère décisif. La donnée fondamentale concerne *la taille relative de la coalition des États les plus puissants.* De ce point de vue, un fait empirique d'une grande portée théorique serait que la taille de la triade n'aurait pas changé de façon significative malgré le déclin américain. La triade conserverait donc la taille critique pour assurer le maintien d'un régime malgré le déclin de la puissance hégémonique. L'analyse cherche ainsi à expliciter pourquoi le déclin de l'hégémonie américaine n'a pas interrompu brutalement la coopération économique et pourquoi le problème contemporain majeur est devenu celui de la « bonne gouvernance », c'est-à-dire la définition des modalités de la coopération entre Grands (G3, G5, G7 ou G8).

B. Développements de l'analyse

1. Leadership coercitif et leadership bienveillant

C'est dans ce cadre que l'on peut replacer le débat sur le caractère coercitif ou bienveillant du leadership, une question qui, pour Yarbrouth et Yarbrouth [1992], oppose deux traditions de l'analyse hégémonique : la tradition de l'« exploitation » (le « bâton » qui pousse à coopérer) ; la tradition « paternaliste » (la « carotte » qui incite à coopérer). Comme on l'a vu, le leadership de Kindleberger se situe plutôt du côté de la carotte que du bâton. L'analyse de Snidal permet de donner un fondement analytique à la distinction (devenue classique) entre le leadership coercitif (imposé et maintenu par le *pouvoir*) et le leadership bienveillant (caractérisé par la production de biens collectifs satisfaisant les *intérêts* de tous les membres de l'économie internationale et donc jouissant d'une sorte de délégation de la part de ces derniers). Le leadership coercitif implique une hégémonie, mais le leadership bienveillant peut être assuré par un petit groupe de pays désirant maintenir la production de biens collectifs (l'idée est développée dans Gilpin [1987]).

Dans le cas bienveillant-paternaliste, le leader fournit le bien collectif international de façon unilatérale, ou supporte une part élevée du coût et bénéficie d'une part faible des gains. Quand le leadership est au contraire coercitif-exploiteur, le leader oblige les États moins puissants à contribuer au financement et, à la limite, à supporter la totalité du coût. Le critère discriminant est donc de savoir si, pour les *États non hégémoniques* appelés à entrer dans le cercle de la production du bien collectif, les gains nets augmentent (leadership bienveillant) ou diminuent (leadership coercitif). Malgré les apparences, ce critère ne suffit pas à rendre discernables les deux formes de leadership en toutes circonstances. Alt, Calvert et Humes [1988] construisent notamment une formalisation qui montre qu'aucune distinction qualitative ne permet d'opposer les essences « bienveillante » et « coercitive ».

L'analyse peut être illustrée à l'aide de la figure 15, dans laquelle il existe une coalition de p États (ou un État hégémonique de taille p). On se pose la question d'un élargissement du nombre d'États participant à la fourniture du bien collectif. Pour p + 1, il est évident que le leadership serait coercitif pour le nouvel État appelé à s'associer (ses gains diminueraient de b à c) ; mais, pour p + m, le leadership deviendrait pour lui bienveillant (les gains nets augmenteraient car d a une ordonnée supérieure à b). Pour la même « structure », le leadership peut devenir bienveillant ou coercitif (légitime ou imposé) selon les montages associatifs.

2. Portée de l'analyse néolibérale

Nous conclurons cette revue du débat en soulignant le résultat aujourd'hui admis au sein de l'ÉPI (et c'est une évidence pour un économiste) : *du point de vue de la logique formelle et si l'on raisonne en termes économiques* (c'est-à-dire en termes d'intérêts propres, donc en termes de gains absolus et non relatifs), la fourniture de biens collectifs à l'échelle internationale et

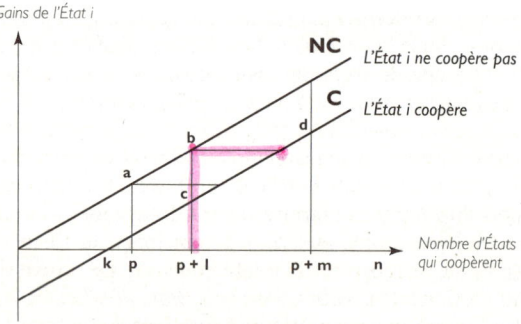

Figure 15

le maintien d'un régime n'impliquent pas une concentration du pouvoir au sein d'une puissance hégémonique unique. L'hégémonie, si elle constitue une condition suffisante pour assurer l'existence d'un régime, n'est *nullement nécessaire* ni pour son maintien ni pour sa création : en effet, la coalition des États les plus puissants (si sa taille est suffisante, c'est-à-dire supérieure à la taille critique, dite « k-groupe ») a intérêt à prendre en charge les coûts de production de biens collectifs lorsque cette production devient prohibitive pour la puissance hégémonique en déclin. Le corollaire de ce résultat n'est cependant pas suffisamment souligné : l'analyse néolibérale démontre paradoxalement les limites de l'approche économique en établissant que la nécessité d'une hégémonie, si elle doit être prouvée, ne peut l'être qu'à partir d'une approche du politique et des rapports de puissance.

Gowa [1984] a cherché à évaluer la capacité des k-groupes à mettre en œuvre la fourniture de biens collectifs en prenant l'exemple de la monnaie internationale (qui, comme on l'a noté précédemment, est un bien collectif pur à la différence d'un système monétaire international). L'auteur utilise comme tests les discussions engagées au sein du G5 (les pays de la triade plus la Grande-Bretagne et la France) entre 1978 et 1980 (c'est-à-dire à un moment où l'ensemble des décideurs et des analystes partageait l'idée que le monde était en train d'évoluer vers un système monétaire multipolaire comportant plusieurs devises clés) en vue de créer une monnaie internationale substituable au dollar et fondée sur les DTS émis par le FMI. Le travail de Gowa montre que ces discussions ont échoué sur le problème du *partage des coûts au sein du G5*, un échec qui fournit une preuve invalidant l'hypothèse qu'un k-groupe puisse être un substitut efficace à l'hégémonie. On notera que la difficulté renvoie à une question relative à la répartition, c'est-à-dire un aspect non pris en compte par la logique du dilemme du prisonnier.

L'objection selon laquelle le G5 ne constituerait pas un k-groupe est sans grande valeur car si cinq pays totalisant plus de la moitié du commerce mondial en 1979 (et plus du tiers du PIB mondial) ne parvenaient pas à atteindre la taille critique pour être un k-groupe, alors il ne pourrait exister aucun autre candidat sérieux. Le fait que le G5 ait été incapable de coopérer pour instituer une réforme du système monétaire international, une réforme que les cinq pays appelaient de leurs vœux, prouve que la logique de la théorie des groupes n'est pas, en pratique, de nature à invalider les prémisses de la théorie hégémonique, au moins dans sa version « nécessaire mais non suffisant ».

En fait, à quoi aboutit toute cette « critique » apparemment savante ? À démontrer que les États ont intérêt à produire des biens collectifs internationaux plutôt que le contraire, ce qui n'a pas vraiment besoin d'être prouvé à partir du moment où l'on se place sous les hypothèses du dilemme du prisonnier. L'analyse précédente ne fait qu'illustrer dans un cadre non familier (un jeu à n joueurs de taille différente) le dilemme habituel et le fait que les joueurs « auraient intérêt » à se coordonner et à ne pas faire tous défection. Mais c'est là la caractéristique même du problème posé du point de vue des *conditions de demande* et non une solution (autre que le principe hégémonique) du point de vue des *conditions de l'offre*.

II. L'ANALYSE DE L'OFFRE DE RÉGIMES

Supposons que, dans un domaine donné des relations économiques internationales, les conditions d'existence d'un dilemme d'action collective se trouvent réunies. Comment un régime international peut-il être créé en l'absence d'un hegemon ayant un intérêt unilatéral à produire un bien collectif ou, doit-on ajouter puisque cette dimension semble la plupart du temps passée sous silence, à mettre en place un système de gestion des externalités ? L'étude de la partie « demande » est donnée par les dilemmes d'action collective (chapitre v). Reste à intégrer une partie « offre » en remplacement du principe hégémonique. La question n'est pas systématiquement étudiée par les auteurs néolibéraux. Un début de construction théorique ressort de certaines suggestions de Keohane relatives aux coûts de transactions. Après avoir examiné l'analyse de ces coûts, on cherchera à intégrer les idées présentées dans un schéma synthétique offre-demande.

A. L'analyse des coûts de transactions

Keohane signale à plusieurs reprises que les *coûts de transactions* constituent une partie essentielle de la théorie des régimes (Keohane [1993], par exemple). À plusieurs reprises également, Keohane indique la nécessité d'opérer une « synthèse » entre le « côté de la demande » de régimes (la théorie des échecs du marché) et le « côté de l'offre », un côté qui doit inclure la théorie de la stabilité hégémonique comme un cas particulier. Il semble bien que, pour Keohane, la théorie des coûts de transactions offre la base de construction du côté de l'offre de régimes, donc l'analyse des raisons explicatives du *comment* de la construction de régimes.

Le point de départ peut être utilement illustré par le théorème de Coase [1960]. Le théorème nous dit qu'une issue parétienne (telle que le serait par exemple le libre-échange pour une petite économie si l'on se réfère à la théorie conventionnelle du commerce international) sera obtenue indépendamment de la distribution des droits de propriété tant qu'il n'y a pas de coûts de transactions. Explorons le cas classique du choix entre protection et libre-échange à l'aide de la théorie des coûts de transactions. En matière de choix de politique commerciale extérieure, comme on l'a vu, les coûts concernent les transactions pour que les gagnants de la libéralisation du commerce extérieur indemnisent les perdants. Selon le théorème de Coase, le processus politique produira des choix de politique économique efficients à quatre conditions : s'il y a information parfaite sur les différents états de l'économie (gains et pertes) ; s'il n'y a aucun coût à négocier ; s'il n'y a aucun coût pour opérer la compensation des perdants ; si les contrats sont exécutoires. Autrement dit, avec des « marchés politiques » parfaits (au sens de l'analyse de Coase, c'est-à-dire sans coûts), les politiques optimales seraient choisies, à savoir le libre-échange. Les conditions n'étant pas réunies dans la réalité, les choix de politique économique sont donc rarement efficients.

Le choix de la protection peut alors s'expliquer comme provenant du fait que les coûts de transactions sont trop élevés pour que les gagnants du libre-échange parviennent à compenser les perdants. De ce fait, les arrangements internationaux pourraient être interprétés comme des dispositifs pour diminuer les coûts de transactions à l'intérieur des espaces de négociation nationaux. Cette analyse se conclut donc par la proposition suivante : la création d'un régime devient problématique à partir du moment où les *coûts de transactions sont trop importants*.

Mais l'analyse ne peut s'en tenir là. Keohane [1988, p. 386] avance la proposition selon laquelle les régimes n'apparaissent que là où les coûts de transactions sont à la fois « ni trop élevés ni trop faibles ». S'ils sont trop faibles, en effet, *il est inutile* de créer un régime international car il est possible, dans le cadre de simples arrangements *ad hoc*, de négocier la compensation des perdants par les gagnants ou de trouver une solution à d'autres dilemmes d'action collective. Par exemple, la coordination des politiques monétaires à l'échelle internationale n'a pas besoin de se doter d'un régime international (comme c'était le cas avec le système de Bretton Woods) si l'information n'est pas oné-reuse et si les échanges sont très bon marché (facilité de trans-port rapide et peu coûteux des personnes, télécommunications à bas prix, informatique de grande diffusion, messagerie élec-tronique, etc.). On peut alors se contenter de négociations ponc-tuelles, de communication à distances et de réunions infor-melles, comme c'est de plus en plus le cas avec le G7, sans avoir besoin de construire les structures lourdes d'un régime.

Comme les régimes sont également impossibles lorsque les coûts de transactions sont très élevés, il reste le domaine de l'« entre-deux » : les régimes doivent alors être conçus comme des dispositifs destinés à diminuer les coûts de transactions ins-titutionnels, c'est-à-dire les coûts associés aux quatre fonctions précédemment identifiées (*sanctioning*, *monitoring*, informa-tion, répartition) dans le cadre d'un *système intégré*. En trans-formant la coopération *ad hoc* en coopération systémique, le régime diminue les coûts de transactions, mais cela implique de mettre en conformité les différents arrangements institution-nels qui composent un domaine donné des relations internatio-nales. En fixant des normes et des règles dans le domaine concerné, un régime a pour but de *mettre en conformité ces arrangements*. Par conséquent, une distinction conceptuelle forte est à établir entre institutions et régime (ce dernier est formé non seulement par des institutions, mais également par les procédures de mise en conformité de ces institutions).

C'est seulement dans le cas où les coûts de transactions sont très élevés que l'hypothèse hégémonique serait valable. Les régimes hégémoniques et la coopération imposée par la puis-sance hégémonique devraient être associés à des structures de coûts qui représentent des dépenses d'investissement (ou de fonctionnement) hors de portée des coopérateurs éventuels de

taille réduite, notamment pour harmoniser et intégrer les différentes institutions composant un domaine donné des relations
internationales.

L'analyse des coûts de transactions permet de rendre compte
d'observations faites précédemment à l'occasion des études
thématiques. Prenons pour exemple le commerce extérieur. On
a vu que l'on pouvait regrouper l'ensemble des contraintes qui
viennent limiter le commerce extérieur autour de l'idée de coûts
de transactions. Historiquement, le principal coût, de ce point de
vue, a longtemps été le « risque » du commerce international
avec des opérateurs lointains (risque de naufrage par exemple)
et étrangers (sur lesquels le droit national n'a que peu de force
exécutoire). L'offre de régimes ne pouvait être prise en charge
par les petites nations car le niveau des dépenses nécessaires était
prohibitif. La diminution des coûts de transactions peut être
analysée comme une externalité de la constitution d'une hégémonie. La simple existence d'une hégémonie dans une aire géographique permet, notamment à travers le *facteur militaire*, de
créer des routes commerciales sûres et, en pacifiant les relations,
de diminuer les risques du commerce international. C'est fondamentalement grâce à l'Empire romain ou, durant la période
hellénistique, grâce au rôle d'Athènes que les routes maritimes
en Méditerranée ont pu être le théâtre d'échanges commerciaux
intenses ; le même phénomène s'est renouvelé pour les grandes
routes océaniques avec l'hégémonie britannique.

On peut donc dire qu'une *hégémonie diminue les coûts de
transactions* et procure un bien collectif à l'ensemble des pays,
ce qui accroît le bien-être mondial. Les coûts de création d'un
régime par un hegemon *sont plus faibles* que ceux qui devraient
être supportés par une coalition de puissances non hégémoniques en raison des *externalités* dont bénéficie l'hegemon du
fait de sa *présence dans plusieurs régimes*. Ainsi, l'existence
d'une hégémonie militaire conduit à faire bénéficier le domaine
commercial d'externalités en matière de diminution des risques
et réduit d'autant, par rapport à ce qui serait nécessaire pour une
coalition de pays quelconques, les coûts afférents à la création
d'un régime dans le domaine commercial. Cette donnée rejoint
l'observation déjà faite selon laquelle c'est toujours *la même
puissance* que l'on retrouve comme hegemon dans les différents
régimes internationaux coexistant à la même période historique.

B. Le schéma complet en termes de demande et d'offre de régimes

Comme on l'a dit, Keohane et, à sa suite, les auteurs néo-libéraux ont cherché à montrer que l'hégémonie est une condition suffisante, mais non nécessaire, pour le maintien des régimes, donc que la coopération et la stabilité internationale peuvent perdurer après l'hégémonie. Sur le plan théorique, l'idée est que le principe coopératif (la logique des intérêts) *peut* être un substitut au principe de domination (la logique de la puissance) dans l'analyse des régimes après l'hégémonie, de même qu'il *doit* en être un complément en phase d'hégémonie. Reste à faire entrer ces propositions dans un schéma complet de formation des régimes articulant les aspects de demande (les dilemmes d'action collective) et les aspects d'offre (dont le principe hégémonique ou son substitut par les coûts de transactions).

La pensée de Keohane a toujours semblé hésiter entre plusieurs schémas conceptuels concernant la « synthèse ». Celui que nous présentons a le mérite de donner une place à la plupart de ses analyses même si l'on s'est permis d'extrapoler sur les points obscurs. Nous pouvons résumer (avec les risques de trahison que cela représente) l'ensemble de cette architecture dans une figure (figure 16).

La figure 16 incorpore, et organise, plusieurs idées importantes de la vision néolibérale. D'abord le fait que l'existence des régimes internationaux non hégémoniques n'est pas le résultat automatique d'un problème d'action collective (d'un dilemme et de l'existence d'un *market failure*). Encore faut-il que les coûts de transactions ne soient ni trop faibles ni trop élevés. La deuxième idée importante concerne la distinction entre régimes et institutions. La troisième concerne la distinction entre coopération et régimes. Ces distinctions, sur lesquelles Keohane insiste longuement, sont ici retrouvées de manière assez naturelle, notamment la typologie en différents types de coopération résultant de l'articulation offre-demande : la

pération spontanée (ou invisible), la coopération *ad hoc* et la coopération systémique. Seule cette dernière se trouve rattachée au fonctionnement en régimes.

Prenons un exemple pour illustrer l'analyse néolibérale. L'intégration européenne, et les formes d'intégration régionale,

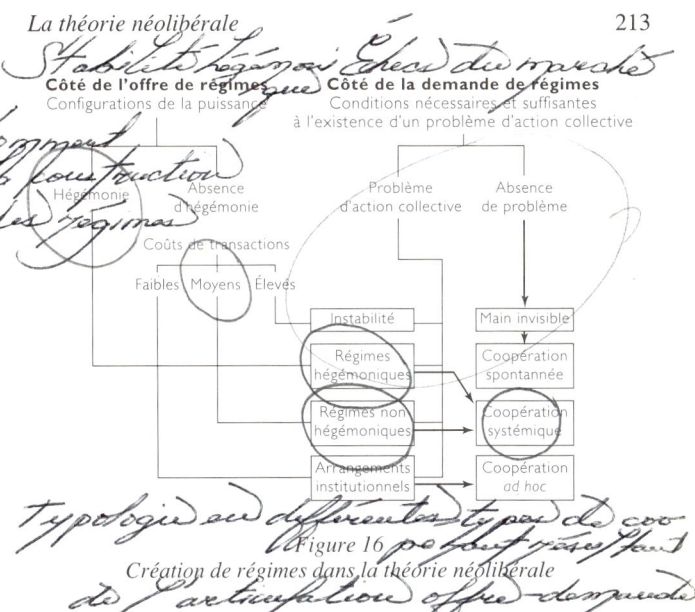

Figure 16
Création de régimes dans la théorie néolibérale

sont *a priori* des anomalies car rien ne contraint la coopération à s'institutionnaliser sur une base régionale du point de vue de la demande de régimes. Les régimes devraient d'emblée être mondiaux et multilatéraux. Pourquoi alors le régionalisme et le « minilatéralisme » ? Une réponse peut être trouvée dans le fait que les interdépendances et l'intensité des échanges sont plus grandes entre pays géographiquement proches et que les coûts de transactions pour la formation des régimes internationaux sont plus faibles à l'échelon régional. En d'autres termes, la construction européenne s'expliquerait par le côté de l'offre plutôt que par le côté de la demande. Les implications d'une telle idée n'ont pas donné lieu jusqu'à présent à un traitement complet.

Un point paradoxal de l'analyse néolibérale mérite d'être signalé. Du point de vue de la demande de régimes, il a été établi que la coopération est d'autant plus difficile que les incitations à la défection sont importantes. Nous venons maintenant de découvrir que, concernant le « côté de l'offre », quand les coûts de transactions sont élevés, les régimes ou les institutions nécessaires à la solution des problèmes d'action collective peuvent ne pas se former. Autrement dit, le côté de la demande et le côté de l'offre de régimes aboutissent au même résultat pessimiste : les régimes sont *d'autant moins probables* qu'ils sont *plus nécessaires*. L'analyse fournit ainsi une explication au fait que ce sont dans les domaines les plus essentiels (comme l'environnement ou les mouvements financiers internationaux) que les obstacles à la création de régimes sont précisément les plus grands.

Une question exige des éclaircissements : lorsque les coûts de transactions sont faibles, comment expliquer qu'il puisse émerger de façon spontanée une coordination entre agents (la coopération appelée ici *ad hoc*) ? S'il n'existe pas de dispositif systémique et puisqu'on suppose qu'il existe des dilemmes d'action collective, comment les acteurs vont-ils faire pour coopérer ? Ce point a fait l'objet d'une longue et vivace discussion théorique. L'analyse permet *a contrario* de démontrer pourquoi (quand les coûts de transactions sont significatifs) des régimes deviennent nécessaires. Pour simplifier le raisonnement, nous supposerons que les coûts de transactions sont nuls.

III. L'ANALYSE DES ARRANGEMENTS INSTITUTIONNELS SPONTANÉS

L'approche néolibérale des régimes s'est emparée avec délectation d'un résultat important, mais limité, dû à Axelrod ([1981] et [1984]) et qui est censé démontrer qu'un équilibre coopératif peut émerger spontanément par un processus de sélection naturelle lorsque le jeu est de la nature de celui du dilemme du prisonnier tout en étant *répété* (à horizon infini ou indéfini). Keohane a rapidement compris le parti qu'il pouvait en tirer ; l'article signé en commun (Axelrod et Keohane [1985]) cherche à appliquer à la coopération internationale les résultats établis par Axelrod sous la forme de « théorèmes généraux », une expression excessive compte tenu de l'absence de démonstration ayant une portée vraiment générale.

Une bonne partie de la littérature néolibérale et du débat entre néoréalistes et néolibéraux s'est canalisée autour du thème conçu par Axelrod, à savoir celui de l'« efficacité » d'une stratégie coopérative conditionnelle (la stratégie Tit-For-Tat, que l'on traduit habituellement par « donnant donnant ») dans le jeu du dilemme du prisonnier répété à horizon indéfini (c'est-à-dire répété de façon aléatoire avec un horizon fini) ou infini (c'est-à-dire répété de façon certaine mais avec un horizon temporel infini). On soulignera ici l'hypothèse implicite de l'analyse, à savoir que les coûts de transactions sont nuls. Sous cette hypothèse, que l'on néglige en général de rappeler, on s'interroge pour savoir si, en présence de dilemmes d'action collective, la logique des intérêts peut être suffisante pour promouvoir, « de façon spontanée », une solution correspondant à un optimum collectif.

L'idée consiste à montrer que les stratégies « gagnantes », qui doivent émerger d'un processus de sélection naturelle, sont précisément celles qui ne cherchent pas à tricher systématiquement et qui parient sur la coopération. La stratégie Tit-For-Tat (TFT par la suite) présente trois caractéristiques : ne jamais faire défection (ou « cavalier seul ») le premier (règle de « bienveillance ») ; appliquer une punition (faire défection) si le joueur a fait défection le coup précédent (règle de « susceptibilité ») ; coopérer de nouveau après l'application de la punition (règle d'« indulgence »). Après une rapide présentation des résultats d'Axelrod, on envisagera leur applicabilité au champ de l'ÉPI.

A. L'émergence endogène de la coopération

Le lecteur qui n'est pas intéressé par les aspects un peu techniques formant le 1. peut sauter directement au 2.

1. Formalisation du problème

On a vu que, dans le cadre d'un jeu du type de celui du dilemme du prisonnier, supposé représentatif des obstacles à la coopération spontanée des États dans le système international, l'issue du jeu est un équilibre de Nash sous-optimal. Si le jeu est à un coup, il n'existe aucune solution pour résoudre le dilemme sans l'aide d'un système de contraintes imposé de l'extérieur à la logique des comportements individuels (une institution). Axelrod a cherché à montrer que la nécessité de l'institution exogène s'évanouit, ou s'affaiblit fortement, à partir du moment où l'on considère un jeu répété, dit « super-jeu », et des conditions assez raisonnables sur les caractéristiques du jeu

Le super-jeu du dilemme du prisonnier

Le jeu du prisonnier se caractérise par une matrice des gains dont les termes vérifient les inégalités suivantes : $T > R > P > S$, inégalités que l'on complète souvent par l'inégalité $R > 0,5(T + S)$ pour s'assurer que la coopération mutuelle correspond à un optimum collectif.

Supposons que le jeu soit répété une infinité de fois. Soit q le taux d'escompte du temps ($0 < q < 1$). On pourrait interpréter q comme la probabilité pour qu'il y ait une nouvelle rencontre entre les deux joueurs et étudier le cas d'un super-jeu « indéfiniment » répété, mais les résultats seraient similaires au cas d'un super-jeu infiniment répété. Un jeu est « indéfiniment » répété quand la rencontre suivante avec le même joueurs n'est pas certaine (ce qui suppose que le nombre de joueurs est supérieur à deux). On peut par exemple considérer le cas simple où chaque joueur a la probabilité constante p de rencontrer le même joueur au jeu suivant mais avec un nombre fini de jeux que chaque joueur est amené à jouer. On choisit de formaliser ici le cas d'un super-jeu dans lequel il n'y a que deux joueurs mais avec des jeux « infiniment » répétés. Envisageons les stratégies. Les stratégies possibles sont très nombreuses. TFT est une stratégie performante par rapport à un grand nombre d'autres stratégies. Comparons les performances de TFT avec celles de la stratégie « toujours seul » (TS), qui est la stratégie dominante dans un jeu à horizon fini. Les résultats sont donnés dans le tableau du « tournoi TFT contre TS ». Il existe quatre jeux selon les quatre duels possibles entre TFT et TS. Axelrod compare les performances de deux stratégies au terme d'un tournoi (troisième colonne).

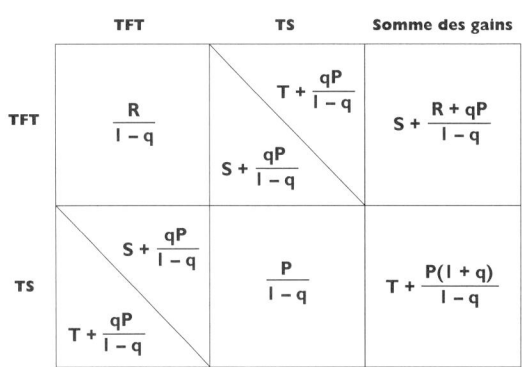

Envisageons d'abord les scores des duels isolément. Le score de TS face à TFT est :

$$V(TS/TFT) = T + qP + q^2P + q^3P + \ldots = T + \frac{qP}{1-q}$$

On a de façon symétrique le score de TFT face à TS :

$$V(TFT/TS) = S + qP + q^2P + q^3P + \ldots = S + \frac{qP}{1-q}$$

Puisque T est par définition supérieur à S, il en résulte que TFT est *toujours perdant* face à TS, une propriété importante qui prolonge le cas à un coup, ou le cas à plusieurs coups avec horizon fini. Mais il s'agit de résultats d'un jeu parmi les deux que chaque joueur doit jouer dans le tournoi. Et les stratégies sont à évaluer sur les gains cumulés dans le tournoi.

La propriété fondamentale est que la stratégie TFT peut être préférable à la stratégie TS quand le joueur adverse pratique la stratégie TFT. La condition pour que la stratégie de coopération conditionnelle (TFT) rapporte plus que la défection est donnée par la comparaison de V(TFT/TFT) et de V(TS/TFT) ; on trouve qu'il faut :

$$q > \frac{T-R}{T-P}.$$

Il est donc possible que TFT soit globalement gagnant face à TS. Le taux d'escompte du temps doit être suffisamment important par rapport aux données du jeu ; il doit être supérieur à une valeur qui est nécessairement inférieure à 1, ce qui est possible. Si q est « trop petit », tout en étant inférieur à 1, la perspective des gains futurs à la coopération n'est pas suffisante pour compenser l'incitation à la défection immédiate. L'inégalité inverse peut être interprétée comme la condition pour qu'une collectivité pratiquant TFT ne soit pas conquise par un envahisseur pratiquant TS. En effet V(TFT/TFT) peut être interprété comme les gains moyens d'une population TFT. La condition énonce donc que TFT est « collectivement stable » face à TS si q est « suffisamment » important. Concernant TS, la condition est toujours remplie. TS est donc « collectivement stable » quelle que soit la valeur du taux d'escompte du temps car :

$$V(TS/TS) > V(TFT/TS).$$

L'argument d'Axelrod ne porte pas sur la comparaison ponctuelle des gains associés à la stratégie TFT par rapport à une autre stratégie possible, mais sur la comparaison des gains cumulés dans un tournoi où toute stratégie joue contre toutes les stratégies (dont elle-même). Les gains cumulés sont donnés dans la troisième colonne du tableau lorsque l'on envisage un tournoi entre TFT et TS. TFT gagne si :

$$q > 1 - \frac{R-P}{T-S}.$$

Axelrod prend pour exemple : R = 3, S = 0, T = 5, P = 1. Pour que TFT soit plus performant que TS, il faut donc que q soit supérieur à 0,8 [comme q = $(1 + i)^{-1}$, cela implique que le « taux d'intérêt » implicite i soit inférieur à 25 %]. Il a mis en présence 65 stratégies (aléatoire comprise) dans un premier tournoi, puis après information sur les performances de ce tournoi, 63 stratégies dans un second tournoi (les programmes sont alors opposés de 3 969 façons). Les auteurs des programmes venaient de cinq disciplines différentes : psychologie, économie, science politique, mathématiques, sociologie. TFT est sorti gagnant des deux tournois.

(voir encadré pour ceux qui désireraient des détails supplémentaires). En d'autres termes, on envisage la classe des jeux dans lesquels il y a une *probabilité non nulle* que le jeu continue, soit que la probabilité soit égale à un (jeu certain, dit infiniment répété), soit qu'elle soit inférieure à un (jeu dit indéfiniment répété).

La seule condition est que le jeu *ne soit pas* un super-jeu à *horizon temporel fini*. Si le jeu était joué un nombre fini de fois (même très grand) et que ce nombre était connu d'avance, les joueurs n'auraient pas intérêt à coopérer. En effet, si c'était le cas, le meilleur coup lors de la dernière partie serait sans hésitation la défection puisque chaque joueur n'a rien à attendre du joueur adverse au coup suivant (il n'y a pas de coup suivant, donc pas de futur à influencer et l'on se retrouve dans les conditions du jeu habituel à un coup où la défection mutuelle est l'issue du jeu). La stratégie à adopter à l'avant-dernier coup devient de ce fait elle-même non ambiguë : les joueurs n'ont aucun intérêt à coopérer puisqu'ils savent que le joueur adverse fera cavalier seul au dernier coup. En remontant par le même raisonnement au premier coup, on en déduit que les joueurs ont tous deux intérêt à faire cavalier seul sur toute la séquence finie de coups.

Mais ce raisonnement n'est plus valable si les joueurs se rencontrent un nombre indéfini de fois (ou infini de fois, mais l'hypothèse paraît irréaliste). Dans la plupart des situations concrètes, les joueurs ne peuvent être sûrs du moment où la dernière interaction aura lieu : le nombre de rencontres doit donc être considéré comme indéfini (et l'univers est probabiliste). Chaque joueur sait avec une probabilité q si la rencontre doit se reproduire. Il faut donc considérer l'espérance de gain (le produit de q et de la valeur du gain). Le contexte d'information imparfaite produit les mêmes conséquences que si l'horizon était infini : la coopération peut émerger. Alors, un joueur peut espérer que le fait de pratiquer la coopération influence le comportement futur du joueur adverse.

Cette espérance se fonde sur la propriété générale qu'*il n'existe pas de stratégie dominante* quand on répète le dilemme du prisonnier à l'infini (une configuration qui n'a pas une grande pertinence pour l'analyse des situations concrètes) ou de façon indéfinie (une configuration moins irréaliste). Par exemple, face à la règle « toujours seul » (TS), la règle optimale est « toujours seul », mais face à la règle TFT la meilleure règle n'est pas nécessairement TS (voir encadré pour ceux qui ne sont pas rebutés par quelques calculs simples). C'est d'ailleurs pour cette raison, parce qu'il n'y a plus de stratégie optimale dans un jeu répété à horizon infini ou indéfini (mais non dans un jeu à horizon fini), que se trouve relaxée la solution décourageante d'un inévitable équilibre de Nash sous-optimal propre au jeu à un coup. Le résultat comporte deux faces : la première (la face sympathique) stipule que la double défection n'est plus l'inévitable issue comme dans les jeux à un coup ou à horizon fini ; la face moins plaisante est que l'équilibre coopératif n'est pas non plus nécessairement l'issue du jeu. On reste donc dans l'indétermination. Contrairement aux assertions d'Axelrod, l'analyse ne répond pas aux trois problèmes posés par la coopération dans un monde décentralisé : la « coopération spontanée » des acteurs est-elle robuste (pas trop sensible aux valeurs des paramètres) ? est-elle stable, c'est-à-dire peut-elle résister aux autres stratégies ? est-elle viable, c'est-à-dire peut-elle s'étendre et envahir une population ?

2. Résultats de l'analyse

L'approche par les jeux répétés de façon infinie ou indéfinie ouvre seulement *la possibilité* de l'émergence de la coopération et la possibilité pour que la coopération soit robuste, stable et viable. Cette émergence exige néanmoins des conditions très strictes. Elle exige notamment que les individus aient suffisamment de chances de se rencontrer à nouveau pour que l'issue de leur prochaine interaction leur importe : elle suppose aussi que la valeur attachée au futur soit suffisamment élevée. En d'autres termes, aucune forme de coopération ne peut émerger si l'avenir n'a pas assez de poids par rapport au présent. Il faut, selon l'expression consacrée, que l'« ombre portée » par l'avenir soit suffisamment importante (par rapport aux données du jeu). Il est en effet intuitivement évident que les joueurs ne seront dissuadés de pratiquer la défection tout de suite (donc de pratiquer la trahison) que si l'espoir des gains futurs (horizon infini) ou la probabilité de rencontrer de nouveau le même joueur (horizon indéfini) sont suffisamment élevés.

Axelrod montre que la coopération *peut* naître dans un monde d'égoïstes sans pouvoir central à partir d'un groupe d'individus pratiquant la réciprocité. Il existe pour lui deux conditions clés nécessaires à l'épanouissement de la coopération : celle-ci doit se fonder sur une stratégie de réciprocité (stratégie TFT) d'un petit groupe initial d'acteurs (supérieur à une taille critique), et l'ombre portée par l'avenir doit être suffisamment importante. Plus précisément, la possibilité de l'émergence de la coopération se trouve confortée par trois grands « théorèmes » relatifs à la stratégie TFT (tous supposent réalisée la seconde condition clé) :

– la robustesse de TFT : cette règle de conduite enregistre de meilleurs résultats face à toutes les autres règles et donc, étant plus performante, a des chances de représenter avec le temps, par sélection naturelle, une proportion croissante de la population étudiée ;

– la stabilité : une fois installée dans une population, la règle TFT est collectivement stable dans le sens suivant : si tous les membres d'une population coopèrent, elle ne peut plus être attaquée et envahie par une règle adverse (une règle « toujours seul » par exemple) ;

– viabilité initiale : dans une situation initiale où les joueurs pratiquent différentes règles, un groupe suffisamment important de joueurs pratiquant la règle TFT peut envahir cette population ; de même, des joueurs TFT peuvent faire démarrer la coopération et envahir une population homogène pratiquant une même règle (même collectivement stable à l'égard de nouveaux venus se présentant un à un comme « toujours seul ») s'ils arrivent par petits groupes suffisamment importants.

Nous voyons ainsi se dessiner une théorie susceptible de rendre compte de l'émergence spontanée d'une coopération *ad hoc* à partir de trois éléments : la configuration des intérêts (structure complémentarité-conflit des intérêts), l'« ombre du futur » et le nombre d'acteurs. Ces trois dimensions peuvent aider à comprendre pourquoi il y a émergence ou blocage de la coopération sous l'anarchie.

Malgré la présentation qu'en font les auteurs néolibéraux et indépendamment de leur valeur intrinsèque, les résultats exhibés n'ont pas le caractère de « théorèmes ». Aucune démonstration générale ne préside à leur établissement. Leur validité repose en fait essentiellement sur une base expérimentale, plus précisément sur les résultats des tournois informatiques organisés entre règles concurrentes et établissant la supériorité de TFT, argument complété par quelques exemples historiques ou biologiques (considérés d'ailleurs comme discutables par les spécialistes). Il faut comprendre qu'il ne s'agit pas là d'une faiblesse qui serait propre à l'analyse mais de la propriété même du jeu répété dans le dilemme du prisonnier : lorsqu'on répète le dilemme du prisonnier à l'infini (ou de façon probabiliste), il n'existe plus de stratégie dominante, c'est-à-dire de règle à long terme se présentant comme une réponse optimale quelle que soit la règle d'action à long terme choisie par l'autre.

Le seul résultat qui peut prétendre à une certaine généralité est le « théorème du folklore » (il en existe différentes versions), énonçant la condition rassurante que toutes les issues d'un jeu obtenues de façon coopérative sont accessibles de manière non coopérative si le jeu est répété à l'infini ou s'il est à information incomplète (Fudenberg et Maskin [1986]) à condition que l'ombre portée par le futur soit suffisamment importante. Après une quinzaine d'années de débats et d'évaluation, on sait maintenant (Bendor et Swistak [1997]) que les travaux d'Axelrod ne résolvent pas de façon déductive les problèmes posés par la coopération (la coopération sans autorité centrale est-elle robuste, stable et viable ?) ; ils confortent néanmoins l'intuition selon laquelle les stratégies de coopération conditionnelle présentent des avantages par rapport aux autres stratégies.

B. L'applicabilité de l'analyse à l'économie politique internationale

L'approche qui vient d'être exposée tend donc à montrer que le processus d'émergence spontanée de la coopération entre États rend sans objet la création de régimes et de toutes formes d'institutions à partir du moment où les coûts de transactions sont faibles. Soulignons la « nouveauté » de ce résultat.

La vision des anciens libéraux était celle d'un monde d'États égoïstes engagés dans un processus d'échanges mutuellement avantageux. Le libéralisme première manière considérait que l'harmonie et l'ordre devaient spontanément émerger des interactions entre États complètement informés et conscients de leurs intérêts. Dans cette approche, l'émergence d'institutions et de régimes paraissait problématique puisque la logique de la « main invisible » était suffisante, comme chez Adam Smith, pour réaliser l'optimum collectif. En d'autres termes, les régimes n'étaient pas nécessaires du fait de la propriété d'*autorégulation des actions*. Bien que les néolibéraux reconnaissent l'existence de dilemmes et d'intérêts simultanément complémentaires et conflictuels, dilemmes qui ne peuvent être résolus par l'autorégulation des actions, ils parviennent à une conclusion similaire en faisant intervenir le jeu d'une sorte de « coordination invisible » par l'adaptation des stratégies. Les États, puisqu'ils sont rationnels, doivent adopter la stratégie performante qui est la stratégie de coopération conditionnelle.

La réconciliation de l'équilibre avec l'optimum et la résolution d'autres dilemmes apparemment insurmontables s'effectuent donc de façon spontanée, sans nécessité de créer des institutions et des régimes, cela grâce à l'adaptation des comportements. Au regard de la théorie des régimes, l'apport du courant néolibéral tend donc à montrer que, dans les situations où les *coûts de transactions sont faibles*, les régimes sont inutiles car sans objet du fait de la capacité d'*autorégulation des comportements*. Comme le progrès technique joue dans le sens d'un abaissement des coûts de transactions, on doit en déduire une *inutilité de plus en plus grande* de beaucoup de régimes.

Reste à savoir si les travaux d'Axelrod sont applicables aux relations internationales si l'on considère les hypothèses du modèle. La question a fait l'objet de nombreuses controverses depuis la recension critique de Gowa [1986]. On peut regrouper ces controverses autour de deux groupes de questions : les questions relatives aux joueurs, les questions relatives à la nature du jeu. Un autre point mérite une attention particulière, mais nous nous contenterons d'en faire simplement mention en raison de l'importance qui lui a déjà été accordée : l'analyse suppose des coûts de transactions nuls. Ce point, qui pour le lecteur de cet ouvrage devrait être une évidence, est souvent négligé.

1. Le nombre et l'inégalité des joueurs

Une première série d'interrogations concerne le nombre de joueurs. Le jeu considéré par Axelrod est un jeu 2×2. Outre le fait que les options ne sont jamais dans la réalité internationale du type « tout ou rien » (donc avec nécessité d'envisager des processus de « *bargaining* »), la restriction principale sur le plan de la pertinence des résultats tient à la limitation à deux joueurs. En général il existe un grand nombre de joueurs dans le domaine international. On arrive donc à ce paradoxe que la coopération envisagée par Axelrod est le contraire même de celle visée par les phénomènes internationaux. Les n joueurs de la population étudiée par Axelrod ne coopèrent jamais tous ensemble, ni à plus de deux. La restriction à la coopération bilatérale n'est pas gênante pour l'étude de beaucoup de relations d'échanges mais constitue un *obstacle rédhibitoire pour l'étude des relations internationales*, qui font intervenir beaucoup de participants et où la coopération, en dehors du cas spécial des systèmes bipolaires, est un concept multilatéral (« minilatéral » dans certains cas). Dans les jeux à plus de deux joueurs, se posent en effet des problèmes qui n'ont pas d'équivalent dans les jeux à deux joueurs. Il est notamment nécessaire d'envisager la possibilité de coopérations partielles (des *coalitions*) entre quelques joueurs, ce qui modifie entièrement les termes du problème (possibilités de regroupements régionaux comme en Europe). Les conditions d'applicabilité des résultats d'Axelrod au champ international ne vont donc pas de soi et demandent à être prouvées, entreprise dans laquelle aucun auteur néolibéral ne s'est pour le moment aventuré.

Une seconde série de problèmes concerne la question de l'inégalité des joueurs. Le dilemme du prisonnier suppose des joueurs d'égale importance alors que le champ international se trouve structuré par une distribution inégale de la puissance. Les États faibles ne sont pas confrontés à des situations de dilemme du prisonnier. Comme on l'a vu dans le chapitre précédent, en faisant intervenir les relations de puissance, on peut associer à une version de la théorie de la stabilité hégémonique un jeu représentatif qui n'est pas un jeu du prisonnier (jeu « Bully »), dans lequel l'hegemon se comporte comme un leader bienveillant. Il est également possible d'envisager un jeu symétrique dans lequel l'hegemon peut créer des opportunités d'exploitation en soumettant le plus faible et en interdisant à ce dernier de s'échapper de son statut d'« exploité ». De façon plus générale, l'analyse ne prend pas en compte les implications de l'inégalité dans le champ international et qui rendent la stratégie TFT envisagée par Axelrod inopérante pour promouvoir la coopération internationale (Gowa [1986]).

2. La nature du jeu

Envisageons maintenant la question de savoir si le super-jeu du dilemme du prisonnier est pertinent pour décrire les situations internationales. Le premier problème résulte du fait que les résultats d'Axelrod supposent que le jeu soit indéfiniment ou infiniment répété. L'hypothèse d'horizon infini est irréaliste dans le cas général ; elle l'est encore plus concernant le domaine international, car les États (qui ne sont ni des ménages ni des entreprises) ont toujours la possibilité d'avoir *recours à la guerre* et de faire disparaître leurs adversaires (légitimement au regard des normes, des principes et des règles internationales : modèle anarchique). De ce fait il n'y a pas place pour des jeux infiniment répétés à l'échelon international. Indépendamment du spectre de la « mort économique » et du fait que les États sont préoccupés par leur propre survie (dont la survie économique), les enjeux sont si élevés dans le domaine international que la crainte de se tromper fait que les États ont une forte propension à suivre la stratégie dominante du jeu fini qui est la défection. Le jeu n'est pas, non plus, indéfiniment répété car les États sont *certains* d'avoir à rencontrer toujours les mêmes partenaires dans leurs jeux mutuels. Par exemple, le jeu entre l'Allemagne et la France n'est pas « indéfiniment » répété. Les échéances sont certaines (échéances européennes par exemple) et il est évident que le jeu monétaire, politique et commercial devra être joué avec l'Allemagne et non avec un hypothétique pays tiers.

Le deuxième problème tient au fait que la nature du jeu reste stable durant le processus de convergence vers la coopération. Or, internationalement, le jeu n'est jamais stabilisé et l'un des enjeux des conflits entre les États est précisément l'affrontement sur la *définition des règles du jeu.* Le jeu ne peut être considéré comme véritablement « stabilisé » que dans les domaines organisés en régimes, mais il serait absurde de se placer dans cette hypothèse puisqu'elle est contradictoire avec le résultat que l'on veut établir, à savoir l'inutilité des régimes.

De plus, on l'a vu, dans le champ international d'autres structures existent et sont quelquefois plus pertinentes pour représenter les questions internationales que le dilemme du prisonnier. « Le dilemme du prisonnier pur n'est probablement pas la situation la plus courante des problèmes internationaux » (Russett [1983], p. 115). Gowa [1986] souligne fortement le fait que dans l'analyse des phénomènes internationaux le point de départ ne peut être le dilemme du prisonnier mais les « jeux de la coopération ». La stratégie de « coopération conditionnelle » est alors inopérante pour faire émerger la coopération.

On a déjà décrit plusieurs situations qui ne se prêtent nullement à la théorisation d'Axelrod. Prenons par exemple le jeu des accords de libre-échange entre la Grande-Bretagne et la France au XIXᵉ siècle. En termes de théorie des jeux, la Grande-Bretagne et la France n'étaient pas confrontées à un dilemme du prisonnier : la Grande-Bretagne avait déjà abaissé unilatéralement ses tarifs (elle préférait adopter seule des tarifs bas plutôt que de voir pratiquer des tarifs élevés des deux côtés) ; symétriquement, la France préférait pratiquer des tarifs élevés quoi que fît la Grande-Bretagne. Aussi longtemps que cette structure de préférences restait la même, et qu'aucune passerelle n'était jetée avec d'autres enjeux de négociation (ce que fera le traité de libre-échange Cobden-Chevalier de 1860), aucun joueur n'était incité à modifier ses choix. Comme on l'a vu dans le chapitre consacré au régime commercial, le libre-échange n'a pas été obtenu par le principe de la coopération conditionnelle décrit par Axelrod mais à la suite d'une négociation globale liant le dossier commercial (un arbitrage en faveur de la Grande-Bretagne) et d'autres dossiers, dont celui de politique extérieure (la question de l'unité italienne et un arbitrage en faveur de la France) et le dossier intérieur (objectif de modernisation de l'appareil productif industriel français). De même, le projet de monnaie unique en Europe n'est pas le résultat d'une « coopération conditionnelle » dans le cadre d'un jeu du dilemme du prisonnier indéfiniment répété.

Ces critiques sont fortes et conduisent à rendre problématique la réalisation de la coopération par la voie décentralisée. Elles ne sont pas toutefois rédhibitoires. Un quatrième problème joue en revanche un rôle beaucoup plus important, du moins dans la littérature économique : il concerne le « problème des gains relatifs ». Il mérite un traitement à part car il structure aujourd'hui l'essentiel du débat néoréaliste-néolibéral sur la coopération internationale et se trouve au centre de la reformulation des théories des régimes internationaux par les auteurs néoréalistes contemporains.

8. La théorie néoréaliste contemporaine

La théorie néoréaliste contemporaine des régimes internationaux s'est construite en étroite symbiose avec la critique de la théorie néolibérale et le débat sur la nature de la coopération internationale. Le conflit entre néolibéraux et néoréalistes s'est particulièrement cristallisé sur le problème dit des « gains relatifs », un problème qui autorise des publications savantes mais reste loin d'épuiser le champ de questions couvert par la coopération ou la théorie des régimes internationaux. Par dérives successives, la dynamique des controverses a fini par noyer les interrogations primitives sur les régimes internationaux dans une problématique fonctionnaliste sur la coopération prise dans sa généralité. Cette dérive est une victoire néolibérale car les régimes internationaux ne peuvent être assimilés à de simples arrangements coopératifs.

Après avoir présenté la problématique gains absolus-gains relatifs, nous envisagerons l'analyse de l'offre de régimes, donc la tentative de généralisation des théories réalistes de la stabilité hégémonique opérée par la théorie néoréaliste contemporaine. Nous chercherons enfin à estimer la valeur explicative de cette théorie. Le lecteur réfractaire aux subtilités analytiques et désireux de s'en tenir à l'essentiel pourra se contenter du début jusqu'à la fin du I.A.1., puis sauter directement au II.C.

I. LE PROBLÈME GAINS ABSOLUS-GAINS RELATIFS ET LE DÉBAT SUR LA COOPÉRATION ÉCONOMIQUE INTERNATIONALE

L'argument des gains relatifs a constitué la principale arme de la contre-offensive néoréaliste face à l'avancée néolibérale. Les controverses forment la matière de l'ouvrage collectif publié par Baldwin [1993] et du survey très clair de Powell [1994]. L'argument néoréaliste tient en une proposition : le principe de coopération néolibéral n'est pas applicable inconditionnellement à la sphère internationale car les États sont principalement préoccupés par leurs *gains relatifs*. Le passage suivant de Waltz, régulièrement cité par les auteurs néoréalistes, sonne comme un rappel à l'ordre qui se donne les apparences de l'évidence : « Quand les États, confrontés à une possibilité de coopération avec des gains mutuels, se demandent s'ils vont coopérer, la question qu'ils se posent est de savoir comment le gain se partagera. Ils sont contraints de se demander non pas : "Est-ce que nous allons tous les deux gagner ?" mais : "Qui va gagner le plus ?" » (Waltz [1979], p. 105).

L'argument des gains relatifs se rattache évidemment de façon directe aux principes d'analyse réalistes en relations internationales ; dans l'arène internationale, le comportement des États est déterminé non par la recherche de gains absolus mais par la *recherche de la puissance*, qui est un concept relatif. En d'autres termes, les agents étatiques (les joueurs) sont intéressés à la coopération ou à la création de régimes dans la mesure où leurs *gains relatifs* s'accroissent. Comme il est impossible que tous les gains relatifs de tous les agents augmentent simultanément, il n'existe aucune raison générale pour la création de régimes sur la base de l'argumentation néolibérale. La coopération internationale ne peut être étudiée comme une institution qui émerge à partir de la logique des intérêts économiques, c'est-à-dire comme une recherche des gains absolus face à un dilemme d'action collective. Cette contre-offensive a suscité plusieurs ripostes de la part des néolibéraux.

Nous commencerons par envisager les débats concernant la possibilité de la coopération dans le cas où l'hypothèse des gains absolus est remplacée par l'hypothèse des gains relatifs ; nous envisagerons ensuite les débats dans le cas plus complexe d'un système à double motivation (gains absolus et gains relatifs), c'est-à-dire la configuration considérée aujourd'hui comme la plus générale.

A. L'argument des gains relatifs

En se plaçant sous l'hypothèse des gains relatifs, on montrera d'abord pourquoi il y a, pour le néoréalisme, mise en cause de la possibilité d'émergence spontanée d'une solution à un problème d'action collective. On envisagera ensuite comment les néoréalistes sont amenés à expliquer la coopération et l'émergence d'institutions.

1. Implications d'un univers à gains relatifs purs

Si les joueurs recherchent les gains relatifs et non les gains absolus (faire mieux que l'adversaire et non le meilleur score), on peut établir que TFT n'est plus une règle performante et que les propositions d'Axelrod ne sont plus valides. Behr [1981] a recalculé les performances des stratégies en supposant que les objectifs sont les gains relatifs. Le jeu n'est évidemment plus un jeu à somme positive ; c'est un jeu à somme nulle (le gain de l'un est la perte de l'autre), un jeu qui n'est donc plus un jeu du prisonnier. Dans un jeu à somme nulle, il n'existe pas de « gains joints » et les gains des uns sont inévitablement les pertes des autres. Behr montre alors que « toujours seul » est la seule stratégie dominante (pour toute valeur du taux d'escompte temporel), ce qui conduit à retrouver le résultat habituel des jeux non répétés ou à horizon déterminé.

L'inefficience de TFT est intuitivement évidente. Dans les confrontations avec les autres règles, la stratégie TFT n'obtient jamais plus de points que l'autre joueur dans aucun jeu car elle laisse toujours à l'autre l'initiative de la défection et ne fait jamais plus de défections que l'autre. Donc, ses gains relatifs sont toujours négatifs. TFT remportait le match en gains absolus uniquement parce que cette stratégie, quand elle *jouait avec elle-même*, faisait mieux que les autres règles quand ces dernières jouaient entre elles. Mais la coopération ne rapporte plus rien en termes relatifs *si les gains absolus à la coopé-ration des deux joueurs sont les mêmes* (sous l'hypothèse d'un jeu symétrique comme chez Axelrod) : le score de la stratégie TFT jouant avec elle-même est donc, en gains rela-tifs, égal à zéro. Les gains relatifs à la coopération étant nuls, il est alors normal que la stratégie TFT enregistre les plus mau-vaises performances face aux autres programmes, qui déga-gent un score positif en gains relatifs du fait de la possibilité de la défection.

Pour Grieco ([1993a], [1993b] et [1993c]), il faudrait distin-guer deux types de problèmes : les problèmes de gains relatifs et les problèmes de tricherie. Une meilleure compréhen-sion des régimes internationaux devrait passer par la prise en compte *simultanée* de ces deux types de problèmes. On don-nera plus loin une expression plus précise à cette proposition en interprétant la distinction proposée par Grieco en termes d'offre et de demande de régimes. Les régimes, une fois créés, peuvent ainsi *réduire* les préoccupations de gains relatifs en diminuant l'incertitude et en sécurisant les participants sur les intentions futures des autres joueurs, tout en *augmentant* les risques de tricherie. L'inverse peut naturellement aussi se produire.

Illustrons notre propos par un exemple qui concerne un pro-blème de macroéconomie internationale familier pour les éco-nomistes : l'analyse de la coordination des politiques moné-taires (Hamada [1976] et [1979] ; Cooper [1990] ; Oudiz et Sachs [1985] ; Canzoneri et Henderson [1991]). Ce point concerne un problème d'externalités (« jeu de la coopération ») et, par conséquent, ne soulève pas la difficulté du passager clan-destin, donc la possibilité de la tricherie. En quoi la spécifica-tion des gains (absolus ou relatifs) intervient-elle ? En termes d'ÉPI, le problème peut se décliner de deux façons. La pre-mière est celle généralement utilisée par les économistes eux-mêmes (approche néolibérale) et dans laquelle les fonctions-objectifs des États ont pour arguments les gains (ou les pertes) absolus (par exemple dans les modélisations standards : niveau d'emploi et niveau des prix). La seconde pourrait être d'inspi-ration néoréaliste mais n'a pas donné lieu à des études systé-matiques comme la première approche : elle ferait intervenir dans les fonctions-objectifs des États non plus les gains (ou les pertes) absolus mais les gains (ou les pertes) relatifs ; la variable

« différentiel d'inflation » (« faire moins d'inflation que le voisin ») remplacerait par exemple l'objectif « faire le moins d'inflation possible », ou la variable taux de change remplacerait la variable du maximum d'emploi. Le jeu est alors un jeu à somme nulle (les taux de change du franc contre le dollar et du dollar contre le franc ne peuvent s'améliorer simultanément, de même le différentiel d'inflation entre deux pays ne peut s'améliorer simultanément pour les deux pays). La coopération, qui devrait être une solution toujours désirée dans une approche néolibérale en raison du théorème bien établi de supériorité de l'équilibre coopératif sur les équilibres non coopératifs, n'a plus aucune raison d'être préférée par les États : les considérations relatives à la puissance (qui est un concept de position relative dans un espace de pouvoir) peuvent annihiler les motivations de bien-être économique. La conclusion à laquelle on aboutit alors est que les États *peuvent ne pas avoir intérêt à coordonner leur politique monétaire*.

Dans ce cadre d'analyse, pour expliquer les échecs de la coopération, on n'a plus besoin de recourir, comme le font habituellement les économistes, à des argumentations sophistiquées montrant que, sous certaines conditions, la coopération peut être « contre-productive » du point de vue des gains absolus (la littérature dans ce domaine est abondante ; voir par exemple : Rogoff [1985], Miller et Salmon [1985] et [1990], Canzoneri et Henderson [1991], Frankel et Rockett [1988]). L'argument peut être beaucoup plus simple que ne le pensent les économistes : la coopération est susceptible de ne pas se réaliser malgré le théorème bien établi de supériorité de l'équilibre coopératif sur l'équilibre non coopératif en raison du *conflit sur le partage des gains*. La coopération n'a pas besoin d'être contre-productive pour bloquer la coordination ; même dans le cas « productif », la coordination peut être inhibée et constituer un obstacle à des solutions mutuellement avantageuses en termes de gains absolus.

2. Comment expliquer la coopération lorsque les gains sont purement relatifs ?

Face à ce qu'ils considèrent comme un échec de l'approche néolibérale, les auteurs néoréalistes, pour rendre compte de la coopération internationale, sont alors amenés à proposer un autre modèle que celui reposant sur les relations d'intérêt, c'est-à-dire, conformément à leur philosophie, en mettant l'accent sur les *rapports de force*. Leur but est d'élargir la vision des premières théories de la stabilité hégémonique, dans lesquelles la création de régimes internationaux n'était possible qu'en configuration hégémonique en tenant compte dans l'offre de régimes à la fois de la distribution de la puissance (dont la configuration hégémonique n'est qu'un cas particulier) et de la distribution des gains relatifs.

Quand on considère une distribution égalitaire de la puissance dans le système international, le point de vue réaliste traditionnel d'une absence de coopération stable dans un système anarchique est fondamentalement juste pour les néoréalistes si les États sont guidés uniquement par leurs gains relatifs. Soit n le nombre, assez grand, d'États de puissances comparables. On peut toujours imaginer une coopération de m États (m < n) formant une coalition et ayant pour but d'*augmenter leurs gains relatifs vis-à-vis des joueurs* laissés en dehors de la coalition (n – m). La coopération envisagée est alors nécessairement restreinte à un sous-ensemble de pays et ne concerne que des alliances, jamais l'ensemble du monde. Vouée à être passagère, l'alliance est donc inévitablement instable si les rapports de force ne sont pas asymétriques, car des alliances concurrentes peuvent toujours se former et chaque joueur de chaque alliance est toujours tenté de faire défection pour rejoindre une autre alliance. La coopération apparaît donc exceptionnelle, flottante et temporaire. De même, elle est en principe impensable si l'on considère des jeux à deux joueurs (duopole), car la préoccupation des gains relatifs interdit tout accord.

Pour les néoréalistes, quand les gains sont uniquement relatifs, il existe (au moins) deux cas susceptibles de favoriser l'émergence de structures coopératives *stables* : le cas hégémonique (1 grand + p petits) et la configuration bipolaire (2 grands + p petits).

Des institutions internationales sont produites dans la configuration 1 grand + p petits en raison de la puissance de l'hegemon (théorie de la stabilité hégémonique). Les coopérations sont alors nécessairement hégémoniques car l'hegemon peut à tout moment bloquer la coopération entre États non hégémoniques si les gains relatifs de la coalition sont perçus comme une menace pour la préservation de la position hégémonique.

Un hegemon par définition :

– a la capacité de *bloquer une coopération* entre des États plus faibles poursuivant la logique de leurs intérêts (pouvoir de blocage) ;

– peut *imposer une coopération* qui désavantage un ou plusieurs partenaires du point de vue de leurs intérêts ou peut *exclure* un ou plusieurs partenaires d'un régime (pouvoir de coercition).

Krasner a souligné avec force l'importance des relations de pouvoir. Dans le passage suivant (Krasner [1993], p. 238), il explicite les trois voies par lesquelles, dans le cas général, la puissance intervient dans la formation d'un régime (c'est nous qui soulignons) :

> « (1) La puissance peut être utilisée pour déterminer *qui* peut faire partie du jeu. Dans les relations internationales, les acteurs de second ordre ne sont souvent pas même invités à la table.
> (2) La puissance peut également être utilisée pour dicter les *règles du jeu*, par exemple, pour savoir qui joue en premier. Le joueur qui joue le premier peut déterminer les enjeux, à condition que l'autre joueur soit convaincu que la stratégie du premier est irrévocable.
> (3) La puissance peut être utilisée pour changer la *matrice des gains*. »

Les arguments néoréalistes sont quelquefois acceptés par les néolibéraux, notamment celui de la capacité de blocage de l'hegemon (Keohane [1993] notamment).

Dans la configuration 2 grands + p petits, il y a également place pour une coopération (coalition) car les puissances de second rang peuvent avoir intérêt à se coaliser pour faire contrepoids à la puissance des deux joueurs principaux, alors que dans le même temps l'« équilibre » de la puissance bipolaire interdit aux grands de faire jouer leur capacité de blocage à l'encontre de la coalition des petits. Donc, à la différence de la coopération hégémonique (ou des coopérations coercitives que peuvent imposer les superpuissances dans leur sphère d'influence respective), une coopération d'un autre type est possible. En système bipolaire, une « troisième force » peut se créer entre puissances de second rang sur une base non multilatérale, comme en Europe ou entre les pays non alignés du tiers-monde. La Communauté économique européenne est ainsi analysée comme un régime régional produit par la guerre froide. En dehors des coopérations imposées par une puissance hégémonique ou suscitées par un équilibre bipolaire, il n'y aurait place que pour des alliances de circonstance (donc instables) entre un nombre nécessairement limité d'États. Ce point est toutefois controversé chez les néoréalistes depuis quelques années.

B. L'univers à motivations mixtes

Une place, même modeste, accordée aux gains absolus dans l'approche néoréaliste, ou aux gains relatifs dans l'approche néolibérale, est de nature à modifier profondément le traitement de la coopération. En fait, la littérature contemporaine, d'inspiration tant néoréaliste que néolibérale, part de l'idée que les États ont deux séries d'objectifs : des objectifs de gains absolus et des objectifs de gains relatifs. Par exemple, concernant l'économie et les objectifs de politique monétaire, on peut supposer qu'il y a coexistence de deux volontés : lutter contre l'inflation et faire moins d'inflation que le voisin (minimiser le différentiel d'inflation afin d'améliorer la compétitivité-prix). Le fait que les auteurs néolibéraux et néoréalistes soient largement influencés par un fonds théorique commun explique que la littérature sur la coopération économique internationale soit rapidement devenue un débat structuré autour de l'importance relative des gains absolus par rapport aux gains relatifs. Grieco [1993a, 1993b, 1993c], qui peut être considéré comme l'interlocuteur néoréaliste contemporain le plus actif à propos du problème des gains relatifs, admet que les États poursuivent des buts de gains relatifs comme des buts de gains absolus. Le débat consiste alors à discuter sous quelles hypothèses la coopération peut ou non émerger dans un système à motivations mixtes.

C'est dans ce contexte que les néolibéraux ont été amenés à dresser de nouvelles lignes de défense face à la contre-offensive néoréaliste afin d'établir que, dans un univers à motivations mixtes, le problème des gains relatifs peut ne pas être un obstacle à la coopération. La première ligne de défense concerne le nombre d'États ; la seconde les interdépendances. Après les avoir présentées, nous envisagerons les réponses néoréalistes.

1. Les lignes de défense néolibérales

• Le nombre d'États

Snidal [1991a, 1991b] étudie des modélisations intégrant les hypothèses néoréalistes pour chercher à montrer que l'argument selon lequel le problème des gains relatifs est de nature à inhiber la coopération internationale n'est pas fondé dans le cas général. Les résultats présentés par Snidal tournent autour du fait que la prise en compte d'un *grand nombre d'États* diminue fortement l'impact de la recherche des gains relatifs comme force inhibitrice de la coopération.

Un premier modèle [1991a] explore les jeux à deux joueurs (comme chez Axelrod) dans une population de n États (n étant grand). Chaque joueur prend en compte les gains relatifs avec tous les autres joueurs, mais la coopération est toujours bilatérale, comme chez Axelrod (jamais une coopération entre plus de deux joueurs). À la différence d'Axelrod, qui n'envisage que le jeu du dilemme du prisonnier, Snidal traite cinq types de jeux où se pose un problème d'action collective. Le jeu est à gains mixtes (gains absolus-gains relatifs) ; Snidal montre que la pondération accordée aux gains relatifs doit rapidement décroître avec le nombre d'États (comme d'ailleurs avec la diminution de la taille des États). C'est seulement dans le cas très spécial de deux États (ou quelques configurations comportant un très petit nombre d'États), avec pondération relativement importante accordée aux gains relatifs par rapport aux gains absolus, que la position néoréaliste deviendrait soutenable. Le résultat est intuitivement évident car, dans un monde bipolaire (ou « mini-polaire »), les camps en présence sont hautement sensibles aux gains relatifs. Pour un même gain absolu à la coopération (qui est par définition bilatérale), la préoccupation des gains relatifs comptera moins quand le nombre d'États sera grand, et donc l'impact négatif des gains relatifs dans la coopération potentielle entre deux joueurs sera affaibli. On en déduit que la probabilité de la coopération augmente quand on envisage des systèmes d'États nombreux de puissance comparable, une conclusion strictement opposée à celle de l'approche néoréaliste.

Le second modèle de Snidal [1991b] explore un thème similaire. Il se place sous les hypothèses extrêmes du modèle néoréaliste dans le cas du dilemme du prisonnier : les États sont, cette fois, supposés ne rechercher que les gains relatifs. Il veut montrer que le problème des gains relatifs disparaît à partir du moment où on lève la restriction que le jeu est à deux joueurs (on sort donc de la classe des jeux 2×2) et que le nombre d'États est important. La possibilité de coopération entre des sous-groupes d'États (ayant en vue les gains relatifs) est une incitation à l'adoption d'une stratégie coopérative par les États isolés. La figure 17, tirée de l'article de Snidal, illustre (dans un monde composé de n + 1 États) les profils d'évolution des gains relatifs pour un n-ième État confronté à la question de savoir s'il a intérêt ou non à adopter une stratégie TFT quand varie le nombre d'États pratiquant déjà entre eux la stratégie TFT (nous laissons au lecteur le soin de se reporter à l'article pour consulter les équations). Le graphe indique donc l'intérêt du n-ième État à rejoindre le groupe d'États pratiquant entre eux la coopération (donc à rejoindre une coalition). On suppose évidemment que les conditions sont telles que la stratégie TFT est performante (c'est-à-dire que l'ombre portée par le futur est supérieure à sa valeur critique).

La figure est très similaire au diagramme utilisé dans le chapitre précédent (figure 12) pour définir la notion de k-groupe (Schelling [1978]). Quand le nombre d'États qui coopèrent (qui utilisent entre eux une stratégie TFT) est inférieur à k, il est plus profitable pour un État d'adopter une règle de cavalier seul (NC). Par conséquent l'équilibre est en 1 puisque tous les États sont similaires et tiennent le même raisonnement. Quand le nombre d'États qui coopèrent est supérieur à k, il est plus profitable d'adopter la stratégie TFT, donc l'équilibre est en 2 puisque tous les États tiennent le même raisonnement (les gains relatifs sont alors nuls par définition). Le problème consiste alors à déterminer la valeur de k, c'est-à-dire le nombre minimal d'États devant pratiquer initialement la coopération pour que celle-ci se généralise à l'ensemble de la population. Si n + 1 est égal à 2, il est évident que k n'existe pas (dans un jeu à gains relatifs), et la coopération est sans objet. Mais pour n + 1 plus grand que 2, l'équilibre coopératif (équilibre 2) est alors possible. La coopération devient *de plus en plus probable* à mesure que n + 1 grandit car le nombre initial d'États pratiquant la coopération peut plus facilement être supérieur à k.

Snidal montre que la construction permet d'expliquer un certain nombre de « faits stylisés » du système international de

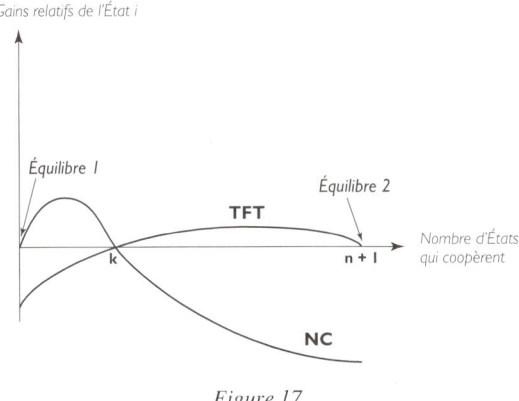

Figure 17

l'après-guerre : la tendance du grand à être exploité par le petit (comportement de passager clandestin), la coopération hégémonique et son déclin (l'hégémonie impose des régimes, ce qui consomme sa ruine), les structures coopératives dans un monde bipolaire relâché (intérêt à organiser des coalitions pour résoudre les problèmes d'action collective quand les superpuissances n'ont plus la force suffisante pour supporter seules les coûts des régimes). Si, sur les deux premiers faits, il y a coïncidence avec les explications de la stabilité hégémonique, il y a manifestement divergence sur le troisième.

• Les interdépendances et externalités

La seconde ligne de défense dressée par les néolibéraux pour répondre au problème des gains relatifs est relative à l'interdépendance. Lorsque l'on considère non un jeu du dilemme du prisonnier mais un jeu de la coopération, il est possible de montrer que, dans un jeu mixte (à gains relatifs et à gains absolus), la coopération n'est pas nécessairement inhibée à cause du problème des gains relatifs si l'interdépendance entre les États est suffisamment forte. En effet, plus l'interdépendance est élevée, plus les gains absolus à la coopération sont importants, puisque *les externalités augmentent.* Pour une pondération donnée entre gains absolus et gains relatifs, l'interdépendance accroît donc les coûts de la défection et les chances de l'émergence de la coopération. En d'autres termes, le coût de l'isolement est d'autant plus élevé que l'économie internationale est interdépendante et que le degré de mondialisation est important.

L'idée est appliquée par Suzuki [1994] à la question familière des économistes déjà signalée : la coordination des politiques monétaires. Sous la spécification standard d'un modèle à deux pays, la coordination est en général « productive » si on raisonne en gains absolus. Suzuki introduit un objectif de gains relatifs dans les fonctions de comportement des autorités monétaires (les gains relatifs sont définis comme les différences entre les valeurs de la fonction de gains pour l'équilibre de Nash et l'équilibre coopératif). L'exercice montre que l'élévation du degré d'interdépendance entre les deux pays constitue un facteur permettant de limiter fortement la portée du problème des gains relatifs. Si le degré d'interdépendance est suffisamment important, la coopération est rendue possible même dans un système bipolaire.

2. Les réponses néoréalistes

• Réponse à l'argument du nombre d'États

Grieco [1993c] montre que l'analyse de Snidal résout le « problème des gains relatifs par hypothèse » (p. 730), qu'il s'agisse du premier modèle ou du second. Le modèle de Snidal repose en effet sur l'hypothèse que les États reçoivent des *gains égaux de la coopération* et donc n'enregistrent jamais des changements dans leurs positions relatives du fait de leur collaboration (hypothèse de « rendements constants » de la coopération : deux États de taille égale qui coopèrent se partagent à parts égales les gains de la coopération ; dans le cas de deux États dont l'un est deux fois plus grand que l'autre, les gains se partagent entre deux tiers et un tiers ; deux États dont l'un est cent fois plus important que l'autre se partagent les gains de façon que l'un obtienne cent fois plus que l'autre). Pour Grieco, si on lève l'hypothèse de rendements constants, et si l'on suppose que les États reçoivent des gains asymétriques, les considérations d'inégalité dans les tailles redeviennent, comme dans le modèle néoréaliste traditionnel, de nature à inhiber la coopération internationale. L'essence du problème soulevé par les néoréalistes ne serait donc pas le fait que les États poursuivent des objectifs de gains relatifs mais le fait que les États craignent une *répartition inégale des gains* de la coopération, c'est-à-dire que les pays de grande taille s'approprient une part plus que proportionnelle des gains (ou inversement)[1]. Cette « réponse à la réponse » conduit finalement à s'interroger sur la signification exacte qu'il faut accorder au problème des gains relatifs, comme le souligne Snidal [1993].

Le débat paraît comporter manifestement plusieurs facettes. En raison du manque de définitions précises, on ne sait pas très bien s'il porte sur la *motivation* des gains relatifs ou sur la *réalisation* des gains inégaux. La difficulté prend une acuité particulière si l'on fait intervenir l'idée d'incertitude (Grieco [1993a]). L'influence des gains relatifs devient dès lors encore plus difficile à cerner, car il est possible que les gains relatifs soient équitablement répartis à court terme (donc ne constituent pas un obstacle à la coopération), mais qu'il y ait, en même temps, des incertitudes dynamiques sur les possibilités futures de renforcement potentiel d'un des partenaires. Les néoréalistes citent régulièrement l'étude de Mastanduno [1993] montrant que la crainte des États-Unis de voir le Japon acquérir progressivement un potentiel concurrentiel dans le domaine aéronautique a été la principale raison de l'échec des projets de coopération américano-nippon dans le domaine de la construction d'avions militaires et de satellites. On notera que les considérations évoquées ne sont pas de nature militaire (jeu à somme nulle par construction) mais de nature économique : à supposer que les bénéfices économiques aient été équitablement répartis à court terme, le risque était un risque anticipé à long terme sur la détérioration potentielle de la position dominante des États-Unis par rapport au Japon en matière de développement et d'application de la technologie avancée dans le secteur aéronautique.

• **Réponse à l'argument des externalités**

Dans le prolongement de Grieco, on peut développer une critique similaire de l'argument des externalités. Dans l'analyse de Suzuki, la variable de taille n'est pas retenue (le modèle fait

---

1. Comme l'écrit Grieco [1993c] : « Le but fondamental des États dans toute relation internationale est d'éviter que les autres enregistrent des résultats améliorant leurs positions relatives. » En d'autres termes, tant que les positions relatives ne se modifient pas (« coopération à rendements constants »), la coopération est possible ; dès qu'elles sont susceptibles de modification, la coopération devient problématique.

intervenir deux pays de taille identique) et les paramètres caractérisant les deux États sont parfaitement symétriques (les dépendances réciproques des pays sont égales et aucun ne « domine » l'autre en externalités), comme dans le modèle primitif d'Hamada. En fait, les paramètres cruciaux résident dans la relation entre les gains relatifs et la distribution de la puissance entre les États (distribution que l'on peut mesurer par une variable de taille ou par des externalités dissymétriques). Si les deux pays sont symétriques, la distribution des gains de la coordination est en principe égale (sauf à faire intervenir de façon exogène une clé inégale de répartition). Quand les tailles sont inégales (ou quand la symétrie des paramètres n'est pas respectée), les conséquences sont très différentes (voir par exemple Canzoneri et Gray [1985] ou Kébabdjian [1996a]). Les gains relatifs réalisés peuvent alors être très inégalement répartis et la coopération être inhibée par des considérations relatives au partage. L'exercice de Suzuki est donc de peu de portée et se conclut par le résultat attendu que les hypothèses néolibérale et néoréaliste convergent vers la même solution car, du fait des hypothèses de symétrie, le modèle ne peut intégrer que la dimension « motivation » des gains relatifs et non la dimension « répartition inégale » des gains.

Il reste que le concept de gains relatifs devient ambigu quand le nombre d'acteurs devient *supérieur à deux*. Les raisons évoquées par les néolibéraux restent valables. Qu'est-ce qu'un gain relatif dans un univers à plus de deux joueurs ? Soit un jeu à trois joueurs. Les gains relatifs pour un État A dans une coopération avec B peuvent diminuer au profit de B mais ce changement de position peut aider A dans une compétition avec un État C si A et B sont alliés et B et C sont adversaires. Quelle relation, quel gain relatif, va compter ? Le but fondamental de A est-il d'interdire à B d'enregistrer des gains relatifs dans sa relation bilatérale avec lui ou d'interdire à C de réaliser des gains par rapport au groupe formé par A et B, ou d'atteindre une position non spécifiée dans un jeu à trois joueurs ? À mesure que le nombre d'acteurs augmente, l'effet des gains relatifs devient plus complexe à démêler. Cette indétermination ne veut pas dire (sauf à poser des hypothèses particulières) que la motivation des gains relatifs diminue nécessairement comme le soutient Snidal ; elle signifie qu'il se pose un problème de *spécification de la proposition*.

II. L'ANALYSE DE L'OFFRE DE RÉGIMES

Quels enseignements tirer de la controverse sur le problème des gains relatifs ? Nous commencerons par noter avec Powell [1994] que l'ensemble du débat néoréaliste-néolibéral est obscurci par le fait que le statut des gains relatifs n'est pas vraiment spécifié. Après avoir explicité la nature du problème, nous envisagerons la tentative proposée par Grieco, puis l'articulation avec le côté de la demande de régimes.

A. Le statut des gains relatifs

Powell montre qu'il existe deux voies possibles pour fonder la prise en compte des gains relatifs : l'approche par la spécification des fonctions d'utilité des États (par les motivations) ; l'approche par l'environnement (par les contraintes). Dans le premier cas, on considère que les États accordent de l'importance aux gains relatifs parce que cette motivation fait partie de leur nature, ce qui définit une fonction-objectif particulière. Dans le second cas, on considère que la prise en compte des gains relatifs provient non de la nature des États et de leur *fonction-objectif*, mais de la nature des *variables* qui entrent dans la fonction. L'analyse de la coopération diffère radicalement dans les deux cas. En effet :

– si l'on justifie la prise en compte des gains relatifs par le fait que les États leur accordent une importance pour des raisons tenant à leur nature (approche « interne » aux États), on part d'une fonction d'utilité à motivations mixtes, et la pondération accordée aux gains relatifs par rapport aux gains absolus doit être considérée comme une variable exogène dans le modèle destiné à rendre compte de la coopération économique internationale (ou l'absence de coopération). Mais la théorie sous-jacente à ce comportement doit être explicitée (la double motivation est en principe la forme réduite d'un modèle structurel implicite non identifié dans le domaine politique) ;

– si l'on justifie la prise en compte des gains relatifs par l'environnement, à savoir que certains objectifs des États ont un caractère relatif, alors la pondération accordée aux gains rela-

tifs est le produit de l'environnement stratégique dans lequel
sont plongés les États (approche « externe » aux États). À propos de l'économie par exemple, on dira que les États ont des
objectifs qui, pour un environnement donné, sont par construction relatifs (le taux de change, la compétitivité, etc., sont des
« variables relatives »), alors que la fonction-objectif reste de
son côté une fonction usuelle (donc une fonction qui ne correspond pas à un système de double motivation). On peut alors
faire l'économie de la théorie comportementale sous-jacente à
la première interprétation.

Si l'on adopte la seconde approche, la pondération des gains
relatifs devient une *variable endogène* au modèle explicatif de
la coopération économique internationale, alors qu'il s'agit
d'une *variable exogène* dans l'approche par la fonction objectif. Dans les approches néoréaliste et néolibérale, on ne sait pas
vraiment pourquoi apparaissent les gains relatifs, de sorte que
les controverses paraissent biaisées d'avance. Pourquoi les néoréalistes considèrent-ils par exemple que la préoccupation de la
symétrie des gains est cruciale pour les États ? Grieco est le
seul auteur à avancer un début d'argument en se référant à
l'hypothèse d'anarchie et donc à la *motivation de l'autopréservation*. L'absence de gouvernement central et donc de garantie
de survie conduit les États à craindre constamment que les
autres se renforcent par accroissement de leurs gains relatifs. La
préoccupation de la symétrie des gains serait l'expression d'un
comportement de « positionnement défensif ».

Illustrons les implications des deux approches par le traitement de la question classique de savoir si l'élévation de l'interdépendance entre les économies est un facteur favorable ou
défavorable à la coopération. Deux réponses opposées sont
possibles selon que l'on considère le coefficient de sensibilité
aux gains relatifs comme *une variable endogène ou exogène*.
L'interdépendance est un facteur favorable à la coopération si
l'on estime que le problème des gains relatifs concerne la fonction-objectif, comme c'est le cas chez Suzuki. En effet, quand
l'interdépendance augmente, il y a des gains absolus plus
importants lorsque l'on coopère, du fait de la prise en compte
des externalités, et, pour une pondération donnée avec les gains
relatifs, l'incitation à coopérer s'élève. Mais dans le cadre de la
seconde approche, l'interdépendance doit être traitée comme
un facteur défavorable à la coopération : on peut, en effet,

La spécification des gains relatifs

On a signalé dans le corps du texte deux approches possibles des gains relatifs. Cet encadré vise à donner une expression formelle à ces deux approches. La première approche (par le comportement des États) revient à considérer une *fonction relative* de gains ; la seconde (par l'environnement) revient à considérer une fonction de *gains relatifs*. On peut facilement établir les écritures adéquates aux deux spécifications en partant de la fonction-objectif usuelle des économistes. Soit V la fonction de gains (absolus) qui dépend de la réalisation d'un vecteur d'objectifs. Limitons les objectifs à un nombre réel g et envisageons deux États 1 et 2 dotés, pour simplifier, de la même fonction-objectif V(.). Les fonctions-objectifs en gains absolus s'écrivent : $V(g_1)$ et $V(g_2)$. On peut alors définir des « fonctions relatives » de gains, qui s'écrivent : $R_1 = V(g_1) - V(g_2)$ et $R_2 = V(g_2) - V(g_1)$. Les fonctions de gains relatifs (ou d'objectifs relatifs) s'écrivent de leur côté : $R'_1 = V(g_1 - g_2)$ et $R'_2 = V(g_2 - g_1)$.

Les deux approches ne conduisent évidemment pas à la même représentation, sauf cas particuliers de la fonction V(.). Par exemple, si les gains concernent ceux de la coopération et que l'on suppose des gains à rendements constants (comme chez Snidal), on peut écrire : $V(g_1) = ag_1$ et $V(g_2) = ag_2$. Alors $R_1 = R'_1$ et $R_2 = R'_2$; les deux spécifications se confondent. La spécification retenue n'a donc pas une grande importance. Or, ce n'est pas le cas en général. On peut s'en persuader en réalisant que dans la première spécification le jeu est à somme nulle $(R_1 + R_2 = 0)$, à la différence de la seconde spécification $(R'_1 + R'_2 \neq 0)$; une divergence obtenue sous l'hypothèse *a priori* favorable que la fonction V(.) est la même pour les deux pays.

Concernant les représentations mixtes à gains absolus et gains relatifs, il peut également y avoir différentes spécifications selon la manière dont on exprime les gains relatifs. Par exemple, Grieco pose la relation : $U = V - k(W-V)$, où U est la fonction d'utilité de l'État, V sa fonction de gains absolus, W la fonction de gains absolus de l'autre État et k la sensibilité aux gains relatifs. Cette relation, qui est à motivations mixtes, se rattache à une idée de « fonction relative de gains » et non à une idée d'« objectifs relatifs ». Sous cette dernière spécification, on devrait retenir une autre écriture que celle de Grieco, soit : $U = V(g_1) - kV(g_2 - g_1)$.

considérer que l'interdépendance se traduit par le fait que ce sont les variables-objectifs des États qui deviennent alors plus relatives (objectif de différentiel d'inflation plutôt qu'objectif de niveau d'inflation, importance plus grande accordée à l'objectif de taux de change ou de compétitivité, etc.). Dans ces conditions, la croissance des interdépendances se traduira non par une pondération plus faible des gains relatifs, mais par une pondération plus forte.

B. L'analyse de Grieco

Les théoriciens néoréalistes ne tranchent pas véritablement l'ambiguïté sur la signification qu'il faut donner aux gains relatifs. Seul Grieco [1990 et 1993b] s'intéresse à la question. L'analyse reste toutefois équivoque car la distinction entre fonction-objectif et variable-objectif n'est pas faite, même si la spécification retenue par l'auteur se rattache implicitement à l'approche par les comportements (voir l'encadré ci-dessus). Grieco cherche seulement à montrer que la sensibilité aux gains relatifs (qu'il appelle « facteur k ») n'est pas une donnée immuable et peut varier. Il traite le coefficient de sensibilité du comportement d'un État aux gains relatifs, le facteur k (voir l'encadré pour des précisions), comme une variable qui est supposée toujours strictement supérieure à zéro. Il identifie six sources de variation possibles du facteur k entre deux pays :

– la *conjoncture considérée* (état de guerre ou de paix) et l'héritage conflictuel : un état de guerre, doublé d'un passé conflictuel, conduit à une valeur de k élevée ; inversement, des relations paisibles diminuent la valeur de k ;

– l'existence ou non d'un *ennemi commun* : la sensibilité aux gains relatifs croisés entre deux pays peut être plus faible (France et Allemagne par exemple) s'il existe un adversaire commun (États-Unis ou Japon par exemple, dans le domaine industriel) ;

– le *domaine concerné* : certains secteurs sont stratégiques et conduisent à donner aux gains relatifs une importance plus grande (questions militaires, recherche en technologie avancée…) que dans d'autres secteurs ;

– le *degré de convertibilité* des gains en ressources : les gains coopératifs dans le domaine de la protection contre l'environnement sont par exemple plus difficilement convertibles en ressources de puissance que les gains de la coopération dans un domaine où les externalités sont pécuniaires;

– la *taille des pays* : deux États de taille similaire auront tendance à se caractériser par un k plus faible que deux États de taille inégale mais proche ; un très petit État et un État très puissant auront, en revanche, tendance à se caractériser par un k faible ;

– la *nature de l'État* : des États démocratiques auront tendance, toutes choses égales par ailleurs, à avoir entre eux un k plus faible que s'il s'agissait d'États despotiques.

Cette grille est appliquée à l'analyse des résultats des négociations du Tokyo Round entre les États-Unis et l'Europe concernant les barrières non tarifaires, un domaine pris comme test parce que *a priori* moins favorable pour la théorie néoréaliste que le domaine des barrières tarifaires (Grieco [1990]). Grieco montre qu'il est possible d'expliquer les résultats contrastés en termes de coopération et le succès ou l'échec des accords par secteur selon la configuration des gains relatifs perçus par les deux partenaires dans le secteur considéré. Par exemple, une grande symétrie dans la répartition des gains relatifs dans un secteur non stratégique constitue un facteur favorable à la conclusion d'un accord ; une plus grande asymétrie de la répartition des avantages en faveur du partenaire le plus fort est, quant à elle, un facteur fortement défavorable.

Les travaux ultérieurs de Grieco [1995] se sont portés sur le « puzzle » que représente le cas européen pour la théorie néoréaliste. L'auteur cherche à expliquer les coopérations et les régimes en Europe à partir de la motivation des gains relatifs par les États européens. La monnaie unique est ainsi interprétée comme une recherche de gains relatifs par la coalition des États autres que l'Allemagne dans le domaine de la maîtrise de la conduite de la politique monétaire.

Grieco souligne que les institutions et les *régimes* peuvent évidemment promouvoir une norme de réciprocité qui, à partir du moment où elle est perçue comme effective, rend plus facile l'acceptation de pertes en gains relatifs sur une période (ou dans un domaine donné), car les États anticipent qu'ils seront *compensés* à une période ultérieure ou dans un autre domaine. Cet effet, qui se traduit par une *diminution du facteur k* de Grieco, est le principal bénéfice à attendre de la création d'institutions et de régimes.

C. L'articulation avec le côté de la demande de régimes

Il faut maintenant nous intéresser à la synthèse intégrant les différents déterminants qui ont été recensés jusqu'à présent. Le courant néoréaliste présente une analyse différente de celle de l'approche néolibérale concernant l'offre de régimes, mais il semble partager la même analyse à propos du côté de la demande de régimes. Il tend à montrer que ceux-ci sont en général impossibles, hormis des configurations de puissance ou de gains relatifs très particulières pour des raisons tenant à l'offre de régimes. Des arrangements coopératifs peuvent prendre forme sous l'effet de la distribution sous-jacente du pouvoir lorsque existent des puissances prépondérantes capables d'imposer un ordre ou d'autres structures de puissance particulières. Hormis ces configurations, les régimes sont problématiques et dépendent de la distribution des gains relatifs.

Une synthèse peut être tentée en cherchant à organiser les déterminants jusqu'à présent rencontrés dans un schéma comparable à celui proposé pour le modèle néolibéral (figure 16 de la page 213). Évidemment, comme pour le schéma néolibéral, celui proposé pour le néoréalisme est susceptible de critiques car il effectue des extrapolations sur des points qui restent encore indéterminés ou à l'état d'ébauches dans la pensée néoréaliste actuelle. Les idées précédemment rencontrées peuvent s'organiser selon la logique proposée dans la figure 18.

La figure 18 intègre l'idée que l'hégémonie est une configuration favorable à la constitution de régimes, comme dans les théories de la stabilité hégémonique, mais il généralise la possibilité à d'autres configurations. Concernant l'offre de régimes, deux types de déterminations doivent, en effet, être prises en compte : les déterminations provenant de la distribution de la puissance et celles provenant des gains relatifs. On peut distinguer les distributions de puissance fortement dissymétriques (mais qui ne comporte pas d'hégémonie) et les distributions plus égalitaires. Dans le premier cas, la création de régimes est rendue possible dans certaines configurations, comme la configuration bipolaire, qui permet aux puissances de second rang de former des coalitions sans que les deux superpuissances soient en mesure de les bloquer, leurs actions se neutralisant. Dans le deuxième cas, quand les États sont de

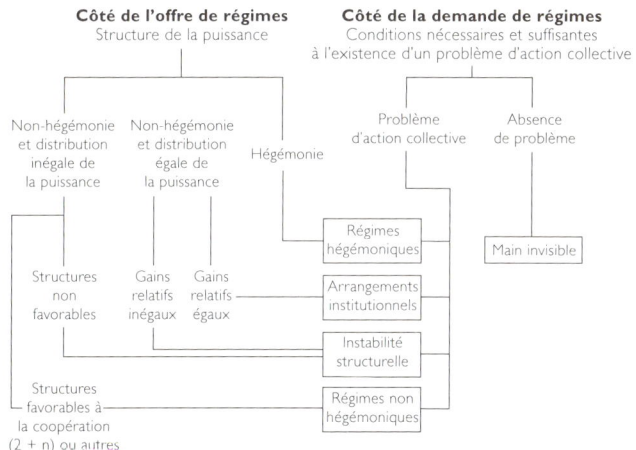

Figure 18
Création de régimes dans la théorie néoréaliste contemporaine

puissance comparable, un régime ne peut se former mais la coopération est possible lorsque les gains relatifs n'élèvent pas d'obstacles insurmontables. Toutefois la coopération doit alors s'analyser comme le produit d'arrangements institutionnels circonstantiels, et non comme l'expression de régimes permanents, en raison de l'instabilité supposée des coalitions qui sont à l'origine de la coopération en configuration de puissance également répartie. L'approche néoréaliste n'exclut donc pas totalement la possibilité de la coopération non hégémonique mais considère cette dernière comme contingente à des situations particulières du point de vue de la distribution de la puissance et des gains relatifs.

On soulignera toutefois que l'analyse de la création de régimes dans les structures non hégémoniques de puissance est un sujet de recherches qui n'a pas encore abouti à des résultats significatifs, particulièrement en ce qui concerne l'intégration européenne et les autres processus de création de régimes régionaux. De façon générale, le tableau est une tentative de fixer à mi-chemin une recherche qui est en cours.

Une remarque finale doit être faite. Dans la logique néoréaliste, l'approche par les gains relatifs peut interférer avec l'approche par les gains absolus à la différence de ce qui ressort de la figure 18, qui établit une dichotomie entre la main invisible et les gains relatifs. Comme le souligne Grieco à plusieurs reprises, les États peuvent poursuivre des buts de plus grande symétrie, même au prix d'un gain absolu plus faible, ce qui est de nature à perturber le bon fonctionnement de la main invisible. Cette idée revient à établir un système de détermination partant de la partie gauche du tableau (le côté de l'offre de régimes) et allant vers la partie droite (le côté de la demande), et plus précisément vers la portion apparemment « innocente » de cette dernière : la main invisible. Nous n'avons pas fait figurer la flèche par souci de simplicité.

III. LE POUVOIR EXPLICATIF DE LA THÉORIE

Nous envisagerons d'abord les capacités explicatives comparées de la théorie néoréaliste par rapport à la théorie néolibérale, puis ce défi théorique que représente l'Europe pour la théorie néoréaliste.

A. Les pouvoirs comparés

Les principes d'explication néoréalistes sont-ils plus performants que les principes néolibéraux ? Sur la base du seul principe de puissance ou du seul principe d'intérêt, la plupart des théories échouent en réalité à expliquer pourquoi dans de larges domaines il n'existe ni institutions ni régimes, et pourquoi il y a simultanément existence de régimes ailleurs. Supposé admis le socle commun concernant la demande de régimes, la réponse de principe à l'absence de régimes tient à la configuration de la puissance ou des coûts de transactions dans le domaine concerné.

Ainsi, Young [1989] prend le cas des ressources naturelles et de l'environnement. Il montre l'extrême diversité des situations institutionnelles alors que la configuration de la puissance et des intérêts est à peu près la même partout. Dans certains cas, il existe des régimes robustes (protection des ours polaires, par exemple), dans d'autres il y a absence presque totale de régime (protection des mammifères marins…), sans rapport avec la gravité des problèmes à résoudre ou les coûts de transactions. En fait, les principes d'intérêts et de pouvoir interviennent à des degrés divers selon les domaines. Si l'on reprend la distinction de Young [1983] entre régimes *imposés* et régimes *négociés*, on peut dire qu'il existe un *continuum* entre ces deux extrêmes, avec une suite de modèles de mélange où jouent simultanément les principes d'*imposition* et de *négociation*.

Si l'on voulait cependant soupeser à tout prix la valeur comparée des avantages des deux principes sur le plan de leur capacité explicative, ce serait sans doute le schéma néoréaliste qui recueillerait les meilleures performances. Comme l'écrit Krasner ([1993], p. 235) : « La nature des arrangements institutionnels est mieux expliquée par la distribution du pouvoir entre nations que par les efforts pour résoudre des problèmes d'échec du marché. » Étudiant l'organisation des systèmes de communication internationale du point de vue de la théorie des régimes, Krasner [1993] montre qu'il existe des régimes dans deux domaines : l'allocation des fréquences électromagnétiques et les télécommunications (réseaux téléphonique et télégraphique, communication par satellites). Dans deux autres domaines (radio-télédiffusion et diffusion à longue distance), il y a absence de régimes. Cette différence ne peut s'expliquer par la logique des gains absolus, qui sont manifestement positifs dans les deux cas. Elle se justifie pour Krasner par le pouvoir de blocage exercé par la puissance hégémonique (les États-Unis), qui, selon les domaines, trouve un intérêt à la création de régimes ou non (radio, télédiffusion et diffusion à longue distance).

Un résultat similaire est établi par Baye et Putnam [1987] à partir d'une étude sur la prise de décision dans les sommets du G7. Les auteurs parviennent à trois conclusions importantes : les États-Unis n'ont pas eu la capacité d'imposer une solution lorsqu'ils étaient seuls face aux deux autres acteurs majeurs (Japon et Allemagne) ; mais aucune coalition de ces derniers n'est jamais parvenue à imposer une solution contre l'avis des États-Unis ; et toute coalition des États-Unis avec au moins un acteur majeur a toujours été suffisante pour dégager une décision collective. Formulées de façon différente, ces trois conclusions reviennent à la proposition suivante : l'hégémonie

américaine se présente sous la forme d'une condition nécessaire mais non suffisante à la gouvernabilité de la macroéconomie mondiale.

De même, malgré les souhaits de Keohane, le système monétaire international reste « anarchique » et sujet à des instabilités
récurrentes parce qu'il n'a pu être organisé en régime. La
coopération n'a pas été en mesure d'assurer un substitut efficace « après l'hégémonie » pour la préservation du régime. Si
le pays dominant, anciennement hégémonique (pour s'en tenir
aux hypothèses de Keohane et des autres théoriciens partageant
l'idée que le monde actuel est sans hégémonie), mais émetteur
de la principale monnaie internationale en circulation dans le
monde, se refuse à assumer une fonction de leadership monétaire mondial, se limite à définir sa politique économique en
fonction de ses seuls impératifs intérieurs, et se refuse à engager des discussions pour organiser un régime monétaire international, la coopération est frappée par avance d'inefficacité.

Pendant la guerre froide, il était difficile d'évaluer les mérites
respectifs des théories néoréaliste et néolibérale de la coopération parce que les deux approches semblaient compatibles avec
les observations. Par exemple, le fait que le leadership américain soit observable dans tous les régimes est parfaitement
conciliable avec la thèse de la non-nécessité d'un leader, ou de
la thèse contraire, car les États-Unis, en tant que membre
important de la communauté internationale, ont été inévitablement appelés à faire partie des régimes, quelle que soit la nature
de ces derniers. Les institutions telles que le GATT, le FMI, la
Banque mondiale, l'OTAN ou la CEE pouvaient être interprétées autant comme des confirmations de la théorie néolibérale
(puisque les institutions étaient multilatérales) que comme des
confirmations de la théorie néoréaliste (puisque les institutions
étaient dominées par les États-Unis). Les néolibéraux mettaient
l'accent sur les intérêts mutuels et les gains collectifs ; les
néoréalistes sur le rôle hégémonique des États-Unis. Les anomalies et les possibilités de falsification sont beaucoup plus
nombreuses depuis la fin des années quatre-vingt. Ces anomalies ne sont pas en faveur de la théorie néolibérale.

Ainsi, la Banque européenne de reconstruction et de développement (BERD), une institution de financement pour les
pays de l'Est, est une anomalie pour les néolibéraux puisque
le FMI et la Banque mondiale opèrent déjà en ce domaine

(Haggard et Maravcsik [1993]). La théorie réaliste, qui met l'accent sur la différenciation des intérêts nationaux, est en principe mieux armée pour expliquer pourquoi les pays européens, conduits par la France, veulent établir une BERD concurrente du FMI (il est vrai qu'elle échoue à expliquer pourquoi les Européens parviennent à surmonter leurs divergences dans un contexte qui n'est plus celui de la guerre froide).

B. L'Europe comme défi théorique

Dans la vision néoréaliste, la « renaissance » de la communauté européenne après l'effondrement du mur de Berlin est un paradoxe ou au moins un défi pour la théorie, comme accepte de le reconnaître Grieco [1993b]. La position traditionnelle de la pensée réaliste à l'égard de la formation des institutions européennes est que la coopération européenne est largement tributaire de la bipolarité (Waltz [1979]). Pour les réalistes et les néoréalistes, on l'a vu, des coalitions visant les gains relatifs sont susceptibles de se constituer en système bipolaire car elles ne peuvent être bloquées par les grandes puissances. La coopération prend alors un caractère « régional » et n'a pas vocation à couvrir l'ensemble du monde.

Si l'interprétation néoréaliste avait été juste, la construction européenne aurait dû disparaître avec la fin de la guerre froide et l'effondrement du mur de Berlin. C'est l'idée longuement développée par Mearsheimer [1990], qui dénonce la « fausse promesse des institutions » dans la théorie des relations internationales et soutient que la fin de la bipolarité doit conduire à intensifier les rivalités et, peut-être même, les conflits militaires entre les puissances européennes[2]. L'Europe aurait dû « retourner à son passé » (une prédiction apocalyptique justifiant l'appellation d'« hyperréalisme » utilisée par Lipson). Le même argument du « retour au passé » est développé par Waltz [1993]. Grieco [1993b], de son côté, estime que le regain de préoccupations concernant la répartition des gains

---

2. Mearsheimer ([1990], part. II, p. 199) écrit : « La guerre froide offrait un environnement chaud dans lequel la CEE pouvait s'épanouir. Si la guerre froide et l'ordre stable qu'elle produit prennent fin, la CEE doit s'affaiblir et non pas se renforcer avec le temps. »

relatifs (interne à l'Europe) pose problème et introduit une tendance au fractionnement de la communauté européenne.

Un danger de ce type a préoccupé beaucoup d'observateurs à la suite de la réunification allemande. On s'est demandé si l'Allemagne n'allait pas retrouver sa posture traditionnelle de grande puissance, se détourner de l'Europe et faire cavalier seul en jouant sa carte d'expansion à l'Est et en se ralliant à ce qu'il est convenu d'appeler l'*Ostpolitik*. De même, des difficultés sérieuses sont apparues à la suite du rejet danois, des hésitations française et allemande lors de la ratification du traité de Maastricht. Ces indices, sérieux, ne sont pas suffisants à étayer la thèse néoréaliste pour deux raisons. D'abord parce que l'Allemagne ne s'est pas conformée à la stratégie redoutée et a, jusqu'à présent, résolument joué la carte européenne, un choix qui s'explique par la faiblesse politique de ce pays et son incapacité à conduire une stratégie de grande puissance de façon indépendante, en dehors des structures européennes. Ensuite, parce que les difficultés ont concerné non la remise en cause de l'héritage du passé mais un projet de *renforcement* et la création d'institutions incomparablement plus intégrées. Depuis la fin des années quatre-vingt et le début des années quatre-vingt-dix, on a assisté non pas à un affaiblissement de la coopération européenne mais à « plus d'Europe », à plus de coopération et au renforcement des régimes associés à l'Europe, soit par approfondissement, soit par élargissement. Enfin, il s'agit de réticences des opinions publiques alors que la quasi-totalité des classes dirigeantes, c'est-à-dire les seules classes qui devraient être soucieuses des gains relatifs, est acquise à l'idée d'un renforcement des institutions européennes. On a cherché à donner une explication de la volonté de renforcer le pôle européen par le contexte nouveau de compétition internationale, notamment la concurrence avec le Japon (Sandholtz et Zysman [1989], Garett [1993]) ; mais cette explication échoue à rendre compte du fait que la France accepte de voir l'Europe se renforcer et donc inévitablement l'Allemagne, qui est le pays qui profite le plus de cette évolution en termes de positionnement mondial. Toutes les explications conduisent, peu ou prou, à contredire un aspect de la théorie néoréaliste.

C'est pourquoi les analyses néoréalistes contemporaines de l'intégration européenne doivent faire intervenir des facteurs d'explication complémentaires aux intérêts nationaux, ce qui les écarte de la logique « intergouvernementaliste » originelle (où l'intégration européenne s'expliquait uniquement par les logiques d'États et les compromis entre gouvernements). Les facteurs complémentaires sont en général tirés de la théorie « institutionnaliste » de l'intégration européenne, théorie qui se rattache plutôt au néolibéralisme et met l'accent sur le rôle propre des élites transnationalisées et l'existence d'instances communautaires possédant une marge d'autonomie par rapport aux États (une explication de l'Europe par les élites qui remonte à Haas [1958]). Le syncrétisme, justifiant la dénomination d'« intergouvernementalisme libéral » utilisée par un des principaux représentants de cette école (voir Moravcsik [1993]), consiste à voir les institutions communautaires (Commission, Parlement européen, Cour de Justice) comme des forums créés par les États uniquement dans le but d'accroître « l'efficacité des marchandages interétatiques et [...] l'autonomie des responsables politiques vis-à-vis des groupes formant l'arènc politique nationale ». Cette interprétation pose différents problèmes dont on trouvera une discussion dans Lequesne [1998].

Ces problèmes nous amènent à nous interroger sur la portée des approches tant néoréaliste que néolibérale, quand on considère les *macrorégimes* et, de façon plus générale, les questions relatives au *fonctionnement et à la dynamique* des régimes.

9. Bilan, perspectives et approches alternatives

L'approche conventionnelle est bien dotée quand les enjeux sont strictement limités aux relations internationales, que les États ont des intérêts communs bien identifiés et qu'il s'agit d'expliquer la *création* de régimes. Elle explicite les raisons de l'apparition mais semble implicitement considérer que ces dernières suffisent à rendre compte de la vie future du régime. Les « règles du jeu » instituées par les régimes sont alors traitées comme des règles interétatiques qui restent sans effet sur les objectifs des États et le fonctionnement *interne* des économies nationales. Ces conditions peuvent se trouver vérifiées (nous appellerons microrégimes les dispositifs fonctionnels correspondants). Mais il existe également des macrorégimes qui ont pour vocation, ou pour conséquence involontaire, de *modifier le jeu fondamental*. Dans cette hypothèse, la théorie de la création de régimes ne donne pas automatiquement les moyens d'analyser leur fonctionnement et leur dynamique.

L'approche conventionnelle est mal armée face aux problèmes posés par les effets de transformations des conditions initiales. Les analyses d'ÉPI existant en ce domaine restent très embryonnaires malgré des développements significatifs, illustrés par les travaux en termes de « communautés épistémiques » (*epistemic communities*) inaugurés par Haas [1989, 1990 et 1992a], par les recherches de Ruggie [1983 et 1993], de Kratochwil [1984 et 1993], de Cox [1986 et 1995, par exemple], de Young [1989, par exemple] ou de Putnam [1988, par exemple]. L'ensemble de ces travaux est amené à sortir de la logique conventionnelle selon laquelle les institutions sont neutres. Le refus de se ranger sous le postulat de la *neutralité des institutions* forme l'unité de ce courant, que nous appellerons pour cette raison « hétérodoxe ».

Nous commencerons par tirer le bilan et les enseignements des approches néolibérale et néoréaliste : nous expliciterons à cette occasion les raisons des difficultés pour analyser les configurations dans lesquelles il y a « effet de transformation », comme c'est le cas, par exemple, avec la construction européenne. Nous envisagerons ensuite les tentatives pour étudier les effets transformateurs des macrorégimes sur les perceptions des États (théories dites « cognitivistes »). Nous terminerons par les théories qui cherchent à intégrer, de façon plus large, les « effets de réflexivité » en considérant non seulement les perceptions et les comportements des acteurs étatiques, mais également les réalités objectives et la nature même du jeu (théories que nous avons choisi de dénommer « constructivistes »).

I. ENSEIGNEMENTS ET LIMITES DES APPROCHES CONVENTIONNELLES

Les approches conventionnelles des régimes présentent deux points communs. Le premier est méthodologique. Il consiste à analyser la création de régimes à partir d'une demande issue des dilemmes d'action collective et d'une offre produite par les *acteurs étatiques*. Cette première convergence autorise la possibilité d'une synthèse et fournit un cadre d'analyse qui est éclairant pour comprendre la création de régimes dans beaucoup de situations. Le second point commun est la *neutralité* des régimes : l'institution d'un régime s'inscrit dans un « jeu fondamental » qui n'est pas modifié par cette institutionnalisation. Cette seconde convergence est à la base de la limite commune aux deux approches : leur difficulté à analyser le fonctionnement et la dynamique des régimes quand ceux-ci ont des effets transformateurs sur les conditions initiales. Nous envisagerons successivement ces deux points.

A. La possibilité d'une synthèse

Qu'il s'agisse des approches néoréaliste ou néolibérale, les besoins de régimes proviennent des « échecs du marché » et des dilemmes d'action collective conduisant à dissocier la rationalité individuelle de la rationalité collective. Les travaux effectués en ce domaine par les théoriciens des régimes internationaux constituent un guide précieux pour l'analyse des processus de création de régimes.

Les différences qui apparaissent entre les deux approches concernent uniquement l'offre de régimes. Cette offre provient de conditions relatives aux configurations de la *puissance* et des *gains relatifs* pour les néoréalistes. Pour les néolibéraux, elle est fondamentalement déterminée par les coûts de transactions (des coûts qui ne doivent être ni trop élevés ni trop faibles en l'absence d'hégémonie). L'approche néoréaliste met donc l'accent sur la dimension du *pouvoir*, tandis que l'approche néolibérale se centre sur la dimension des *intérêts*, c'est-à-dire sur deux systèmes de forces qui, quelle que soit la problématique choisie, même constructiviste, sont appelés à intervenir comme les forces élémentaires à l'œuvre dans une théorie des régimes internationaux.

La synthèse est donc possible car les régimes sont inévitablement des combinaisons de rapports de pouvoir et de relations d'intérêts. On peut considérer que l'approche néolibérale se développe sur le versant des intérêts (d'agents supposés se comporter comme des atomes sans pouvoir) et l'approche néoréaliste comme une approche se développant sur le versant des rapports de force. Dans toute institution ou relation économiques, il y a des intérêts (des motivations) et des ressources en pouvoir. Les néolibéraux font la théorie de la première dimension et les néoréalistes celle de la seconde, mais rien n'interdit de concevoir ces deux théories comme complémentaires.

Il est alors possible d'imaginer un modèle de synthèse dans lequel interviendraient simultanément les facteurs d'offre envisagés par les néoréalistes et ceux envisagés par les néolibéraux. Rien ne s'oppose *a priori* à la combinaison des principes d'imposition et de négociation, les deux principes n'étant pas contradictoires. L'analyse de Grieco offre un cadre d'analyse dans lequel l'approche néolibérale peut se retrouver, à des points de détail près (Keohane [1993]), de même que l'inverse est également vrai (quoique Grieco ne semble pas partager ce point de vue), car les approches néoréaliste et néolibérale reposent sur un modèle largement commun concernant la méthodologie, à savoir ce que nous avons appelé le logicisme économique. Les chercheurs ont, du reste, dans la dernière période, fait assaut de subtilités pour s'ériger en « modèle général » susceptible d'absorber la partie adverse comme un « cas particulier ». Cette « bataille de la généralité » n'a pas eu d'issue claire, les deux camps étant sociologiquement de force égale.

En fait, les deux approches s'opposent principalement sur le point de savoir *comment* peuvent se former des régimes, non sur le point d'arrivée : il y a accord sur la nature du régime, sur ses modalités supposées de fonctionnement et sur les principes d'analyse. Le désaccord porte sur les processus de réalisation, sur la praxis plus que sur le résultat. De ce point de vue, il est compréhensible que l'analyse néoréaliste soit plus souvent validée que l'analyse néolibérale, car les structures d'offre de régimes ne comportant pas de relation d'inégalité et la présence d'acteurs puissants sont rares.

Dans un modèle de synthèse, les aspects d'intérêts et de puissance peuvent assez naturellement trouver leur place si l'on considère la différenciation de l'offre et de la demande et les paramètres de taille. Les petits pays sont en général à la fois demandeurs de régimes et incapables d'assurer l'offre. On pourrait dire qu'ils sont des *« regime-takers »* (comme on dit, chez les économistes, que les consommateurs sont des « *price-takers* », c'est-à-dire des entités qui peuvent accepter ou refuser les prix proposés par les offreurs, mais qui sont dans l'incapacité de les négocier). Seuls les grands ou très grands pays paraissent en mesure d'être des *« regime-makers »* (« faiseurs de régimes », comme on dit que les entreprises sont des « *price-makers* »). L'asymétrie de la théorie économique des marchés se retrouverait donc sans difficulté, et assurerait un rôle respectif aux approches néolibérale et néoréaliste. Les approches peuvent également se révéler compatibles sur la question des gains relatifs si l'on prend en compte les caractéristiques de taille. Un petit État n'a aucune raison de se préoccuper de ses gains relatifs avec un État très puissant, *a fortiori* avec un hegemon qui le dépasse infiniment en puissance. Son objectif ne peut être que les gains absolus. Seules les grandes nations ont des préoccupations de gains relatifs car ce sont les seules à avoir une politique de grande puissance, donc une politique de positionnement.

On notera que dans les deux approches la coopération reste d'ailleurs traitée de la même manière, c'est-à-dire de façon rudimentaire car complètement passive : est en fait qualifié de coopératif *le comportement qui s'abstient de pratiquer la défec-*

tion. En réalité, dans le monde économique ou le monde politique, qu'il s'agisse des arrangements institutionnels ou *a fortiori* des régimes, on a affaire à une coopération interactive, c'est-à-dire qui nécessite la participation active des États à l'élaboration d'une décision collective (et donc, comme on le verra, qui conduit finalement à un *changement de motivations* de la part des joueurs). Cette remarque nous conduit à envisager la limite commune des deux approches.

B. Le postulat de neutralité des régimes

Dans les approches conventionnelles, lorsque les conditions favorables à la création de régimes se trouvent réunies, les intérêts communs parviennent à établir des règles (qui sanctionnent les comportements opportunistes) et des conventions (qui fixent des normes collectives de comportement), mais le jeu et l'environnement restent immuables.

La similarité des points de départ théoriques (logicisme économique) explique sans doute la limite commune aux approches néolibérale et néoréaliste, une limite du reste présente dans l'ensemble du courant institutionnaliste, à savoir le peu d'importance accordée à une *analytique* des institutions. L'institutionnalisme propose une théorie générale de la nature des institutions ; il traite des causes possibles et des raisons de l'existence d'institutions, donc de régimes ; mais cette théorie reste très succincte sur la « vie des institutions », c'est-à-dire sur l'analyse des effets productifs de la création d'un régime, sur ses modalités de fonctionnement et de régulation, sur les propriétés stabilisatrices qui lui sont associées, sur son efficacité à l'égard de la « structure » censée lui avoir donné naissance et sur sa dynamique.

Dans les deux approches, un régime n'est au fond rien d'autre qu'un moyen pour résoudre un hypothétique « problème initial ». Un régime ne modifie ni les stratégies, ni la matrice des gains, ni le nombre de joueurs, ni la nature du jeu, ni les instruments à la disposition des joueurs. On peut considérer qu'il s'agit dans les deux cas d'une approche fonctionnaliste traitant les régimes comme des instruments pour *restreindre l'ensemble des états réalisables*. C'est une technique pour interdire l'accès à des options collectivement non désirables. Les « règles du jeu », les « joueurs », les « enjeux » et la configuration des préférences et des intérêts restent identiques, avant comme après l'institutionnalisation d'un régime. Les régimes, une fois formés, sont neutres ; ce sont des « super-structures » sans efficacité propre, c'est-à-dire des structures déterminées par l'« infrastructure » des préférences et sans capacité de réaction sur cette dernière.

Le cadre d'analyse orthodoxe contient une impossibilité générale des régimes internationaux à modifier les motivations des États parce que celles-ci sont entièrement commandées soit par la logique inaltérable de la puissance, soit par la logique immuable des intérêts. L'approche cognitiviste montre précisé-ment comment, compte tenu des circonstances dans les-quelles ils sont plongés, les acteurs en arrivent à choisir certains buts et pas d'autres et comment intervient dans ce processus l'existence ou l'absence de régimes. L'effet de transforma-tion pose problème dans l'approche néolibérale comme dans l'approche réaliste, l'une et l'autre reposant sur l'idée que les comportements individuels sont des données intangibles et que le régime est une structure neutre. Si l'on admet que les régimes doivent être analysés à partir du principe de l'individualisme méthodologique, il faut se rallier à une théorie de la réflexivité (Wendt [1992]) où les comportements individuels produisent les régimes et où en même temps l'existence de régimes modi-fie ces comportements.

Cette faiblesse est le résultat du fonctionnalisme de l'appro-che. Le fonctionnalisme présente deux faces. La première ren-voie à l'idée que « les causes s'expliquent par leurs effets », donc à une conception utilitariste de l'ordre international, conception qui cherche à montrer que des règles et conventions sont nécessaires à la réalisation des intérêts particuliers dans un contexte d'interaction collective. On a déjà signalé que le danger principal de la théorie des régimes était l'attraction fonc-tionnaliste qui consiste à confondre une théorie des origines des institutions et une théorie de la pérennité des institutions : la naissance a tendance à être interprétée comme le résultat des fonctions pour lesquelles elles ont été ensuite utilisées, alors qu'elles peuvent avoir été créées pour des raisons qui n'ont rien à voir avec elles (ou par accident). Même si les institutions per-durent parce qu'elles améliorent les fonctions auxquelles elles sont destinées, elles peuvent être apparues pour des raisons totalement différentes. Cette confusion fréquente dans les approches fonctionnalistes n'est qu'un aspect d'un problème plus fondamental.

Si l'on reste dans le cadre du tronc orthodoxe, qu'il s'agisse de la branche néolibérale ou de la branche néoréaliste, un régime n'est rien d'autre qu'une procédure institutionnelle de résolution plus performante d'un *problème initial* grâce à l'introduction de règles et de conventions. Selon cette perspective, du reste partiellement abandonnée par la recherche contemporaine, qui croit en l'inutilité des dispositifs institutionnels (coopération *ad hoc*), les régimes se caractériseraient par les fonctions de résolution d'un hypothétique problème initial concernant le côté de la demande de régimes. Cette représentation ouvre une perspective institutionnelle équivoque.

Une autre manière de voir les propriétés des régimes est néanmoins possible si on ne les conçoit pas comme des « formes institutionnelles ». Les régimes ne sont pas des dispositifs sans épaisseur ; loin de limiter, voire de résoudre, des conflits et des dilemmes, ils institutionnalisent des conflits nouveaux et mettent en place un espace inédit de règlement des différends. De façon générale, les macrorégimes institutionnalisent un champ nouveau de « conflictuabilité ». À la propriété de « neutralité institutionnelle » des approches néoréaliste et néolibérale s'oppose une propriété constructiviste. Un macrorégime autonomise un ensemble de relations entre différents acteurs pour y *reconstruire* la nature des conflits et pour, dans le même mouvement, « mettre en règles » les moyens légitimes de les réguler.

Il n'est pas certain que la synthèse néolibérale-néoréaliste soit suffisante pour élaborer une théorie des macrorégimes, car aucune des deux approches ne fournit les éléments pour analyser les processus de reconstruction. La principale raison de cette limite est que la théorie se restreint à envisager les relations interétatiques et néglige de prendre en compte la dimension nationale qui est pourtant complémentaire.

II. LES APPROCHES COGNITIVISTES

A. La problématique

Un régime transforme en général un jeu non coopératif en un jeu coopératif. Si le jeu devient coopératif, cela signifie que les stratégies des joueurs seront nécessairement modifiées. Par exemple, un régime de protection de l'environnement est appelé à diminuer les taux d'émission des polluants non seulement à cause des pénalités et des réglementations nouvelles mises en place par une instance de contrôle (donc d'un changement dans les contraintes du programme d'optimisation des agents), mais également en raison du *changement de motivations* et de l'éventuelle internalisation chez les individus d'une « culture » nouvelle concernant les rapports avec la nature (donc d'un changement dans la fonction à optimiser). Les approches cognitivistes adoptent de ce fait une perspective plus sociologique que rationaliste pour rendre compte des choix.

Dans les modèles rationalistes, comme le sont les modèles néolibéral ou néoréaliste, l'interaction stratégique entre agents (notamment ceux à l'œuvre à l'intérieur des régimes) n'affecte pas leurs fonctions d'utilité ou de préférences, ou leurs « identités » (pour reprendre la terminologie des cognitivistes). Les intérêts sont supposés expliquer les interactions, mais pas l'inverse. C'est une autre manière de dire que les analyses rationalistes supposent que les comportements des États sont donnés une fois pour toutes par des caractéristiques universelles (ou qu'ils sont supposés varier, mais de façon exogène).

Pour le cognitivisme, au contraire, les comportements, les « identités », les « intérêts » ne sont pas des constantes universelles : ils résultent des représentations qui structurent la perception de la réalité et imposent dans la conscience des décideurs publics les identités des uns et des autres, l'idée qu'il existe certaines relations, entre des causes et des effets, et entre des moyens et des fins. L'approche cognitiviste prend appui sur l'idée que les intérêts peuvent changer avec l'information et la connaissance (on pourrait dire, s'il s'agissait d'individus et non d'États, que ces approches se rattachent à une hypothèse non pas d'*homo economicus* mais d'*homo sapiens*).

L'originalité de l'approche cognitiviste ne réside toutefois pas dans la seule mise en évidence d'effets de transformation opérés par les régimes sur les « valeurs » et la « connaissance » : elle réside essentiellement dans le fait de traiter les processus de transformation par la connaissance comme des processus *indépendants de la distribution du pouvoir et de la richesse*. L'abolition de l'esclavage (l'abolition donc d'un régime international), la décolonisation ou l'institutionnalisation de la norme des peuples à disposer d'eux-mêmes sont ainsi interprétées comme des changements dans les valeurs fondamentales qui ne résultent pas mécaniquement, ni même indirectement, de la logique des intérêts ou de la logique de la puissance. Comme l'écrit Jackson [1993, p. 130] : « La décolonisation a été, avant tout, un changement international d'idées à propos de la règle légitime ou illégitime, et non le produit d'un changement dans l'équilibre de la puissance ou les intérêts économiques de l'impérialisme. »

Un autre exemple est celui du changement d'attitude qui s'est produit envers la guerre dans les sociétés bourgeoises et individualistes (Hassner [1997], p. 49), un changement qui invalide une des propositions centrales de la thèse réaliste concernant le recours légitime à la violence militaire pour régler les conflits internationaux.

Si les valeurs et la connaissance peuvent agir comme une force autonome sur la destruction ou la création de régimes, elles peuvent être en retour transformées par elles. Les cognitivistes cherchent à montrer que, sous l'influence des régimes, les croyances et les perceptions qui étaient à la base de la demande de régimes sont susceptibles de modifications, donc qu'il existe un « feed-back ». En d'autres termes, un changement important s'opère par rapport aux modèles néoréaliste et néolibéral, dans lesquels les intérêts (qui étaient conçus comme des variables indépendantes) et le côté de la demande

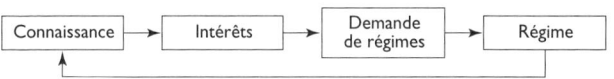

Figure 19
Le feed-back du cognitivisme

de régimes sont fixés de façon intangible. La figure 19 illustre ce feed-back (pour ne pas alourdir inutilement, nous avons omis de faire figurer les aspects d'offre de régime qui figurent dans les figures 16 et 18, c'est-à-dire les figures représentatives des modèles néolibéral et néoréaliste).

Certains auteurs établissent une distinction supplémentaire entre « cognitivisme faible » et « cognitivisme fort » (Hasenclever, Mayer et Rittberger [1997]) selon que les modifications touchent seulement les instruments et les objectifs ou, plus fondamentalement, les hypothèses à la base des modèles néolibéral ou néoréaliste, à savoir les conditions de la « rationalité ». La rationalité, en effet, n'est pas une donnée naturelle : c'est une construction sociale produite et entretenue par le cadre institutionnel, donc par les régimes. Selon différentes perspectives, les auteurs montrent que les régimes internationaux s'inscrivent dans les structures normatives plus profondes (la « société internationale ») et que ces structures échappent à une théorisation rationaliste, car le comportement optimisateur suppose la sociabilité et il n'y a optimisation que dans le cadre d'une socialisation préalable. En ÉPI, le cognitivisme fort se rattache à la littérature sur l'émergence d'une société internationale ou « société mondiale » (voir Badie et Smouts [1992]).

B. Les processus du feed-back

Pourquoi les régimes peuvent-ils, ou doivent-ils, changer les intérêts ? *Comment* s'effectue cette transformation, et, plus précisément, peut-on identifier des groupes d'acteurs spécifiques qui ont intérêt à se spécialiser dans ce travail ? Nous envisagerons successivement les réponses à ces deux questions.

1. Le rôle de l'incertitude

Nous commencerons par présenter les analyses de cet auteur imaginatif qu'est Young, avant d'aborder quelques contributions complémentaires. Young ([1989] et [1994], par exemple), pourtant considéré comme un des fondateurs de l'approche conventionnelle des régimes, a souligné l'importance théorique de l'*incertitude* en tant que facteur perturbateur dans la logique orthodoxe.

Young met l'accent sur le fait que, dans le monde réel, les agents sont toujours incertains sur le point de savoir si leurs stratégies sont efficaces ou même praticables. De plus, ils sont la plupart du temps informés seulement de façon très vague sur les gains qui peuvent résulter des différentes stratégies possibles. Enfin, ils ne sont jamais certains que ces gains font partie de leurs vrais intérêts. C'est pourquoi Young considère que le but fondamental des rencontres internationales à propos de la formation des régimes internationaux n'est pas de chercher des compromis mais de faire circuler la « connaissance » et l'« information ». Le processus relève d'un *bargaining* d'une nature particulière. Il ne s'agit pas d'un tâtonnement pour atteindre une bonne répartition des gains (ce que Young appelle un « *bargaining* distributif ») ; il s'agit d'un processus visant à éclairer l'environnement et à réduire l'incertitude (ce qu'il appelle un « *bargaining* intégratif »). Pour Young [1989], on ne peut supposer, comme le fait la théorie standard, que la « zone d'agréments » (la « courbe de contrats », c'est-à-dire l'ensemble des situations répondant à un optimum collectif) est parfaitement spécifiée et connue des acteurs, donc que le *bargaining* peut s'effectuer en univers certain. Young est évidemment conscient du fait qu'il existe un problème de compromis et de répartition des gains, mais il veut surtout souligner que « la création de régimes dans la société internationale se porte typiquement sur le *bargaining* intégratif (ou productif) » [1989, p. 361].

L'idée qu'il existe un « voile d'incertitude » recouvrant la conscience des acteurs étatiques est à la base du processus productif que veut mettre en lumière Young. Ce voile peut être levé par les arrangements institutionnels qui informent les acteurs. Ces arrangements institutionnels à eux seuls ne seraient pas suffisants pour instituer un régime international. Ce qui permet de faire exister un régime (et donc de faire « converger les anticipations »), c'est la *connaissance* et la diminution d'incertitude produites par les institutions. C'est pourquoi un régime diffère d'une institution ordinaire par deux côtés : il met en cohérence des arrangements institutionnels ; il ajoute de la *connaissance* dans la conscience des agents. Keohane avait lui aussi insisté sur une double idée similaire : d'une part, on ne doit pas confondre un ensemble d'institutions et un régime car un régime est un ensemble d'institutions « *mises en cohérence* » ; d'autre part, on ne doit pas confondre institution et régime car le régime est un « *réducteur d'incertitude* », ce que n'est pas nécessairement une institution (Keohane [1984], p. 6 par exemple ; ou [1983]). Mais les analyses divergent sur la manière d'entendre l'incertitude.

Keohane se référait à l'incertitude des acteurs au sujet des *autres* joueurs (que vont-ils faire ? tiendront-ils leurs promesses ?…). Young met l'accent sur un type d'incertitude beaucoup plus fondamental (que peuvent-ils faire ? que pouvons-nous faire ? quel sera le résultat de notre accord ? que doit-on en penser ?), qui ne concerne pas seulement le partenaire, mais les *propres préférences* de l'acteur et la connaissance des *contraintes* qui lui sont propres. Les deux approches diffèrent également quant à l'analyse de l'incitation à créer des régimes. Pour Keohane, la diminution de l'incertitude (conjointement avec la recherche des gains joints) est une incitation à la création de régimes. Pour Young, au contraire, l'incertitude est un frein à la création de régimes. On pourrait suggérer une interprétation, peut-être téméraire, dans le cadre du modèle néolibéral auquel se raccordent les analyses de Keohane et de Young. L'incertitude se rapporterait, pour Keohane, au côté de la demande de régimes tandis qu'elle se rapporterait, pour Young, au côté de l'offre de régimes. Dans le premier cas (Keohane), elle serait donc une motivation supplémentaire pour la création de régimes ; dans l'autre (Young), elle serait un frein car représentant une sorte de *coût de transactions* supplémentaire pour la création de régimes.

Beaucoup de cognitivistes contemporains insistent sur le fait que l'incertitude augmente aujourd'hui fortement avec le progrès technique. Face aux interdépendances et à l'accroissement de la nature technique des problèmes auxquels se trouvent confrontés les décideurs publics, ces derniers sont en proie avant tout à des incertitudes sur leurs propres intérêts et sur la manière de les satisfaire. C'est pourquoi, pour reprendre les expressions de Haas [1992a], les États ne sont plus aujourd'hui seulement des « chercheurs de puissance et de richesse » (« *power and wealth pursuers* »), comme le suggèrent le néoréalisme ou le néolibéralisme, mais aussi des « chercheurs d'information » (ou « *uncertainty reducers* »). Régulièrement confrontés à des conditions non familières, les décideurs publics doivent faire appel à l'avis d'experts afin d'éclairer leurs choix. Cette pratique se normalise du fait de la complexité croissante des problèmes techniques, et consolide le pouvoir des groupes d'experts. Ceux-ci transmettent une connaissance et informent les décideurs, ce qui modifie les références déterminant la formation des idées (à savoir le système de croyances normatives des États).

Même si, aux premières étapes de la construction d'un macrorégime, les motivations égoïstes peuvent avoir joué un rôle important, non seulement les parties acquièrent avec le temps la pratique de la coopération et une plus grande identité collective (ce qui « décourage le comportement de passager clandestin en augmentant le sentiment collectif de réciprocité et la volonté de partager les coûts collectifs », Wendt [1994], p. 386), mais ce sont également les intérêts individuels des États qui se modifient sous l'influence du changement de la structure des économies nationales. Les métamorphoses sont multiples. Elles peuvent concerner la nature des buts fondamentaux (apparition de nouveaux buts ou disparition d'anciens), les objectifs ou encore les moyens.

2. *Le rôle des groupes-experts*

L'approche en termes de « communautés épistémiques » (Haas [1989], [1990], [1992a] et [1992b]) s'intéresse aux processus sociaux qui diminuent l'incertitude, donc aux acteurs porteurs de la connaissance et des nouvelles références pour l'action collective. La notion de communautés épistémiques se réfère au réseau de scientifiques, de professionnels et d'experts qui partagent une épistémè commune quant aux croyances normatives et à l'évaluation de l'efficacité de l'action, croyances qui sont reconnues comme légitimement porteuses de normes et de principes pour la mise en œuvre d'une ligne d'action collective nouvelle. Haas a étudié empiriquement la communauté épistémique du régime de contrôle de la pollution en Méditerranée. Mais d'autres illustrations peuvent être données ; la communauté épistémique de Bruxelles pour la mise en œuvre de l'action collective dans les différents régimes que comporte l'Union Européenne ; la communauté épistémique des magistrats chargés de la mise en œuvre des contentieux dans la nouvelle organisation du commerce international instituée par l'OMC… Il en va de même d'autres communautés, plus diffuses, qu'elles se présentent ou non sous la forme d'organisations non gouvernementales (ONG), qu'elles soient rattachées à des régimes internationaux constitués comme le régime de l'aide alimentaire (voir Hopkins [1992]) ou le régime sanitaire international (Médecins des pauvres) ou qu'elles ne soient rattachées à aucun régime (c'est le cas avec les « experts de la protection de l'environnement » ou les « experts en droits de l'homme »).

Les travaux de Haas mettent l'accent sur le « bon côté » des communautés épistémiques. Un point de vue dialectique s'impose : les effets de connaissance, pour employer la terminologie cognitiviste, s'accompagnent toujours d'effets de méconnaissance et, doit-on ajouter, d'effets de pouvoir (des effets que l'on pourrait qualifier de « reconnaissance »). Dans le cadre du processus d'internationalisation des « classes dirigeantes » qui accompagne la mondialisation, Cox [1996] a adopté, dans la continuité de son inspiration gramscienne, une perspective plus large en soulignant le rôle idéologique assuré par une nouvelle classe, la « classe managériale transnationalisée », pour remplir, à l'échelle mondiale, la fonction de légitimation hégémonique du néolibéralisme. Selon cette perspective, les communautés épistémiques pourraient être vues comme des sous-ensembles d'un nouveau groupe social formant les « intellectuels organiques » de la mondialisation.

La communauté épistémique la plus redoutable dans les années quatre-vingt a sans doute été celle qui opérait à Washington au sein des institutions internationales comme le FMI et la Banque mondiale. Porteuse de ce que l'on a appelé le « consensus de Washington », elle a disposé d'un pouvoir considérable à l'égard des pays en développement ; il s'élargit aujourd'hui à la Russie et aux autres ex-pays socialistes qui cherchent à opérer une « transition vers l'économie de marché ». Le « consensus de Washington » a eu une efficacité souvent funeste pour modeler la vulgate en matière de politique économique à destination de ces différents pays. Cette communauté épistémique, qui va des décideurs politiques aux experts rattachés aux organismes internationaux (FMI et Banque mondiale), utilise les « armes cosmopolitiques » que lui donnent ces organismes internationaux (aide conditionnelle, contrôle *ex post*, etc.) ; son efficacité se mesure également, et peut-être surtout, à sa capacité d'influence sur les principes qui commandent la formulation des politiques économiques au sein même des pays, une influence qui a pour relais les groupes sociaux dont les intérêts sont en phase avec ces politiques.

Notons au passage qu'il y a apparition, dans tous les cas, d'un « acteur » nouveau (les experts de la communauté épistémique) en même temps que se met en place un système inédit de valeurs. Une communauté épistémique a des intérêts propres et des stratégies visant à occuper des *positions de pouvoir* au sein du régime. Face à l'incertitude, un groupe autorisé disposant d'un monopole incontesté pour l'interprétation de la nature technique des problèmes concernés par un régime a le *pouvoir de construire* de façon nouvelle les faits et les événements, donc de conditionner de nouvelles formes de comportement de la part des acteurs étatiques et privés. Les régimes jouent donc un rôle transformateur dans les affaires internationales en changeant la perception des intérêts nationaux, intérêts qui ne sont jamais clairs et établis une fois pour toutes, et en introduisant de nouveaux acteurs collectifs.

Les idées avancées par les cognitivistes ne semblent pas, quoi qu'en disent certains, de nature à remettre en cause la logique du courant orthodoxe. Rien n'interdit de considérer simultanément la « connaissance commune », les facteurs d'intérêts et les facteurs de pouvoir. On pourrait ainsi imaginer un schéma de synthèse, il est vrai assez lourd, dans lequel les *intérêts*, le *pouvoir* et la *connaissance* formeraient trois systèmes, relativement indépendants, de variables explicatives dans la théorie des régimes. Une telle voie de recherches est indiquée par Goldstein et Keohane [1993] : le programme de recherches implique d'expliciter comment et selon quels processus les trois systèmes de déterminations interagissent et peuvent fonctionner ensemble. Le projet conduirait à élargir la « petite synthèse » entre approches néolibérale et néoréaliste dont nous avons esquissé la possibilité dans la première partie de ce chapitre.

Un ensemble d'auteurs (Kratochwil, Ruggie, Wendt, Cox, etc.), qui ne forment ni une communauté épistémique ni une unité de pensée, ont toutefois cherché à sortir du paradigme central de la théorie des régimes internationaux par une voie beaucoup plus radicale que la connaissance. Les cognitivistes montrent que les régimes changent les perceptions et les consciences ; les constructivistes vont chercher à montrer qu'ils transforment aussi les réalités.

III. LES APPROCHES CONSTRUCTIVISTES

La théorie des régimes a toujours été critiquée pour le peu d'importance qu'elle accordait aux facteurs domestiques (Haggard et Simmons [1987], Milner [1992]). Nous avons dès le début de cet ouvrage souligné pourquoi les facteurs nationaux devaient constituer une dimension fondamentale de l'ÉPI. Nous voulons, pour clore le parcours, revenir sur cette nécessité à l'occasion du problème de la théorisation des macrorégimes et de la dynamique des régimes. Nous commencerons par présenter rapidement la problématique constructiviste ; nous illustrerons cette problématique à l'aide d'un exemple ; nous donnerons enfin quelques indications pour des recherches futures.

A. La problématique

Kratochwil et Ruggie [1986, p. 767] écrivent :

> « Les normes peuvent "guider" le comportement, elles peuvent "inspirer" le comportement, elles peuvent "rationaliser" ou "légitimer" le comportement, elles peuvent traduire des "anticipations communes" sur le comportement, ou elles peuvent être ignorées. Mais elles n'affectent pas les *causes effectives* en ce sens qu'une balle qui traverse un cœur cause la mort ou qu'un choc soudain dans l'offre de monnaie cause une inflation. »

Le constructivisme vise donc à dépasser le cognitivisme et à analyser comment les macrorégimes changent les comportements, les stratégies, les intérêts, les identités, mais aussi les *réalités*. Si rien ne s'oppose à la possibilité de construire une « petite synthèse élargie » néoréaliste-néolibérale-cognitiviste, les conditions de possibilités d'une « grande synthèse » avec l'approche constructiviste sont beaucoup plus problématiques.

La définition de ce qu'il faut entendre par constructivisme n'est pas stabilisée. Le terme est quelquefois employé dans le sens d'*émergence d'identités collectives* (Hasenclever, Mayer et Rittberger [1997], p. 188), ce qui est un aspect important, mais sans doute pas l'essentiel du constructivisme opéré par les régimes.

Les auteurs que l'on peut appeler constructivistes (ou « cognitivistes forts » selon Hasenclever, Mayer et Rittberger [1997], mais cette appellation ne paraît pas se justifier car la variable explicative fondamentale n'est pas la connaissance) essaient de montrer que les régimes sont plus que de simples mécanismes qui informent les calculs d'utilité des acteurs ou de simples réducteurs d'incertitude. Ils n'ont pas seulement une dimension de *régulation* : ils ont aussi une dimension de *constitution*. Les analyses sont nombreuses et, pour le moment, hétérogènes et à l'état de recherches. Nous renvoyons le lecteur qui aurait besoin de s'informer en détail sur ces questions au chapitre V (p. 136-210) de la compilation très complète proposée par Hasenclever, Mayer et Rittberger [1997].

Pour notre part, et concernant les aspects relatifs à l'économie politique internationale, nous entendrons le constructivisme comme se référant aux *processus d'internalisation*, c'est-à-dire aux *changements internes* aux économies nationales qui accompagnent la création des macrorégimes internationaux (processus d'internalisation qui sont parallèles à la formation des identités collectives produites par ces régimes sur le plan international). Nous avons vu qu'il existe un processus allant du national vers l'international. Ce processus est important, comme l'a bien explicité Ruggie, du point de vue des conditions de légitimation d'un régime international. À cette « flèche montante » (allant des économies et des sociétés nationales vers l'échelle internationale), il faut coupler une « flèche descendante » allant de l'échelle des régimes internationaux vers l'échelle des nations.

Cox [1986] identifie deux déficits de la théorie traditionnelle des régimes : en premier lieu la place négligeable accordée aux facteurs nationaux ; en second lieu le manque de réflexion systématique sur le statut éthique des relations internationales. Dans le cadre de cet ouvrage analytique, c'est la première limite qui nous intéresse plus particulièrement.

B. Retour sur un vieux dilemme

Reprenons le cas classique du choix entre protection et ouverture traité dans le chapitre V (figure 9, p. 155). La configuration qui correspond à l'analyse conventionnelle est repro-

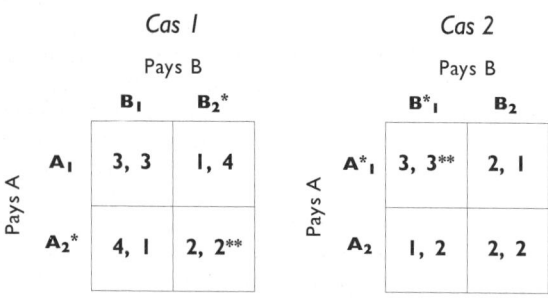

Stratégie 1 (A₁ et B₁) : Ouverture
Stratégie 2 (A₂ et B₂) : Fermeture

*Figure 20. Libre-échange et modification
de la matrice des gains*

duite sous l'intitulé « cas 1 » (figure 20). On peut l'interpréter comme la représentation d'une matrice des gains *avant* l'instauration d'un régime commercial de libre-échange.

Comme on l'a vu, le principal problème posé était un dilemme du prisonnier. Le *régime de libre-échange* était alors interprété comme une procédure qui, par des règles et des contrôles, impose l'issue A_1B_1 alors que l'équilibre en stratégies dominantes est A_2B_2. C'est donc une procédure qui ne modifie pas la structure du jeu : une forte incitation à la défection continue d'exister « après le régime » ; le dilemme du prisonnier n'est pas « résolu » mais « neutralisé ».

Supposons maintenant que les deux pays aient pratiqué entre eux le libre-échange à la suite de la création d'un régime commercial (les raisons de la création n'ont plus ici d'importance). Peut-on considérer que l'on reste dans le même univers que celui décrit dans le cas 1 ? Non et pour une raison simple. Si les pays se sont ouverts mutuellement durant une période significative, leurs structures productives se sont modifiées. *Chaque pays se sera spécialisé sous l'influence du libre-échange* : une internalisation du régime du commerce extérieur se sera produite et les choix ne pourront plus être repérés par la matrice précédente. Parallèlement, de nouveaux conflits et de nouveaux dilemmes seront apparus.

À titre d'illustration, supposons que la configuration soit symétrique avant comme après le libre-échange. Les deux pays sont supposés être en libre-échange, donc les économies se sont respectivement spécialisées conformément à l'analyse néoclassique standard. Quelles sont les conséquences en termes de bien-être de l'instauration du protectionnisme (du retour au protectionnisme), *le point de départ étant cette fois le libre-échange* ? Le cas 2 de la figure 20 vise à caractériser la matrice correspondante. Les valeurs de la diagonale principale de la matrice ne sont pas modifiées par rapport au cas 1, ce qui veut dire que le maintien de la double ouverture est préférable à l'instauration du protectionnisme.

Considérons maintenant les issues asymétriques dans lesquelles un pays chercherait à revenir de façon unilatérale à la protection, l'autre restant ouvert. Le pays qui pratique seul la protection ne connaît pas de « substitution aux importations » puisque la spécialisation a *fait disparaître* les secteurs susceptibles de connaître une croissance ; dans le même temps, le prix et les coûts augmentent du montant des tarifs douaniers que l'État impose à ses entreprises. Le freinage des importations et l'augmentation des prix entraînent pour lui une baisse de bien-être par rapport au libre-échange. De l'autre côté, le pays qui reste ouvert connaît un freinage de ses exportations et une augmentation du prix des produits importés du fait du renchérissement des coûts de production dans le pays pratiquant la protection. Mais il subit une baisse de bien-être *plus faible* (par rapport à la double ouverture), car il reste une économie ouverte et arrive à se procurer les importations nécessaires *qui n'ont pas d'équivalent intérieur.* Les seuls gains possibles de la protection seraient, à terme, les gains potentiels consécutifs au développement d'une capacité d'offre qui pourrait se constituer à l'abri de la protection. Mais en tenir compte serait sortir de la logique du modèle dans lequel on se place, c'est-à-dire un jeu statique à un coup.

À la différence du cas où le point de départ était protectionniste, non seulement la protection n'est plus une stratégie dominante, mais c'est le libre-échange qui devient une stratégie dominante. Cette proposition est clairement une proposition très forte puisqu'elle établit que chaque pays a intérêt à rester dans le libre-échange sans se préoccuper de la politique qui sera suivie par les autres pays, une fois le libre-échange institué. En d'autres termes, *le libre-échange correspond à un équilibre de Nash.*

On s'aperçoit en analysant la matrice du cas 2 que le jeu n'est plus un dilemme du prisonnier et qu'il n'y a plus de stratégies dominantes à la défection. Par conséquent, une fois le régime de libre-échange mis en place, et contrairement à l'analyse habituelle, il n'y a pas besoin d'un système de pénalités pour éviter la défection et le comportement de passager clandestin. Le libre-échange apparaît maintenant du type plutôt *self-enforcing*. Le caractère *self-enforcing* de l'ouverture est étudié dans Frieden et Rogowski [1996] à partir du changement de la structure des intérêts des groupes sociaux. L'instauration du libre-échange bouleverse la nature du jeu commercial et introduit un effet d'irréversibilité. Le dilemme du prisonnier est *fondamentalement* résolu dans un régime de libre-échange parce qu'il y a tout simplement métamorphose du jeu.

C. Implications pour l'analyse

C'est en ce point que nous pouvons, de nouveau, revenir sur la distinction entre « arrangements institutionnels » et « régimes ». Un arrangement institutionnel est un dispositif qui apporte une solution à un dilemme d'action collective, celui-ci n'étant pas fondamentalement changé par l'introduction de cet arrangement. Le dispositif ne « résout » pas le dilemme ou le problème initial mais le rend inopérant comme obstacle possible à la réalisation d'une solution coopérative. Par exemple le dilemme du prisonnier peut être inhibé, mais non « résolu », si l'on impose un système de pénalités à celui qui se comporte en passager clandestin. Un joueur peut avoir intérêt à tromper l'autorité de contrôle sur la réalité de la défection ; le coût de la défection peut, pour certains acteurs, ne pas être prohibitif compte tenu des gains à faire défection, etc. Nous dirons que les arrangements institutionnels sont des « outils interactifs » qui ne remettent pas en cause la souveraineté stratégique des joueurs, c'est-à-dire leur pouvoir de choisir librement leur stratégie. En revanche le dilemme du prisonnier est résolu s'il devient impossible de faire défection en raison des changements des règles du jeu, c'est-à-dire du jeu lui-même (certains comportements deviennent soit inadmissibles parce qu'il y a changement des normes sociales, soit techniquement impraticables). Les macrorégimes ont pour objectif de *résoudre les raisons d'être des dilemmes*.

Nous voudrions insister sur deux aspects qui ouvrent à notre avis les voies de recherche les plus prometteuses. Le premier concerne l'importance de la dimension nationale et donc le dépassement de la conception des régimes internationaux comme des arrangements institutionnels organisant les seules relations « inter-nationales », *a fortiori* les seules relations interétatiques. Le second concerne l'articulation national-international. Ces deux aspects renvoient à deux limites des approches conventionnelles, des limites qui peuvent ne pas présenter d'inconvénients majeurs pour l'étude de la création de régimes, mais qui deviennent rédhibitoires pour l'étude de la dynamique des macrorégimes ayant vocation à réorganiser les économies nationales elles-mêmes (comme c'est le cas avec les régimes commerciaux ou les régimes monétaires).

1. Le processus d'internalisation

Un régime ne peut être conçu indépendamment des composantes nationales, c'est-à-dire ne peut être conçu comme une structure n'ayant vocation qu'à organiser les relations « internationales » et préservant l'intangibilité de la nature de ses composantes. La construction d'un régime international est inévitablement appelée d'un point de vue dynamique à *s'internaliser dans les nations* qui font partie du régime.

La prise en compte du processus d'« internalisation » n'est pas une simple complication, un complément, un supplément d'âme de l'ÉPI, car les économies et les sociétés nationales sont les *seuls espaces* où peuvent se formuler les *compromis sociaux*. Ce sont les échelles où s'exprime le politique, et donc où se légitime un ordre international. Une économie *politique* internationale ne peut donc être que *nationale*. La société internationale est très largement une fiction (en dépit de certaines théories de sociologie internationale), car une société suppose un espace politique et cet espace est encore aujourd'hui principalement national. C'est pourquoi l'approche du chapitre II de ce livre, centrée sur les coalitions des groupes sociaux pour l'analyse de l'économie politique du protectionnisme, revêt une portée paradigmatique. *In fine*, nous sommes ramenés à la politique, c'est-à-dire à l'espace *national* comme espace crucial de la formation d'ordre à l'échelle *internationale*. Le chapitre II, qui paraissait décalé par rapport à l'objet traditionnel de l'ÉPI, se révèle en fait au cœur d'une approche renouvelée de l'ÉPI.

L'approche constructiviste des régimes internationaux revient au fond à élargir l'analyse cognitiviste en considérant un second feed-back et un processus d'internalisation qui ne concerne pas les États mais les économies et les sociétés nationales. On pourrait représenter le schéma général dans un tableau comparable à la figure 19 utilisée pour résumer l'approche cognitiviste. Cette figure (figure 21) fait intervenir un double feed-back et un double processus d'« internalisation » (« étatique » comme dans l'approche cognitiviste et « national »).

Les analyses en termes de théorie des jeux demandent donc à être reconsidérées lorsque l'on envisage les régimes ayant vocation à reconstruire les configurations internes des économies nationales. Cette révision définit un champ pour des recherches futures.

Que l'on prenne le processus d'intégration européenne, un accord général de libre-échange ou la création d'une zone monétaire, il y a changement qualitatif du jeu ou, plus précisément, il y a « création » d'un espace nouveau de conflits et de coopération. L'Union Européenne par exemple n'est pas un ensemble d'institutions destinées à résoudre des dilemmes préexistants et immuables, mais une construction qui crée des conflits nouveaux, qui fixent de nouvelles règles, qui introduit de nouveaux acteurs et de nouveaux enjeux : elle définit un nouvel espace collectif et une dynamique inédite des conflits. L'adhésion de l'Espagne, du Portugal et de la Grèce a fait par exemple entrer pleinement ces pays dans un jeu nouveau, le jeu démocratique,

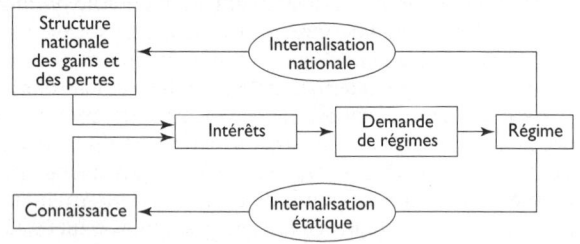

Figure 21
Les deux feed-back du constructivisme

ce qui change les conditions d'exercice de la politique et de l'économique *à l'intérieur* même de ces pays. Il en va de même aujourd'hui avec la prochaine adhésion des PECO (pays de l'Europe centrale et orientale) à l'Union Européenne.

Les représentations économiques spontanées, même chez les économistes chevronnés, ont tendance à être fortement biaisées par un syndrome schizophrénique qui consiste à voir les relations internationales comme séparées des relations nationales. Ainsi, il est courant de traiter les échanges commerciaux comme formant un univers à part, comme si ces échanges s'effectuaient en dehors de l'espace national sur une hypothétique foire internationale où les nations (les États?) se rencontraient pour commercer. En fait, ce que l'on appelle international est internalisé dans les économies nationales au point d'être indiscernable à l'heure de la mondialisation.

Les activités recensées nationales ou internationales le sont au nom d'un critère d'appartenance qui doit être construit et qui n'est jamais spontanément donné par une étiquette. Il en va ainsi pour les « firmes multinationales » dont les filiales dans les pays d'implantation sont des sociétés régies par le droit de ces pays. Seul un travail d'investigation sur les droits de propriété et les liaisons financières peut dévoiler l'appartenance. Le problème est identique quand on veut savoir si un bien produit localement est ou non national lorsqu'on a affaire à un trafic de perfectionnement (les produits des *maquiladoras*, les unités de production délocalisées de l'autre côté du Rio Grande, sont-ils mexicains ou américains?), du fait de l'impossibilité théorique et pratique de distinguer trafic de perfectionnement actif et trafic de perfectionnement passif. C'est pourquoi les *indicateurs d'ouverture* des économies nationales ne pourront jamais être des indicateurs totalement satisfaisants de la mondialisation, ni même de l'internationalisation.

À l'internationalisation comme à la mondialisation se trouve associée une *internalisation*. Il existe par conséquent une dialectique qui commande deux « entrées » : l'entrée « par le haut » (par les indicateurs d'« ouverture ») et l'« entrée par le bas » (par des indicateurs d'internalisation, c'est-à-dire des indicateurs relatifs aux changements internes produits par l'internationalisation ou par la mondialisation). Il s'agit bien d'une dialectique car les deux processus ont leur autonomie. L'ouverture et les échanges « inter-nationaux » peuvent se développer sans que des modifications intérieures d'importance comparable se produisent ; inversement, l'ouverture peut augmenter médiocrement mais l'internalisation peut être extrêmement active. Dans la mondialisation, les aspects d'intégration (et donc de désintégration) peuvent être considérés comme dominants, mais les statistiques pertinentes sont défaillantes, ce qui pose problème pour l'interprétation.

Un exemple peut être fourni par l'immigration en France. Dans les années récentes, les flux migratoires ont très fortement diminué par rapport à la période d'appel massif à la main-d'œuvre étrangère (les Trente Glorieuses). Si les problèmes d'internalisation (d'intégration) étaient corrélés avec l'importance des flux d'immigration (la dimension de l'ouverture), ils auraient dû être incomparablement plus graves dans le passé. Or ces problèmes sont récents. L'explication n'est pas mystérieuse. Les problèmes dits d'immigration apparaissent à partir du moment où le sous-prolétariat immigré ne peut plus être tenu à l'extérieur de la nation et a vocation à entrer dans la société ; ces problèmes ne sont pas « externes », ils sont « internes » et concernent l'intégration. Paradoxalement du reste, ils sont le signe d'une certaine vitalité de la société française. Si l'intégration n'avait pas connu une avancée réelle (si les immigrés étaient restés dans les bidonvilles, leurs enfants à la porte des écoles, les malades à l'extérieur des hôpitaux publics, et les chômeurs immigrés sur les marches des agences Unedic), donc si la main-d'œuvre étrangère (même en nombre plus important) était restée « ghettoïsée », il n'y aurait aujourd'hui aucun « problème d'immigration ».

Sur le plan analytique, on doit traiter de façon similaire les entrées de capitaux extérieurs, l'implantation de firmes multinationales ou les transferts de technologie. L'ouverture sur l'extérieur a pour revers la question de l'intégration intérieure. Par conséquent, un système international ne se réduit pas à un système d'interactions entre nations, *a fortiori* à un système interétatique ; il comporte inévitablement une face « nationale », qui correspond à un processus d'internalisation.

2. L'articulation national-international

À la différence des versions courantes de la théorie des régimes internationaux, les acteurs étatiques ne peuvent être considérés comme les seuls protagonistes des régimes internationaux et ces derniers comme de purs arrangements interétatiques. Un régime international concerne les acteurs privés car les règles et conventions fixées par les régimes internationaux ont pour vocation d'imposer un ordre dans les sociétés civiles autant que dans l'espace interétatique. L'ensemble de cet ouvrage a abondamment montré qu'un régime international était indissociable de régimes internes aux économies nationales et qu'il était impossible de réduire les régimes internationaux à des institutions intergouvernementales. C'est pourquoi les forces nationales doivent être prises en compte dans l'analyse de régimes et c'est pourquoi aussi il faut rompre avec l'approche néoréaliste conventionnelle dans laquelle les États sont des acteurs unitaires.

Putnam [1988] a suggéré d'analyser les négociations internationales, que Young appelait le « *bargaining* intégratif » (c'est-à-dire les tentatives pour construire des régimes), comme des « jeux à deux niveaux » : l'un est le niveau international, où les interlocuteurs des gouvernements (ou de leurs agents) sont d'autres gouvernements (ou d'autres agents) ; l'autre est le niveau national, où les partenaires des gouvernements sont cette fois les groupes sociaux ou politiques *internes*. Ceux-ci sont, en réalité, en position de rejeter n'importe quel type d'arrangement négocié à l'échelon international. Putnam essaie précisément d'analyser les résultats de négociations internationales comme des « ensembles-gagnants » ayant surmonté les obstacles des deux niveaux de jeu, et qui ont donc été nationalement ratifiés de façon explicite ou implicite. Cette approche ouvre une voie nouvelle (comme le montrent Evans, Jacobson et Putnam [1993]) et devrait permettre une meilleure compréhension non seulement de la formation, mais également du *maintien* des régimes internationaux (Kydd et Snidal [1993]). Il est en effet nécessaire de ne pas limiter l'approche des jeux à deux niveaux aux seules négociations sur la création de régimes. Les deux niveaux de jeu sont constitutifs du *fonctionnement* et de la *dynamique* de tout régime.

Comme Katzenstein ([1978], p. 4) l'avait déjà souligné : « Le but principal de toutes les stratégies de politique économique extérieure est de rendre les politiques domestiques compatibles avec l'économie politique internationale ». L'approche par les jeux à deux niveaux permet de mieux se représenter les processus par lesquels se construit un ordre économique international car ce dernier, loin de se limiter à organiser les relations interétatiques, repose sur des rapprochements nationaux, des processus de convergence ou des mises en comptabilité qui ne peuvent se concrétiser sans ratification explicite ou implicite par les ensembles nationaux. La métaphore de la « double-table » de négociations utilisée par Putnam (tables internationale et nationale) rend plus imagé le processus itératif par lequel les négociateurs ont à conduire deux négociations en parallèle. Le fait que les issues sont déterminées simultanément par les conditions du marchandage entre États et les contraintes de la ratification par les acteurs nationaux exprime de façon simple comment la construction d'un ordre externe est en même temps inévitablement construction d'un ordre interne.

L'Europe est évidemment un exemple particulièrement frappant. Ainsi l'agriculture française actuelle est un produit direct du régime agricole européen. Le jeu européen, c'est-à-dire un jeu *international* (entre les gouvernements et entre les gouvernements et la Commission européenne), est en même temps un jeu *national* (entre le gouvernement, les syndicats d'agriculteurs et d'autres forces socio-économiques nationales), et *ces deux jeux interfèrent*. Ainsi également, le droit européen en matière de concurrence a profondément modifié les structures du capitalisme français et les discussions sur les subventions à l'industrie définissent également un jeu à deux niveaux (international européen entre gouvernements et, en même temps, national entre le gouvernement, les syndicats ouvriers, le patronat et les partis politiques).

La création de l'euro changera du tout au tout la régulation monétaire dans les pays européens, et établira inévitablement un jeu interne-externe à deux niveaux. Le passage du SME à la monnaie unique et de façon plus générale les traités de Maastricht et d'Amsterdam traduisent plus qu'un changement à l'intérieur du « régime monétaire européen ». Il ne s'agit pas seulement d'un arrangement monétaire ayant vocation à résoudre des conflits ou des dilemmes (concernant les taux de change par exemple, comme c'était le cas avec le SME), ni même à redéfinir les relations interétatiques anciennes. Il s'agit aussi de la construction d'une nouvelle autorité monétaire en Europe (transfert de souveraineté), une construction qui conduit à un mode d'existence inédit des conflits dans les relations interétatiques et internationales, *et dans chaque pays composant l'espace européen.*

Le but de la monnaie unique ne se limite pas à réorganiser les relations *entre pays*, à mieux résoudre un problème de coordination internationale : elle vise également à changer la nature des problèmes à l'intérieur des économies nationales, à changer les *relations intra-nationales.* L'euro est qualitativement différent d'une monnaie commune qui n'aurait vocation qu'à organiser les rapports internationaux et les marchés des changes, car les conditions des régulations se trouvent complètement modifiées au sein même des économies nationales (disparition des régulations monétaires nationales antérieures). Par exemple, on peut montrer que la monnaie unique, par rapport à un système de changes fixes, modifie les modes d'ajustement et les niveaux d'équilibre sur les marchés du travail nationaux.

Si l'on est amené à voir un régime comme un processus de création, le rôle de l'hegemon change de nature. La fonction de l'hegemon ne doit être ni surestimée (comme dans les théories de la stabilité hégémonique, car le rôle des pays non hégémoniques étant essentiel), ni sous-estimée (comme dans l'approche néolibérale, car la logique des intérêts doit s'articuler avec la logique de puissance). Cela ne veut pas dire que la fonction assumée par l'hegemon est bien décrite par l'approche néoréaliste et qu'il suffirait de sommer les deux principes de puissance et d'intérêt pour obtenir la bonne théorie des régimes.

Dans les approches néolibérale et néoréaliste, qu'il s'agisse de nier ou d'affirmer l'importance du principe hégémonique, l'analyse de la fonction hégémonique est étroitement liée à la conception instrumentale des régimes et au fait que les institutions sont intrinsèquement neutres. Si l'on voit la formation des régimes internationaux comme un processus de création, de mise en place d'un ordre radicalement nouveau, c'est-à-dire non pas comme un procédé destiné à rendre réalisables des issues inaccessibles mais comme l'*invention de nouvelles issues*, l'apparition de *nouveaux acteurs* et la constitution de *nouveaux enjeux*, alors la fonction de l'hegemon devient une fonction productive, une fonction « entrepreneuriale » (pour reprendre l'expression de Frohlish, Oppenheimer et Young [1971]). Cette fonction implique une combinaison d'imagination pour inventer de nouvelles options et d'habileté pour construire des compromis entre un nombre plus ou moins grand d'acteurs. Évidemment, l'hegemon est guidé par des intérêts précis plutôt que par un comportement altruiste prenant en compte des considérations générales sur le bien-être collectif ; mais, quelles que soient ses motivations, il doit créer la *mise en cohérence* des arrangements institutionnels existants en *modifiant* la nature des conflits et en *renversant* des rapports de force.

Conclusion générale

Au terme de ce voyage dans la « boîte à outils » des théories de l'économie politique internationale, six leçons peuvent être tirées.

La *première* est une invitation au pragmatisme. Le voyage nous a fait connaître des théories nombreuses et utiles, mais il ne nous a fait accéder à aucune « théorie philosophale ». La leçon confirme le doute, émis dès le début de cet ouvrage, sur la possibilité d'existence d'une « *théorie générale* », un système intégré de théorisation et d'interprétation, susceptible de produire des réponses standardisées aux problèmes de l'économie politique internationale. Dans un monde où les singularités l'emportent, presque toujours, sur les régularités, on ne peut faire l'économie d'un travail de la pensée. Les théories sont des outils pour en augmenter la productivité, non des machines pour s'y substituer.

La *deuxième leçon* concerne les résultats que l'on peut tenir pour acquis sur la création de structures institutionnelles en économie internationale. À l'aide du concept de régime international et en combinant les approches néolibérale, néoréaliste et cognitiviste, on est parvenu à une théorisation qui, sans prétendre fonder une grille d'interprétation universelle, fournit un guide efficace pour orienter l'analyse. Les idées d'offre et de demande de régimes, de dilemmes d'action collective, de coûts de transactions, de configurations de la puissance, de gains absolus et de gains relatifs devraient maintenant faire partie des réflexes de l'analyste qui s'intéresse à l'émergence des institutions en économie internationale.

La *troisième leçon* est relative au fonctionnement et à la dynamique des institutions sur le plan international, ce qui concerne les questions relatives au *comment des régimes*, questions qui restent, elles, mal couvertes par les théories de l'ÉPI. Si les systèmes de théorisation paraissent déficients pour guider l'interprétation, c'est parce que les approches conventionnelles supposent que le fonctionnement et la dynamique sont préfixés par les solutions à apporter à des problèmes initiaux considérés comme invariants dans l'espace et dans le temps. La genèse et le développement de la théorie des régimes sont largement tributaires des controverses entre approche néoréaliste et approche néolibérale, c'est-à-dire d'une démarche globalement fonctionnaliste. On a montré que, du point de vue de la théorisation, la solution n'était pas dans le perfectionnement des approches conventionnelles mais dans l'exploration d'autres approches possibles, car les raisons mêmes des performances interprétatives des approches conventionnelles sur le problème de la création de régimes constituent les limites de ces dernières dans une perspective constructiviste. Le fonctionnalisme est une méthodologie efficiente pour répondre à la question du *pourquoi* et à certains aspects du fonctionnement, car il repose sur une hypothèse de fixité sur la structure ; cette hypothèse devient un obstacle rédhibitoire face aux problèmes de dynamique et d'évolution des institutions. Rien n'autorise à penser qu'il faille imaginer une « grande synthèse » entre rationalisme, cognitivisme et constructivisme pour traiter les problèmes de la dynamique et de l'évolution des institutions internationales. Au contraire, cette synthèse risquerait de faire perdre leur tranchant à tous les instruments théoriques. L'approche constructiviste et l'ensemble de l'ÉPI ont donc intérêt à définir un programme de recherches ayant son autonomie par rapport au corpus central. Malgré les pistes ouvertes, dont celle de l'internalisation et de la dualité interne-externe, le programme reste encore imprécis. En s'écartant des voies néoréaliste et néolibérale pour emprunter une route constructiviste, on se donne néanmoins les moyens de répondre aux paradoxes rencontrés par les approches néoréaliste et néolibérale à l'heure de la mondialisation. Cela nous conduit aux trois autres leçons, qui ont un caractère plus empirique.

La *quatrième leçon* concerne les structures d'organisation politique de l'économie internationale contemporaine. Les analyses contenues dans cet ouvrage nous ont montré que le choix n'était pas entre « État mondial » ou anarchie. Un des apports les plus robustes de la théorie des régimes internationaux est précisément d'avoir établi que la communauté internationale était capable de construire des systèmes de règles et de conventions susceptibles de stabiliser l'économie internationale dans un monde « anarchique » sans avoir besoin d'un quelconque État mondial. Ce résultat invalide l'idée selon laquelle la mondialisation appellerait inévitablement une forme ou une autre de « gouvernement » ou de « gouvernance » mondialisé. Ni sur le plan de la nature des institutions, ni sur le plan de l'étendue de la compétence fonctionnelle, l'organisation de l'économie mondiale n'implique, pour piloter la régulation globale, un État central, un État dont la légitimité politique serait, de toute façon, douteuse. Le régime international est précisément le concept d'une organisation adaptée aux conditions internationales. Sa mise en œuvre ne nécessite pas de superstructures nouvelles par rapport à celles, déjà nombreuses, qui s'efforcent de mettre un semblant d'ordre dans le domaine international à partir des centres d'impulsion nationaux. Elle suppose néanmoins deux types d'innovations :

– la formulation de systèmes de *contraintes mutuelles* s'imposant simultanément aux États (donc des *limitations de souveraineté*) et aux opérateurs privés pour obliger ces deux types d'acteurs à prendre en compte les externalités qui deviennent déterminantes dans un univers d'interdépendance ;

– dans les domaines destinés à être organisés en régimes internationaux, la mise au point de procédures de *mise en conformité* des nombreux arrangements institutionnels déjà existants. Même si les règles et conventions constitutives d'un régime sont de la responsabilité des États-nations (car ce sont eux qui disposent du monopole de la violence légitime), les régimes qu'ils concourent à établir ne peuvent être conçus comme de simples organisations des relations interétatiques, parce qu'ils ont vocation à restructurer les relations de marché et les espaces nationaux eux-mêmes.

La *cinquième leçon* est relative à la nécessité de discipliner le monde chaotique que produit une économie entièrement déréglementée (comme on l'observe dans le domaine de la monnaie et de la finance internationales). L'économie internationale contemporaine semble se caractériser par deux tendances apparemment irréversibles et complémentaires : la mondialisation et la marchandisation. L'utopie actuelle est de donner à croire que le système économique international peut être laissé à lui-même. En réalité, la double tendance à la mondialisation-marchandisation est, en l'absence d'arrangements institutionnels ou de régimes, source d'instabilité et de dysfonctionnements internationaux, et donc nationaux, comme toutes les analyses traitées dans ce livre nous l'ont montré.

La *leçon finale* est relative à la régionalisation et à l'émergence de structures d'ordre à cette échelle. Les questions d'organisation traitées dans cet ouvrage n'étaient pas spécifiées géographiquement mais concernaient implicitement l'échelle mondiale. Or, la période actuelle appelle à renouveler les interrogations. La multiplication et l'approfondissement de diverses formes d'intégration régionale, tant en Europe, en Amérique ou en Asie que dans les parties moins industrialisées du monde, devraient donner un second souffle à la problématique des régimes internationaux. On peut pronostiquer, en se fondant sur les théorisations précédemment exposées, que la régionalisation *économique* poussera sur le plan de l'*économie politique internationale* à l'émergence de « régimes régionaux ».

Lorsque des systèmes d'hypothèses différents aboutissent à la même déduction, on dit que la proposition correspondante est robuste. Or c'est bien ce qui se produit avec la régionalisation, ce qui illustre la fécondité du détour théorique auquel nous avons astreint le lecteur, et l'intérêt de croiser des approches indépendantes et en partie rivales. L'*analyse conventionnelle* nous montre en effet de son côté pourquoi les facteurs favorables à la création de régimes, c'est-à-dire les dilemmes d'action collective, ont tendance à se concentrer, en intensité et en nombre, sur une base géographique en raison des interdépendances plus fortes à cette échelle. La *théorie néolibérale*, qui part de l'idée que les coûts de transactions sont un déterminant important de l'offre de régimes, montre de son côté que ces coûts, étant plus faibles à l'échelle régionale, doivent pousser à des arrangements institutionnels à ce niveau. La *théorie néoréaliste*, qui repose sur l'idée que les conflits entre puissances sont structurants à l'échelle internationale, montre de son côté que les alliances ont également tendance à se nouer sur une base régionale. La *théorie réaliste*, qui paraissait n'être plus d'actualité, est elle-même appelée à apporter une contribution majeure en soulevant la question de l'« hégémonie régionale » (qui à l'heure de la « triadisation » se développe comme une tendance parallèle à l'« hégémonie mondiale »), donc en mettant l'accent sur le facteur d'offre crucial de la constitution de régimes régionaux qui tient à l'intervention du politique et la dimension « puissance » de l'intégration régionale (cf. le thème actuel de l'« Europe-puissance »). En d'autres termes, par des chemins différents, toutes les théories convergent vers la même conclusion, affermissant ainsi la pertinence de l'hypothèse selon laquelle la régionalisation est appelée à devenir un principe d'organisation majeur de l'économie du XXIe siècle.

Les théorisations de l'économie politique internationale permettent ainsi de fournir des instruments pour mieux comprendre la *relation de pouvoir à l'échelle de l'économie internationale*, c'est-à-dire pour mieux interroger la difficile synthèse, et l'équilibre instable, entre domination et légitimation au sein d'un ordre économique mondial.

Bibliographie

Agamben G. [1995], *Bartleby ou la Création,* Strasbourg, Circé.

Aglietta M. [1991], « Stabilité dynamique et transformations des régimes monétaires internationaux », *in* Boyer R., Chavance B. et Godard O. (sous la dir. de), *Les Figures de l'irréversibilité en économie,* Paris, Éditions de l'École des hautes études en sciences sociales.

Aglietta M. et Deusy-Fournier P. [1995], « Internationalisation des monnaies et organisation du système monétaire », *in* Aglietta M. (sous la dir. de), *Cinquante Ans après Bretton Woods,* Paris, Economica.

Alogoskoufis G. et Portes R. [1997], « The Euro, the Dollar and the International Monetary System », *Seminar on EMU and the International System,* Fondation Camille-Gutt, International Monetary Fund, 17-18 mars.

Alt J. E., Calvert R. L. et Humes B. D. [1988], « Reputation and Hegemonic Stability : A Game-Theoretic Analysis », *American Political Science Review,* **82**, p. 445-466.

Amin S. [1972], « Le modèle théorique d'accumulation et de développement dans le monde contemporain », *Tiers-Monde,* **13**, 52.

Arestis P. et Sawyer M. [1997], « How many Cheers for the Tobin Transactions Tax ? » *Cambridge Journal of Economics,* **21**, p. 753-768.

Aron R. [1962], *Paix et Guerre entre les nations,* Paris, Calmann-Lévy.

— [1967], « What is a Theory of International Relations ? », *Journal of International Affairs,* **21**, 2. En français : « Qu'est-ce qu'une théorie des relations internationales ? », *Revue française de science politique,* 1967, **27**, p. 837-861.

Aubrey H. G. [1966], « The Political Economy of International Monetary Reform », *Social Research,* **33**, 2, p. 218-254.

Axelrod R. [1981], « The Emergence of Cooperation among Egoists », *American Political Science Review*, **75**, p. 306-318.

— [1984], *The Evolution of Cooperation*, New York, Basic Books ; trad. fr., *Donnant donnant*, Paris, Odile Jacob, 1992.

Axelrod R. et Keohane R. [1985], « Achieving Cooperation under Anarchy : Strategies and Institutions », *World Politics,* **38**, p. 226-254.

Badie B. et Smouts M.-C. [1992], *Le Retournement du monde. Sociologie de la scène politique,* Paris, Presses de la fondation des sciences politiques-Dalloz.

Bairoch P. [1994], *Mythes et Paradoxes de l'histoire économique*, Paris, La Découverte.

Baldwin D. A. [1993] (ed.), *Neorealism and Neoliberalism : The Contemporary Debate*, New York, Columbia University Press.

Baldwin R. [1991], « The New Protectionism : A Response to Shifts *in* National Economic Power », *in* Frieden J. A. et Lake D. (ed.), *International Political Economy*, New York, St Martin Press.

— [1996], « The Political Economy of Trade Policy : Integrating the Perspectives of Economists and Political Scientists », *in* Feenstra R. C., Grossman G. M., Irwin D. A. (ed.), *The Political Economy of Trade Policy*, Cambridge, The MIT Press, p. 147-173.

Baran P. [1967], *Économie politique de la croissance,* Paris, Éditions Maspero.

Baye N. et Putnam R. [1987], *Hanging Together : Cooperation and Discord in the Seven-Power Summits*, Cambridge, Harvard University Press.

Beaud M. [1987], *Le Système national/mondial hiérarchisé*, Paris, La Découverte.

Behr R. [1981], « Nice Guys Finish Last-Sometimes », *Journal of Conflict Resolution*, **25**, p. 289-300.

Bénassy-Quéré A. [1996], *Potentialities and Opportunities of the Euro as an International Currency*, Paris, Working Paper n°s 96-09, CEPII.

Bendor J. et Swistak P. [1997], « The Evolutionary Stability of Cooperation », *American Political Science Review*, **91**, 2, p. 290-296.

Bensaïd B. et Jeanne O. [1996], « Fragilité des systèmes de change fixe et contrôle des capitaux », *Économie et Prévision*, 123-124, n°s 2/3, p. 163-174.

Bergsten C. F. [1997], « The Impact of the Euro on Exchange Rates and International Policy Cooperation », *Seminar on EMU and the Inter-*

national System, Fondation Camille-Gutt, International Monetary Fund, 17-18 mars.

Boyer R. et Drache D. [1996] (ed.), *States against Markets, The Limits of Globalization*, Londres, Routledge.

Brawley, M. R. [1993], *Liberal Leadership : Great Powers and their Challengers in Peace and War*, Ithaca, Cornell University Press.

Bueno de Mesquita B. [1978], « Systemic Polarization and the Occurence and Duration of War », *Journal of Conflict Resolution*, **22**, 2, p. 241-267.

Canzoneri B. et Henderson D. [1988], « Is Sovereign Policymaking Bad ? », *in* Brunner K. et Meltzer A. H. (ed.), *Stabilization Policies and Labor Markets*, Carnegie-Rochester Conference Series on Public Policy n° 28, p. 93-140.

— [1991], *Monetary Policy in Interdependent Economies,* Cambridge, The MIT Press.

Canzoneri B. et Gray J. O. [1985], « Monetary Policy Games and the Consequences of non-Cooperative Behaviour », *International Economic Review*, **26**, 10, p. 547-563.

Chesnais F. [1994], *La Mondialisation du capital*, Paris, Syros.

Coase R. [1937], « The Nature of the Firm », *Economica*, **4**, p. 386-405.

— [1960], « The Problem of Social Cost », *Journal of Law and Economics*, **1**, 3, p. 1-44.

Cohen B. J. [1971], *The Future of Sterling as an International Currency*, Londres, Macmillan.

— [1977], *Organizing the World's Money : The Political Economy of International Monetary Relations*, New York, Basic Books.

— [1983], « Balance-of-Payments Financing : Evolution of a Regime », *in* Krasner S. D. (ed.), *International Regimes*, Ithaca, Cornell University Press.

— [1990], « The Political Economy of International Trade », *International Organization*, **44**, p. 261-281.

— [1993] (éd.), *The International Political Economy of Monetary Relations*, Aldershot, The Library of International Political Economy, An Elgar Reference Collection, Elgar.

Cohen D. [1997], *Richesse du monde, Pauvreté des nations*, Paris, Flammarion.

Commons J. [1934], *Institutional Economics : Its Place in Political Economy*, New York, Macmillan.

Conybeare J. A. C. [1983], « Tariff Protection *in* Developed and Developing Countries : a Cross-Sectional and Longitudinal Analysis », *International Organization*, **37**, 3, p. 441-463.

— [1984], « Public Goods, Prisoner's Dilemmas, and the International Political Economy », *International Studies Quarterly*, **28**, p. 5-22.

— [1996], « Who voted against the NAFTA ? : Trade Unions versus Free Trade », *World Economy*, **19**, 1, p. 1-12.

Cooper R. [1975], « Prolegomena to the Choice of an International Monetary System », *International Organization*, **29**, p. 63-97.

— [1990], « Economic Interdependence and Coordination of Economic Policies », *in* Jones R. W. et Kenen P. B., *Handbook of International Economics,* vol. 2, Amsterdam, North Holland.

Corden W. M. [1974], *Trade Policy and Economic Welfare*, Oxford University Press ; trad. fr. (1980), *Politique commerciale et Bien-Être économique*, Paris, Economica.

Cortes O. et Jean S. [1995], « Échange international et marché du travail : une revue critique des méthodes d'analyse », *Revue d'économie politique*, 3, p. 359-407.

— [1997], « Progrès technique, commerce international et inégalités », *Économie internationale*, 71, p. 169-181.

Cox R. W. [1983], « Gramsci, Hegemony, and International Relations : an Essay in Method », *Millennium*, **12**, 2, p. 162-175.

— [1986], « Social Forces, States and World Orders : Beyond International Relations Theory », *in* Keohane R. O. (ed.), *Neorealism and its Critics*, New York, Columbia University Press.

— [1995], « Critical Political Economy », *in* Hettne B. (ed.), *International Political Economy. Understanding Global Disorder*, Fernwood Publishing, Sapes, University Press, Zed Books.

— [1996], *Approaches to World Order*, Cambridge, Cambridge University Press.

Dehove M. [1997], « L'Union Européenne inaugure-t-elle un nouveau grand régime d'organisation des pouvoirs publics et de la société internationale ? », *L'Année de la régulation*, **1**, Paris, La Découverte, p. 11-84.

Destanne de Bernis G. [1988], « Les contradictions des relations financières internationales dans la crise », *Économies et Sociétés*, série R, 3, p. 101-132.

Deutsch K. W. et Singer J. D. [1964], « Multipolar Power Systems and International Stability », *World Politics*, **16**, 3, p. 390-406.

Dos Santos T. [1970], « The Structure of Dependence », *The American Economic Review*, **60**, 2, p. 231-236.

Driver C., Kilpatrick A. et Naisbitt B. [1988], « The Sensitivity of Estimated Employment Effects in Input-Output Studies », *Economic Modeling*, **5**, 2, p. 145-150.

Dunkel A. [1993], « Le rêve d'un système commercial universel », *Géopolitique*, 41, 2.

Eichengreen B. [1988], Hegemonic Stability Theories of the International Monetary System, *Brookings Papers on International Economics*, vol. 54. Repris dans de nombreuses publications, dont : Eichengreen B., *Elusive Stability, Essays in the History of International Finance, 1919-1939*, Cambridge, Cambridge University Press, 1990.

Eichengreen B. et Wyplosz C. [1993], « The Unstable EMS », *Brookings Papers on Economic Activity*, n° 1, p. 51-143.

Emmanuel A. [1969], *L'Échange inégal*, Paris, Éditions Maspero.

Evans P. B., Jacobson H. K. et Putnam R. [1993] (ed.), *Double-Edged Diplomacy : International Bargaining and Domestic Politics*, Berkeley, Los Angeles, Londres, University of California Press.

Farell J. [1987], « Information and the Coase Theorem », *Journal of Economic Perspectives*, **1**, 2, p. 113-129.

Finger M., Hall K. et Nelson D. [1982], « The Political Economy of Administred Protection », *American Economic Review*, **72**, 3, p. 452-466.

Flandreau M. [1996], « Les règles de la pratique, la Banque de France, le marché des métaux précieux et la naissance de l'étalon-or 1848-1876 », *Annales HSS*, **51**, 4, p. 849-872.

Foucault M. [1997], *« Il faut défendre la société », Cours au Collège de France. 1976*, Paris, Gallimard-Éditions du Seuil.

Frank A. G. [1970], *Le Développement du sous-développement*, Paris, Éditions Maspero.

Frankel J. A. et Rockett K. [1988], « International Macroeconomic Policy Coordination When Policymakers do not Agree on the True Model », *The American Economic Review*, **78**, 6, p. 318-340.

Frieden J. A. [1988], « Capital Politics : Creditors and the International Political Economy », *Journal of Public Policy*, **8**, p. 265-286.

Frieden J. A. et Rogowski R. [1996], « The impact of the International Economy on National Policies : An analytical Overview », *in* Keohane R. O. et Milner H. V. (eds), *Internationalization and Domestic politics*, Cambridge, Cambridge University Press.

Frohlish N., Oppenheimer J. A. et Young O. R. [1971], *Political Leadership and Collective Goods*, Princeton, Princeton University Press.

Fudenberg D. et Maskin E. [1986], « The Folk Theorem in Repeated Games with Discounting or with Incomplete Information », *Econometrica*, **54**, p. 533-554.

Gallagher J. et Robinson R. [1953], « The Imperialism of Free Trade », *The Economic History Review*, **2**, 6, p. 1-15.

Garett G. [1993], « International Cooperation and Institutional Choice : the European Community's Internal Market », *in* Goldstein J. et Keohane R. O. (ed.), *International Organization*, **46**, 2, p. 533-560.

Garett G. et Weingast B. R. [1993], « Ideas, Interests, and Institutions : Constructing the European Community's Internal Market », *in* Goldstein J. et Keohane R. O. (ed.), *Ideas and Foreign Policy : Beliefs, Institutions, and Political Change*, Ithaca et Londres, Cornell University Press.

Généreux J. [1996], *L'Économie politique. Analyse économique des choix publics et de la vie politique*, Paris, Larousse.

Gill S. et Law D. [1988], *The Global Political Economy*, Harvester.

Gilpin R. [1975], *US Power and the Multinational Corporation. The Political Economy of Foreign Direct Investment*, New York, Basic Books.

— [1981], *War and Change in World Politics*, Cambridge, Cambridge University Press.

— [1987], *The Political Economy of International Relations*, Princeton, Princeton University Press.

Goldstein J. [1988], « Ideas, Institutions, and American Trade Policy », *International Organization*, **42**, p. 180-217.

Goldstein J. et Keohane R. O. [1993], « Ideas and Foreign Policy : An Analytical Framework », *in* Goldstein J. et Keohane R. O. (ed.), *Ideas and Foreign Policy : Beliefs, Institutions, and Political Change*, Ithaca, Cornell University Press.

Gowa J. [1984], « Hegemons, IOs, and Markets : the Case of the Substitution Account », *International Organization*, **38**, 4, p. 661-683.

— [1986], « Anarchy, Egoism, and the Third Image : The Evolution of Cooperation and International Relations », *International Organization*, **40**, 1, p. 168-186.

— [1989], « Bipolarity, Multipolarity, and Free Trade », *American Economic Review*, **83**, p. 1245-1256.

Grieco J. [1990], *Cooperation among Nations : Europe, America, and the Non-Tariff Barriers to Trade*, Ithaca, Cornell University Press.

— [1993a], « Anarchy and the Limits of Cooperation : A Realist Critique of the Newest Liberal Institutionalism », *in* Baldwin D. A. (ed.), *Neorealism and Neoliberalism, the Contemporary Debate*, New York, Columbia University Press, p. 116-140.

— [1993b], « Understanding the Problem of International Cooperation : The Limits of the Neoliberal Institutionalism and the Future of Realist Theory », *in* Baldwin D. A. (ed.), *Neorealism and Neoliberalism, the Contemporary Debate*, New York, Columbia University Press, p. 301-338.

— [1993c], « The Relative-Gains Problem for International Cooperation. Comment », *American Political Science Review*, **87**, 3, p. 729-735.

— [1995], « The Maastricht Treaty, Economic and Monetary Union and the Neorealist Research Programme », *Review of International Studies*, **21**, 1, p. 21-40.

Grossman G. et Helpman E. [1994], « Protection for Sale », *American Economic Review*, **84**, 4, p. 833-840.

Grubel H. G. [1969], « The Distribution of Seigniorage from International Liquidity Creation », *in* Mundell R. A. et Swoboda A. K. (ed.), *Monetary Problems of the International Economy*, Chicago, University of Chicago Press.

Grunberg I. [1990], « Exploring the "Myth" of Hegemonic Stability », *International Organization*, **44**, 4, p. 431-477.

Guillochon B. [1993], *Économie internationale*, Paris, Dunod.

— [1994], « GATT et protectionnisme », *Revue économique*, **45**, 3, p. 475-486.

Haas E. [1958], *The Uniting of Europe : Political, Social and Economic Forces 1950-1957*, Stanford, Stanford University Press.

Haas P. M. [1989], « Do Regimes Matter ? Epistemic Communities and Mediterranean Pollution Control », *International Organization*, **43**, 3, p. 376-403.

— [1990], *Saving the Mediterranean : The Politics of International Environmental Cooperation*, New York, Columbia University Press.

— [1992a], « Introduction : Epistemic Communities and International Policy Coordination », *International Organization*, **46**, 1, p. 1-35.

— [1992b], « Banning Chlorofluorocarbons ; Epistemic Community Efforts to Protect Statospheric Ozone », *International Organization*, **46**, 1, p. 189-224.

Haggard S. et Beth S. [1987], « Theories of International Regimes », *International Organization*, **41**, p. 491-517.

Haggard S. et Maravcsik A. [1993], « The Political Economy of Financial Assistance to Eastern Europe, 1989-1991 », *in* Keohane R. O., Nye J. et Hoffman S. (ed.), *After the Cold War : Institution and State Strategies in Europe, 1989-1991*, Cambridge, Harvard University Press.

Haggard S. et Simmons B. [1987], « Theories of International Regimes », *International Organization*, **41**, p. 491-517.

Hamada K. [1976], « A Strategic Analysis of Monetary Interdependence », *Journal of Political Economy,* **84**, p. 677-700.

— [1979], « Macroeconomic Strategy and Coordination under Alternative Exchange Rates », *in* Dornbusch R. et Frenkel J.A. (ed.), *International Economic Policy*, Baltimore, The Johns Hopkins University Press.

Hamilton A. [1928], *Report on the Subject of Manufactures* (1791), *in* Cole A. H. (ed.), *Industrial and Commercial Correspondence of Alexander Hamilton, Anticipating his Report on Manufacturing*, Chicago, Shaw Co.

Hasenclever A., Mayer P. et Rittberger V. [1997], *Theories of International Regimes*, Cambridge, Cambridge University Press.

Hassner P. [1998], De la paix des États à la guerre des sociétés, chapitre 1 de Le Gloannec A.-M. (dir.), *Entre union et Nations*, Paris, Presses de la fondation nationale des sciences politiques.

Hayek F. A. [1973], *Law, Legislation and Liberty,* (nouvelle éd.), Routledge and Kegan. Trad. fr. (1980), *Droit, Législation et Liberté*, Paris, PUF.

Helpman E. et Krugman P. R. [1986], *Market Structure and Foreign Trade*, Cambridge, The MIT Press.

— [1989], *Trade Policy and Market Structure*, Cambridge, The MIT Press.

Hillman A. [1982], « Declining Industries and Political-Suport Protectionist Motives », *American Economic Review*, **72**, p. 1180-1187.

— [1989], *The Political Economy of Protection*, Chur (Suisse), Harwood Academic Publishers.

Hirschman A. O. [1945], *National Power and the Structure of Foreign Trade*, Berkeley, University of California Press.

Hirst P. et Thompson G. [1996], *Globalization in Question*, Cambridge, Polity Press-Blackwell.

Hollingsworth J. R. et Boyer R. [1997] (ed.), *Contemporary Capitalism, The Embeddedness of Institutions*, Cambridge, Cambridge University Press.

Hopkins R. F. [1992], « Reform in the International Food Aid Regime : the Role of Consensual Knowledge », *International Organization*, **46**, 1, p. 225-264.

Hugon P. [1997], *Économie politique internationale et Mondialisation*, Paris, Economica.

Jackson J. [1983], *The World Trading System. Law and Policy of International Economic Relations*, Cambridge, The MIT Press.

Jackson R. H. [1993], « The Weight of Ideas in Decolonization : Normative Change in International Relations », *in* Goldstein J. et Keohane R. O. (ed.), *Ideas and Foreign Policy : Beliefs, Institutions, and Political Change*, Ithaca et Londres, Cornell University Press.

Johnson H. G. [1954], « Optimums Tariffs and Retaliation », *Review of Economic Studies*, **21**, p. 142-153.

— [1969], « A Note on Seigniorage and the Social Saving from Substituting Credit for Commodity Money », *in* Mundell R. A. et Swoboda A. K. (ed.), *Monetary Problems of the International Economy*, Chicago, University of Chicago Press.

Katzenstein P. J. [1978], *Between Power and Plenty : Foreign Economic Policies of Advanced Industrial States*, Madison, University of Wisconsin Press.

Kébabdjian G. [1994], *L'Économie mondiale. Enjeux nouveaux, nouvelles théories*, Paris, Éditions du Seuil.

— [1995a], « Le libre-échange euro-maghrébin : une évaluation macroéconomique », *Tiers-Monde*, oct.-déc., **36**, 144, p. 747-770.

— [1995b], « La nouvelle hégémonie américaine », *Sciences humaines*, déc., numéro spécial *Sciences humaines*-CNRS, *Les Métamorphoses du pouvoir*, repris dans *Problèmes économiques*, n° 2459, 14 février 1996.

— [1996a], « Les implications macroéconomiques extérieures d'une monnaie unique en Europe », *Recherches économiques de Louvain*, **62**, 2, p. 155-189.

— [1996b], « Théorie de la stabilité hégémonique ou théorie des régimes ? Une formalisation », *Économies et Sociétés*, série Régulation, 5, p. 31-58.

— [1998], « La théorie de la régulation face à la problématique des régimes internationaux », *L'Année de la régulation*, **2**, Paris, La Découverte, p. 101-127.

Kébabdjian G. et Léonard J. [1998], *Les Réformes du système financier international. État des propositions et mise en perspective théorique*, document de travail ISMEA, mai.

Kennedy P. [1989], *Naissance et Déclin des grandes puissances*, Paris, Payot.

Keohane R. O. [1980], « The Theory of Hegemonic Stability and Changes in International Economic Regimes, 1967-1977 », *in* Holsti O. R., Siverson R. et George A. (ed.), *Change in International System*, Boulder, Boulder Westview Press.

— [1983], « The Demand for International Regimes », *in* Krasner S. (ed.), [1983], *International Regimes*, Ithaca, Cornell University Press, p. 141-171.

— [1984], *After Hegemony. Cooperation and Discord in the World Political Economy*, Princeton, Princeton University Press.

— [1986a], « Reciprocity in International Relations », *International Organization*, **40**, 1, p. 1-27.

— [1986b] (ed.), *Neorealism and its Critics*, New York, Columbia University Press.

— [1988], « International Institutions : Two Approaches », *International Studies Quarterly*, **32**, p. 379-396.

— [1989], « Neoliberal Institutionalism : A Perspective on World Politics », *in* Keohane R. [1989], *International Institutions and State Power : Essays in International Relations Theory*, Boulder, Boulder Westview Press.

— [1993], « Institutional Theory and the Realist Challenge after the Cold War », *in* Baldwin R. (ed.), *Neorealism and Neoliberalism : The Contemporary Debate*, New York, Columbia University Press.

— [1997], « Problematic Lucidity. Stephen Krasner's "State Power and the Structure of International Trade" », *World Politics*, **50**, 1, p. 150-170.

Keohane R. O. et Martin L. L. [1995], « The Promise of Institutionalist Theory », *International Security*, **20**, p. 39-51.

Keohane R. O. et Nye J. S. [1977], *Power and Interdependence*, New York, Columbia University Press.

Keynes J. M. [1920], *Les Conséquences économiques de la paix*, Paris, Gallimard.

Kindleberger C. P. [1973], *The World in Depression, 1929-1939*, Londres, Allen Lane ; réed., Londres, Penguin, 1987.

— [1988], *The International Economic Order, Essays on Financial Crisis and International Public Goods*, Brighton, Harevester-Wheatsheaf.

— [1994], *Histoire mondiale de la spéculation financière*, Éditions PAU, trad. de *Manias, Panics and Crashes : A History of Financial Crises, 1978*, New York, Basic Books.

Krasner S. D. [1976], « State Power and the Structure of International Trade », *World Politics*, **28**, p. 317-347.

— [1983] (ed.), *International Regimes*, Ithaca, Cornell University Press.

— [1993], « Global Communications and National Power ; Life on the Pareto Frontier », *in* Baldwin R. (ed.), *Neorealism and Neoliberalism : The Contemporary Debate*, New York, Columbia University Press.

Kratochwil F. et Ruggie J. G. [1986], « International Organization : A State of the Art on an Art of the State », *International Organization*, **40**, p.753-775.

Kratochwil F. V. [1984], « The Force of Prescriptions », *International Organization*, **38**, p. 685-708.

— [1993], « Norms versus Numbers. Multilateralism and the Rationalist and Reflexist Approaches to Institutions », *in* Ruggie J. G. (ed.), *Multilateralism Matters : The Theory and Praxis of an Institutional Form*, New York, Columbia University Press.

Krueger A. O. [1974], « The Political Economy of the Rent-Seeking Society », *American Economic Review*, **64**, p. 291-303.

Krugman P. R. [1984], « The International Role of the Dollar : Theory and Prospect », *in* Bilson F. O. et Marston R. C. (ed.), *Exchange Rate Theory and Practice*, Chicago, University of Chicago Press, repris dans Krugman P., 1995, *Currencies and Crises*, Cambridge, The MIT Press.

— [1986] (ed.), *Strategic Trade Policy and the New International Economics*, Cambridge, The MIT Press.

— [1992], « L'émergence des zones régionales de libre-échange : justifications économiques et politiques », *Problèmes économiques*, n° 2289.

— [1998], *La mondialisation n'est pas coupable* (trad. de *Pop Internationalism*, 1996), Paris, La Découverte.

Kupchan C. A. et Kupchan C. A. [1995], « The Promise of International Security », *International Security*, **20**, 1, p. 52-61.

Kydd A. et Snidal D. [1993], « Progress in Game-Theoretical Analysis of International Regimes », *in* Rittberger V. (ed.), *Regime Theory and International Relations*, Oxford, Clarendon Press.

Lake D. A. [1988], *Power, Protection, and Free Trade*, Ithaca, Cornell University Press.

— [1993], « Leadership, Hegemony, and the International Economy : Naked Emperor or Tattered Monarch with Potential ? », *International Studies Quarterly*, **37**, 2, p. 459-489.

— [1993] (ed.), *The International Political Economy of Trade*, Aldershot, The Library of International Political Economy, An Elgar Reference Collection, Elgar.

Langlois R. [1986] (ed.), *Economics as a Process : Essays in the New Institutional Economics*, Cambridge, Cambridge University Press.

Leamer E. [1984], *Sources of International Comparative Advantage*, Cambridge, The MIT Press.

Levesque C. [1998], « Comment penser l'Union Européenne ? », chapitre 4 de Smouts M.-C. (dir.), *Les Nouvelles Relations internationales. Pratiques et théories*, Paris, Presses de la fondation nationale des sciences politiques.

Lipson C. [1981], « The International Organization of Third World Debt », *International Organization*, **35**, 4, p. 603-631.

— [1984], « International Cooperation in Economic and Security Affairs », *World Politics*, **37**, p. 1-23.

— [1993], « International Cooperation in Security and Economic Affairs », *World Politics* 37 (1984). Repris *in* Baldwin D. A. [1993] (ed.), *Neorealism and Neoliberalism : The Contemporary Debate*, New York, Columbia University Press.

Luce R. D. et Raiffa H. [1957], *Games and Decisions : Introduction and Critical Survey*, New York, Wiley.

Magee S., Brock W. et Young L. [1989], *Black Hole Tariffs, and Endogeneous Policy Theory : Political Economy in General Equilibrium*, Cambridge, Cambridge University Press.

Mansfield E. [1992], « The Concentration of Capabilities and International Trade », *International Organization*, **46**, p. 731-764.

Martin L. L. [1993], « The Rational State Choice of Multilateralism », *in* Ruggie J. G. (ed.), *Multilateralism Matters : The Theory and Praxis of an Institutional Form*, New York, Columbia University Press.

Mastanduno M. [1993], « Do Relative Gains Matter ? America's Response to Japanese Industrial Policy », *in* Baldwin D. A. [1993] (ed.), *Neorealism and Neoliberalism : The Contemporary Debate*, New York, Columbia University Press.

Matsuyama K., Kiyotali N. et Matsui A. [1993], « Towards a Theory of International Currency », *Review of Economic Studies*, **60**, p. 283-320.

Mayer W. [1984], « Endogeneous Tariff Formation », *American Economic Review*, 74, 5, p. 970-985.

McKnown T. J. [1991], « A Liberal Trade Order ? The Long-Run Pattern of Imports to the Advanced Capitalist States », *International Organization*, **35**, p. 303-320.

Mearsheimer J. J. [1990], « Back to the Future : Instability in Europe after the Cold War », *International Security*, 15, 2-3, part I, p. 5-56, part II, p.194-199.

Melo J. de et Grether J.-M. [1997], *Commerce international. Théories et application*, Bruxelles, De Boeck Université.

Messerlin P. [1985], « Les politiques commerciales et leurs effets en longue période », *in* Lassuderie-Duchêne B. et Reiffers J.-L. (sous la dir. de), *Le Protectionnisme*, Paris, Economica.

Michalet C.-A. [1985], *Le Capitalisme mondial*, Paris, PUF, coll. « Quadrige », rééd. 1998.

— [1994], « Globalisation et governance : les rapports des États-nations et des transnationales », *Mondes en développement*, 22, p. 25-33.

Miller M. et Salmon M. [1985], « Policy Coordination and Dynamic Games », *in* Buiter W. H. et Marston R. C. (ed.), *International Economic Coordination*, NBER, Cambridge, Cambridge University Press.

— [1990], « When does Coordination Pay ? », *Journal of Dynamics and Control*, **14**, 1-2, p. 553-570.

Milner H. [1992], « International Theories of Cooperation : Strengths and Weaknesses », *World Politics*, **44**, p. 466-496.

Minsky H. [1979], « Financial Interrelations, the Balance of Payments and the Crisis of the Dollar », *in* Aronson A. (ed.), *Debt and the Less Developed Countries*, Boulder, Boulder Westview Press.

Modelski G. [1987], *Long Cycles in World Politics*, Washington, University of Washington Press.

Modelski G. et Morgan P. [1985], « Understanding Global War », *Journal of Conflict Resolution*, **29**, p. 391-417.

Modelski G. et Thompson W. R. [1987], *Seapower in Global Politics : 1494-1993*, Londres, Macmillan.

Moravcsik A. [1993], « Preferences and Power in the European Community : a Liberal Intergovernmental Approach », *Journal of Common Market Studies*, **31**, 4, p. 473-523.

Morrow D. [1994], « Modeling the Forms of International Cooperation : Distribution versus Information », *International Organization*, **48**, 3, p. 387-423.

Mundell R. A. [1968], *International Economics*, Macmillan.

North D. C. et Thomas R. P. [1973], *The Rise of the Western World*, Cambridge, Cambridge University Press ; trad. fr. [1980], *L'Essor du monde occidental*, Paris, Flammarion.

Nye J. S. [1990], « The Changing Nature of World Power », *Political Science Quarterly*, **105**, 2, p. 177-192.

— [1993], *Le Leadership américain* (trad.), Nancy, Presses universitaires de Nancy.

Olson M. [1965], *The Logic of Collective Action*, Cambridge, Harvard University Press.

— [1982], *The Rise and Decline of Nations*, New Haven, Yale University Press.

Olson M. et Zeckhauser R. [1966], « An Economic Theory of Alliances », *Review of Economics and Statistics*, **48**, 3, p. 266-279.

Oudiz G. et Sachs J. [1985], « International Policy Coordination in Dynamic Macroeconomic Models », *in* Buiter W. H. et Marston R. C. (ed.), *International Economic Coordination*, Cambridge, Cambridge University Press.

Palloix C. [1975a], *L'Internationalisation du capital*, Paris, Éditions Maspero.

— [1975b], *L'Économie mondiale capitaliste et les Firmes multinationales*, Paris, Éditions Maspero.

Perroux F. [1961], *L'Économie du XXᵉ siècle,* Paris, PUF ; réédition (1991), *Œuvres complètes*, Grenoble, Presses universitaires de Grenoble.

Polanyi K. [1944], *The Great Transformation*; trad. fr. (1983), *La Grande Transformation*, Paris, Gallimard.

Powell R. [1991], « Absolute and Relative Gains in International Relations Theory », *American Political Science Review*, **85**, p. 1303-1320.

— [1994], « Anarchy in International Relations Theory : the Neorealist-Neoliberal Debate », *International Organization*, **48**, 2, p. 313-344.

Putnam R. [1988], « Diplomacy and Domestic Politics : The Logic of Two-Level Games », *International Organization*, **42**, p. 427-460.

Rapoport A. [1957], « Lewis F. Richardson's Mathematical Theory of War », *Journal of Conflict Resolution*, **1**, 3, p. 249-304.

Rapoport A. et Guyer M. J. [1966], « A Taxinomy of 2×2 Games », *General Systems*, **2**, p. 203-214.

Ray E. J. [1981], « Determinants of Tariff and Nontariff Trade Restrictions in the United States », *Journal of Political Economy*, **89**, p. 101-121.

Richards D. [1993], « A Chaotic Model of Power Concentration in the International System », *International Studies Quarterly*, **37**, p. 55-72.

Richardson J. D. [1990], « The Political Economy of Strategic Trade Policy », *International Organization*, **44**, p. 107-135.

Richardson L. F. [1960], *Arms and insecurity : A Mathematical Study of the Causes and Origins of War*, Pittsburgh, PA : Homewood.

Roche J.-J. [1994], *Théories des relations internationales*, Paris, L.G.D.J. Montchrestien, coll. « Clefs ».

Rogoff K. [1985], « Can International Monetary Policy Coordination be Counterproductive ? », *Journal of International Economics*, **18**, 3-4, p. 199-217.

Rogowski R. [1989], *Commerce and Coalitions*, Princeton, Princeton University Press.

Ros J. [1994], « Mexico and NAFTA : Economic Effects and the Bargaining Process », *in* Bulmer-Thomas V., Craske N. et Serrano M., *Mexico and the North American Free Trade Agreement*, Basingstoke et Londres, Macmillan, p. 11-28.

Rosecrance R. et Taw J. [1990], « Japan and the Theory of International Leadership », *World Politics*, 42, p. 184-209.

Ruggie J. G. [1975], « International Responses to Technology : Concepts and Trends », *International Organization*, **29**, 3.

— [1983], « International Regimes, Transactions, and Change : Embedded Liberalism in Postwar Economic Order », *in* Krasner S. [1983] (ed.), *International Regimes*, Ithaca, Cornell University Press.

— [1992], « Multilateralism : the Anatomy of an Institution », *International Organization*, **46**, 2, p. 543-598.

— [1993], « Multilateralism : The Anatomy of an Institution », *in* Ruggie J. G. (ed.), *Multilateralism Matters : The Theory and Praxis of an Institutional Form*, New York, Columbia University Press.

Russett B. [1983], *The Prisoners of Insecurity : Nuclear Deterrence, the Arms Race, and Arms Control*, San Francisco , Freeman.

Rutherford M. [1994], *Institutions in Economics, The Old And the New Institutionalism*, Cambridge, Cambridge University Press.

Sachs J. et Warner A. [1995], « Economic Reform and the Process of Global Integration », *Brookings Papers on Economic Activity*, 1.

Salama P. et Tissier P. [1982], *L'Industrialisation dans le sous-développement*, Paris, Maspero.

Sandholtz W. et Zysman J. [1989], « 1992 : Recasting the European Bargain », *World Politics*, **42**, 10, p. 95-128.

Sandler T. et Cauley J. [1977], « The Design of Supranational Structures : An Economic Perspective », *International Studies Quarterly*, **21**, p. 251-276.

Schelling T. [1978], *Micromotives and Macrobehavior*, Norton, trad. fr. 1980, *La Tyrannie des petites décisions*, Paris, PUF.

Siroën J.-M. [1993, 1994], *L'Économie mondiale* ; vol. 1, *Anciennes hégémonies, nouvelles puissances* ; vol. 2., *Contraintes et perspectives*, Paris, Armand Colin.

— [1997], « OMC, clause sociale et développement », *Mondes en développement*, **25**, 98, p. 29-42.

Snidal D. [1979], « Public Goods, Property Rights, and Political Organizations », *International Studies Quarterly*, **23**, p. 532-566.

— [1985a], « The Limits of Hegemonic Stability Theory », *International Organization*, **39**, 4, p. 579-614.

— [1985b], « Coordination versus Prisoners' Dilemma : Implications for International Cooperation and Regimes », *American Political Science Review*, **79**, 4, p. 579-614.

— [1991a], « Relative Gains and the Pattern of International Cooperation », *American Political Science Review*, **85**, 3, p. 701-726.

— [1991b], « International Cooperation among Relative Gains Maximizers », *International Studies Quarterly*, **35**, p. 387-402.

— [1993], « The Relative-Gains Problem for International Coope-ration Response », *American Political Science Review*, **87**, 3, p. 738-742.

Stein A. A. [1983], « Coordination and Collaboration : Regimes in an Anarchic World », *in* Krasner S. (ed.), *International Regimes*, Ithaca, Cornell University Press.

— [1984], « The Hegemon's Dilemma : Great Britain, the United States, and the International Economic Order », *International Organization*, **38**, 2, p. 355-386.

— [1990], *Why Nations Cooperate : Circumstance and Choice in International Relations*, Ithaca, Cornell University Press.

Strange S. [1971], « The Politics of International Currencies », *World Politics*, **23**, 2, p. 215-231.

— [1983], « Cave ! hic Dragones : a Critique of Regime Analysis », *in* Krasner S. (ed.), *International Regimes*, Ithaca, Cornell University Press.

— [1987], « The Persistent Myth of Lost Hegemony », *International Organization*, **41**, p. 551-574.

— [1988], *States and Markets. An Introduction to International Political Economy*, Londres, Pinter.

Suzuki M. [1994], « Economic Interdependence, Relative Gains, and International Cooperation », *International Studies Quarterly*, **38**, 3, p. 475-498.

Thomson W. R. et Vescera L. [1992], « Growth Wages Systemic Openess, and Protectionism », *International Organization*, **46**, p. 493-532.

Tobin J. [1978], « A Proposal for International Monetary Reform », *Eastern Economic Journal*, **4**, 3-4, p. 153-159.

Triffin R. [1960], *Gold and the Dollar Crisis : The Future of Convertibility*, New Haven, Yale University Press.

Vernon H. [1971], *Sovereignty at Bay*, New York, Basic Books.

Wallerstein I. [1979], *The Capitalist World Economy*, Cambridge, Cambridge University Press.

— [1985], *Le Capitalisme historique*, Paris, La Découverte.

— [1987], « The United States and the World "Crisis" », *in* Boswell T. et Bergensen A. (ed.), *America's Changing Role in the World System*, New York, Praeger.

Waltz K. N. [1964], *The Stability of a Bipolar World*, Cambridge, *Daedalus*, **93**, 3, p. 881-909.

— [1979], *Theory of International Politics*, Reading et New York, Addison-Wesley et McGraw Hill.

— [1986], « Reflections on *Theory of International Politics* : A Response to my Critics », *in* Keohane R. O. (ed.), *Neorealism and its Critics*, New York, Columbia University Press.

— [1990], « Realist Thought and Neorealist Theory », *Journal of International Affairs*, **41**, 1, p. 21-37.

— [1993], « The New World Order », *Millennium*, **22**, p. 187-195.

Wendt A. [1992], « Anarchy is what States Make of it : the Social Construction of Power Politics », *International Organization*, **46**, 2, p. 391-425.

— [1994], « Collective Identity Formation and the International State », *American Political Science Review*, **88**, p. 384-396.

Williamson O. [1985], *The Economic Institutions of Capitalism*, New York et Londres, Free Press.

Wood A. [1994], *North-South Trade, Employment and Inequality : Changing Fortunes in a Skill-Driven World*, Collier Macmillan, Oxford, Clarendon Press.

— [1995], « How Trade Hurt Unskilled Workers ? », *Journal of Economic Perspectives*, **9**, 3, p. 57-80.

Yarbrouth B. et Yarbrouth R. [1992], *Cooperation and Governance in International Trade : The Strategic Organization Approach*, Princeton, Princeton University Press.

Young O. [1980], « International Regimes : Problems of Concept Formation », *World Politics*, **32**, p. 331-356.

— [1989], « The Politics of International Regime Formation : Managing Resources and the Environment », *International Organization*, **43**, 3, p. 349-375.

— [1993], « Regime Dynamics : the Rise and Fall of International Regimes », *in* Krasner S. D. (ed.), *International Regimes*, Ithaca, Cornell University Press.

— [1994], *International Governance : Protecting the Environment in a Stateless Society*, Ithaca, Cornell University Press.

Young O. R. [1986], « International Regimes : Toward a New Theory of Institutions », *World Politics*, **39**, p. 104-122.

Table

RÉALISATION : CURSIVES À PARIS
IMPRESSION : MAURY-EUROLIVRES S.A. À MANCHECOURT
DÉPÔT LÉGAL : MARS 1999. Nº 36055 (99/02/69738)

Collection Points

SÉRIE ÉCONOMIE